여자를 안다는 것

여자를 안다는 것
Lada'at ishah

아모스 오즈 장편소설 최창모 옮김

LADA'AT ISHAH (TO KNOW A WOMAN)
by AMOS OZ

Copyright (C) 1989 by Amos Oz
Korean Translation Copyright (C) 2001 by The Open Books Co.
All rights reserved.

This Korean edition published by arrangement with
The Wylie Agency (UK) Ltd.

이 책은 실로 꿰매어 제본하는 정통적인 사철 방식으로 만들어졌습니다.
사철 방식으로 제본된 책은 오랫동안 보관해도 손상되지 않습니다.

여자를 안다는 것

7

역자 해설
한 비밀 요원의 초상(肖像)

349

아모스 오즈 연보

361

1

 요엘은 선반에서 물건들을 집어 들고 꼼꼼히 살펴보았다. 눈이 아팠다. 부동산 중개인은 자신의 질문을 듣지 못했다고 생각했는지 다시 물었다.「집 뒤쪽을 다시 한번 둘러볼까요?」 요엘은 이미 마음을 정했지만, 서둘러 대답하지 않았다. 그는 심지어 〈안녕하세요〉 혹은 〈뉴스에서 뭐라고 했죠〉와 같은 간단한 물음에도 대답하기 전에 잠시 머뭇거리는 버릇이 있었다. 마치 〈말이란 가볍게 흘러가 버려서는 안 될 개인적인 재산이라도 되는 듯이〉.

 중개인은 기다렸다. 그러는 동안 세련되게 꾸며진 그 방 안에 침묵이 흘렀다. 넓고, 긴 양털로 된, 짙은 푸른빛을 띠는 융단, 소파, 마호가니 커피 테이블, 외제 텔레비전, 적당한 모퉁이에 놓인 커다란 넝쿨나무, 그리고 필요해서라기보다는 그림자를 만들기 위해 여섯 개의 통나무가 열십자 모양으로 정리되어 있는 벽난로. 부엌으로 통하는 통로 옆에는, 등받이가 높다란 여섯 개의 의자들과 잘 어울리는 어두운 색의 식탁. 다만 벽면에 그림이 빠져 있어, 빛 바랜 사각 형태만이 두드러졌다. 열린 문으로 들여다보이는 부엌은 스칸디나비아식이었고, 최신의 전자 제품들로 가득 차 있었다. 이미 둘러본 네 개의 침실들은 마음에 들었다.

 요엘은 눈과 손가락으로 선반에서 꺼낸 것들을 면밀히 살펴보았다. 그것은 조각품으로, 입상으로 만들어진 아마추어의 작품이었다. 갈색 올리브나무에 조각한 후 래커칠을 여러 겹 한 음흉한 육식 동물. 그것의 턱은 크게 벌어져 있었고, 이빨은 뾰족했다. 두 앞발은 멋지게 뛰어올라 공중에서 양발을 벌리고 있었다. 오른쪽 뒷발은 점프하려고 애를 써서 근육이 수축되어 불룩 솟은 채 공중에 떠 있었고, 왼쪽 뒷발만이 스테인리스 스틸로 된 판 위에 붙어 있어, 그 야수가 판에서 떨어지는 것을 막고 있었다. 몸은 45도 정도 기울어져 솟아 있었고, 그 긴장감이 너무나 강력하여 요엘은 자신의 살 속에 구속당한 발의 고통과 저지당한 도약의 절망감이 느껴지는 듯했다. 조각가가 나무 위에다 뛰어나고 음흉하게 보이는 유연성을 새겨 넣는 데 성공하긴 했지만, 그 입상은 부자연스럽고 납득이 가지 않는 작품이라는 것을 그는 발견했다. 하지만 이것은 아마추어의 작품이 아니었다. 턱과, 발의 세밀한 부분, 용수철처럼 소용돌이치고 있는 꼬임, 근육의 긴장감, 복부의 활 모양으로 굽은 곡선, 튼튼한 갈빗살 속에 가득 차 있는 횡격막, 그리고 심지어 그 야수의 귀가 기울어진 각도까지 — 뒤쪽으로 쏠려서, 거의 머리 뒤쪽으로 납작하게 누워 있는 — 세심한 모든 부분들이 탁월하였고 재질의 한계에 도전하는 비법을 터득했다는 것을 분명히 보여 주고 있었다. 그것은 분명 나무 자체가 가진 성질에서 자유로워져서, 잔인하고, 격렬하고 거의 성적인 생명감마저 획득한 하나의 조각품이었다.

그럼에도 불구하고 무엇인가가 부적절하였다. 이런저런 것이 뒤틀려 보이고, 눈에 거슬렸다. 말하자면, 너무 잘 갈무리되었거나, 혹은 충분히 갈무리되지 않은 것이다. 그것이 무엇인지, 요엘은 발견할 수 없었다. 그는 눈에 통증을 느꼈다. 다시 한번 그는 이것이 아마추어의 작품인가 하는 의심을 품어 보았다. 그러나 어디에 결점이 있는가? 그의 발가락 끝까지 뻗어 가는 순간적인 충동과 함께, 희미한 육체의 분노가 그의 내부에서 꿈틀거렸다.

어쩌면 숨겨진 흠을 가졌을지도 모르는 그 음흉한 것이 마치 중력의 법칙을 비웃는 듯했기 때문이다. 그의 손에 있는 육식 동물의 무게는 그 창조물이 부서져 떨어져 나가 버리지 않도록 하면서, 뒷발과 판 사이의 작은 부분으로만 부착되어 있는 금속판의 무게보다도 더 무거워 보였다. 요엘이 주의 깊게 본 것은 바로 이 지점이었다. 그는 금속 표면 위에 있는 미세하게 파여 들어간 곳 속에 발이 빠져 들어가 있다는 것을 발견했다. 그러나 어떻게?

그가 물체를 뒤집어 보고 발을 판에 고정시키기 위해서는 그곳에 있어야만 한다고 생각했던 나사의 흔적이 전혀 보이지 않는 것을 발견하고 놀랐을 때, 그의 원인 모를 분노는 더욱 격렬해졌다. 그는 그 입상을 다시 뒤집어 보았다. 그 야수의 살 위 어느 쪽에도, 뒷발의 틈새 사이에도 나사의 흔적은 없었다. 그렇다면 그 동물의 살인적인 도약을 지탱하고 있는 것은 무엇인가? 분명 아교는 아니었다. 입상의 무게는 요엘이 알고 있는 어떤 접착제로도 그렇게 미세한 지점만을 붙여서 그것의 몸체를 판에서 앞쪽으로 그렇게 정확한 각도로 기울어지게 고안하고 야수를 지반 위에 붙여 있게 할 수 없을 것 같았다. 아마도 패배를 인정하고 안경을 써야 할 시간이었다. 마흔일곱의, 이미 초년에 퇴임하여 삶을 즐기고 있는, 홀아비란 단어가 뜻하는 거의 모든 의미에서 자유로운 남자인, 그가 여기 있었다. 중요한 것은 그 평범한 진리를 그가 고집스럽게 부정하는 데 있었다. 그의 눈은 때때로 충혈되었고, 가끔 활자들이 흐려 보였는데, 특히 밤에 그의 침대 옆에 있는 램프 불빛에는 더욱 그러했다. 그러나 주된 의문점들은 여전히 풀리지 않았다. 만약 그 육식 동물이 판보다 더 무겁고 완전히 그것을 넘어서도록 고안되었다면, 물체는 균형을 잡지 못해야 했다. 만약 접합점이 아교로 고정되어 있다면, 오래전에 떨어졌어야 했다. 만일 그 짐승이 완전하다면, 바늘 끝만큼도 안 되는 홈은 무엇인가. 어떤 결함이 있다고 믿는 느낌의 근원은 무엇인가. 만약 감춰진 속임수가 있었다면, 그 속임수는 무엇인가.

결국, 모호한 울분 속에서 — 요엘은 자신이 침착하고, 자신만만한 사람으로 보이는 것을 좋아하였기 때문에, 그의 내부에서 들끓고 있는 분노에조차 화가 나 있었다 — 그 동물의 목을 잡고, 완력이 아니라, 주술을 풀어서 신비한 손아귀 속에서 고통받는 야수를 해방시켜 주고자 노력했다.

「조심하세요.」 중개인이 말했다. 「그걸 깨버리면 안타까울 거예요. 가서 정원 분수를 살펴볼까요? 정원이 약간 내팽개

쳐진 것처럼 보일지도 모르지만 아침이면 빗줄기처럼 잘 작동할 거예요.」

요엘은 손가락으로 조심스럽고도 섬세하게, 천천히 쓰다듬으며, 생명이 있는 것과 무생물 사이의 비밀스러운 연결 부위 주변을 만졌다. 그 입상은 아마추어의 작품이 아니라, 교활함과 힘을 가진 재능 있는 예술가의 것이었다. 그의 마음속에는 비잔틴 양식의, 그리스도가 십자가에 못 박히는 장면을 본 희미한 기억이 잠시 동안 가물거렸다. 그것은 또한 설명되지 않는 어떤 것을 가지고 있었고 고통으로 가득 차 있었다. 그는 마치 내적 논쟁의 끝에 자신도 동의한다는 듯이 고개를 두 번 끄덕였다. 그는 위쪽의 보이지 않는 먼지 자국, 아니면 자신의 지문을 없애기 위하여 입김을 불었고, 그러고 나서 그것을 푸른색 꽃병과 놋쇠 향로 사이의 장식 선반 위에 아쉽지만 도로 가져다 놓았다.

「좋아요.」그는 말했다. 「이곳으로 정하도록 하죠.」

「뭐라고요?」

「이곳을 택하기로 결심했습니다.」

「무엇을 택한다고요?」 중개인이 당황하여, 약간은 의심스러운 눈길로 손님을 응시하면서 물었다. 중개인은 아담했으나 씩씩해 보였고, 자기 존재의 내부 깊은 곳을 드러내지는 않았지만 일관성이 있었고 추상적으로 보이기도 했다. 그는 얼굴을 선반 쪽으로, 그리고 등을 중개인 쪽으로 돌린 채 움직이지 않고 서 있었다.

「이 집요.」그는 조용히 대답했다.

「단지 그렇게요? 정원을 보고 싶지 않으세요? 혹은 창고라도?」

「제가 말씀드렸죠, 정했다고.」

「그러면 한 달에 9백 달러의 집세를 내고, 또 미리 반년치를 지불하는 데 동의하십니까? 수리비와 모든 세금은 손님께서 부담하시고요?」

「됐습니다.」

「모든 손님들이 댁과 같다면 좋을 텐데.」 중개인이 웃었다.

「전 바다에서 하루 종일 보낼 수 있어요. 제 취미는 항해하는 거죠. 세탁기와 가스레인지를 우선 점검해 보시겠어요?」

「댁의 말을 믿도록 하죠. 만약 어떤 문제가 생기면, 언제든지 서로 연락할 수 있으니까요. 댁의 사무실로 가서 계약서를 작성합시다.」

2

라마트 로탄이란 외곽 지대에서, 이븐 가비롤 거리에 있는, 중심가의 사무실로 돌아오는 자동차 안에서, 중개인은 혼자 독백을 했다. 그는 주택 시장이나, 주식 시장의 붕괴, 자신을 바짝 죄게 만들 것으로 보이는 새로운 경제 정책, 그리고 말할 가치가 없는 현(現) 정부에 관하여 중얼거렸다. 그는 요엘에게 개인적으로 친분이 있는 그 집의 주인인 요시 크라메르가 이스라엘 항공의 부장이며, 2주일도 채 남겨 두지 않은 채 통지를 받고 갑자기 뉴욕으로 3년 동안 가게 되어, 곧장 아내와 아이들을 데리고 가서 퀸즈에서 마이애미로 이사를 가는 또 다른 이스라엘인의 아파트를 얻어야 했기 때문에 서두를 수밖에 없었다고 설명해 주었다.

그의 오른편에 앉아 있는 사람은 마지막 순간에 마음을 바꿀 사람처럼 보이지는 않았다. 한 시간 반 만에 두 집을 둘러보고서는, 발을 들여놓은 지 20분 만에 집값 때문에 옥신각신하지도 않고 세 번째 집으로 정한 손님이 이제 와서 꼬리를 빼지는 않을 것이다. 그럼에도 불구하고 중개인은 자기 옆에 앉아 있는 손님에게 좋은 가격으로 집을 얻었다는 확신을 계속해서 주어야 한다는 직업적인 의무감을 느꼈다. 비록 얇은 입술은 미소 비슷한 것을 표현하고 있지 않았지만, 희미하게 조소하는 듯한 미소를 머금은 눈 언저리에는 거의 주름이 없었으며, 움직임이 느린 이 낯선 이에 대하여 무언가를 알고 싶어 했다. 그래서 중개인은 그 집에 대한 칭찬, 소위 〈예술의 상태〉라고 불릴 만한 그대로, 약간 떨어진 교외에 지어진 그 집의 장점에 관해 떠들어 댔다. 「옆집 이웃들은 미국인 남매로 분명히 디트로이트의 어떤 자선 재단을 대표하여 파견된 사람들인데 성실한 사람들이에요. 그래서, 평화로움과 조용함이 보장되지요. 길 전체가 잘 가꾸어진 집들로 구성되어 있죠. 차를 주차시킬 차고도 있지요. 현관문에서 단 몇백 야드 떨어진 곳에 쇼핑 센터와 학교가 있고, 단 20분 거리에 바다가 있으며, 도시 전체가 당신 손바닥 안에 있지요. 그 집에는 가구들과 시설들이 완비되어 있는데, 주인인 크라메르 부부가 이스라엘 항공의 경영자에 걸맞은 질적 수준을 알고 있는 사람들이었기 때문에, 가구들과 가전 제품들을 포함하여 모든 것이 1백 퍼센트 외국에서 들여온 것들이라고 확신할 수 있어요. 어느 누구라도 당신이 안목 있는 사람이고 어떻게 해서 그렇게 순식간에 마음을 결정하는 법을 알게 되었는지 알 수 있을 거예요. 다만 저의 모든 고객들이 당신 같았으면……이미 그 말은 했지요. 그리고 저의 질문이 실례가 되지 않는다면, 당신은 어떤 사업을 하시나요?」

요엘은 마치 족집게로 자신의 단어들을 고르듯 생각했다. 그리고 나서 대답했다.

「정부를 위해 일합니다.」

그리고 그는 하던 일을 계속했다. 손가락을 앞에 놓여 있는 장갑 위에다 놓았다 떼었다 하면서, 짙은 푸른색의 표면 위에 잠시 동안 내려놓아 쉬게 했다가는 갑작스레, 혹은 부드럽게, 혹은 은밀히 치워 버리곤 하면서. 그러나 차의 움직임 때문에 어떤 결말을 내릴 수 없었다. 그리고 사실 그는 그 질문이 무엇이었는지도 몰랐다. 비잔틴의 성상에서 보이는 십자가에 매달린 형상은 턱수염에도 불구하고 소녀의 얼굴을 하고 있었다.

「그리고 당신의 부인은? 일을 하나요?」

「그녀는 죽었습니다.」

「죄송합니다.」 중개인은 예의 바르게 대답했다. 그리고 당황해하면서 말을 덧붙였다. 「저의 아내도 역시 문제가 있지요. 깨질 듯한 두통이 문제인데, 의사들도 원인을 알지 못한답니다. 그러면 자녀들의 나이는 어떻게 되나요?」

요엘은 다시 한번 마음속으로 사실들의 정확성을 검토하면서 조심스럽게 계획된 대답을 골라내는 것 같았다.

「외동딸이 있어요. 열여섯 살 반이 됐죠.」

중개인은 껄껄 웃으면서 낯선 이와 남성끼리의 유대감을 강화하기 위하여 친밀한 어조로 말했다.

「쉬운 나이가 아니죠, 그렇죠? 남자 친구들, 위기들, 옷 살 돈, 기타 등등?」 그리고 그는 무례한 질문이 아니라면, 상황이 그런데 왜 네 개의 침실이 필요한지를 물었다. 요엘은 대답하지 않았다. 중개인은 사과했다. 물론 그는 자신이 상관할 바가 아니란 것을 알지만, 단지, 쓸데없는 호기심이라도 말해야만 했다. 그에게는 나이 차이가 일 년 반도 채 안 되는, 열아홉 살과 스무 살이 된 두 아들이 있었다. 심각한 문제. 둘 다 군대에, 그것도 둘 다 전투 부대에. 그는 개인적으로는 좌파주의자나 그런 일들과는 동떨어진 존재이지만, 레바논 전체를 뒤덮고 있는 긴박한 일들처럼, 그렇게 난장판으로 끝나 버린 것은 안타까운 일일 뿐이라고 생각한다면서, 이런 말을 했다. 「그리고 그 일에 대해서 당신은 어느 편인가요?」

「우리에겐 또한 두 명의 늙은 숙녀분들이 있지요.」 요엘은 낮고, 고른 목소리로 앞의 질문에 대답했다. 「할머니들은 우리와 함께 살 겁니다.」 마치 그 말이 대화를 결말짓는 것인 양, 그는 눈을 감았다. 그의 피곤이 집중되는 곳은 어디였던가. 그는 마음속으로 중개인이 한 말들을 어떤 이유에서인지 되풀이했다. 남자 친구들, 위기들, 바다, 그리고 당신의 손바닥 안에 있는 도시 전체.

중개인이 말했다.

「당신의 따님을 저의 두 아들에게 소개해 주시죠? 아마도 그중 한 명은 그녀와 잘 지낼 것 같은데. 전 항상 사람들이 가는 길이 아닌 이 길로 시내에 들어간답니다. 약간 우회로이기는 하지만 네 개 혹은 다섯 개의 끔찍한 신호등을 피하기 때문이죠. 그런데 참 저도 라마트 로탄에 삽니다. 당신과 그리 멀지 않죠. 제 말은 손님이 고르신 집으로부터 말입니다. 제가 저의 집 전화번호를 가르쳐 드리지요. 무슨 문제가 있으면 저에게 전화를 주세요. 그런 일은 없을 겁니다만. 원하실 때 언제든지 저에게 전화 주세요. 손님께 주변들을 보여 드리고 모든 곳의 위치를 설명해 드릴 수 있다면 기쁠 겁니다. 기억해야만 할 중요한 사항은 혼잡한 시간에 시내로 들어가실 때에는, 항상 이 길로 가야 한다는 거죠. 제가 군대에, 포병 부대에 있을 때, 지미 갈이라는 한 연대 사령관을 모시고 있었는데, 그분은 한쪽 귀가 없었어요. 아마 틀림없이 그에 관해 들어 본 적이 있을 겁니다. 그는 항상 두 점 사이에는 단 하나의 직선만이 있고 그 선 위는 항상 우둔한 자들로 가득 차 있다고 말씀하시곤 했죠. 이런 말을 전에 들어 본 적이 있습니까?」

요엘은 말했다.

「감사합니다.」

중개인은 그러고 나서도 요즘의 군대와 그 당시의 군대에 관하여 무엇인가를 좀 더 중얼거렸고, 그러고 나서야 포기한 후 라디오를 켰는데 팝 방송국 채널에서는 재미없는 광고를 내보내고 있었다. 갑자기, 마치 옆에 앉아 있는 남자가 내뿜은 슬픔의 연기가 마침내 강제로 자신 속으로 들어오는 듯이, 손을 뻗어 다이얼을 클래식 음악 방송으로 돌렸다.

그들은 말없이 달렸다. 습기 찬 여름, 4시 30분경의 텔아비브는 요엘에게 화를 내고 있고 힘들게 하는 것 같았다. 대조적으로 겨울 불빛 속에, 비구름 속에 휩싸인 채, 회색빛 황혼으로 희미하게 빛나는 예루살렘이 마음속에 그려졌다.

바로크 음악 프로그램이었다. 요엘은 포기하고 마치 따뜻하게 하려는 것처럼 무릎 사이에 자신의 손을 놓고, 손가락들을 그대로 두었다. 드디어 자신이 찾고 싶어 하던 것을 발견한 것처럼 느껴져, 문득 위안을 얻을 수 있었다. 육식 동물은 눈이 없었다. 그 예술가는 ― 결국은 아마추어인데 ― 눈을 만들어 주는 것을 잊었던 것이다. 어쩌면 엉뚱한 곳에 눈을 가지고 있을지도 모른다. 혹은 같은 크기가 아닌. 그는 또 다른 광경을 바라보았다. 어떤 경우에든 절망하는 것은 너무 이른 것이었다.

3

이브리아는 예루살렘에 비가 쏟아지던 어느 날, 즉 2월 16일에 죽었다. 그녀가 작은 방에서 자신의 커피잔을 들고 책상 앞에서 창문을 마주 바라보며 앉아 있던 아침 8시 30분경 갑자기 정전이 되었다. 요엘은 2년 전쯤, 그녀를 위해 옆집 이웃으로부터 그 방을 구입하여 탈비야에 있는 그들의 아파트와 합쳐 주었다. 트인 부분을 부엌의 검은 벽으로 막고 묵직한 갈색 문을 짜 맞추어 넣었다. 이브리아는 일을 하거나 잠을 잘 동안에 이 문을 잠가 두는 습관이 있었다. 이 작은 방을 옆집의 거실과 공식적으로 연결하는 오래된 문에 벽돌을 쌓고, 회반죽을 바르고, 백도제를 두 번이나 발랐지만, 그 윤곽은 여전히 이브리아의 침대 뒤쪽 벽에 남아 있었다. 그녀는 자신의 새 방을 수도원같이 검소하게 꾸미길 원했다. 그곳을 자신의 서재라고 불렀다. 가느다란 쇠로 된 침대 옆에는 그녀의 옷장이 있었고, 메툴라라는 북부 도시에서 태어나 살다가 돌아가신 그녀의 아버지가 소유했던 묵직한 안락의자가 있었다. 이브리아 또한 메툴라에서 태어나 자랐다.

그녀는 안락의자와 침대 사이에 쇠로 만들어진 표준형 램프를 가지고 있었다. 그녀는 부엌과 자신의 방을 나누는 벽에 요크셔의 지도를 걸어 두었었다. 바닥은 맨바닥이었다. 뿐만 아니라 철제로 된 커피 테이블, 두 개의 철제 의자, 그리고 약간의 철제 책꽂이가 있었다. 그녀는 책상 위에 9세기 내지 10세기경의 로마네스크 양식으로 만들어진, 폐허가 되어 버린 수도원의 흑백 사진을 걸어 두었다. 책상 위에는 그녀 아버지인 쉬엘티엘 루블린이 영국 경찰의 복장을 입고 해마와 같은 콧수염을 하고 있는 사진이 놓여 있었다. 집 안의 자질구레한 일들에서 벗어나게 하고, 또 영문학 석사 논문을 마침내 완성하기 위하여 혼자 몰두하기로 결심하였던 곳이 바로 이곳이었다. 그녀가 선택한 주제는 〈다락방의 수치: 브론테 자매의 작품에 나타나는 성, 사랑, 그리고 돈〉이었다. 매일 아침, 네타가 학교로 가버리고 나면 이브리아는 재즈나 래그타임 음악을 틀어 놓고, 이전 세대의 엄격한 주치의로 보이게 하는 테 없는 사각 안경을 쓰고, 램프를 켜고, 그리고 한 잔의 커피와 함께, 책과 노트들 사이에서 씨름하였다. 그녀는 어린 시절부터 잉크를 찍은 펜으로 열 단어 정도씩 써가는 것에 익숙해 있었다. 그녀는 종잇장같이 얇은 피부와 긴 속눈썹에 맑은 눈을 가진 연약하고 부드러운 여자였다. 그녀의 머리카락이 그즈음에는 반쯤 회색으로 세어 있긴 했지만 어깨 위로 곧게 뻗어 있었다. 거의 항상 그녀는 하얀 블라우스와 하얀 긴 바지를 입었다. 화장은 전혀 하지 않았고, 어떤 이유에서인지 오른쪽 새끼손가락에 끼고 있는 결혼반지 외에는 어떤 보석도 걸치지 않았다. 그녀의 어린아이 같은 손가락은 여름이나 겨울이나 항상 차가웠고, 요엘은 맨살의 등에 갖다 댄 그 차가운 손가락의 느낌을 사랑했다. 그는 마치 꽁꽁 언 병아리들을 품어 주듯 자신의 크고 못생긴 손으로 그 손가락들을 꼭 잡아 주는 것을 좋아했다. 그는 심지어 멀리 떨어져 있는 세 개의 방으로부터 그리고 닫힌 세 개의 문을 통해서 그녀가 종이를 넘기는 소리가 자신의 귀로 들려오는 상상을 가끔 하곤 했다. 때때로 그녀는 일어나서 돌보지 않은 뒤뜰과 높다란 예루살렘의 돌벽이 내다보이는 창문 앞에 잠시 서 있곤 하였다. 저녁 무렵엔 방문을 잠그고, 오전에 쓴 것을 지우고 다시 쓰고, 1백 년 혹은 더 이전의 영어 단어의 의미를 확실히 알기 위하여 여러 사전들을 뒤적이면서 책상에 앉아 있곤 했다. 요엘은 대부분의 시간 동안 집을 떠나 있었다. 그가 집에 있는 밤이면, 각자 자신의 침실로 자러 가기 전에 부엌에서 만나 여름이면 얼음 조각을 넣은 차를 마셨고 겨울이면 코코아 한 잔을 마시곤 했다. 그와 네타는 암묵적으로 그녀에게 동의하고 있었다. 반드시 필요한 경우가 아니라면 그녀의 방으로 들어갈 수 없었다. 부엌을 지나, 그들의 집에서 동쪽으로 연장되어 나간 이곳은, 그녀만의 영토였다. 항상 무거운 갈색 문이 방어하고 있는.

넓은 더블베드, 서랍장 그리고 두 개의 똑같은 거울이 있는 침실은 자기가 좋아하는 히브리 시인들의 사진들이 걸려 있는 벽을 흠모했던 네타가 물려받았다. 알테르만, 레아 골드버그, 스테인버그 그리고 아미르 길보아. 부모님 침대가 있었던 양쪽의 테이블 위에 나병 환자 병원 옆의 경사진 빈 들판에서 늦여름에 꺾어 두었던 엉겅퀴를 말려 꽃병에다 꽂아 올려놓았다. 그녀는 악기를 연주하지는 않았지만, 좋아하는 악보들을 선반 위에 모아 두었다.

요엘은 〈독일 식민지 구역과 악한 음모의 언덕 구역〉이 내려다보이는 딸의 육아방으로 이사했다. 그는 힘들게 방의 물건을 바꿔 놓는 일은 거의 하지 않았다. 어떤 경우에든 그는 대부분 멀리 여행을 하고 있었다. 밤에 집에 있을 때는 서로 크기가 다른 열두 개의 인형들이 잠자고 있는 그를 줄곧 지켜보았다. 그리고 신뢰가 가는 중년 은행가의 풍모를 지닌 독일산 셰퍼드 옆에 바짝 붙어 잠자고 있는 새끼 고양이의 컬러 포스터. 요엘이 소녀의 방에서 바꾼 것은 단지 바닥 구석의 타일 여섯 개를 치워 버리고 그곳에 금고를 가져다 놓고 단단히 박아 놓은 일뿐이었다. 요엘은 그 금고 속에 두 개의 권총, 여러 나라의 수도와 지방 마을에 대한 세밀한 계획서들, 여섯 개의 여권과 다섯 개의 운전 면허증, 『방콕의 밤에는』이란 이름의 노란색 영문 책자, 간단한 약품들을 모아 놓은 작은 상자, 두 개의 가발, 여러 개의 여행용 세면 도구 세트, 몇 개의 모자, 접은 우산과 비옷, 두 개의 가짜 콧수염, 여러 호텔과 기관에서 가져온 필기구들, 주머니용 계산기, 조그만 알람 시계, 비행기와 기차 시간표, 그리고 마지막 세 자리 수들이 거꾸로 되어 있는 전화번호가 적힌 노트들을 보관해 두었다.

변화가 지나간 다음부터 세 명이 만나는 장소는 부엌이었다. 그들의 정상 회담이 열리는 곳이 바로 이곳이었다. 특히 주말에는. 이브리아가 차분한 색조와 1960년대 초반의 예루살렘 스타일로 꾸며 놓은 거실은 주로 그들의 텔레비전 방 역할을 했다. 요엘이 집에 있을 때, 세 명은 가끔 저녁 9시 뉴스를 보기 위하여, 그리고 가끔은 영국 드라마를 보기 위하여 거실에 모이기도 했다.

할머니들이 함께 방문하실 때에만, 거실은 원래의 역할을 온전히 수행했다. 과일과 함께 긴 유리잔에 담긴 레몬차가 쟁반에 받쳐져 나왔고, 그들은 할머니가 가져온 케이크를 먹었다. 이브리아와 요엘은 두 어머니들을 위하여 몇 주일에 한 번씩 저녁을 준비했다. 요엘의 몫은 그가 키부츠에 있었던 젊은 시절부터 자신의 장기였던 풍성하고 잘 썬, 양념들이 잘 혼합된 샐러드를 만드는 것이었다. 그들은 뉴스나 다른 문제들에 관해 환담을 나누었다. 할머니들이 좋아하는 대화는 문학과 예술에 관한 것이었다. 가족 문제들은 전혀 거론되지 않았다.

이브리아의 어머니인 아비가일과 요엘의 어머니인 리사는 일본식 꽃 장식을 연상시키는 비슷한 머리 모양을 한, 등이 곧은 기품 있는 여자들이었다. 적어도 언뜻 보기에는 수년에 걸쳐 그들은 더욱 비슷해져 있었다. 리사는 섬세한 귀고리와 정교한 목걸이를 목 주위에 두르고 있었고 절제 있는 화장을 했다. 아비가일은 콘크리트 길 옆 가장자리에 핀 꽃들처럼 회색 정장에 생기를 불어넣어 주는 젊어 보이는 실크 스카프를 목에 두르기를 좋아했다. 가슴에는 플라스크 병을 거꾸로 세운 모양의 상아 브로치를 달았다. 잠시만 바라보아도 누구나

아비가일에게서는 통통한 모습과 슬라브족의 불그레한 혈색을 발견할 수 있었다. 반면에 리사는 마치 쪼그라들어 버릴 것만 같아 보였다. 6년 동안 그들은 르하비아의 멋진 언덕 위의 라닥 거리에 침실 두 개가 딸린 리사의 아파트에서 살고 있었다. 리사는 군인 도움 협회의 한 지부에서 활발히 일하고 있는 반면, 아비가일은 지체 아동들을 위한 위원회에서 자원봉사자로 일하고 있었다.

다른 방문객들은 자주 들르지 않았다. 네타는 자신의 상태로 인하여 친밀한 여자 친구가 없었다. 학교에 있지 않을 때는 시립 도서관으로 갔다. 혹은 침대에 누워 독서를 했다. 그녀는 한밤중이 다 되도록 누워서 책을 읽곤 했다. 간혹 그녀의 엄마와 함께 영화관이나 극장에 갔다. 두 할머니는 그녀를 국립 극장이나 YMCA의 콘서트에 데려갔다. 때로는 그녀 혼자 나병 환자 병원 옆의 들판으로 엉겅퀴를 모으러 나가기도 했다. 가끔은 음악회나 도서관 토론 모임에 가기도 했다. 이브리아는 거의 집을 떠난 적이 없었다. 뒤늦은 논문에 그녀는 대부분의 시간을 할애했다. 요엘은 일주일에 한 번 청소부가 오게끔 조처해 놓았기 때문에, 아파트가 항상 깨끗하고 정갈했다. 이브리아는 일주일에 두 번씩 차를 가지고 방대한 쇼핑 탐험을 나가곤 했다. 그들은 많은 옷을 사지는 않았다. 요엘은 여행을 마치고 돌아오면서 전리품들을 가지고 오는 습관이 없었다. 그러나 그는 생일이나, 3월 1일인 그들의 결혼 기념일을 잊어버리는 법은 절대 없었다. 그는 안목이 있어서, 파리, 뉴욕 혹은 스톡홀름 등에서 적당한 가격선에서 품질이 아주 좋은 스웨터를, 딸을 위해서는 더할 나위 없이 예쁜 블라우스를, 아내를 위해서는 흰 바지를, 장모와 자신의 어머니 몫으로는 스카프나 벨트 혹은 머플러를 항상 잘 골라 사왔다.

이브리아의 친구들이 가끔 들러 커피를 마시거나 잡담을 한동안 나누기도 했다. 때때로 이웃인, 이타마르 비트킨이 〈살아 있는지 확인하기 위해〉 혹은 〈엉망인 내 방이 어떤지 살펴보기 위해서〉라는 명목으로 찾아왔다. 그는 이브리아에게 영국의 위임 통치 시절의 생활에 대해 이야기하곤 했다. 몇 년 동안 그 아파트에서는 어떤 큰 목소리도 나지 않았었다. 아버지, 어머니 그리고 딸은 항상 서로를 방해하지 않으려고 세심하게 주의를 기울였다. 그들이 이야기를 할 때면 언제나 그렇게 예의를 차렸다. 그들은 모두 자신들의 경계선을 알고 있었다. 주말이 되어 식탁에 함께 모일 때면, 그들은 지적 능력을 가진 생명체가 우주에 존재하는가 하는 문제에 관한 이론들이나 기술의 장점을 상실하지 않고도 생태계를 구해 내는 방법은 없는가 하는, 일상적인 관심사와는 동떨어진 문제들에 관해 이야기했다. 그들은 이런 문제들에 관하여 서로 끼어들지 않으면서도 활발히 토론했다. 가끔은 겨울용 새 신발을 산다든가, 식기 세척기를 수리한다든가, 여러 난방 시설의 비용에 관해서, 혹은 욕실의 약 상자를 새것으로 교체할 것인가 말 것인가 하는 소위 실용적인 문제들에 관한 짧은 회의가 있기도 했다. 그들은 음악에 관해서는 서로 취향이 맞지 않아 별로 이야기하지 않았다. 정치, 네타의 상태, 이브리아의 논문, 그리고 요엘의 일에 관해서는 결코 언급하지 않았다.

비록 요엘이 집을 많이 비우긴 했지만, 그는 집으로 돌아간다는 것을 알리기 위해 항상 주의를 기울였다. 그는 해외라는 단 한마디 외에는 어떤 상세한 사항을 알리지 않았다. 그들은 주말을 제외하고는 각자 가장 좋은 시간에 따로 식사를 했다. 탈비야의 작은 아파트 지구의 이웃들은 약간의 이런저런 소문 덕택으로, 요엘이 해외 투자자들과 거래를 한다고 알고 있었는데, 그것으로 서류 가방이나 여름날 그의 팔에 걸쳐져 있는 겨울 코트, 그리고 이른 시간에 택시를 타고 공항으로 오고 가는 것이 설명되었다. 그의 장모님과 어머니는 요엘이 군사 장비를 조달하기 위하여 정부 대표로 여행하고 있다고 믿거나 또는 그렇게 믿기를 좋아했다. 그들은 어디서 감기가 걸렸니? 혹은 어디서 그렇게 탔니? 같은 질문을 해서, 들을 수 있는 대답이란 고작 〈유럽에서〉 혹은 〈햇볕 때문에〉와 같은 무성의한 대답이란 것을 잘 알고 있었기에 그런 질문은 거의 하지 않았다.

이브리아는 알았다. 세세한 사항들은 그녀의 관심사가 아니었다.

네타가 이해하거나 상상했던 것이 무엇인지 아는 것은 불가능했다.

그 아파트에는 세 개의 오디오 설비가 있었는데, 하나는 이브리아의 서재에, 또 하나는 요엘의 방에, 그리고 나머지 하나는 네타의 더블베드 머릿장에 있었다. 그래서 아파트의 문들은 항상 닫혀 있었고, 다른 종류의 음악이, 끊임없이 조심스럽게, 낮은 볼륨으로 흘러나왔다. 그래도 방해할 정도는 아니었다.

단지 거실에만은 가끔 이상한 소리들이 서로 뒤섞여 들렸다. 그러나 거실에는 아무도 없었다. 몇 년 동안 정갈했고, 깨끗했고, 텅 비어 있었다. 다만 할머니들이 방문하여, 모두가 각자의 방에서 나와 모였을 때를 제외하면.

4

이것은 그 재난이 발생한 경위이다. 가을이 왔다가 가고 겨울이 되었다. 반쯤 얼어붙은 새 한 마리가 부엌의 발코니에 나타났다. 네타는 그것을 침실로 데려가 따뜻하게 해주었다. 그녀는 옥수수를 삶아 주고 스포이트로 물도 먹였다. 저녁이 다가오자 새는 원기를 회복하여 필사적으로 짹짹거리며 방 주위로 날갯짓을 하며 퍼덕거리기 시작했다. 네타는 창문을 열고 그 새가 날아가게 했다. 다음 날 아침, 앙상한 나뭇가지 위에는 더 많은 새들이 앉아 있었다. 아마 그 새도 그들 무리 속에 있었을 것이다. 어떻게 알 수 있었겠는가. 비가 몰아치는 그날 아침 8시 30분에 정전되었을 때, 네타는 학교에 있었고 요엘은 다른 나라에 있었다. 이브리아는 빛이 충분히 밝지 않다고 생각했던 것 같다. 예루살렘은 낮게 깔린 구름과 안개로 어두워져 있었다. 그녀는 바깥으로 나가 문이 열려 있는 건물의 지하에 주차되어 있던 차에 가려고 발을 내려놓았다. 그녀는 차의 트렁크에서 요엘이 로마에서 사온 강력한 손전등을 꺼내 오려고 했다. 그녀는 내려가면서 발코니에 있는 빨래 건조대의 잠옷이 바람에 날려 정원 벽에 붙어 있는 것을 발견했다. 그녀는 그것을 줍기 위해 가로질러 갔다. 이것이 그녀가 고압선으로 가게 된 경위다. 분명 그녀는 그것을 빨랫줄로 착각하였다. 혹은 어쩌면 그녀는 그것이 전깃줄이라는 것을 바로 알았지만 전력이 끊긴 상태이기 때문에 선이 죽었다고 합리적으로 생각했을 것이다. 그녀는 선 아래로 건너가기 위하여 그것을 들어 올리려고 손을 뻗었다. 혹은 어쩌면 그녀가 헛디뎌 그것에 걸려 넘어졌을 것이다. 어떻게 알 수 있겠는가. 정전은 진짜 정전이 아니었다. 정전이 된 것은 단지 그들의 건물뿐이었다. 그 전깃줄은 살아 있었다. 습기로 인하여 그녀가 그 자리에서 감전사해 버렸기 때문에 어떤 고통도 느끼지 않았다는 것은 거의 확실했다. 또 한 명의 희생자가 있었다. 옆집에 사는 이타마르 비트킨으로, 몇 년 전에 요엘에게 방을 판 사람이었다. 그는 60대의 남자로, 냉동 트럭을 가지고 있었으며, 몇 해 동안 홀로 살고 있었다. 그의 자녀들은 장성하여 멀리 이사가 버렸고 그의 아내는 그와 예루살렘을 떠나 버렸다(이것이 그가 방이 더 이상 필요 없어, 요엘에게 팔아 버린 이유이다). 이타마르 비트킨이 창문을 통해 그 사건을 목격하고 도와주기 위해 서둘러 아래층으로 왔을 것이라고 생각된다. 그들은 서로의 팔을 잡고 웅덩이에 빠져 누워 있는 채로 발견되었다. 그 남자는 아직 살아 있었다. 처음에 그들은 인공호흡을 하려고도 노력했고 얼굴을 세게 치기도 했다. 그는 구급차를 타고 하다사 병원으로 이송 도중에 절명했다. 요엘은 그것을 보지 못했다.

이웃들은 비트킨을 좀 이상하다고 여겼다. 그는 때때로 황혼녘에 자기 트럭의 운전대에 올라가서, 머리와 굼뜬 몸을 반쯤 창밖으로 내밀고선 지나가는 사람들에게 15분가량 기타를 연주해 주곤 했었다. 사람들은 그것을 들으려고 멈추어 섰다가 몇 분이 지나면 어깨를 으쓱하고선 가던 길을 가곤 했다. 그는 유제품을 상점에 배달하는 일을 늘 밤에 했으므로 아침 7시나 되어야 집으로 돌아왔다. 여름과 겨울에도. 칸막이 벽을 통해 가끔씩 기타 연주 소리와 함께 그의 목소리를 들을 수 있었다. 그의 목소리는 마치 수줍어하는 여자에게 구애하듯 부드러웠다. 그는 뚱뚱하고 살집이 축 늘어진 사람이었고, 늘 러닝셔츠와 너무나 헐렁한 카키색 바지 차림으로 주위를 돌아다녔다. 그는 어쩌다 이제 막 일을 저질렀거나 말할 수 없는 어떤 것을 말해 버렸다는 끊임없는 공포 속에서 살아가는 사람처럼 보였다. 그는 식사를 마치면 발코니에 앉아 새들에게 빵 부스러기를 던져 주곤 했다. 그는 또 새들을 잘 구슬리기도 했다. 여름날 저녁이면 때때로, 회색 러닝셔츠 차림으로 발코니에 놓인 버들가지 의자에 앉아 아마도 원래는 기타가 아니라 발랄라이카를 위한 곡이었을 것 같은 비통한 러시아 곡조를 연주하곤 했다.

 이런 모든 별난 점들에도 불구하고 그는 좋은 이웃으로 여겨졌다. 그가 주민 위원회 투표에서 대표로 나선 적은 없었지만, 마을 입구의 회관과 계단을 지키는 정규 직원 같은 종류의 일에는 자원하였다. 심지어 자신의 주머니를 털어 제라늄 화분 한 쌍을 사서 현관 입구의 양쪽에 그것들을 놓아두기도 했다. 어떤 사람이 말을 걸거나 시간을 물으면, 멋진 선물에 놀란 어린이처럼 상냥한 표정이 얼굴 전체에 퍼져 갔다. 이런 모든 것들이 요엘에게 약간의 조바심을 일으켰다.

 그가 죽었을 때, 세 명의 장성한 아들들은 며느리와 변호사를 동반하고 도착하였다. 그들은 수년 동안 거추장스럽게 그를 방문한 일이 결코 없었다. 이제 그들은 아파트 내부의 내용물들을 명확하게 나누어서 팔 준비를 했다. 그들이 장례식에서 돌아온 날에는 격론이 일어났다. 두 며느리의 목소리가 울렸는데, 너무나 커서 이웃들도 들을 수 있을 정도였다. 그러고 나자 두 명 내지 세 명의 변호사가 혼자 혹은 전문적인 입회인과 함께 도착했다. 그 재난 후 4개월이 되어 요엘이 예루살렘을 떠나려고 준비할 때에도, 이웃의 아파트 문은 여전히 잠겨 있었고 덧문이 내려져 있었으며 텅 비어 있었다. 어느 날 밤 네타는 벽을 통해 들려오는 부드러운 음악 소리를 들었다고 생각했다. 기타가 아니라, 아마도 첼로라고 그녀는 말했다. 아침에 그녀는 조용히 그 사실을 넘기려고 했던 요엘에게 말해 주었다. 그의 딸은 자주 그가 했던 것처럼 그에게 말을 했다.

그 회관 입구에는, 주민 위원회가 보낸 애도의 글이 우편함 위에서 노랗게 변색되어 갔다. 요엘은 여러 번 그것을 내리려고도 했지만, 그렇게 하지 않았다. 잘못된 철자가 있었다. 그 글에는 주민들이 충격을 받았으며 비통해하는 각 가정의 슬픔과 사랑하는 이웃인 이브리아 라비브 부인과 아비타르 비트킨 씨를 영원히 잃어버린 슬픔을 함께한다고 되어 있었다. 라비브는 요엘이 일상생활에서 사용한 성이었다. 라마트 로탄의 새로 지은 집을 세내었을 때, 그는 별다른 이유는 없었지만 자신을 라비드라고 부르기로 결정했다. 네타는 런던에서 다른 이름을 가지고 요엘의 일과 연루되어 함께 살았던 3년을 제외하면 항상 네타 라비브였었다. 그의 어머니의 이름은 리사 라비노비치였다. 이브리아는 띄엄띄엄 15년간

대학에서 공부하는 동안 그녀의 처녀 시절 이름인 루블린을 항상 사용했다. 요엘은 라이오넬 하트라는 이름으로 헬싱키에 있는 유로파 호텔에 투숙했다. 그러나 빗속에서 라비브 부인의 팔에 안겨 죽음을 맞이함으로써 여러 가지 소문의 온상지가 된 기타를 사랑한 중년의 이웃은 이타마르 비트킨이었다. 인쇄된 글에 있듯이, 아비타르 비트킨이 아니었다. 그러나 네타는 실제로 아비타르란 이름을 더 좋아했다고 말했다. 어쨌든 그것이 무슨 차이가 있었는가?

5

2월 16일 오후 10시 30분 택시를 타고 유로파 호텔로 돌아왔을 때, 그는 실망에 차 있었으며 피곤했다. 그의 의도는 몇 분 동안 바에 머물면서 진토닉을 한 잔 마시고 방으로 올라가기 전에 그 만남을 분석하는 것이었다. 그가 헬싱키에 온 목적은 튀니지인 기술자를 만나기 위해서였는데, 저녁 무렵에 그를 기차역의 레스토랑에서 만났다. 그런데 그는 별 볼일 없는 사람인 듯한 냄새를 풍겼다. 그는 부당한 호의를 요청했고 하찮은 교환품을 제시했다. 만남이 끝났을 때 그가 넘겨준 자료는 샘플에 불과한 거의 평범한 것이었다. 대화 도중에, 그 남자는 다음 만남에서는, 만약 만남이 있다면, 온전한 알라딘 동굴을 함께 가져올 듯한 인상을 전달하려 노력하기는 했지만. 그리고 실제로 요엘은 수년 동안 그것을 정말로 갈망하고 있었던 것이다.

그러나 보답으로 그가 요구한 대가는 재정적인 문제가 아니었다. 〈보너스〉라는 단어를 정확하게 사용하면서 요엘은 그 사람의 탐욕을 떠보았으나 헛수고였다. 이 문제에 있어서, 그리고 이것에서만은, 그 튀니지인은 애매하지 않았다. 그는 돈 욕심이 없었다. 그것은 분명히 비금전적 요구였다. 요엘의 마음속 깊은 곳에서, 보증할 만한 확신이 들지 않았다. 확실한 보다 높은 상급의 인증 단계를 거쳐서. 그 남자가 일급 상품을 소유하고 있다는 기미가 보인다 하더라도, 요엘은 의심하는 경향이 있었다. 그래서 그는 좀 더 심도 있는 접촉을 마련하기 위하여 다음 날 다시 연락하기로 약속하고서 그 튀니지인을 잠시 떠난 것이었다.

그날 저녁 그는 일찍 잠자리에 들려고 했다. 눈이 피곤했다. 눈이 아플 지경이었다. 거리에서 본 휠체어에 앉아 있는 장애인이 그의 머릿속에 여러 번 떠올랐다. 그가 친숙하게 느껴졌던 것이다. 아주 잘 아는 사이는 아니었지만 완전히 생면부지는 아니었던 것이다. 어느 정도는 그가 기억해 내야만 하는 어떤 것과 같았다.

그러나 그는 기억해 내지 못했다.

데스크 직원이 바의 출입구에서 그를 붙잡았다. 「죄송합니다. 선생, 실러 부인이라는 분이 몇 시간 동안 네댓 차례 선생을 뵈려고 했었습니다. 그분은 하트 씨가 호텔에 도착하자마자 형제 분과 연락을 해야 한다는 긴급한 메시지를 남기셨습니다.」

요엘은 그에게 감사했다. 그는 바에 대한 생각을 그만두었다. 여전히 겨울 코트를 입은 채, 되돌아서서 눈이 쌓인 거리로 걸어 나왔는데, 밤이라 보행자가 거의 없었고 차도 많지 않았다. 그는 어깨 너머로 흘끗 눈길을 돌려 눈 속에서 노란 불빛이 비치는 웅덩이들을 바라보면서 길을 걸어 내려갔다. 그는 우회전을 하려고 마음먹었다가 마음을 바꿔 좌회전하고선, 찾고자 하는 것을 발견할 때까지 부드러운 눈 속에 발을 질질 끌며 두 블록을 걸었다. 공중전화. 다시 그는 주위를 둘러보았다. 살아 있는 것이라곤 아무것도 없었다. 불빛이 비치는 곳마다 눈은 피부병처럼 푸른빛이나 핑크빛으로 변했다. 그는 이스라엘에 있는 사무소로 수신자 부담 전화를 걸었다. 긴급한 접선이 필요할 때 그의 형이라 칭하기로 되어 있는 이 사람을 그들 모두가 르 파트롱이라 불렀다. 이스라엘은 거의 자정에 가까운 시간이었다. 르 파트롱의 조수 중 한 명이 즉시 돌아오라고 일러 주었다. 그는 다른 말은 덧붙이지 않았고, 요엘도 아무것도 묻지 않았다. 새벽 1시에, 그는 헬싱키에서 빈으로 날아갔다. 그곳에서 그는 이스라엘로 가는 비행기를 타기 위해 7시간을 기다렸다. 아침에 빈 역으로 사람이 나왔고 출발 라운지에서 그와 함께 커피를 마셨다. 그는 요엘에게 어떤 일이 발생하였는지 말할 수 없거나 그렇지 않으면 아무것도 말하지 말라는 명령을 받았을 것이다. 그들은 업무에 관하여 조금 이야기하였다. 그러고 나선 경제에 관하여 대화를 나누었다.

 그날 저녁, 벤구리온 공항에서, 르 파트롱은 개인적으로 그를 기다리고 있었다. 그는 거두절미하고 이브리아가 그 전날 사고로 감전사했다고 말하였다. 요엘의 두 가지 질문에 그는 정확히 그리고 윤색하지 않고 대답했다. 그는 요엘의 손에서 작은 슈트케이스를 받아 들고, 옆 출입구를 통해 자동차로 인도하고서 예루살렘까지 개인적으로 데려갈 것이라는 사실을 알려 주었다. 튀니지인 기술자에 관한 몇 마디를 제외하면 내내 침묵 속에서 그들은 운전해 갔다. 전날부터 내리던 비는 멈추지 않았다. 가늘고 스며드는 가랑비로 바뀌었다. 달려오고 있는 자동차들의 헤드라이트 속에서 빗물은 떨어지는 것이 아니라 땅에서 솟아오르는 듯했다. 예루살렘으로 굽어진 경사로가 시작되는 길 앞에, 전복되어 계속 바퀴가 굴러가고 있는 트럭은 요엘에게 헬싱키에서 본 장애인을 다시 생각나게 했고, 그는 어떤 모순이, 어떤 비개연성이, 어떤 불규칙성이 있을 것 같다는 아쉬움이 계속 끈질기게 꼬리를 물고 늘어짐을 느꼈다. 그것이 무엇인지는 말할 수 없었다. 그들이 카스텔산으로 운전해 올라가고 있을 때, 그는 슈트케이스에서 작은 충전 면도기를 꺼내어 어둠 속에서 정성 들여 면도하였다. 그가 늘 했던 것처럼. 면도도 하지 않고 집에 나타나고 싶지는 않았다.

다음 날 아침 10시에, 두 구의 장례 행렬이 시작되었다. 이브리아는 빗속에서 산헤드리아의 공동묘지에 묻혔고 이웃 사람의 주검은 다른 묘지로 옮겨졌다. 메툴라에서 온 땅딸막한 농부인 이브리아의 큰오빠 낙디몬 루블린은 추모 기도를 더듬거렸다. 그곳에서 〈그녀의 우정과 그녀의 신실함 (ומלכותיה(רעותיה)〉이라고 하는 말이 마치 〈하느님의 목장과 하느님 나라(רעותיה ומלכותיה)〉라는 말처럼, 그리고 〈가까이(קריב)〉라는 말이 동시에 〈싸움(קרב)〉이라는 말처럼 들렸다. 그러고 나서 그와 그의 네 아들은 현기증을 느끼는 아비가일을 부축했다.

그들이 묘지를 떠났을 때, 요엘은 그의 어머니 곁으로 걸어갔다. 그들은 매우 가까이서 함께 걸었지만, 동시에 문을 통과해 나가 검은색 우산이 바람에 엉킨 순간을 제외하면 서로 부딪치지도 않았다. 갑자기 그는 헬싱키의 호텔 방에 『댈러웨이 부인』과 자신의 부인이 빈의 출발 라운지에서 그에게 사준 모직 스카프를 남겨 두고 왔다는 것이 생각났다. 그리고 그것들을 잃어버린 것에 대해 스스로를 위로했다. 그러나 그는 장모님과 어머니가 함께 산 후로 서로 얼마나 닮아 가고 있었는지를 어쩌면 전혀 알아차리지 못하였을까? 지금부터 그가 자기 딸과 비슷해져 갈 수 있을까? 그의 눈은 충혈되었다. 그는 튀니지인 기술자에게 오늘 전화할 거라고 약속한 것이 생각났지만 약속을 지키지 않았고, 그럴 수도 없었다. 그는 여전히 이 약속과 그 장애인 사이에 뭔가가 있다는 것을 알아차리긴 했지만, 연결 고리를 알 수는 없었다. 그것이 그를 약간 괴롭혔다.

6

네타는 장례식에 가지 않았다. 르 파트롱도 가지 않았다. 그가 다른 곳에서 바빴기 때문이 아니라, 여느때와 같이 그는 마지막 순간에 마음을 바꾸어 아파트에 남아서 네타와 함께 그들이 묘지에서 돌아오기를 기다렸다. 가족들이 장례식에 참석했던 몇몇 지인들과 이웃들과 함께 돌아왔을 때, 그들은 그 남자와 네타가 거실에서 서로 마주 앉아, 체커 게임을 하고 있는 것을 발견했다. 낙디몬 루블린과 나머지 사람들은 찬성하지 않았지만, 그들은 네타의 상태를 고려하여 묵인하기로 결정하였다. 혹은 적어도 아무 말을 건네지 않기로 했다. 요엘은 걱정이 더 되었을 것이다. 그들이 없는 동안, 남자는 네타에게 브랜디를 가미한 진한 커피를 만드는 방법을 가르쳐 주었고, 그녀는 배운 것을 모두를 위해 만들어 주었다. 그는 초저녁까지 머물렀다. 그러고 나서 일어서서 떠났다. 지인들과 친척들도 흩어져 갔다. 낙디몬 루블린과 그의 아들들은 아침에 돌아오기로 하고 예루살렘의 다른 곳에서 머물기 위해 떠났다. 요엘은 여자들과 함께 남았다. 바깥이 어두워져 갈 때, 아비가일은 부엌에서 딸꾹질같이 들리는 뚝뚝 끊어지는 큰 소리로 흐느끼기 시작했다. 리사는 전통 치료제인 길초근 즙을 마시고 안정을 취했는데, 그것은 잠시 후에 다소 위안을 가져다주었다. 리사는 팔로 아비가일의 어깨를 감싸 안고서 옷장에서 찾아낸 것임이 분명한 회색 모직 숄을 함께 두르고서, 부엌에 앉아 있었다. 이따금 그것이 미끄러져 떨어지자, 리사가 허리를 굽혀 그것을 주워서는 박쥐가 날개를 펴는 것처럼 자신들을 감싸기 위해 다시 들었다. 길초근 즙을 마신 다음 아비가일의 울음은 점차 조용해졌고 평온해졌다. 마치 잠자리에서 우는 아이처럼. 그러나 바깥에서 갑자기 발정기의 고양이들이 울부짖는, 때때로 짖는 것처럼 들리는, 이상하고 악의에 차고, 찢는 듯한 소리가 들렸다. 그와 딸은 거실에서 이브리아가 10년 전 욥바에서 사온 나지막한 탁자의 양 끝에 앉아 있었다. 탁자 위에는 게임판이, 체커들과 빈 커피잔들에 둘러싸인 채 놓여 있었다. 네타는 그에게 오믈렛과 샐러드를 만들어 주어야 하는지 물었다. 요엘은 〈난 배고프지 않아〉라고 말하였고 그녀는 〈저도 안 고파요〉라고 대답했다. 8시 30분에 전화가 울렸으나 그가 수화기를 들었을 때는 아무 소리도 들리지 않았다. 직업적인 습관 때문에 자신이 집에 있는지 여부에 누가 관심이 있을까 하고 스스로에게 자문했다. 그때 네타가 일어나 덧창과 문을 닫고 커튼을 쳤다. 9시에 그녀는 〈뉴스가 보고 싶으시면, 그러세요〉라고 말했다. 요엘은 〈그러지〉라고 답했다. 그러나 그들은 여전히 앉아 있었다. 어느 누구도 텔레비전 쪽으로 다가가지 않았다. 그리고 그는 다시 직업적 습관에 의해 헬싱키에서의 전화번호가 기억났고, 지금 여기에서 튀니지인 기술자에게 전화를 해야 한다는 생각이 났다. 그러나 그는 무슨 말을 해야 할지 몰라 그러지 않기로 했다. 10시가 지나자 그는 바로 일어나 냉장고에서 찾은 약간의 치즈와 소시지로 모두에게 샌드위치를 만들어 주었다. 그 소시지는 이브리아가 좋아하는 검은 후추로 양념된 것이었다. 그러고 나서 주전자의 물이 끓었고 그는 네 잔의 레몬차를 만들었다. 그의 어머니가 말하였다. 「나에게 맡겨 둬.」 그는 말하였다. 「됐어요. 괜찮아요.」 그들은 차만 마셨을 뿐, 아무도 샌드위치를 건드리지 않았다. 리사가 아비가일을 가까스로 설득하여 신경 안정제 몇 알을 먹게 하고 옷을 다 입히고 네타 방에 있는 더블베드에 눕게 한 것은 새벽 1시가 지나서였다. 리사는 침대 옆의 램프를 끄지도 않고 아비가일의 옆에 누웠다. 2시 15분에 요엘이 그들을 들여다보았더니 둘 다 자고 있었다. 아비가일은 세 번이나 잠에서 깨어나 울다가 그쳤고 이내 모든 것이 다시 조용해졌다. 3시에 네타는 시간이 쉽게 흘러가도록 체커 게임을 하자고 제안했다. 요엘도 찬성했으나 피곤함이 갑자기 그를 엄습해 왔고, 눈도 충혈되었기 때문에, 잠깐 눈을 붙이러 자기 방으로 들어가 버렸다. 네타도 그의 침실 문이 있는 곳까지 따라갔다. 그곳에서, 그는 서서 셔츠를 벗으면서 조기 퇴직을 하기로 결심했다고 그녀에게 말했다. 그 주 내에 사직서를 쓸 것이고, 후임자를 임명할 때까지 기다리지 않을 것이라고 했다. 학교를 마치면 그들은 예루살렘을 떠날 것이었다.

네타가 말했다. 「좋을 대로 하세요.」 그러나 말을 덧붙이지 않았다.

그는 문을 닫지 않은 채, 머리를 손으로 받치고 천장을 뚫어져라 바라보며 침대에 누웠다. 이브리아 루블린은 그의 유일한 연인이었지만, 아주 오래전 일이었다. 그는 그들이 수년 전에 나누었던 사랑의 순간을 생생하게, 자세한 일들까지 모두 생각해 냈다. 격렬한 논쟁 후에. 첫 번째 애무에서부터 마지막 전율 때까지 두 사람은 흐느끼고 있었고, 그 후에는 남자와 여자라기보다는 오히려 눈 내리는 한밤에 얼어붙은 두 사람처럼 그들은 몇 시간 동안 웅크리고 누워 있었다. 그리고 그는 더 이상 욕망이 남아 있지 않을 때까지 거의 밤새 내내 그녀의 몸속에 있었다. 지금 그 기억으로 인해 그의 내부에서는 그녀의 육체를 갈망하는 욕망이 꿈틀거렸다. 그는 넓적하고, 못생긴 손을 자신의 성기에 갖다 대었다. 마치 그것을 달래듯, 손이나 성기를 움직이지 않으려고 조심스럽게. 문이 열려 있었기 때문에 다른 손으로 불을 껐다. 불을 껐을 때 자신이 탐했던 육체가 땅속에 갇혀 있으며 항상 그렇게 남겨져 있을 것이라는 것을 깨달았다. 아기 같은 무릎을 포함하여, 오른쪽 가슴보다 약간 더 풍만하고 더욱 매혹적인 왼쪽 가슴을 포함하여, 때론 보였다가 때론 털에 가려지기도 하는 갈색 모반(母斑)을 포함하여. 그러고 나서 온통 어둠인 그녀의 무덤 속에 자신이 갇혀 있는 것을 보았고, 약간 봉곳이 올라온 땅 밑의 콘크리트 석판 아래 어둠 속에서 쏟아지는 비를 맞으며 벌거벗고 누워 있는 그녀를 보았고, 그녀의 밀실 공포증을 기억해 내었고, 시체는 나체로 묻히지 않는다는 것을 상기해 내고선 비상등에 손을 뻗쳐 다시 불을 켰다. 그의 욕망은 사라져 버렸다. 그는 눈을 감고 등을 꼼짝 않고 누워서 눈물을 기다렸다. 그러나 눈물도 흐르지 않았고 잠도 오지 않아서, 협탁 위로 책을 찾아 손을 더듬었다. 헬싱키에 남겨 두고 온 그 책을.

바람과 비를 동반해서, 그는 열린 문을 통하여 멀리 떨어져 있는 순수하고, 홀쭉한 자신의 딸이, 허리를 굽혀 빈 커피 잔들과 유리컵을 쟁반에 놓고 있는 것을 보았다. 그녀는 그것들을 모두 부엌으로 가지고 가서 서두르지 않고 씻었다. 그녀는 치즈 소시지 샌드위치 접시 위에다 비닐 랩을 씌워서 조심스럽게 냉장고에 넣고는, 모든 불을 끄고 문들이 잠겨 있는지 확인했다. 그러고 나서 엄마의 서재를 두 번 노크한 뒤 열고 들어갔다. 책상 위에는 이브리아의 펜과 잉크병이 뚜껑이 열린 채로 놓여 있었다. 네타는 잉크병 뚜껑을 덮고 펜의 끝을 닫았다. 그녀는 책상에서 이전 세대의 엄격한 의사를 상기시키는 테가 없는 사각 안경을 집어 들었다. 마치 그것을 써

보려는 듯이. 그러나 그녀는 마음을 자제하고 블라우스 끝으로 안경을 가볍게 닦아 접어서, 신문 밑에서 찾은 케이스에 넣어 멀리 두었다. 그녀는 이브리아가 손전등을 가지러 밖으로 나가면서 남겨 두고 간 커피잔을 집어 들고, 불을 끄고, 서재를 나와 문을 뒤로 닫았다. 마지막 잔도 씻었기 때문에, 거실로 돌아가 체커판 앞에 홀로 앉았다. 벽의 또 다른 한쪽에서는 아비가일이 다시 울고, 리사는 속삭이며 그녀를 위로하고 있었다. 침묵이 너무나 깊어서 문이 닫혀 있고 덧창도 내려져 있었지만 창문을 통하여 멀리서 우는 수탉의 소리와 개 짖는 소리가 들렸다. 아침 기도를 하는 사람들에게 기도 시간을 알리는 외침이 희미하게 멀리서부터 차츰 가까이 들려오기 시작했다. 그리고 이제는 무엇을? 요엘은 자신에게 물었다. 공항에서 집으로 오던 길에 르 파트롱의 차 안에서 면도했던 것이 얼마나 우스꽝스럽고, 얼마나 소용없는 일이었는지를. 헬싱키의 휠체어 탄 장애인은 젊고, 매우 창백했었고, 요엘은 그가 섬세하고, 여성적인 생김새를 가지고 있었다는 것을 기억하는 듯싶었다. 그는 팔도 다리도 없었다. 태어날 때부터? 사고로? 예루살렘에는 밤새도록 비가 왔다. 그러나 전기는 그 재난 후 한 시간도 채 안 되어 복구되었다.

7

어느 여름날 늦은 오후에, 요엘은 울타리를 손질하면서, 잔디밭 모퉁이에 맨발로 서 있었다. 라마트 로탄의 작은 길에는, 시골스러운 냄새와, 깎인 잔디들과, 비료가 뿌려진 화단들, 그리고 스프링클러의 물을 빨아들인 부드러운 토양이 있었다. 작은 정원 앞뒤에서 작동하고 있는 스프링클러가 많이 있었다. 5시 15분이었다. 가끔 어떤 이웃이 일터에서 집으로 돌아와서는, 자동차를 주차시키고, 천천히 나와서, 포장된 자신의 정원 길에 다다르기도 전에 팔을 뻗어, 넥타이를 느슨하게 풀었다.

반대편 집들의 정원 문을 통해 텔레비전에서 뉴스를 읽는 사람의 목소리가 들렸다. 여기저기 이웃 사람들은 잔디 위에 앉아 각자의 거실에 있는 텔레비전을 주시하며 안쪽을 바라보고 있었다. 요엘은 별 노력 없이도 사람의 말을 들을 수 있었다. 그러나 생각은 딴 데 가 있었다. 이따금 그는 자르는 것을 멈추고 몇 년 전 여러 도시들의 호텔 방에서 혼자 본 적이 있었던, 텔레비전 시리즈에 나왔던 휠체어를 탄 탐정의 이름을 따서 철기병이라 부르는 셰퍼드 개와 함께 길에서 놀고 있는 어린 세 소녀를 바라보곤 하였다. 한번은 포르투갈어로 더빙된 이야기를 본 적이 있었는데, 겨우겨우 플롯을 따라갔다. 그것은 간단한 이야기였다.

주위엔 온통 새들이 나무 꼭대기에서 노래 부르며, 벽을 따라 뛰어올라, 마치 기쁨에 취한 것처럼 이 정원 저 정원으로 날아다녔다. 새들이 기뻐서 날아다니는 것이 아니라 다른 이유 때문이라는 것을 요엘도 알긴 했지만. 라마트 로탄 아래로 달리고 있는 고속 도로 위의 빽빽한 자동차들의 시끄러운 소리가 마치 멀리 있는 바다의 한숨 소리처럼 들려왔다. 그의 어머니는 실내복을 입은 채, 그의 뒤에 있는 해먹에 누워 석간 신문을 읽고 있었다. 그녀는 옛날, 수년 전, 그가 세 살이었을 때, 어떻게 그녀가 부다페스트에서부터 바르나 항구까지의 수백 마일을, 빠르게 던져지는 짐짝들과 꾸러미 밑에 완전히 파묻혀 몸을 숨기고서, 삐걱거리는 마차를 타고 그를 데려왔는지 이야기했다. 그녀는 대부분 멀리 떨어진 옆길로 도망 왔다. 그의 기억에는 아무것도 남아 있지 않았지만, 배 내부의 어두운 공동 침실의 희미한 이미지는 간직하고 있었는데, 쇠침대가 층층이 쌓여 있고 고함 지르고, 침을 뱉고, 아마도 서로서로에게 혹은 자기 몸 위에다 토하는 남자와 여자들로 가득 차 있었다. 그리고 비명을 질러 대는 그의 어머니와 그 끔찍한 항해를 함께하고 있던 면도하지 않은 대머리 남자 사이의, 피가 날 때까지 할퀴고 물어뜯었던 그 싸움의 희미한 그림도. 어머니의 오래된 두 개의 사진을 통해 아버지의 모습을 알고 있긴 했는데, 그는 유대인이 아니라 독일인이 도착하기 전에 이미 자신과 어머니의 인생 밖으로 빠져나가 버린 루마니아인 기독교도였다는 것을 알고 있었고 혹은 추정하고 있었지만, 그에 대한 기억은 전혀 할 수 없었다. 그러나 그의 머릿속에 떠오르는 아버지의 모습은 배에서 엄마를 때렸던 대머리 남자의 너저분한 모습이었다.

그가 천천히 그리고 정확하게 다듬고 있던 울타리의 다른 한편에서는, 이 두 세대 주택의 또 다른 반을 차지하고 있는 이웃인 미국인 남매가 하얀 정원 의자에 앉아 냉커피를 마시고 있었다. 버몬트 씨 남매는 이사 온 이후 몇 주 동안 수차에 걸쳐 오후에 여러 숙녀들과 함께 냉커피를 마시거나 혹은 9시 뉴스가 끝난 저녁 무렵에 자기들의 비디오로 코미디를 보러 들러 달라고 초대하였다. 요엘은 이렇게 말했다. 「그렇게 하지요.」 하지만 한동안 그는 그렇게 하지 않았다. 버몬트 씨는 투박한 매너를 가지고 있고 순수해 보이는 건강한 농부였다. 그는 비싼 시가 광고에 등장하는 건강하고 부유한 네덜란드인처럼 보였다. 그는 명랑한 큰 목소리를 가지고 있었다. 아마도 듣는 데 문제가 있어 목소리가 커진 것 같았다. 그의 여동생은 적어도 그보다 열 살은 아래로, 앤 마리인가 로제 마리인가 하는 이름을 갖고 있었다. 요엘은 그것을 기억할 수 없었다. 작고 매력적인 여자로, 아이처럼 웃음 짓는 푸른 눈과 봉곳한 가슴을 가지고 있었다. 요엘이 울타리 너머로 그녀의 몸을 바라보고 있다는 것을 눈치 채면, 그녀는 즐겁게 말했다. 「안녕하세요.」 그녀의 오빠는 몇 초 후에 약간은 덜 반가운 기세로 같은 말을 되풀이했다. 요엘도 그들에게 안부를 물었다. 여자는 얇은 면 블라우스 아래로 젖꼭지를 내보이며 울타리를 넘어왔다. 그녀는 그에게 가까이 다가와서는, 그녀 몸에 고정되어 있던 시선을 즐겁게 낚아채어, 나지막한 목소리로 재빨리, 그리고 영어로 덧붙였다. 「사는 게 힘들죠, 그죠?」 그녀는 자기 쪽 울타리도 손질할 수 있도록 그의 정원용 가위를 나중에 빌릴 수 있는지, 히브리어로, 더 큰 소리로 물었다. 요엘은 말했다. 「왜 안 되겠어요.」 약간 머뭇거린 후에 그는 자기가 그것을 하겠다고 제안했다. 「조심하세요.」 그녀는 웃었다. 「제가 〈네〉라고 말했을지도 몰라요.」

머리 위를 지나 늦은 오후 햇빛은 바다에서 출발하여 산으로 지나가고 있는 몇몇의 반쯤 투명한 구름에 묘한 황금빛 광채를 드리웠으며, 부드럽고 달콤한 느낌이었다. 약한 산들바람이 찌릿한 짠맛과 어스레한 그늘의 우울함을 동반한 채로 바다로부터 불어왔다. 요엘은 그것들을 거부하지 않았다. 산들바람은 잘 다듬어진 잔디들을 어루만지면서, 장식 나무들과 과일 나무 잎사귀에서 살랑거렸고 다른 집 정원의 스프링클러에서 튄 작은 물방울들을 그의 맨가슴팍에 뿌려 댔다.

요엘은 자기 쪽 울타리를 다 손질하고 나서 약속대로 옆집에 가는 대신, 잔디밭 모서리에 정원용 가위를 내려놓고 잠시 동안 막다른 거리 끝까지 한가롭게 거닐기 위하여 감귤나무 숲으로 나갔다. 그는 그곳에서 잠시 멈추어 서서는, 짙은 잎들을 응시하면서, 숲의 깊이를 자기가 감지할 수 있다고 상상하기 위하여 작은 움직임에도 그 의미를 해독하려는 헛된 긴장감을 늦추지 않았다. 그의 눈이 다시 아플 때까지. 그러고 나서 주위를 돌아보고 집으로 걸어왔다. 평안한 저녁이었다. 그는 다른 집 창문을 통해 한 여자가 말하는 것을 들었다. 「그래서 뭐. 내일도 또 날이야.」 요엘은 이 문장을 머릿속에서 점검해 보고는 잘못된 곳이 없다는 것을 알았다. 정원 입구에는 맵시 있는, 심지어 허식적이기까지 한 우편함들이 있었다. 주차된 몇몇 차들은 아직도 엔진에서 나오는 미열과 연소된 가솔린의 희미한 냄새를 발산하고 있었다. 심지어 사각의 콘크리트 조각들로 포장된 거리조차도 따뜻함을 내뿜었고, 그것은 그의 맨발바닥을 즐겁게 해주었다. 각각의 사각형에는 〈샤르프슈타인 주식회사, 라마트 간〉이라는 각인을 향해 두 개의 화살이 측면에 새겨진 모양의 도장이 찍혀 있었다.

6시가 조금 지나서 아비가일과 네타는 미용실에 갔다가 차를 타고 돌아왔다. 아비가일은 비탄에도 불구하고 사과같이 건강하다는 인상을 주었다. 그녀의 동그스름한 얼굴과 건장한 육체는 혈기 왕성한 슬라브족 농부 여인네 같았다. 그녀는 이브리아와는 너무나 달라서, 그는 이 여자와의 관계를 이어 주는 것이 무엇이었던가를 기억해 내는 것이 잠시 힘들 정도였다. 그녀의 딸은 고슴도치처럼 꼿꼿한 소년 스타일의 짧은 머리를 하고 있어서, 마치 그에게 도전하는 듯했다. 그녀는 요엘이 어떻게 생각하는지 묻지 않았고 그도 이번에는 한마디도 하지 않았다. 그들이 집 안으로 들어간 후, 요엘은 아비가일이 비스듬히 주차시켜 놓은 차로 가서, 길바닥을 둘러보고, 다시 운전하여 정확하게 간이 차고의 중앙에, 출발할 수 있도록 길 쪽을 바라보게 세웠다. 그는 마치 나타날 다른 사람을 기다리는 듯이 집의 대문에 잠시 서 있었다. 그는 부드럽게 옛 노랫가락을 휘파람으로 불었다. 그 가락이 정확히 어디에서 유래되었는지는 기억할 수 없었지만 유명한 음악에서 나왔다는 것을 어렴풋이 기억해 내고선 집 안으로 들어가 물어보려고 했지만 이브리아가 이제 이곳에 없고 그게 자기들이 이곳에 있는 이유라는 것이 생각났다. 잠깐 동안 그가 정말로 이 낯선 장소에서 무엇을 하고 있는지 명확하지 않았기 때문이다.

  벌써 저녁 7시였다. 브랜디를 위한 시간. 그는 자신에게 내일도 또 날이라고 상기시켰다. 충분해.

  그는 안으로 들어가서 오랫동안 샤워했다. 그동안 그의 장모님과 어머니는 저녁 준비를 했다. 네타는 자기 방에서 책을 읽고 있어서 노부인들을 돕지 않았다. 닫힌 그녀의 방문 너머에서 나중에 뭔가를 먹겠다고만 대답했다.

7시 30분이 되자 땅거미가 퍼져 가기 시작했다. 8시가 막 지나자 그는 트랜지스터 라디오와 책 한 권 그리고 요즘 몇 주 동안 사용하고 있는 새로운 독서용 안경을 꼭 쥐고서, 해먹에 눕기 위해 밖으로 나갔다. 그는 나이 든 프랑스 성직자로 보이게 만드는 웃기게 생긴 둥근 검은색 테의 안경을 골랐다. 잔인한 붉은 달이 갑자기 감귤 숲 너머로 솟아오르고 있을 때 하늘의 이상한 그림자들은 끝나 가고 있는 하루의 자취를 계속해서 나풀거리게 하고 있었다. 사이프러스나무와 타일 입힌 지붕 뒤의 반대편 하늘은 텔아비브의 전등 불빛을 비추었고 요엘은 잠시 동안 일어나 지금, 당장 딸을 데려오기 위해 가야 한다고 느꼈다. 그러나 그녀는 자기 방에 있었다. 정원으로 난 창문을 통해 잔디 위에다 어떤 형태를 비추고 있는 그녀의 협탁 램프의 불빛을 요엘은 몇 분 동안 응시하면서 그것을 헛되이 규정하려 했다. 아마도 그것이 기하학적인 모양이 아니었던 게 이유였다.

모기들이 그를 괴롭히기 시작했다. 그는 트랜지스터, 책, 둥근 검은색 테의 안경을 가져와야 한다는 생각으로 안으로 들어가서는 무엇인가를 잊었다는 것을 알았지만 그것이 무엇인지는 생각해 내지 못했다.

여전히 맨발인 채로 그는 거실에서 브랜디 한 잔을 벌컥 들이켜고 어머니와 장모님과 함께 9시 뉴스를 보기 위해 앉았다. 단 한 번만 살짝 잡아당겨도 그 육식 동물을 받침대에서 떼어 내는 것이 가능할 것이고, 그리고 해독해 내기 위한 것이 아니더라도 적어도 그것을 침묵케 할 수는 있겠지만, 그 후에는 그것을 고쳐야만 할 거라는 사실을 그는 또한 알았다.

그리고 그는 뒷발에 드릴로 구멍을 내어 그 속으로 나사를 끼우는 것으로 간단히 잡아맬 수도 있었다. 아마도 그것을 건드리지 않는 것보다는 더 나을 것이다.

그는 일어서서 테라스로 나갔다. 바깥에는 벌써 귀뚜라미들이 찌르륵거리며 울고 있었다. 산들바람이 불어왔다. 개구리들의 합창이 숲 아래 길을 가득 채웠고, 한 아이가 울고 있었고, 한 여자가 웃었고, 입이란 기관이 슬픔을 퍼뜨렸고, 물은 욕조에서 콸콸거렸다. 집들이 너무나 가까이 지어져 정원들은 자그마했다. 이브리아는 하나의 꿈을 가지고 있었다. 그녀가 논문을 완성하고 네타가 학교를 마치고, 요엘이 복무에서 퇴직하고 나면, 탈비야에 있는 아파트와 르하비아에 있는 할머니들의 아파트를 판 후 예루살렘에서 그리 멀지 않은 유대 언덕의 한 마을 끝자락에다 직접 집을 장만한다는 것이었다. 그 집은 가장 끄트머리 집이어야만 했다. 그것이 중요했다. 적어도 한쪽의 창문으로는 사람의 자취가 없는 숲이 우거진 언덕만을 내다보고 싶었기에. 이제 그는 가까스로 계획의 일부를 실현하였다. 비록 예루살렘에 있는 두 개의 아파트를 팔지 않고 세를 놓았지만. 라마트 로탄에 있는 이 집의 집세를 내기에 수입은 충분하였고, 오히려 약간 여유가 있을 정도였다. 뿐만 아니라 매달 그의 연금 수입과 노부인들의 저축이 있었고 그들에 대한 노인 연금도 있었다. 그리고 또 이브리아의 유산이 있었는데, 낙디몬 루블린과 그의 아들들이 과실수를 재배하고 최근에는 자그마한 여관까지 지은 메툴라 지구의 커다란 토지가 그것이었다. 매달 그들이 이익금의 3분의 1을 그의 통장으로 송금해 주었다. 그가 처음으로 이브리아를 껴안은 것은 1960년 그 과일 나무들 사이에서였으며, 당시 그는 지휘관 훈련의 일부인 목표물 찾아가기 연습 도중에 길을 잃어버린 병사의 처지였고, 그녀는 그보다 두 살 위인 농부의 딸로 관개 수로 꼭지를 잠그기 위하여 어둠 속으로 나왔었다. 둘 모두 깜짝 놀랐고, 서로 전혀 모르는 사이였지만, 어둠 속에서 열 마디 정도의 말을 교환하자마자 그들의 육체는 갑자기 밀착되어, 손으로 애무를 하고, 옷을 입은 채 진흙탕 속에서 뒹굴고, 가슴을 헐떡거리고, 눈먼 한 쌍의 강아지처럼 서로 파고들며, 서로를 할퀴고, 막 시작하기도 전에 거의 끝내고서는 거의 한마디 말도 없이 도망쳐 버리고 각자의 길을 갔다. 그리고 두 번째로 그녀를 안았던 것 또한 그곳 과일 나무 사이에서였는데, 그는 마치 마력에 홀린 것처럼 몇 달 후에 메툴라로 돌아와 그들이 다시 만나 서로 안게 될 때까지 관개 수로 꼭지 옆에 누워서 이틀 밤 동안이나 그녀를 기다렸고 그가 그녀에게 청혼하자 그녀는 말했다. 「당신 제정신인가요.」 그 후에 그들은 키리야트 쉬모나의 버스 정류소에 있는 카페테리아에서 종종 만났고, 한때는 이민자들의 임시 체류 캠프였던 곳에 버려진 양철 오두막을 그가 발견하여 그곳에서 사랑을 나누었다. 6개월쯤 후에 상호 간의 사랑은 아니었지만 헌신적으로, 정직하게, 그리고 그녀에게 완전히 바치고 더 많이 주도록 노력할 것을 결심하였고, 이에 그녀는 항복하고 그와 결혼했다. 그들은 둘 다 애정과 온순함을 가지고 있었다. 사랑을 나눌 때 그들은 더 이상 서로에게 상처를 주지 않고 세심하고 관대해지기 위해 노력했다. 가르치고 배우고. 가까워지고. 가장하지 않고. 그러나 10년이 지난 후에도, 오직 별들과 나무 그림자들만을 볼 수 있는 딱딱한 대지 위에서, 예루살렘의 어떤 들판에서 옷을 입은 채 다시 사랑을 나눈 적이 있다. 그런데 저녁 내내 그를 떠나지 않는 뭔가를 잊은 것 같은 이 느낌은 어디에서 오는 것일까?

뉴스가 끝난 다음 그는 네타의 방문을 다시 조용히 두드렸다. 대답이 없어 그는 기다리다가 다시 시도해 보았다. 예루살렘에서처럼 더블베드가 있는 큰 침실을 차지한 것은 여기에서도 역시 네타였다. 그녀는 여기에다 시인들의 사진을 걸고 악보와 엉겅퀴 화병을 갖다 놓았다. 그는 더블베드에서 잠이 드는 게 힘들었고 넓은 침대에서 자는 것이 네타의 건강에 좋다고 생각했기 때문에 이런 배치를 결정한 것이다.

두 할머니는 두 개의 어린이용 침실에 거주하였는데, 이 방들은 통로 문으로 연결되어 있었다. 그리고 크라메르 씨가 서재로 사용하던 집의 뒷방은 그 자신이 차지하였다. 스파르타식의 소파와 책상 하나, 그리고 반원을 그리며 둘러싸고 있는 탱크와 안테나 끝에 형형색색의 우승기가 달린 1971년도 기갑 부대 학교의 졸업 행렬 사진이 있었다. 그리고 대위의 줄무늬 제복을 입고서 연합 사령관인 다비드 엘라자르와 악수를 나누는 집주인의 사진도 있었다. 요엘은 책장에서 히브리어와 영어로 된 경영학에 관한 책들, 승리를 기념하는 그림책, 카슈토의 주석이 곁들어진 성경, 『배움의 세계』 한 질, 벤구리온과 다이얀의 추모서, 여러 나라에서 모은 여행 가이드북과 영어로 된 스릴러물이 선반 하나에 가득한 것을 발견했다. 그는 자기 옷들과 이브리아의 죽음 후에 예루살렘의 아파트 옆에 있는 나병 환자 병원에 기증하지 않은 그녀의 모든 옷들을 붙박이 벽장에다가 걸었다. 금고 속에는 이제 거의 남아 있는 것이 없었기 때문에 그것을 바닥에다 설치하는 수고를 하지 않고 이 방에다 가져다 놓았다. 그는 퇴직하면서 조심스럽게 총과 나머지 물건들을 사무실에 돌려주었다. 자신의 권총을 포함하여. 전화번호부는 없애 버렸다. 다만 도시계획서와 그의 진짜 여권만은 어떤 이유에서인지 없애지 않고 금고 속에 넣고 잠가 버렸다.

그는 방문을 세 번째 두드려 보았지만, 대답을 들을 수 없어 방문을 열고 안으로 들어갔다. 여위고, 수척하고, 머리는 거의 해골이 드러나게 마구 깎은, 한쪽 다리는 마치 일어서려는 듯 바닥에 달랑거리며, 뼈가 앙상한 무릎을 드러내고 있는 그의 딸은 펼쳐진 책으로 얼굴을 가린 채 누워 잠들어 있었다. 그는 조심스럽게 책을 치웠다. 그는 겨우 그녀를 깨우지 않고 안경만 벗긴 뒤 그것을 접어 협탁 위에다 내려놓았다. 그 안경은 투명한 플라스틱 테로 만들어져 있었다. 그는 온화하게, 아주 아슬아슬하게 달랑거리는 다리를 올려 침대 위에 똑바로 눕혔다. 그러고 나서 연약하고 여윈 그녀의 몸을 시트로 덮어 주었다. 잠시 동안 그는 벽에 걸려 있는 시인들의 사진을 살펴보았다. 아미르 길보아는 그에게 유령 같은 웃음을 지어 보였다. 요엘은 등을 돌려 불을 끄고 방을 나왔다. 그러는 동안 그녀의 졸린 목소리가 들렸다. 그녀는 말했다. 「불을 제발 꺼주세요.」 방 안에 꺼야 할 불이 남아 있지는 않았지만, 그는 항의하지 않고 조용히 문을 뒤로 끌어당겼다. 바로 그때 그는 저녁 내내 그를 묘하게 괴롭히고 있었던 것이 무엇이었는지 생각해 냈다. 그가 울타리를 손질하는 것을 멈추고 산책을 나갔을 때, 잔디 가장자리에다 정원용 가위를 놓고 왔을 때. 이슬을 맞으며 밤새 바깥에 나가 있는 것도 도움이 되지 않을 것이다. 그는 샌들을 신고 정원으로 나가 보름달 주위의 창백한 원을 보았는데, 그것의 색채는 이제 자줏빛 붉은색이 아니라 은색이 도는 흰색이었다. 그는 감귤나무 숲 쪽에서 나는 귀뚜라미들과 개구리들의 합창을 들을 수 있었다. 그리고 길가의 모든 텔레비전에서 갑자기 터져 나오는 간담을 서늘하게 하는 비명 소리를. 그리고 그는 스위스제 스프링클러와 멀리 중앙 도로 위에서 달리고 있는 자동차들의 소음과 다른 어떤 집에서 쾅 하고 닫히는 문소리에 주목했다. 그는 조용히 그의 이웃에게서 들은 말을 영어로 혼자 말해 보았다. 「사는 게 힘드시죠, 그죠?」 그는 집 안으로 들어가지 않고 손을 호주머니에 넣었다. 거기에서 열쇠를 발견했기 때문에 그는 자동차 쪽으로 가서 차를 몰고 나왔다. 새벽 1시에 돌아왔을 때 거리는 조용했고 집 또한 어둡고 고요했다. 그는 옷을 벗고 누워 오디오 이어폰을 꽂고, 2시 내지 2시 반이 될 때까지 짧은 바로크 작품들을 반복해서 들었고 미완성의 논문 몇 장을 읽었다. 그는 세 명의 브론테 자매들에게 1825년에 죽은 두 언니들이 있다는 것을 알게 되었다. 뿐만 아니라 소비 경향이 심하고 알코올 중독자였던 패트릭 브랜웰이란 오빠도 있었다. 그는 눈이 감길 때까지 읽었다. 아침에 조간 신문을 집으러 정원으로 나가서 정원용 가위를 창고에 다시 가져다 놓은 것은 그의 어머니였다.

8

 밤낮으로 한가하고 시간이 비어 있었기 때문에 요엘은 자정에 프로그램이 끝날 때까지 텔레비전을 보는 습관에 빠졌다. 보통 그의 어머니는 반대편 안락의자에 앉아, 그녀의 가느다란 회색 눈과 굳게 다문 입술로 엄격하고 화가 난 모습을 하고선, 수를 놓거나 뜨개질을 했다. 그는 반바지를 입고, 머리는 쿠션 위에 기대고서, 거실의 소파 위로 맨발을 올려 쭉 뻗곤 했다. 아비가일의 강렬한 슬라브족 농부의 얼굴은 활발했으며 단호한 성품을 발산하였고, 그녀는 비록 애도 기간을 지키고는 있었지만 가끔 그들과 함께 뉴스 잡지를 보기도 하였다. 두 노부인은 시원하고 따뜻한 음료들과 포도, 배, 자두 그리고 사과로 장식한 음식들을 장만하여 거실의 작은 테이블 위에 내놓았다. 늦여름 무렵이었다. 저녁 시간 동안에 요엘은 르 파트롱이 선물로 준 수입 브랜디를 두세 잔 들이켰다. 네타는 때때로 자기 방에서 나와 거실의 문 쪽에 1~2분 동안 서 있다 떠나곤 하였다. 그러나 자연을 담은 프로그램이나 영국 드라마인 경우에는 가끔 들어오기로 마음먹기도 했다. 그러곤 안락의자에 앉지 않고 항상 등이 높은 검은색 식당 의자에 앉아 연약하고 여윈 그녀의 머리를 부자연스러울 정도로 높이 쳐들고 있곤 하였다. 그녀는 방송이 끝나고 다른 사람들이 떠날 때까지도 꼿꼿이 앉아 있곤 하였다. 어떤 때는 그녀의 시선이 화면보다는 천장에 고정되어 있는 것처럼 보이기도 했다. 그러나 그것은 그녀의 목이 특이하게 기울어져 있기 때문이었다. 그녀는 앞쪽에 커다란 단추가 달려 있는 평범한 드레스를 늘 입었다. 그것은 그녀의 작은 체구, 납작한 가슴, 그리고 가냘픈 어깨를 두드러지게 했다. 가끔 요엘의 눈에는 딸이 두 할머니보다 나이가 더 들어 보이지는 않더라도, 그 정도로 나이가 들어 보이기도 했다. 그녀는 거의 말을 하지 않았다. 「작년에도 저것을 보여 주었어.」 「소리를 줄여 주실래요, 울려요.」 혹은, 「냉장고에 아이스크림이 좀 있어요.」 플롯이 복잡해져 가면, 네타는 이렇게 말하곤 했다. 「출납원이 살인자야.」 혹은, 「결국 그는 그녀에게 돌아갈 거야.」 「저건 말도 안 돼. 남자가 이미 알고 있다는 것을 여자가 어떻게 알 수 있지?」 그들은 여름에 폭력 집단, 스파이 활동, 비밀 조직원에 관한 많은 영화들을 보았다. 요엘은 반쯤 지나가면 잠이 들었고 두 노부인이 침실로 조용히 들어가는 자정이 되기 바로 전에야 뉴스를 보기 위해 잠에서 깼다. 그는 그런 영화에는 전혀 관심이 없었다. 그런 것을 볼 시간은 없었다. 그는 스파이 이야기나 스릴러물에 관한 것을 읽는 습관이 없었다. 말하자면 이전 사무실의 모든 사람들이 르 카레의 새 책에 대하여 이야기하고 있어서 동료들에게 그것을 읽겠다는 약속을 했을 때에만 특별히 읽어 보려는 시도를 했다. 복잡한 것은 말도 안 되게 비개연적이라는 생각이 들었고, 혹은 그 반대의 것은 속이 다 들여다보이는 단순한 것으로 느껴지기도 했다. 그는 몇십 페이지를 읽고 나면 책을 내려놓고 다시는 집어 들지 않았다. 체호프의 단편이나 발자크의 소설에서는 다른 스파이 스릴러물에는 존재하지 않는 신비감을 자신이 이해할 수 있는 한도 내에서는 발견할 수 있었다. 몇 년 전, 퇴직하면 한번은 자신이 직접 간단한 스파이 이야기를 써보겠다는 생각을 가지고 끼적거린 적이 있는데, 자신이 일하는 동안에 알게 된 것들을 묘사해 보았다. 그러나 자신이 하고 있는 작업에서 어떤 주목할 만한 것이나 흥미로운 것을 찾을 수 없어 그 생각을 접어 버렸다. 비 오는 날 담에 앉아 있는 두 마리의 새와 가자 거리의 버스 정류장에서 혼잣말을 하고 있는 노인, 이런 비슷한 일들이 그에게는 일하면서 경험한 어떤 것보다도 더 매력적이었다. 사실상 그는 자기 자신을 추상적인 상품을 감정하고 구입하는 사람 같다고 여겼다. 그는 낯선 사람을 만나기 위해 해외로 가기도 했는데, 예를 들어 파리나 몬트리올, 혹은 글래스고에 있는 카페에서 한두 가지의 대화를 나누고 나면 결론을 내리곤 했다. 중요한 것은 인상에 대한 민감성, 직관적 판단, 성격 판단, 참을성 있는 거래술이었다. 담을 뛰어넘거나 지붕 위를 뛰어다니는 일 같은 것은 그에게 그다지 자주 발생하지 않았다. 그는 다년간 장사에 대한 경험을 쌓았다. 거래를 조정해 가고, 상호 간의 신뢰를 쌓아 가고, 보증과 안전성을 보장하며, 더욱이 무엇보다 자신이 대화하고 있는 사람들의 정확한 인상을 결정하는 데 오랜 기간 동안 확고한 기반을 다진 상인으로 여겨졌다. 물론, 자신의 거래들은 항상 확실한 비밀리에 이루어졌지만, 요엘은 그것이 비즈니스 세계 속에서도 이루어지는 것이며 단지 차이가 있다면 주로 배경과 환경뿐이라고 여겼다.

  그는 평안한 집에 침입한 적도, 미로 같은 오솔길로 어떤 사람을 유인한 적도, 과격한 사람들과 뒤엉켜 싸운 적도, 혹은 도청 장치를 설치한 적도 없었다. 다른 사람들이 그것을 했다. 그의 임무는 계약을 성사시켜 만남을 주선하고 준비하고, 자신의 보호막을 걷어 내지 않고도 공포심을 완화시켜 주고 의심을 달래 주고, 그가 대화하고 있는 사람에게 낙천적인 결혼 상담자 같은 편안하고 성격 좋은 친밀감을 전달했는데, 그러는 동안 낯선 사람의 피부 이면을 날카롭게 파악하고 냉정하게 간파하는 것이었다. 그는 사기꾼이었나? 아마추어 사기꾼? 혹은 경험 많고 교활한 협잡꾼? 혹은 단순히 별 볼일 없는 괴짜? 역사적인 죄책감에 억눌려 있는 독일인? 세계를 변혁하려는 이상주의자? 야망에 미친 사람? 덫에 걸려 절망적인 행동을 하게 되는 여인? 떠돌아다니는 광신적인 유대인? 선천적으로 흥미로움에 허기진 프랑스의 지성인? 혹은 어둠 속에 숨어 낄낄거리고 있는 적의 미끼에 걸린 사람? 혹은 사적인 원수에게 복수하려는 욕망 때문에 극단으로 치닫는 아랍인? 어느 누구로부터도 자신의 천재성을 인정받지 못해 좌절하는 발명가? 이런 것들은 조잡한 표제에 지나지 않는다. 그 뒤에는 정말로 복잡하고 세세한 분류 작업이 숨어 있었다.

요엘은 예외 없이 한 걸음 더 나아가기 전에 항상 반대편에 있는 그 사람을 완전히 파악해야 한다고 주장했다. 그에게 가장 중요한 일은 누가, 그리고 왜 자신에게 말하고 있는가 하는 것이었다. 상대방이 자기에게 숨기려고 하는 약점은 무엇인가? 어떤 종류의 만족과 보상을 원하는가? 그 남자나 여자가 자신에게 어떤 종류의 인상을 남기려고 애쓰고 있는가? 그리고 특징적인 인상은 무엇인가? 그 사람이 무엇을 부끄러워하고, 무엇을 자랑스러워하는가? 요엘은 문학에서 현저하게 두드러진 어떤 다른 충동들보다 수치심과 자신감이 일반적으로 더 강력하다는 확신을 수년 간에 걸쳐 가지게 되었다. 사람들은 내부의 텅 빈 공간을 채우기 위하여 다른 사람들을 현혹시키고 매혹시키기를 열망한다. 넓게 퍼진 공허함, 그것을 요엘은 자기 마음속으로 사랑이라 이름 붙였다. 그는 이브리아를 제외하고, 그 어느 누구에게도 이 생각을 드러내 보이지 않았다. 그녀는 무심히 대답했다. 「그러나 그건 낡아 빠진 상투어에 지나지 않아요.」 요엘도 즉시 그녀의 말에 동의했다. 아마도 그것이 그가 책을 집필할 생각을 접은 이유였을 것이다. 일하는 동안 그가 축적해 온 지혜는 그에겐 정말로 진부한 것으로 보였다. 사람들은 그러한 것들을 원했다. 그들은 자신들이 가지고 있지 않은 것과 주어지지 않을 것들을 원했다. 그리고 이미 보유하고 있는 것은 당연한 것으로 여겼다.

나는 어떠한가. 그는 거의 텅 빈 기차를 타고 프랑크푸르트에서 뮌헨까지 밤 여행을 하면서 한번 생각해 보았다. 내가 추구하고 있는 것은 무엇인가. 이런 광활한 어둠 속에서 호텔들을 전전하게 만드는 것은 무엇인가. 그것은 의무라고 스스로에게, 히브리어로 큰 소리로 대답했다. 그러나 왜 그게 나인가? 그리고 만약 이 텅 빈 기차에서 내가 갑자기 죽는다면 내가 좀 더 많은 것을 알게 될까, 아니면 모든 것이 백지 상태로 돌아갈까. 그렇게 되면 나는 40여 년 동안 여기에 있었던 것처럼, 진행되고 있는 일을 아직 착수하지도 못한 것처럼 보일 것이다. 전혀 그렇지 않다면. 아마도 약간은. 종종 당신들도 여기저기에서 비슷한 종류의 것을 인지할 수 있다. 슬픈 일은 내가 그것을 전혀 이해하지 못하고 있고 내가 할 수도 없을 것 같다는 것이다. 어젯밤, 프랑크푸르트 호텔 방의 침대 맞은편 벽지 위에 분명하게 불규칙적으로 인쇄된 세련된 꽃잎들이 어떤 모양과 형태를 감지하게 하는 것처럼. 그러나 머리를 약간만 움직이거나 곁눈질하거나 잠시라도 주변으로 주의를 돌리게 되면 그 인상이 분산되어 버린다. 세트 패턴의 덩어리를 이해하는 데는 엄청난 노력이 필요하고 당신이 이전에 본 듯한 패턴과 같은 것이라고 할지라도 완전히 확신할 수는 없을 것이다. 아마도 그곳에 무엇인가가 있었겠지만, 당신이 그것을 해독하도록 운명 지워진 것은 아니다. 혹은 어쩌면 그것은 단지 환영에 지나지 않을 수도 있다. 심지어는 그것조차도 피곤한 눈으로는 결코 알 수 없을 것이며, 그래서 만약 당신이 기차의 차창 너머로 바라보며 온 힘을 다해 알고자 한다 하더라도 아마 당신이 숲속을 지나 여행하고 있다는 것을 상상할 수 있을 뿐이며, 그나마 실제로 볼 수 있는 것은 단지 창백하고 피곤하게 그리고 오히려 우둔하게 보이는 친숙한 얼굴의 그림자뿐이다. 당신이 눈을 감고서 잠을 낚아채 보는 것이 제일이다. 무엇이 되든지 간에.

그가 만나게 되는 모든 사람은 그에게 거짓말을 했다. 방콕의 경우만을 제외하고. 요엘은 자신이 거짓말의 내면에 매혹되어 있다는 것을 알게 되었다. 어떻게 각각의 사람들은 자신만의 거짓말을 만들어 내는가? 공상과 상상의 비행에 의하여? 무심히, 아무렇게나? 체계적이고, 계산된 논리를 가지고, 혹은 반대로 우연히 그리고 미진하게 계획된 체계로? 그는 거짓말이 짜여지는 방법은 때때로 거짓말하는 사람의 내면을 들여다보게 하는 무장 해제된 틈새라고 생각했다.

그는 사무실에서 걸어다니는 거짓말 탐지기로 통했다. 그들은 가끔 급료 명세서나 새로 온 전화 교환수와 같은 사소한 일들에 관하여 의도적으로 그를 속여 보려고 하였다. 그들은, 거짓말을 말없이 받아들이고, 비탄스럽게 자기 머리를 가슴에 묻고서, 결국 곰곰이 생각하고 말하게 하는 요엘의 정신 체계의 작동을 목격하고선 자주 놀랐다. 「그러나 라미, 그건 사실이 아냐.」 혹은. 「촌뜨기, 던져 버려, 그건 소용없는 거야.」 그들은 웃기려고 노력했던 것이었지만 그는 결코 거짓말의 재미있는 면을 알지 못했다. 혹은 순수하게 실용적인 농담에 대해서도. 사무실에서의 평범한 만우절 농담조차도. 그에게 거짓말이란 것은 안전한 실험실의 네 벽면 사이에서조차 극도로 조심스럽게 다루어져야만 하는 치료할 수 없는 질병을 일으키는 바이러스 같았다. 오직 고무 장갑을 끼고서만 다루어지는.

그는 어떤 다른 대안이 없을 때에만 거짓말을 했다. 그리고 오직 거짓말이 마지막, 그리고 유일한 출구라고 여겨지거나 혹은 위험에서 벗어날 수 있는 길이 될 때만. 이런 경우에 그는 항상 가장 단순하고, 가장 복잡하지 않은, 말하자면 사실에서 두 걸음 이상 나아가지 않은 거짓말을 선택했다.

한번은 그가 부다페스트에서 임무를 정리하기 위하여 캐나다 여권을 가지고 여행한 적이 있었다. 공항에 도착하자마자 제복을 입은 출입국 관리 직원이 그에게 방문 목적을 묻자, 그는 장난스러운 미소를 지어 보이며 프랑스어로 이렇게 말했다. 「스파이 활동이죠, 부인.」 그녀는 웃음을 터뜨렸고 그의 비자 가장자리에 입국 도장을 찍었다.

가끔 그는 자신을 보호해 주는 사람을 대동하고 낯선 사람을 만나기도 하였다. 그의 경호 천사들은 항상 눈에 보이는 일정 거리를 유지하였다. 오직 단 한 번 있었던 일인데, 아테네에서 어느 비 오는 날 밤, 그는 총을 뽑아야만 했다. 그렇지만 방아쇠를 당기지는 않았다. 단지 사람이 붐비는 버스 터미널에서 그에게 칼을 휘두르려는 한 멍청이에게 겁을 주기 위해서일 뿐.

요엘이 비폭력의 원칙을 주장한 것은 아니었다. 폭력을 사용하는 것보다 더 나쁜 것이 세상에 하나 있다는 것이 그의 확고한 신념이었는데, 그것은 바로 폭력에 굴복하는 것이었다. 그는 젊은 시절에 에쉬콜 수상으로부터 이 이야기를 들었고, 이후 그것을 항상 마음에 새겨 왔다. 그는 총을 사용하는 스파이는 자신의 일에 실패한 것이라는 결론을 가지고 있었기 때문에 여러 해 동안 폭력적인 상황으로 몰리지 않기 위하여 조심해 오고 있었다. 추적, 총격전, 무모한 운전, 달리고 뛰고 하는 형상, 즉 그의 관점으로 보면 갱들의 면모인 이런 것들 내지 그와 비슷한 것들은 확실히 자신의 몫이 아니었다.

그가 인식하고 있는 것처럼, 자기 일의 핵심은 합리적인 가격으로 필요한 정보들을 획득하는 것이었다. 금전적인 것이거나 혹은 다른 대가들. 이런 문제에 관하여 의견이 분분하거나 때때로 상관들과 대립하는 일이 있기도 했는데, 그것은 요엘이 최선을 다해 처리한 일에 대하여 대가 지불을 회피하려고 할 때였다. 그런 경우 요엘은 퇴직해 버리겠다고 위협하곤 했다. 이런 완고함 때문에 그는 사무실에서 괴짜란 평판을 얻었다. 「정신 나갔어? 우리는 저런 쓰잘데기 없는 똥 같은 건 필요 없다고, 그는 지금 자기 외에는 어느 누구도 해칠 수 없는데, 우리가 왜 그에게 아까운 돈을 던져 줘야 하나?」—「왜냐하면 제가 그에게 약속했기 때문이죠.」 요엘은 침울하고 완강하게 대답하곤 하였다. 「그리고 전 그렇게 할 권한이 있었어요.」

그가 머릿속에서 한번 계산해 본 바에 따르면, 총 23년이 되는 그의 경력 중 대략 95퍼센트를 공항에서, 비행기를 타고, 기차와 역에서, 택시에서, 대기실에서, 호텔 방에서, 호텔 로비에서, 카지노에서, 길모퉁이에서, 레스토랑에서, 어두운 영화관에서, 카페에서, 도박장에서, 공공 도서관에서, 그리고 우체국에서 보내 버렸다. 그는 히브리어를 제외하고도 프랑스어와 영어, 그리고 약간의 루마니아어와 이디시어를 말할 수 있었다. 뿐만 아니라 궁지에 몰리게 되었을 때는 독일어와 아랍어로 모면할 수도 있었다. 그는 거의 항상 전통적인 회색 정장을 입었다. 그는 치약 하나, 구두끈, 혹은 이스라엘에서 만든 신문 스크랩 정도만 담은 가벼운 슈트케이스와 가방만을 가지고 세계를 여행하는 습관이 있었다. 그는 홀로 자신만의 생각에 잠겨 몇 날이고 시간을 죽이는 습관에 빠져 있었다. 그는 약간의 가벼운 아침 운동과 세심한 식습관, 그리고 미네랄과 비타민의 정기적 복용으로 자신의 육체를 유지하는 방법을 습득하고 있었다. 그는 영수증은 폐기해 버려도 사무실 돈으로 지불한 것은 페니 단위까지도 머릿속에 기록해 두었다. 그의 모든 직무 기간 중 여자의 몸에 대한 욕망이 그의 집중력을 위협하게 하는 지경에까지 이르는 일은 대단히 가끔, 스무 번이 채 안 되게 일어났는데 그런 경우 낯설거나 거의 생면부지의 여자를 침대로 데려가는 이성적 판단을 내렸다. 급해서 치과를 찾는 것처럼. 그러나 그는 감정적인 관계는 삼갔다. 심지어 임무 수행상, 사무소에서 보낸 젊은 파트너와 며칠 간을 여행하고 남편과 아내로 호텔에 투숙해야만 하는 상황이 되었을 때조차. 이브리아 루블린은 그의 유일한 연인이었다. 시간이 흘러가면서 사랑이 지나가 버리고, 연속적으로 혹은 교대로, 상호 간의 연민, 우정, 고통, 성적 만개, 쓰라림과 질투와 분노, 그리고 다시 성적 불꽃의 포기로 깜박거리는 인디언 서머, 다음엔 복수심과 미움과 그리고 다시 동정심, 제정신이 아닌 바텐더가 섞은 칵테일처럼 이상한 혼합물과 예상치 않은 조합 속에서 삼켜 버려지는 교류하고 변화하는 감정의 얽힌 조직들에게 사랑이 자리를 내어 주었을 때조차. 그 혼합물이 어떤 것이건 간에 그 속에 무관심은 단 한 방울도 없었다. 반대로, 세월이 지나감에 따라 이브리아와 그는 서로에게 더욱 의지하게 되었다. 그들이 다투는 동안에도. 혐오하고 모욕을 주고 분노할 때조차. 케이프 타운으로 밤 비행을 하던 몇 년 전, 요엘은 일란성 쌍둥이 사이의 유전적 텔레파시 교감에 관한 논문을 『뉴스위크』지에서 읽은 적이 있다. 쌍둥이 한 명은 둘 다 잠을 이룰 수 없다는 것을 알기 때문에 다른 쌍둥이에게 새벽 3시에 전화를 건다. 다른 쌍둥이가 화상을 당하면, 또 한 명은 다른 나라에 있다 할지라도 고통으로 움츠러든다.

그와 이브리아 사이도 거의 똑같았다. 그리고 이것 또한 그가 〈그리고 아담은 자기 여자를 알았다〉라는 창세기의 구절을 이해하는 방법이었다. 그들 사이에 생긴 유대감은 앎이었다. 그들 사이에 네타가 그녀의 컨디션, 그녀의 이상함, 그리고 아마도 그녀의 음모 — 요엘은 자신의 힘을 다하여 그 의심을 싸워 떨쳐 버리려고 했다 — 를 가지고 나타났을 때만 제외하면. 그가 집에 왔을 때 각각의 방에서 따로 잠자리를 하는 것조차 하나의 연결 고리였다. 이해와 고려에서 비롯된. 상호 간의 양보에서. 비밀스러운 연민에서. 그들은 어쩌다가 새벽 3시나 4시경에 네타가 어떻게 자는지를 살피기 위하여 거의 동시에 각각의 방에서 나와 그녀의 침대 곁에서 만나기도 하였다. 영어로 속삭이며, 그들은 서로에게 물었다. 「당신의 방에서, 아니면 내 방에서?」

그는 베이루트에 있는 아메리카 대학의 대학원생인 한 필리핀 여자를 만나는 임무를 방콕에서 수행한 적이 있었다. 그녀는 많은 살인을 저지른 악명 높은 테러리스트의 전처(前妻)였다. 그녀의 제안에 의한 독특한 계책에 따라 사무실에서 처음으로 접촉하였다. 그녀를 만나기로 파견된 요엘은 만남 전에 이 계획의 세부 사항들을 꼼꼼히 점검해 보았는데, 그것은 장난기가 있으면서 무모한 것이긴 했지만 적어도 충동적이지 않고 신중하게 마련된 것이었다. 그는 지적인 사람을 만날 준비를 하였다. 동료들 대부분이 상대방을 놀라게 하고 당황스럽게 만드는 것을 선호한다는 사실은 그도 알고 있었지만, 자신은 합리적이고 준비가 철저한 파트너와 일하는 것을 항상 더 좋아했다.

그들은 관광객으로 가장하고 붐비는 불교 사원에서 미리 정해진 신호에 따라 만났다. 그들은 자기들을 내려다보고 있는 석조 괴물들이 조각된 돌 의자에 나란히 앉았다. 그녀는 우아한 밀짚 바구니를 그들 사이의 경계선인 듯한 자리 위에 놓았다. 그리고 그에게, 아이들이 있는지, 그리고 그들과의 관계에 관하여 질문하기 시작하였다. 경계를 푼 요엘은 잠시 동안 생각하고 나서 그녀에게 진실된 대답을 해야겠다고 결심했다. 비록 세세한 이야기까지는 들어가지 않았지만. 그녀는 또 그가 어디에서 출생했는지 물었고 그는 대답하기 전에 잠시 머뭇거렸다. 루마니아에서. 그녀는 그 후 즉시 그가 진정으로 듣기 원하는 것들에 관하여 말했다. 그녀는 마치 말로 그림을 그리듯 뾰족한 송곳 같은 언어를 사용하여 장소와 사람들을 묘사하면서 명확하게 이야기했다. 그러나 그녀는 비난이나 칭찬은 자제하면서 판단을 피해 갔고, 기껏해야 아무개 씨는 특히 자존심에 관해서는 화를 잘 내는 사람이고, 아무개 씨는 성을 잘 내지만 또한 결심하는 것도 빠르다는 것을 언급하였을 뿐이다. 그리고 그녀는 몇 장의 사진을 선물하였는데, 요엘은 그것에 대하여 기꺼이 요구한 대가를 순순히 지불하고자 했었다.

그의 딸이 되기에도 충분할 정도로 젊은 이 여자는 요엘을 대단히 혼란스러운 상태에 남겨 놓고 떠났다. 그녀는 그를 거의 어리둥절하게 만들었다. 그의 전 경력을 통틀어 처음으로 그리고 유일하게. 그에게 너무나 정확한 것을 제공했던 예민한 촉각인, 정교한 본능이 갑자기 사라져 죽어 버렸다. 자기장을 만난 섬세한 기구처럼 그리고 그것의 모든 바늘이 흩어져 버리는 것처럼.

그것은 에로틱한 혼란스러움은 아니었다. 그 젊은 여자가 예쁘고 매력적이긴 했지만, 그의 욕망은 거의 꿈틀거리지 않았다. 그가 판단해 보건대, 그녀가 거짓말을 한마디도 하지 않았기 때문에 그런 일이 일어난 것이다. 낯선 이들 사이의 대화에서 생기는 불편함을 없애기 위하여 필요한 최소한의 거짓말조차 전혀 하지 않았다. 요엘이 교묘하게 거짓말을 유도하는 질문을 끼워 넣을 때조차 하지 않았다. 〈당신은 결혼 생활을 했던 2년 동안 남편에게 충실하지 않은 적이 있나요?〉 요엘은 집에서 검토한 서류를 통해 대답을 알고 있었고, 사이프러스에서 자신이 저지른 일을 그가 알고 있다고 상상할 여지는 전혀 없다는 것 또한 알고 있었다. 그럼에도 불구하고 그녀는 진실을 말했다. 그녀가 대답한 것과 유사한 질문을 계속했음에도 불구하고.「그것은 지금의 문제와 상관없는 일이죠.」그녀는 옳았다.

그가 그녀에게 부과한 테스트를 성공적으로 통과했다는 것을 인정해야만 할 순간에, 어떤 이유로 인하여 그것을 받아들이는 것이 자신에게 상처를 주었다. 자신이 오히려 테스트 당했다고 느꼈다. 그리고 실패했다. 그는 40분 동안 약간 왜곡하고 과장하고 꾸미면서 그녀를 사로잡으려는 헛된 노력을 하였다. 그가 해야 되는 모든 질문들을 그녀에게 던지고 나자, 그녀는 물어볼 것을 빠뜨린 질문에 대답하듯이 자발적으로 몇 가지의 정보를 더 주었다. 더욱이 그녀는 아끼지 않고 준 정보에 대하여 어떤 보상도, 경제적이건 다른 것이건 간에 한사코 거절하였다. 그가 놀라움을 표현하자 그녀는 자신의 동기를 설명하길 거절했다. 요엘이 판단컨대, 그녀는 자신이 알고 있는 모든 것을 그에게 말하였다. 그것은 대단히 가치 있는 것이었다. 그녀는 그 사람들과의 관계를 끊어 버렸고, 어떤 대가에도 그들과 다시 관계를 맺고 싶지 않았기 때문에, 모든 것을 주었고 더 심오한 정보는 있을 수 없다고 간단하게 이야기했다. 그리고 이제 그녀는 요엘과 그를 파견한 사람들 모두와 영원히 접촉을 끊어 버리길 원하였다. 그것이 그녀의 유일한 요구였다. 그들은 그녀와 다시는 연락하지 않을 것이다. 이렇게 말하고 나서, 그녀는 일어서서 그가 감사하다는 말을 할 기회조차 주지 않고 떠나 버렸다. 그녀는 뒤돌아서 사원에 부속되어 있는 공원의 푸른 열대 숲 쪽으로 걸어가 버렸다. 하얀 여름 드레스를 입고 섬세한 목덜미 주위를 푸른색 스카프로 두른 관능적이고, 매혹적인 아시아 여자. 요엘은 그녀의 뒷모습을 주시했다. 그리고 갑자기 말했다.

「나의 아내.」

어떤 비슷한 점이 있어서가 아니었다. 아무 비슷한 점도 없었다. 그러나 몇 주 그리고 몇 달 후에도 요엘이 파악해 낼 수 없는 어떤 점에 있어서, 그 짧은 만남은 꿈결 속의 투명한 선명함처럼 그의 삶에서 자기 아내인 이브리아가 얼마나 소중한가를 확인하게 해주었다. 고통스러움에도 불구하고 혹은 그것 때문에.

그리고 나서 그는 자신을 추스르고 호텔로 돌아가, 자신의 방에 앉아 아직 기억이 생생한 상태에서 사원에서 그 젊은 여자로부터 들은 모든 것을 써놓았다. 그러나 그 생생함은 희미해지지 않았다. 가끔 그는 돌연히 그녀를 기억해 내고는 가슴이 아팠다. 왜 그때 그곳에서 사랑을 나누기 위해 함께 가자는 제안을 하지 않았던가. 왜 그 현장에서 사랑에 빠져 모든 것을 버리고 그녀와 함께 영원히 도망가지 않았던가. 그러나 그 순간은 지나가 버렸고 지금은 너무 때가 늦었다.

9

당분간 그는 미국인 이웃과 약속한 방문을 계속해서 연기하였다. 비록 가끔 손질을 마치지 않은 울타리 너머로, 남매 모두에게 혹은 오빠에게 말을 하기는 했지만. 두 남매가 어린아이들처럼, 가지고 놀던 공을 상대방의 손에서 빼앗으려고 시끄럽게 엉켜 싸우거나, 잔디 위에서 포옹하는 것이 그에게는 이상하게 보였다. 앤 마리인지 로제 마리인지 여하간 그녀의 모습과, 그녀 가슴, 그리고 〈사는 게 힘들죠, 그죠?〉라고 영어로 그에게 속삭였던 것이 가끔 마음속에서 오락가락했다.

〈내일도 또 날이야.〉 그는 생각했다.

아침에는 정원에 있는 해먹에 거의 벌거벗고 누워서 일광욕을 하거나, 독서를 하거나, 포도송이를 집어먹곤 하였다. 그는 헬싱키에서 잃어버린 『댈러웨이 부인』을 다시 마련하기까지 했다. 그러나 그는 그것을 다 읽을 수 없었다. 네타는 거의 매일 혼자 버스를 타고 시내로 가서 영화를 보고, 공공 도서관에서 책을 빌리기도 하고, 윈도 쇼핑을 하며 거리를 거닐기도 하는 것 같았다. 그녀는 특히 영화관에서 옛날 영화 보는 것을 좋아했다. 때때로 하루 저녁에 영화 두 편을 보기도 했다. 두 영화 사이의 휴식 시간에는, 항상 값싸고 아담한 카페를 골라 앉아 있곤 했다. 그녀는 사이다나 포도 주스를 음미하며 마시곤 했다. 낯선 사람이 그녀에게 말을 걸면 자신의 고독을 되찾기 위하여 어깨를 으쓱하고는 떨떠름한 말을 하곤 했다.

8월이 되자, 리사와 아비가일은 집에서 걸어갈 수 있는 거리에 위치한 교외 변두리에 있는 농아 시설에서 하루에 3시간씩 일주일에 5일 동안 자원 봉사를 하기 시작했다. 그들은 종종 정원의 탁자에 앉아 연습을 위하여 수화로 대화하며 저녁 시간을 보내기도 했다. 요엘은 호기심 어린 눈으로 그들을 지켜보았다. 그도 얼마 되지 않아 중요한 신호는 알 수 있었다. 그는 이른 아침, 욕실 거울을 보며, 같은 말로 무언가를 스스로에게 말하기도 했다. 요엘은 금요일마다 청소부가 오도록 조처했는데, 그녀는 잘 웃고, 조용하고, 대체적으로 조지 시대풍의 귀여운 여인이었다. 그녀의 도움을 받아 그의 장모님과 어머니는 주말을 위해 집을 꾸밀 수 있었다. 두 나이든 여자들은 그의 차를 타고, 아비가일은 운전대를 잡고 리사는 그들 쪽으로 다른 차가 다가올 때마다 경적을 울리면서, 일주일을 위한 모든 쇼핑을 하곤 했다. 그들은 미리 며칠 분의 음식을 만들어서 조리된 음식을 냉동시켰다. 요엘은 그들에게 전자 레인지를 사주었고 가끔 그것을 가지고 놀며 즐기곤 했다. 그는 제조업자의 지침서를 외우고 난 후 인쇄물을 파기할 필요가 없다는 것을 기억해 내기 전에, 직업적 습관으로 이미 그것을 네 번이나 읽었다. 그의 장모님과 어머니는 청소부와 함께 집을 깨끗하고 깔끔하게 유지했다. 광이 났다. 그들 둘은 가끔 메툴라에서 주말을 함께 보내기 위해 가버리기도 했다. 혹은 예루살렘에서. 그러면 요엘과 딸은 서로를 위해 요리를 하곤 했다. 둘은 금요일 저녁에 앉아 체커 게임을 하기도 하고 텔레비전을 보기도 했다. 요엘의 편안한 취침을 위해 네타는 저녁에 허브를 우려내 주는 습관이 생겼다.

7월 중순에 한 번 그리고 8월 초순에 다시 한번, 르 파트롱은 두 번 방문했다. 처음에, 그는 미리 예고하지 않고 오후에 나타나, 자신의 르노 자동차를 철저하게 잠갔는지 확신할 수 없어 요엘 집의 정문으로 다가와서 벨을 울리기 전에 두세 번 모든 문들을 점검하면서 주위를 걸어 다녔다.

　그와 요엘은 정원에서 사무소의 새로운 뉴스에 관하여 대화를 나누다가 아비가일이 그들에게 합류하자 화제를 바꾸어 종교 억압 문제에 관하여 토론했다. 그는 『진정한 사랑』이란 달리아 라비코비치가 쓴 새 시집을 네타의 선물로 가져왔고, 요엘에게도 최소한 7~8페이지에 실린 시는 꼭 읽어 보라고 권했다. 두 번째는 요엘하고만 정원에 있었는데, 그는 마르세유에서의 실패 경험담에 관한 대략적 개요를 요엘에게 말해 주었다. 그리고 별 관계는 없었지만, 18개월 전 요엘이 담당하였던 다른 사건을 언급하였다. 그는 이 일이 완전히 종결된 것은 아니라며 어쩌면 종결은 되었지만 어떤 의미에서는 다시 재개되어야만 한다는 힌트를 주려고 노력하는 듯했다. 요즘이라면 요엘에게서 1시간 남짓 정도의 시간을 빼앗아야만 하는 이런 경우는 약간의 해명이 필요했었을지도 모른다. 물론 그의 동의에 따른 것이었고 가끔 그것이 마음에 들기도 했다.

　요엘은 단어 사이나 그 뒤에 숨어 있는 희미한 아이러니의 냄새와 거의 베일에 가려져 있는 경고를 지각할 수 있었고, 여느때처럼 르 파트롱의 어조를 판독해 내는 데 어려움을 느꼈다. 그는 때때로 결정적이고 민감한 문제에 대하여 마치 날씨에 대해 농담하는 것같이 다루곤 하였다. 반면에 그가 농담을 할 땐 가끔 얼굴에 침울한 표정을 띠기도 했다. 그는 어조를 다양하게 만들거나 마치 수열(數列)을 더하고 있는 것처럼 얼굴을 무표정하게 관리하곤 했다. 요엘은 설명을 요구했지만 르 파트롱은 이미 다른 문제에 관하여 이야기하고 있었다. 졸린 고양이처럼 미소 지으며, 그는 네타의 문제를 거론했다. 이것이 그의 방문 이유로, 며칠 전 우연이 한 잡지 기사를 보았는데, 그것은 스위스에서 개발되고 있던 새로운 치료 방법에 관한 것이었고, 그가 이것을 가져온 것이었다. 실제로는 널리 알려진 기사일 뿐. 그는 이 잡지를 요엘에게 주기 위하여 가지고 왔다. 그는 섬세하고 음악적인 손가락으로 정원에 놓여 있는 가구 위로 떨어진 소나무 침엽으로 끊임없이 고리를 만들었다. 르 파트롱이 줄담배를 끊은 지 2년이 지나긴 했지만, 아직도 금단 후유증 때문에 힘드냐고 물어보았다. 「그런데 요엘, 정원 가꾸기에 싫증나지는 않나?」 결국 그는 단지 이 장소에 대해 세를 얻었을 뿐이다. 「그가 다시 일에 복귀하고 싶어하지는 않는가? 시간제로라도?」 그는 자연스럽게 여행과 관련 없는 일을 거론하고 있었다. 「기획 부서에서, 예를 들면? 혹은 분석 작업 같은 거?」

요엘은 말했다. 「정말로 아니오.」 그러자 즉시 방문자는 화제를 당시의 미디어 활동에 관한 일로 바꾸었다. 그는 요엘에게 전부 다는 아니지만 최근의 세세한 일까지 알려 주었다. 그의 습관처럼, 양쪽 모두가 그리고 다른 외부 관찰자들까지도 그 화제에 관련되어 있는 것처럼 묘사하였다. 모순되는 이야기를 이해심을 가지고 또 감정 이입을 시키면서 설명했다. 요엘이 그의 견해를 묻기도 했지만, 그것의 표현은 자제하였다.

사무실에서 그는 〈선생〉으로 통하였다. 정관사는 없이. 비록 그것이 그의 이름이긴 하였지만. 아마도 그가 수년 동안 텔아비브의 중학교에서 역사를 가르쳤기 때문일 것이다. 그는 이 일을 하면서 높은 자리로 승진했을 때조차, 일주일에 하루 이틀씩은 가르쳤다. 그는 땅딸막하지만, 잘 차려입었으며, 활동적인 남자였고, 숱이 적은 머리와 신뢰감을 불러일으키는 얼굴을 가지고 있었다. 예술적 취향이 뛰어난 재정 고문관의 이미지. 요엘은 그가 역사를 가르치는 데 능숙할 것이라고 추측하였다. 사무실에서의 일과 마찬가지로, 그는 항상 너무나 복잡한 상황을 간단한 딜레마로 축소시키는 데 놀랄 만큼 능숙하였다. 예 혹은 아니오. 또한 그는 역으로 대단히 단순해 보이는 상황 속에서 복잡한 곁가지들을 생각해 낼 수 있었다. 솔직히, 요엘은 손톱이 잘 다듬어진 손을 가지고 있고 모직 양복과 상당히 보수적인 넥타이를 하고, 겸손하고, 유쾌한 매너를 가진 이 홀아비를 좋아하지 않았다. 그 남자는 한두 번씩 압도적인 자세로 프로다운 몰아치기로 그를 다루었다. 그는 그것을 애써 무시하지 않았다. 표면상으로라도 말이다. 요엘은 어떤 부드러움, 나른한 잔인함, 즉 과식한 고양이의 잔인함을 그의 내면에서 보았다고 생각했다. 그 남자가 왜 이렇게 수고스럽게 방문하고 있는지 그에게는 명확하지 않았다. 아니면 종결되었지만 다시 재개되어야 한다는 일에 관한 비밀스러운 언급 뒤에는 무엇이 숨어 있는지. 르 파트롱과 친구 관계를 형성하는 것은 작업 중인 안경사에게 사랑을 선언하는 것만큼이나 어리석게 여겨졌다. 그러나 그에게 지적인 존경심과 설명할 수 없는 일종의 감사하는 마음까지도 느끼고 있었다. 이제 그것은 그에게 중요한 것이 아니었다.

그때 방문자는 미안해하며, 해먹에서 일어나, 굼뜨게 움직이며, 면도 후의 연한 냄새를 풍기면서 네타의 방으로 갔다. 문이 그 뒤에서 닫혔다. 그를 따라가던 요엘은 방 밖으로 그의 부드러운 목소리를 들었다. 그리고 거의 속삭이는 듯한 네타의 목소리 또한. 그는 어떤 단어도 알아들을 수 없었다. 그들은 무엇에 대하여 이야기하고 있었을까? 어떤 묘한 분노가 내부에서 꿈틀거렸다. 그리고 그는 이 분노 때문에 자신에게 화가 났다. 그는 귀에다 손을 대고서, 〈바보〉라고 중얼거렸다.

닫힌 문 뒤에서 선생과 네타가 앉아 자신의 상황에 대하여 논하는 것이 가능한가? 그의 등 뒤에서 자신에 관한 음모를 꾸미는 것이? 그는 당장 자세를 고치고 이것은 있을 수 없다는 것을 깨달았으며 불합리한 질투심으로 노크도 없이 방 안으로 불쑥 뛰어 들어가고 싶은 쓸데없는 유혹으로 인해 순간적이나마 분노가 치밀었고 그것 때문에 다시 자신에게 화가 났다. 결국 부엌으로 가서 차가운 사이다와 얼음 조각을 담은 기다란 유리잔 두 개를 들고 3분 후에 돌아와서, 문을 노크하고 들어가기 전에 잠시 기다렸다. 그는 그들이 커다란 더블베드에 앉아 체커 게임에 빠져 있는 것을 발견했다. 그가 들어갔을 때 아무도 웃지 않았다. 잠깐 동안 네타가 그에게 살짝 윙크했다는 느낌을 받았을 뿐이다. 그러나 그 후 그녀가 단지 눈을 깜박였다고 확신하게 되었다.

10

 그는 하루 종일 할 일이 없었다. 하루하루가 비슷했다. 그는 집 안 여기저기에서 여러 가지를 고쳤다. 욕실에 비누 받침대를 설치했다. 새 코트 걸이. 쓰레기통 위의 끈이 달린 뚜껑. 그는 뒤뜰에 있는 네 그루의 과실수 근처의 흙에 괭이질을 했다. 그는 지나치게 자란 곁가지들을 잘라 냈고 잘려 나간 부분에 검은색 아교를 발랐다. 다이빙하는 사람이 산소통 줄에 붙어 있는 모습처럼, 항상 꽂힌 이음 코드가 달린 전기 드릴을 가지고, 방아쇠 위에 손가락을 끼고 드릴의 끝을 밀어 넣을 장소를 찾아 침실, 부엌, 차고, 테라스 등을 헤맸다. 그는 아침이면 종종 어린이 프로그램을 지켜보며 텔레비전 앞에 앉아 있었다. 그는 마침내 다른 쪽의 울타리 손질도 끝마쳤다. 그는 가끔 가구를 옮겨 놓았다가, 어떤 때는 그다음 날 원래 있던 자리로 다시 옮겨 놓기도 했다. 그는 집 안의 모든 수도꼭지를 다시 씻어 냈다. 그는 간이 차고를 지탱하는 것 중 하나에 약간 녹이 슨 부분을 발견하고는 차고를 다시 페인트칠했다. 그는 정원 문의 빗장을 수리하였고 신문 배달부 소년에게 신문을 길에 던지지 말고 우편함에 넣으라고 친절하게 요청하는 쪽지를 커다란 글자로 써서 우편함에 붙였다. 그는 문의 경첩에서 끽끽거리는 소리가 나지 않게 하려고 기름칠을 했다. 그는 이브리아의 펜을 깨끗하게 하고 펜촉을 바꾸었다. 그는 또한 네타의 침대 옆에 있는 램프의 전구를 좀 더 강력한 것으로 교환하였다. 그는 현관의 의자 위에 놓여 있는 전화기에서 아비가일의 방까지 연결선을 뽑아 내어 그녀와 그의 어머니가 각자의 전화를 쓰도록 조처했다.

그의 어머니는 말했다.

「너는 곧 파리 잡기도 시작하겠구나. 그 대신에 넌 대학에 가서 강의도 좀 들어야 해. 넌 수영장에 가야 해. 넌 사람들을 좀 만나야지.」

아비가일은 말했다.

「그가 수영을 할 줄 안다면.」

그리고 네타가 말했다.

「새끼 고양이 네 마리를 데리고 있는 고양이 한 마리가 도구 창고에 있어요.」

요엘이 말했다.

「이제 됐어요. 이게 뭐예요. 한 번 더 우리는 위원회를 구성해야 할 거예요.」

「더욱이, 넌 잠을 충분히 자지 않잖니.」 그의 어머니가 말했다.

텔레비전의 프로그램이 끝난 저녁에도, 그는 단조로운 휘파람 소리를 들으며, 깜박거리는 화면이 지지직 하고 있는 것을 바라보면서, 잠시 동안 거실의 소파에 몸을 쭉 뻗고 있기도 했다. 그다음에는 스프링클러를 끄기 위하여 정원으로 나가, 현관의 불빛을 점검하고, 도구 창고에 있는 고양이에게 우유 한 접시나 남은 닭고기를 주었다. 그다음 공기를 들이마시며, 팔다리 없이 휠체어에 앉아 있던 모습을 그려 보면서, 잔디의 한 모퉁이에 서서 어두워진 거리를 응시하기도 하고 별들을 쳐다보기도 하였다. 그리고 가끔은 개구리의 울음소리를 듣기 위해 숲 근처의 담까지 길을 따라 발걸음을 옮겼다. 아마도 단순히 길을 헤매던 개가 달을 보고 짖는 것일 수도 있다는 가능성을 인정하긴 했지만, 그는 멀리서 고독한 자칼의 울음소리를 들었다고 생각한 적도 있었다. 그런 다음에는 돌아와서 자기 차에 올라 엔진에 시동을 걸고 마치 꿈을 꾸고 있는 듯이 라트룬에 있는 수도원 부근이나 멀리 떨어진 텅 빈 밤거리를 따라, 크파르 캇셈에 있는 언덕 언저리까지, 카르멜 구역까지 운전해 가곤 했다. 그는 항상 속도 제한 규정을 넘기지 않으려고 주의했다. 그는 종종 주유소에 차를 끌고 가서 기름 탱크를 채우고 아랍인과 밤 근무에 대하여 짧은 대화를 나누기도 했다. 그는 가끔 거리의 매춘부들 사이를 천천히 지나가면서 그들을 멀리서 관찰했다. 입가에 전혀 웃을 기미가 보이지 않을 때에도 약간 비웃는 듯한 웃음을 짓는, 눈가에 모여 있는 작은 주름들을 찌푸리면서. 그가 마침내 침대로 가서 자야겠다고 결심했을 때, 내일도 또 날이야라고 생각했고, 갑자기 냉장고에서 차가운 우유를 꺼내 한 잔 들이켰다. 만약 새벽 4시에 부엌에 앉아 책을 읽고 있는 딸과 우연히 부딪치게 되면 그는 말하곤 했다. 〈잘 잤니, 젊은 아가씨?〉 또는 〈숙녀는 요즘 무엇을 읽고 있지?〉 그러면 그 말이 끝나자마자 그녀는 짧게 자른 머리를 들고서 조용히 말하곤 했다. 「책.」 요엘은 묻곤 했다. 「내가 봐도 되니? 내가 마실 것을 좀 만들까?」 그러면 네타는 부드럽게, 대체적으로 따뜻하게 말하곤 했다. 「좋을 대로 하세요.」 그러고 나서 그녀는 계속 책을 읽곤 했다. 밖에서 들썩거리는 소리가 아련히 들릴 때까지. 그 후에 그는 벌떡 일어서서 신문 배달 소년을 만나려고 했으나 허사였다. 신문을 우편함에 넣지 않고 또 길거리에 던져 버린 그를.

 그는 거실에 있는 입상을 다시 만지지 않았다. 벽난로 위에 있는 장식 선반에는 접근조차 하지 않았었다. 마치 유혹을 이기려는 듯이. 기껏해야 여자와 레스토랑에 함께 앉아 있는 남자가 다른 테이블의 여자를 빠르게 흘끗 보는 것처럼 곁눈질로 시선을 던지기만 했었다. 비록 그의 새로운 독서용 안경이 무엇인가를 이해할 수 있게 만들어 줄지도 모른다고 생각하긴 했지만. 그는 그 대신에 검은 테 안경과 이브리아의 박사 안경을 가지고 로마네스크의 유적 사진들을 체계적으로, 정확하게, 매우 가까이에서 검토하기 시작했다. 네타는 예루살렘에 있던 자기 엄마의 서재에서 이런 수도원 사진들을 가지고 와서 여기 거실의 소파 위에 걸어도 되는지 그의 허락을 구했다. 그는 수도원들 중 한 곳의 문 옆에, 아마도 사진사 자신의 도구 상자인 듯한, 마치 버려진 가방인 듯한 낯선 물건이 있다고 의심하기 시작하였다. 그러나 그 물체는 그렇게 단정 짓기에는 너무 작았다. 이런 노력으로 인해 그의 눈이 다시 아팠다. 요엘은 언젠가는 도수가 높은 돋보기를 가지고 그 사진을 연구해 보거나 혹은 그것을 확대해 보기로 결심했다. 그들은 사무소에 있는 실험실에서 그를 위해 그 일을 할 수 있을 것이다. 그들은 즐겁게 일을 할 것이고 그 일을 철저히 해낼 것이다. 그러나 그는 어느 누구에게도 그것이 무엇에 관한 것인지 스스로가 설명할 수 없었기 때문에 결정을 미루었다. 그는 자신을 알지 못했다.

11

네타가 라마트 로탄에 있는 중학교에서 8학년을 시작하기 2주일 전인 8월 중순경에, 약간 놀랄 만한 일이 생겼다. 부동산 중개업자인 아릭 크란츠가 어느 토요일 아침에 방문했다. 그는 단지 모든 것이 제자리에 있는지를 확인하기 위하여 들러 본 것이었다. 그는 단 5분 거리에 살고 있었다. 그 방문은 사실 그가 알고 있는 집주인인 크라메르 씨네가 요엘의 집에 들러 살펴보라고 부탁한 것이었다.

그는 주위를 둘러보고, 싱글벙글거리며 말하였다. 「순조롭게 정착하고 있다는 것을 알겠군요. 여기 있는 모든 것들이 잘 정돈된 것처럼 보이네요.」 요엘은 평소처럼 말을 아끼면서 단지 이렇게만 말했다. 「예, 좋아요.」 그 중개인은 집 안의 모든 시설들이 잘 작동하고 있는지를 알고 싶어 했다. 「결국, 당신은 첫눈에 이 집에 반한 거죠, 말하자면 가끔 다음 날 아침을 기분 좋게 만드는 사랑과 같은 거죠?」

「모든 것이 좋아요.」 러닝셔츠와 트렁크 팬츠에 샌들을 신은 채로 요엘이 말했다. 이런 모습은 집을 세 얻던 7월의 첫 만남에서보다 더욱 크란츠를 끌어당겼다. 요엘은 그에게 비밀스러우면서도 강한 인상을 주었다. 그의 얼굴은 소금, 바람, 낯선 여인, 고독, 그리고 태양을 생각나게 했다. 완전히 백발이 되지 않은 회색빛 머리카락은 군인처럼 짧고 잘 다듬어져 있었고 구레나룻은 없었으며, 앞머리는 이마를 가리지 않고 이마에서 말려 올라가 회색빛으로 빛나고 있었다. 금속의 양털이 꼬인 것같이. 눈 언저리의 주름은 입가와 따로 웃고 있어서 비웃는 듯한 미소를 풍겼다. 눈은 푹 꺼져 있고, 충혈되었으며 마치 강한 불빛 혹은 먼지나 바람 때문인지 눈을 약간 감고 있었다. 턱 선에는 내면의 힘이 응축되어 있어 흡사 어금니를 꽉 물고 있는 듯했다. 눈가의 아이로니컬한 웃음과는 별도로, 얼굴은 세어 가는 머리와 대조를 이루면서 젊고 부드러웠다. 그가 말을 하고 있건 않건 간에 그 표정은 거의 변하지 않았다.

중개인이 물었다.

「내가 당신을 방해하는 것은 아니지요? 잠시 앉아도 될까요?」

그러자 또 하나의 전기선을 연결하여, 다른 쪽 벽면에 있는, 부엌의 소켓에 플러그를 꽂은 전기 드릴을 들고서, 요엘은 말했다.

「좀 앉으시죠.」

「거래 때문에 온 것은 아닙니다.」 중개인이 강조하였다. 「전 다만 내가 뭐 도움이 될 게 있나 해서 들른 것입니다. 말하자면 제대로 정착하는 데 도움을 주자는 거지요. 그나저나 절 아릭이라 부르세요. 사정이 이렇습니다. 이 집 주인이 당신에게 에어컨 두 대를 함께 연결해서 모든 방으로 연장할 수 있다는 것을 알려 주라고 부탁했습니다. 그의 비용으로 그걸 고치는 것에 대해 괘념치 마세요. 그 사람이 이번 여름에는 어떻게든 해보려고 계획했었는데, 어쩌다 보니 마무리하지 못했다고 하더군요. 또 잔디에 물을 많이 주어야 한다는 것도 말해 달라고 했어요. 여기는 표층이 얇다고 해요 — 그렇지만 앞쪽 가장자리에는 물을 인색하게 주랍니다.」

그와의 만남을 즐기고 공고히 하기 위한 중개인의 노력은, 〈인색하게〉라는 의미에서이긴 하지만, 요엘의 입가에 희미한 미소를 짓게 했다. 그 스스로는 이것을 인식하지 못했지만, 크란츠 씨는 그것을 기분좋게 받아들이고, 껌을 내밀면서 요엘을 확신시키려고 애썼다.

「전 정말로 당신을 귀찮게 하려고 여기에 온 건 아닙니다, 라비드 씨. 저는 지금 막 바다 쪽으로 지나가고 있었답니다. 그게, 제가 정확히 지나가고 있었던 것은 아니지만. 사실 전 당신을 보고 가려고 약간 우회를 했지요. 오늘은 배를 타기에 환상적인 날인데 오던 길에 바다를 우연히 봤어요. 음, 이제 전 가봐야겠군요.」

「커피 한잔 드시겠어요.」 요엘은 물음 표시도 하지 않고 말했다. 그는 드릴을 잔디 위에 놓인 테이블 위에, 마치 그것이 다과 쟁반인 것처럼, 방문자 앞에 있는 커피 테이블 위에 내려놓았다. 그는 소파 한쪽에 조심스럽게 앉았다. 중개인은 수영 트렁크 위에 브라질 축구팀의 상징이 인쇄된 스포츠 셔츠를 입고 있었고 하얗게 빛나는 운동화를 신고 있었다. 수줍은 소녀처럼 털이 난 두 다리를 꼬고, 다시 한번 껄껄 웃으며 물었다.

「가족들은 어떠세요? 다들 여기를 편안하게 느끼시는지요? 문제없이 적응하셨죠?」

「할머니들은 메툴라에 가고 안 계세요. 우유와 설탕 드려요?」

「괜찮아요.」 중개인이 말했다. 잠시 후에 그는 대담하게 덧붙였다. 「음, 그럼 좋아요. 색깔만 바꿀 정도의 설탕 한 스푼과 우유 반 방울만요. 그리고 절 아릭이라 부르세요.」

요엘은 부엌으로 갔다. 중개인은 자기가 앉아 있는 곳에서, 결정적인 실마리를 찾고 있는 듯이 거실을 살펴보았다. 커다란 토란 넝쿨 근처의 모퉁이 한쪽 끝에 놓여 있는 세 개의 마분지 상자만을 제외하면 어떤 것도 바뀌지 않았다고 느껴졌다. 그리고 소파 위에 있는 유적 사진 세 개에 관해, 크란츠는 아프리카 어딘가에서 가져온 기념품이라고 추측했다. 그가 어떻게 생계를 이어 가는지 궁금했지만, 이웃 사람들이 말하는 바에 따르면, 이 정부 요원은 전혀 일을 하지 않았다. 그는 상당히 높은 지위에 있다는 인상을 주었다. 그는 아마도 조사 중인 일을 중단하고 있을 것이다. 그는 아마도 정규군에서의 특이한 경험을 가진, 농림부나 개발부의 국장처럼 보였다. 기갑 부대의 육군 준장처럼.

「제가 여쭤 봐도 될지 모르겠습니다만, 군대에서 무엇을 하셨지요? 당신은, 음, 친숙해 보여요. 전에 신문에 난 적 있나요? 혹은 우연히 텔레비전에라도?」 그가 막 방으로 들어오고 있는 요엘 쪽을 돌아보았을 때, 그는 커피 두 잔과 설탕 그릇과 우유 주전자, 그리고 크래커 한 접시를 쟁반에 받쳐 들고 오고 있었다. 그는 잔을 테이블 위에 놓았다. 다른 모든 것들은 그가 커피잔 사이에 놓은 쟁반에 그대로 두었다. 그리고 그는 안락 의자에 앉았다.

「육군 법무부의 중위요.」 그는 말했다.

「그다음에는요?」

「전 1963년에 군대를 제대했어요.」

거의 마지막 순간에 크란츠는 혀끝까지 계속 올라오는 질문들을 삼켜 버렸다. 대신에 그는 커피에 설탕과 우유를 넣으며 말했다.

「전 다만 여쭈어 보는 거예요. 신경 쓰지 마세요. 개인적으로 저도 참견하는 사람을 싫어해요. 오븐에 어떤 문제는 없나요?」

요엘은 어깨를 으쓱했다. 그림자가 문 쪽으로 건너왔다가 사라졌다.

「부인이세요?」 크란츠는 묻자마자 금방 기억이 떠올라서 대단히 미안한 듯, 〈딸이었군요〉라고 조심스럽게 추측을 표현했다. 〈귀여운데 수줍은가?〉 그리고 다시 한번 더 자신의 두 아들에 대한 언급을 했는데, 그들은 18개월도 채 차이가 나지 않으며, 두 명 다 레바논에 있는 전투 부대에 있다고 했다. 「상당한 문제죠. 아마도 우리가 언제 한번 그 아이들과 댁의 딸을 만날 수 있게 해서, 잘 지낼 수 있을지 알아봐야 하겠어요.」 그는 갑자기 마주 앉아 있는 사람이 냉정하고, 즐기는 듯한 호기심을 나타내며 그를 보고 있다는 것을 알아채고는, 재빨리 그 화제를 중단하고 대신에 자기가 젊었을 때 능력 있는 텔레비전 기술자로 2년 동안이나 일했다고 자랑했다. 「만약 텔레비전에 문제가 생겨 한밤중에라도 전화를 주시면 제가 급히 달려와서 당신을 위해 공짜로 그것을 고쳐 드리죠. 별문제가 아니에요. 만약 당신이 욥바의 어선 항구에 정박해 놓은 저의 배를 타고 몇 시간 항해하고 싶으시면 말씀하세요. 제 전화번호 가지고 계시나요? 내키실 때마다 전화 주세요. 그럼, 전 그만 가보겠어요.」

「감사합니다.」 요엘이 말했다. 「기다리신다면 5분 안에 돌아오죠.」

요엘이 자신의 초대를 받아들이고 있다는 걸 중개인이 깨닫는 데는 몇 초가 걸렸다. 그는 곧 흥분하여 이런 환상적인 날에 항해하는 즐거움에 관해 이야기하기 시작했다. 「아마 당신도 바닷가를 한 바퀴 멋지게 돌고, 아비 나탄의 돛대가 달린 배들을 가까이에서 보고 싶겠죠?」

요엘은 그를 매혹시켰고, 더 가깝게 되고, 친구가 되고, 그에게 헌신적으로 봉사하고, 요엘을 위해 어떤 것이라도 해줄 수 있다는 것을 증명해 보이고, 충성을 보여 주고, 심지어 그를 만져 보고픈 강력한 욕구를 불러일으켰다. 그러나 중개인은 자신을 억제하여, 자기 손가락 끝을 간지럽게 하던 어깨 두드리기를 멈추고서 말했다.

「천천히 하세요. 서두르지 마세요. 바다는 달아나지 않는답니다.」 그리고 그는 재빨리 기분 좋게 일어나서 요엘을 앞질러 커피와 쟁반에 담긴 것들을 부엌으로 가져갔다. 만약 요엘이 그를 말리지 않았더라면 그는 설거지까지 했을 것이다.

그때부터 요엘은 계속해서 일요일마다 아릭 크란츠와 바다에 가기 시작했다. 그는 어린 시절부터 노 젓는 방법을 알고 있었다. 이제 그는 돛을 들어 올리고 고정시키는 것을 배웠다. 그렇지만 단지 가끔 침묵을 깼다. 이것은 중개인을 실망시키거나 기분을 상하게 하지 않고 오히려 그 반대로, 나이가 더 많은 소년의 마력에 빠져 그에게 열렬히 봉사하도록 홀려 버린 것과 유사한 느낌을 갖도록 했다. 그는 무의식 중에 요엘이 목과 셔츠 칼라 사이에 손가락을 가져다 대는 습관과 바다 공기를 깊이 들이마시고 두 입술 사이의 얇은 틈 사이로 천천히 내쉬기 전, 폐 속에 그것을 담아 두는 습관을 모방하기 시작하였다. 그들이 합의하여 바다로 나갈 때면 크란츠는 그에게 모든 것을 말하였다. 심지어 부인에게 그다지 충실하지 못했던 것과 소득세를 속였던 것과 군대 입대를 연기했던 방법까지도. 만약 그가 요엘을 피곤하게 하고 있음을 느낄 때면, 말하는 것을 멈추고 클래식 음악을 들려주었다. 그의 새로운 친구와 함께 있는 날에는, 정교한 건전지용 카세트 녹음기를 직접 가지고 왔다. 반시간쯤 지나 그들의 침묵과 모차르트 음악이 참기 어려워지면, 요엘은 요즘 어떻게 재산을 관리하는지 혹은 배로 침투하는 테러리스트들에 대항하여 해군이 해안을 완전히 봉쇄하는 분류된 방법에 관하여 설명하곤 했다. 예상외의 우정은 중개인을 가끔 통제하지 못하게 만들어, 주 중에도 다가오는 주말에 관해 요엘과 의논하려고 전화하게 만들었다.

요엘은 〈바다는 달아나지 않는답니다〉라는 말에 대해 그 나름대로 생각해 보았다. 그는 그 말이 잘못되지 않았다고 생각했다. 그는 자기 입장에서 익숙한 방식으로 거래를 하고 있었다. 그는 중개인에게 아무것도 주지 않음으로써 정확하게 그가 원하는 것을 그에게 주고 있음을 즐겼다. 조용히 머물러 주는 것 외에는. 그는 한 번 놀라게 해주려고, 미얀마어로 여자에게 〈난 널 원해〉라고 말하는 방법을 가르쳐 주었다. 오후 3시나 4시가 되면, 크란츠는 그 시간이 멈추어 버리거나 뭍이 사라져 버리기를 비밀스레 기도하기도 했지만, 결국 욥바 항구로 돌아왔다. 그러고 나면 중개인의 차를 타고 집으로 가서 함께 커피를 마셨다. 요엘은 〈정말 고마워요. 다음에 봅시다〉라고 말하곤 했다. 그러나 한번은 헤어지면서, 〈아릭, 조심해서 가요〉라고 말한 적이 있다. 크란츠는 그들의 관계가 한 걸음 더 나아갔다는 사실을 알았기 때문에 즐거운 마음으로 이 말을 가슴속에 소중히 담아 두었다. 그러면서 그의 호기심을 일으키는 수천 가지의 질문들 중 가까스로 두세 개를 물어보았다. 그러고 나면 간단한 대답을 들을 수 있었다. 그는 일을 그르치거나, 너무 지나쳐 버리거나, 성가시게 하거나, 마술의 주술을 깨버리는 것을 두려워하였다. 이런 식으로 몇 주가 지나갔고, 네타는 학교의 마지막 학년을 시작하였고, 크란츠가 자기 친구의 등을 드디어 두드려 주겠다는 다짐을 헤어질 때마다 했지만 실제로 그것을 행동에 옮기지는 못했다. 그것은 다음 만남으로 연기되었다.

12

개강하기 며칠 전 네타의 문제가 다시 나타났다. 2월에 예루살렘에서 있었던 사건 이후 그런 기미는 계속 보이지 않았고, 요엘은 이브리아가 결국 옳았다고 거의 믿기 시작했었다. 그런데 수요일 오후 3시경에 그 일이 발생했다. 리사는 그날 자신의 아파트를 살펴보려고 예루살렘에 갔고, 아비가일도 대학의 초청 강의를 듣기 위하여 나가고 없었다.

그는 작열하는 늦여름의 햇살이 쏟아지는 정원 앞에 맨발로 서서 관목들에게 물을 주고 있었다. 넓은 엉덩이가 요엘에게는 너무나 익어 버린 아보카도를 생각나게 하는 이웃 루마니아인이 방학 중인 학생으로 보이는 두 아랍 청년을 데리고 그의 지붕 위로 올라가는 것이 길 건너로 보였다. 그 청년들은 오래된 텔레비전 안테나를 제거한 후 확실히 세련돼 보이는 새것으로 교체하고 있었다. 그 루마니아인은 계속해서 그들에게 엉터리 아랍어로 비난하고, 윽박지르며 비명을 질러 댔고, 훈수를 두기도 했다. 요엘은 아랍인들이 루마니아인보다 히브리어를 더 잘할 수 있을 텐데라고 생각했지만. 와인과 주류를 수입하는 그 이웃은 요엘의 어머니 리사와 루마니아어로 가끔 대화를 나눴다. 언젠가 한번은 그가 그녀에게 꽃을 주고서 마치 장난치는 것처럼 과장된 인사를 한 적이 있었다. 요엘이 철기병이란 이름으로 알고 있는 셰퍼드 개가 사다리 다리를 향해 목을 위로 쭉 뻗고선 마치 지겨워하는 것처럼 들리는 괴상한 소리로 짖어 대고 있었다. 자기 의무를 다하여. 거대한 트럭이 작은 길로 들어와 그 끝에 있는 감귤나무 숲 근처의 담에 다다르자 헉헉거리며 끽끽거리는 브레이크 소리를 내면서 뒤쪽으로 몸서리치기 시작했다. 배기가스가 공기 중에 자욱해지자, 요엘은 비트킨, 아비타르, 이타마르 씨의 냉동차가 어떻게 되었는지 궁금했다. 그리고 그가 러시아 곡조를 연주하던 기타는 어디에 있는지.

여름 오후의 고요가 되돌아와 거리를 휘감았다. 자신에게 특히 가까운 잔디 위에서, 요엘은 날개 속에 부리를 감추고 그곳에 얼어붙은 채 조용히 앉아 있는 작은 새 하나를 발견했다. 그는 물줄기를 옆 덤불로 이동시켰고 조상(彫像)이 되어 굳어 있었던 새는 날아가 버렸다. 한 아이가 〈우리는 내가 경찰이라고 말했어〉라고 분개하여 날카로운 비명을 지르면서 길을 따라 달려갔다. 요엘이 서 있던 장소에서는 고함을 지르고 있는 아이가 누구인지 볼 수 없었다. 금방 그 아이도 사라져 버렸고, 요엘은 한 손으로는 호스를 들고 다른 한 손으로는 덤불 근처의 낡아 빠진 급수탑 벽을 고치고 있었다. 그는 퇴역한 경찰이었던 장인, 쉬엘티엘 루블린이 윙크를 크게 하면서 말하곤 했던 것이 생각났다. 「때가 되면 우리 모두는 같은 비밀을 갖게 될 거야.」 이 말은 대부분의 경우, 혐오감으로 치달을 것 같은 분노를 야기했는데 그것은 쉬엘티엘를 향해서가 아니라 이브리아를 향한 것이었다.

그에게 급수탑을 만드는 방법을 가르쳐 주고, 땅이 움푹 파이지 않도록 약간 원을 그리며 호스를 움직이는 방법을 가르쳐 준 것도 루블린이었다. 그는 항상 회색 시가 연기로 고리를 만들었다. 소화, 섹스, 질병, 혹은 다른 신체 기능과 관련된 모든 것이 그에겐 농담 거리가 되었다. 루블린은 농담에 빠져 있는 사람이었다. 신체 자체가 그의 내부에 숨어 있는 짓궂은 감각을 흥분시키는 것 같았다. 그리고 각각의 농담이 끝나고 나면 목구멍에서 솟아올라 오는 것처럼 들리는 웃음을 터뜨리곤 하였다.

한번은, 그가 요엘을 메툴라에 있는 침실로 끌고 가서 나직하고 연기에 찌든 목소리로 강의를 한 적도 있다. 「들어 보게. 어떤 사람은 생활의 4분의 3을 자신을 성가시게 하는 사람이 가리키는 어느 곳으로든 달려가면서 보내기도 하지. 마치 자네는 신입 사원이고 그는 상사인 것처럼. 주목해! 달려! 뛰어! 공격해! 만약 귀찮게 하는 사람들이 이런 강제적인 의무에서 2년, 3년, 혹은 5년 후에 우리를 자유롭게 해준다면, 그때는 우리 모두가 푸시킨의 시를 쓰거나 전기를 발명할 충분한 시간이 남아돌 걸세. 자네가 아무리 그를 위해 노력한다

할지라도, 그는 결코 만족하지 않을 걸세. 평화 시에는 그가 자네를 떠날 걸세. 그에게 스테이크를 줘보게, 그러면 그는 슈니첼을 원할 걸세. 그에게 슈니첼을 주면 캐비아를 원할 거고. 하느님이 우리를 동정하여 그런 사람을 단 1명만 보낸 것이 우리에겐 행운이지. 만약 자네가 50년 동안 그런 사람 5명을 먹이고 입히고 따뜻하게 해주고 즐겁게 해주면서 보내야만 한다고 상상해 보게.」말을 마쳤을 때, 그는 콜록콜록 기침을 하고 목이 막히기 시작했지만, 즉시 새 시가의 연기로 자신을 감쌌다. 결국 어느 여름 아침 4시 반경에 화장실에 앉아, 바지 자락을 내리고 손가락 사이에 시가 불을 붙인 채 죽을 때까지. 루블린이 기억하고 있다가 어떤 사람에게 — 예를 들면 요엘 자신에게, 같은 일이 일어나면 갑자기 기침이 터지게 만들었을 그런 농담을 요엘은 거의 다 알았다. 그는 아마 자기 죽음의 흥미로운 면을 가까스로 볼 수 있었고 그래서 웃음을 발산해 낸 듯했다. 그의 아들 낙디몬은 언제나 독사를 잡을 수 있는 재능을 가진 어쭙잖고 말이 적은 젊은이였다. 그는 독을 짜내는 방법을 알고 있었고, 혈청을 만드는 곳에 그것을 팔았다. 그가 비록 극단적 정치관을 가지고 있었지만, 그가 아는 사람들은 대부분 아랍인들이었다. 그는 아랍인들 사이에 앉아 있으면, 갑자기 미치도록 말을 하고픈 충동에 사로잡히곤 했었지만, 이스라엘 사람들 사이로 돌아오자마자 그러한 징후는 사라졌다. 그와 요엘, 그리고 그의 여동생인 이브리아와의 관계는 인색하고 의심 많은 농부들의 관계와 같았다. 아주 가끔 예루살렘에 왔을 때, 네타를 위하여 직접 만든 올리브 오일 한 깡통이나 갈릴리 지방의 엉겅퀴를 말려서 선물로 가져오곤 하였다. 그가 〈예, 거의〉 혹은 〈마알레쉬, 신경 쓸 것 없어요〉 혹은 〈하느님께 감사드려요〉와 같은 정해진 두세 마디 이상의 말을 한다는 것은 거의 불가능했고, 그런 말조차 자신을 대담하게 만든 꼬임에 빠졌었다는 것을 즉시 후회하는 듯, 그의 입에서는 곧장 푸념이 흘러나왔다. 그는 자신의 어머니, 여동생, 심지어 미래의 여자 조카 모두에게 〈여자들〉이라 지칭했다. 요엘 자신은 고인이 된 낙디몬의 아버지를 부르는 것과 같은 방법으로 그를 지칭하는 습관이 있었다. 그들의 이름이 우스꽝스럽다는 것을 충분히 알았기 때문에 그는 둘 모두를 루블린이라 불렀다. 이브리아의 장례식 이후, 낙디몬은 한 번도 그들을 보러 오지 않았다. 비록 아비가일과 네타가 가끔 메툴라에 있는 그와 그의 아들들을 방문하기도 했고 때론 약간 열이 나서 돌아오기는 했지만. 유월절 전날, 리사는 그들과 함께 나갔다가 돌아와서 말했다. 「사람은 어떻게 살아야 하는지 알아야 해.」 요엘은 유혹에 굴복하지 않고 혼자 집에서 휴일을 보내기로 선택했던 것이 은근히 기뻤다. 그는 텔레비전을 보다가 저녁 8시 30분경에 잠을 자러 갔는데 마치 몇 년 동안 잠을 자지 못했던 것처럼 다음 날 아침 9시가 될 때까지 깊은 잠을 잤다.

그는 우리 모두가 때가 되면 같은 비밀을 갖게 될 거라는 생각을 여전히 완벽하게 받아들이지는 못했다. 그러나 그것이 더 이상 그를 화나게 만들지는 않았다. 이제 그는, 정원에서서 하얀 여름 햇빛에 적셔진 텅 빈 거리를 보며 갈망의 고통과 같은, 다음 생각들을 감지했다. 아마 그럴 수도, 어쩌면 그렇지 않을 수도, 우리가 영원히 모를 수도. 그녀가 그에게 애정 어린 목소리로 〈난 당신을 이해해요〉라고 속삭이곤 했을 때 — 그녀는 무슨 의미로 그 말을 했을까? 무엇을 그녀가 이해했을까? 그는 결코 그녀에게 물어보지 않았다. 이제는 너무 늦어 버렸다. 아니면 이제 앉아서 푸시킨의 시를 적고 전기를 발명할 시간이 정말로 온 것인가? 무의식적으로 호스를 여기저기의 둥굴레나무로 천천히 이동시키면서, 그는 갑자기 늙은 루블린의 괄괄거리는 소리와 그리 다르지 않은 이상하고 나지막한 소리를 가슴 밖으로 터뜨렸다. 그는 그날 밤 프랑크푸르트의 호텔 방 벽지에서 숨바꼭질을 하는 것처럼, 나타났다, 사라졌다, 모양이 변했다 하던 현란한 모습을 기억해 내고 있었다.

한 소녀가 무거운 쇼핑 바구니를 들고 다른 한 손으로는 두 개의 커다란 가방을 가슴으로 안고서 그의 앞을 지나갔다. 이웃에 있는 어느 부잣집에, 모든 것이 갖추어진 작은 아파트에 살면서 그들의 집을 돌보기 위하여 외국에서 데려온 하녀인, 한 동양 소녀. 그녀의 골격은 작고 연약했지만 별로 힘을 들이지 않고서도 쇼핑 바구니와 불룩한 가방을 들고 갔다. 그녀는 마치 중력의 법칙이 그녀에게 힘을 덜 들게 하는 것처럼 미끄러지듯 지나갔다. 왜 호스의 물을 잠그고, 그녀를 따라가 쇼핑 가방을 들고 가는 것을 도와주겠다고 제안하지 않았는가? 혹은 그렇지 않으면 아버지와 딸 같은 행동은. 그녀의 길을 막고, 그녀의 손에서 가방을 받아서 가는 도중에 약간의 대화를 하면서 그녀의 집으로 걸어가는. 요엘은 잠시 동안 가방이 그녀의 가슴팍을 누르는 아픔을 자신의 가슴으로 느꼈다. 그러나 그녀는 당황할 것이고, 이해할 수 없을 것이고, 그를 도둑이나 변태라고 생각할지도 모른다. 이웃 사람들은 그 소리를 들을 것이고 쉴 새 없이 입방아를 찧어 댈 것이다. 그가 이것을 걱정했던 것은 아니었다. 어떤 경우에든 작은 거리에 사는 다른 이웃들은 이미 자신과 자신이 살아가는 방법에 관하여 헛소문을 내고 있었을 것이다. 그러나 그의 날카롭고 잘 연마된 감각과 직업적인 훈련으로 인하여, 당시의 거리와 시간을 정확하게 측정해 그녀를 따라잡기도 전에 이미 그녀가 집 안으로 들어갈 거라는 것을 알아챘다. 만약 그가 달려가지 않는다면. 그리고 그는 늘 달리는 걸 싫어했다.

그녀는, 개미 같은 허리와, 얼굴을 거의 가리는 숱 많은 검은 머리칼을 가진, 등 아래로 긴 지퍼가 있는 꽃무늬 드레스로 허리를 조인 젊고 아름다운 모습이었다. 그녀의 다리 곡선과 드레스 아래 허벅지를 다 살펴보기도 전에 그녀는 시야에서 사라져 버렸다. 그의 눈이 갑자기 화끈거렸다. 요엘은 눈을 감고 구불구불한 철판과 합판 그리고 판지로 만들어진 작은 집들의 더미가 서로 층층이 뒤엉켜 쌓여 있고, 두꺼운 열대 진흙 속에 반쯤 가라앉아 있는 양곤이나 서울 혹은 마닐라에 있는 아시아 판자촌을 상상해 보았다. 그 가운데를 가로질러 흘러가는 복개되지 않은 하수도가 있는 더럽고 숨이 막히는 골목길. 누더기옷을 입고, 병자같이 맨발을 하고, 물이 고여 있는 하수구에서 첨벙거리며 다니는, 검은 피부를 가진 사람에게 쫓기는 지저분한 개와 고양이들. 거친 밧줄에 묶여, 진창 속에 나무로 된 바퀴가 반쯤 빠져 있는 끔찍한 마차에 매달려 있는 커다랗고 온순한 황소. 코를 찌르고 숨이 막히게 하는 냄새에 찌든 모든 것들과 그 위에 끊임없이 쏟아 붓는 후텁지근한 열대성 빗줄기, 소리를 죽인 포화 사격같이 녹슨 지프 몸체를 두드리는 소리. 그리고 의자 속이 들여다보이는 지프의 운전석 위에는, 헬싱키에서 본 팔다리가 없는 장애인이 있었다, 마치 천사처럼 순백색의 모습으로, 다 알고 있다는 듯한 미소를 지으며.

13

 바로 그때 기침하는 소리와 함께 쿵 하는 소리가 네타의 창문 쪽에서 들렸다. 요엘은 눈을 떴다. 그는 호스를 맨발 위에 뿌려 진흙을 씻어 내고 나서, 물을 잠근 후 성큼 걸어갔다. 그가 집 안으로 들어가자 꿀떡거리는 소리와 경련이 멈추었고, 그는 별로 큰 문제가 아니었다는 것을 알게 되었다. 소녀는 융단 위에 태아(胎兒) 같은 모습을 취하고 누워 있었다. 미미한 경련으로 인해 그녀의 모습은 부드럽게 보였고, 잠시 동안이지만 그녀의 모습은 상당히 예쁘게 보였다. 그는 편안하게 숨 쉴 수 있도록 그녀의 머리와 어깨에 두 개의 베개를 받쳐 주었다. 그는 나갔다가 돌아와서 그녀가 정신이 돌아왔을 때 주려고 알약 두 알과 물 한 잔을 테이블 위에 놓아두었다. 그러고 나서, 별 필요가 없는데도, 하얀 시트로 그녀의 몸을 덮어 주고 그녀의 머리 옆 바닥에 앉아, 두 팔로 자신의 무릎을 감쌌다. 그녀를 건드리지 않았다.
 소녀는 굳게는 아니지만 눈을 감고 있었고, 입술은 반쯤 열려 있었고, 몸은 시트 아래에서 연약하지만 평온했다. 그는 이제야 지난 몇 달에 걸쳐 그녀가 급속히 성장했다는 것을 깨달았다. 그녀 어머니로부터 물려받은 긴 속눈썹과, 그의 어머니에게서 물려받은 높고 부드러운 눈썹에 주목했다. 그는 잠깐 동안 그녀가 잠들어 있다는 사실과 혼자 있다는 것을 이용해 어린 시절에 그가 해주곤 했던 것처럼 그녀의 귓불에 키스해 주고 싶었다. 그가 자기 어머니에게 했던 것처럼. 왜냐하면 지금 그녀의 모습은 방 모퉁이에 있는 매트 위에 편안하게 누워 철이 든 눈으로 묘하게 어른을 주시하고 있는 어린아이 같아 보였기 때문이다. 마치 말로 표현할 수 없는 것들을 포함하여 모든 것을 알고 있다는 듯이, 그리고 그녀가 말을 못 하는 것은 단지 요령이 부족하고 민감하기 때문이라는 듯이. 그가 재킷 주머니 속의 작은 사진첩에 넣어서 모든 여행에 데리고 다녔던 그 아기.

여섯 달 동안 요엘은 문제가 사라지기를 간절히 바라고 있었다. 그 재난이 변화를 가지고 오기를. 이브리아가 옳았고 자신이 틀렸다는 것을. 그는 그러한 가능성이 자신이 읽었던 의학 서적의 여기저기에 정말로 언급되고 있다는 것을 상기했다. 의사들 중 한 명은 이전에, 이브리아가 없을 때, 많은 유보 사항을 언급하면서도 청소년기가 되면 회복될 가능성도 있다고 그에게 말한 적이 있었다. 혹은 적어도 상당한 개선이 이루어질 거라는. 그리고 정말로 이브리아의 죽음 이후로는 문제가 발생하지 않았다.

사건? 그 순간 쓰라림이 요엘을 압도했다. 그녀는 더 이상 여기에 없다. 지금부터는 우리도 문제니 사건이니 하고 말하는 것을 그만둘 수 있어. 지금부터는 우리도 발작이라고 말할 수 있어. 그는 그 단어를 소리쳐 말했다. 검열관은 위로 올라가 버렸다. 끝났다. 바다는 달아나지 않는다. 지금부터 우리는 정확한 단어를 사용할 것이다. 그리고 즉시, 솟아오르는 분노로, 격렬하고 화난 몸짓으로, 그는 창백한 뺨 위를 날아다니고 있던 파리 한 마리를 격퇴시키기 위하여 허리를 구부렸다.

처음 그것이 일어난 것은 네타가 네 살 때였다. 어느 날 그녀는 욕실의 세면기 앞에 서서 플라스틱 인형을 목욕시키고 있다가 갑자기 뒤로 쓰러졌다. 충혈된 눈이 뒤집어져 흰자위만을 보이며 눈을 뜨고 있던 공포를 요엘은 기억했다. 입가에서 부글부글 끓어오르는 거품. 뛰어가서 도움을 청해야 한다는 것을 알았음에도 불구하고 그를 부여잡았던 마비. 그가 훈련과 일을 통하여 배워 왔던 그 모든 것에도 불구하고, 그녀가 웃지 않으려고 애쓰는 것처럼 얼굴에 미소의 그림자가 나타났다 사라졌다 하는 인상을 받았기 때문에, 그는 그 작은 소녀로부터 발을 떼지도 눈을 돌리지도 못하였다. 가까스로 몸을 이끌고 전화기로 달려간 것은 그가 아니라 이브리아였다. 그는 구급차의 사이렌 소리를 듣고서야 얼어붙었던 몸이 풀렸다. 그리고 나서 이브리아의 팔에서 딸을 낚아채 계단을 내려가다가 발부리가 계단에 걸려 넘어져 난간에 머리를 쿵 하고 박았고 모든 것이 희미해졌다. 그가 응급실에서 깨어났을 때 네타는 이미 의식을 회복한 후였다.

이브리아는 그에게 조용히 말했다. 「전 당신에게 놀랐어요.」 그리고 그녀는 다시는 반복하지 않았다.

다음 날 그는 5일 동안 밀라노로 가야만 했다. 그가 돌아왔을 때는 의사들이 이미 잠정적인 진단을 내린 후였고 딸아이는 집으로 돌아와 있었다. 이브리아는 진단 결과를 받아들이려 하지 않은 채 처방된 약을 투여하기도 거부했고, 그녀의 상태에 대해 의사들 사이에 어떤 의견 충돌의 기미는 없는지, 혹은 그들 중 한 명이라도 동료들의 의견에 의문을 던지는 인상은 없는지에 대해서만 고집스레 매달렸다. 그녀는 그가 사온 약을 곧바로 쓰레기통에 던져 버렸다. 요엘은 말했다. 「당신은 제정신이 아니야.」 그러면 그녀는 조용히 미소 지으며 대답하였다. 「말하는 자가 누군지 좀 보세요.」

그가 멀리 가고 없을 때면, 그녀는 네타를 개인 전문가들에게 끌고 다니고, 유명한 교수들, 그 후에는 여러 학교의 심리학자들, 정신과 의사들, 그리고 마침내는 ─ 그의 반대에도 불구하고 ─ 다양한 음식과, 운동, 차가운 샤워, 비타민, 미네랄 목욕, 기도, 그리고 약초 투약 따위를 권하는 모든 종류의 주술적 요법에 의지하는 의사들과도 상담했다.

매번 여행에서 돌아올 때마다, 그는 모든 약을 다시 사다가 아이에게 투약했다. 그러나 그가 없으면, 이브리아는 그것들을 전부 없애 버렸다. 하루는, 이브리아가 분노로 격앙되어 눈물을 흘리며 그에게 다시는 〈질병〉이나 〈발작〉 같은 말을 사용하지 말라고 했다. 「당신은 네타에게 오명을 씌우고 있어요. 당신은 네타를 세상과 단절시키고 있어요. 당신은 그 일에 대해 인정한다는 신호를 네타에게 보내고 있어요. 당신은 네타를 망쳐 버릴 거예요. 문제가 있지만, 사실 그것은 네타의 문제가 아니에요.」 그렇게 그녀는 공식화하곤 했다. 「그것은 우리의 문제예요.」 결국 그는 그녀에게 항복했고 자신도 〈문제〉라는 단어를 사용하는 습관을 들였다. 그는 단어 하나 때문에 아내와 싸워 봤자 의미가 없다는 것을 깨달았다. 그리고 사실상, 이브리아는 〈그 문제가 그녀의 것도 혹은 우리의 것도 아니고 요엘, 당신의 것이에요〉라고 말하곤 했다. 「왜냐하면 당신이 가고 없으면, 그건 사라지기 때문이죠.」 관중도 없고 — 공연도 없다. 그것은 사실이다.

그렇다면 그것이 정말 사실이었나? 요엘은 의구심에 가득 찼다. 자신에게 명확하지 않은 몇몇 이유로 인하여 그는 그것을 자명한 것으로 받아들이고 싶지 않았다. 이브리아가 옳았다는 것이 확실해지는 것을 그는 두려워했던가? 혹은, 그 반대로, 그녀가 틀렸다는 것을?

이브리아가 시작한 논쟁은 언제나 문제를 발생시켰다. 몇 달 후, 또 다른 사건이 발생하기까지, 그녀는 결국 주술적 요법의 의사들과 돌팔이 의사들에게 실망하게 되었지만, 그럼에도 불구하고 그를, 오직 그만을 비난하는 엉뚱한 논리를 계속 펴나갔다. 그녀는 그가 여행을 그만두길 요구하거나, 혹은 반대로, 영원히 떠나 버리라고 요구했다. 〈무엇이 당신에게 정말로 중요한 것인지 당신의 마음을 결정해요〉라고 그녀는 말했다. 여자와 아이에게 칼을 찌르고 도망가는 그런 영웅.

한번은, 눈앞에서 발작을 하는 동안, 그녀는 움직이지 않는 아이의 얼굴, 등 그리고 머리를 때리기 시작했다. 그는 충격을 받았다. 그는 그녀가 멈추기를 애걸하고, 애원하고, 부탁했다. 결국은 그의 생애에서 단 한 번, 그녀를 멈추게 하기 위하여 어쩔 수 없이 완력을 사용해야만 했다. 그는 그녀의 팔을 움켜잡고선 등 뒤로 꺾고, 그리고 그녀를 부엌으로 끌고 갔다. 그녀가 저항하는 것을 멈추고 봉제 인형처럼 비틀거리며 의자에 앉았을 때, 그는 손을 들어 그녀의 얼굴을 가로질러 강하게 때리는 쓸데없는 일을 저질렀다. 아이가 정신을 차려 부엌 문설주에 기대고서, 냉정한 과학적 호기심이 어린 눈으로 그들을 바라보고 있다는 것을 그가 알아챈 것은 바로 그때였다. 씩씩대는 이브리아가 소녀를 가리키며 그에게 쏘아붙였다. 「저기를, 이제 봐요.」 요엘은 치아 사이로 새어 나오듯 투덜댔다. 「말해 봐, 당신 제정신이야?」 그러자 이브리아가 대답했다. 「아니요. 난 완전히 미쳤어요. 살인자와 함께 사는 데 동의했으니까. 네타, 너도 알아야만 해. 살인자 ─ 그것이 네 아빠의 직업이란다.」

14

그가 없었던 다음 해 겨울, 그녀는 마음을 고쳐먹고 몇 개의 가방을 꾸려, 네타를 데리고 자신의 어머니인 아비가일과 오빠인 낙디몬과 함께 그녀가 태어난 메툴라의 집에 살기 위하여 떠나 버렸다. 그가 하누카 마지막 날 부쿠레슈티에서 돌아왔을 때, 아파트는 텅 비어 있었다. 깨끗한 식탁 위에는 두 개의 쪽지가, 하나는 소금통 밑에, 또 다른 하나는 후춧병 아래에 대칭으로 놓인 채 그를 기다리고 있었다. 하나는 러시아 이민자의 의견으로, 편지지 주소로 미루어 볼 때 세계적인 생명 공학 치료 전문가이면서 염력 상담자인 그가 어설픈 히브리어로 〈니우타 라비브 양은 간질병이 아니라 단지 상실감이란 고통을 겪고 있는 거라는 것을 니코딤 샬리아핀 박사님이 보증함〉이라고 인정하고 있었다. 그리고 다른 쪽지는 이브리아의 것으로 확고한 둥근 글씨체로 잘라 말하고 있었다. 「우리는 메툴라에 있어요. 전화는 해도 괜찮지만 오지는 말아요.」

그는 별말 없이 겨우내 떨어져 지냈다. 그는 아마도 문제가 그곳, 그가 없는 메툴라에서 발생한다면, 이브리아도 정신을 차릴 수 있을 것이라 바라고 있었다. 혹은 어쩌면, 그 반대로, 문제가 나타나지 않아 결국 평소처럼 이브리아가 옳았다는 것을 증명해 보일 것을 내심 바라고 있었다.

그 후 봄이 시작할 무렵에 모녀는 화분에 심은 꽃과 갈릴리에서 가져온 선물들을 가지고 예루살렘으로 돌아왔다. 좋은 시간이 계속되었다. 아내와 딸은 그가 여행에서 집으로 돌아올 때마다 서로 그에게 잘해 주려고 다투었다. 작은 녀석은 그가 앉자마자 달려들어서, 신발을 벗겨 주고, 발에 슬리퍼를 신겨 주었다. 이브리아도 숨겨져 있던 요리 솜씨를 발휘했고, 정성을 쏟은 저녁을 차려 그를 놀라게 했다. 일을 마치지 못한 그는 여행과 여행 사이에, 그들이 멀리 가 있던 겨우내 그가 했던 것과 마찬가지로, 집 주위의 일들을 하려고 했다. 그는 냉장고가 가득 차 있는지 확인했다. 그는 후추 맛이 나는 살라미와 특별한 암양의 우유를 찾기 위해 예루살렘의 식품점들을 샅샅이 뒤졌다. 한두 번씩은 그 자신만의 규칙을 깨고 파리에서 치즈와 소시지를 집으로 가져오기도 했다. 하루는, 이브리아에게 말하지 않고, 흑백 텔레비전을 컬러로 바꾸었다. 이브리아는 커튼을 바꿈으로써 응수했다. 그들의 결혼 기넘일에, 그녀는 거실에 있는 스테레오 한 대 외에 그만의 기기를 사주었다. 그리고 그들은 자주 차를 타고 안식일 여행을 떠나기도 했다.

소녀는 메툴라에서 키가 부쩍 자랐다. 그리고 약간 살이 쪘다. 요엘은 네타의 턱 선에서 이브리아를 건너뛰어 그녀에게 다시 나타난 루블린 가문의 기질을 찾을 수 있었다. 그녀의 머리가 많이 길었다. 그는 그녀를 위하여 런던에서 훌륭한 캐시미어 스웨터를 사다 주었고 이브리아 것으로는 니트 정장을 사가지고 왔다. 그는 여자 옷을 고르는 안목이 뛰어났다. 이브리아는 말했다. 「당신은 패션 디자이너를 했으면 아마 잘나갔을 거예요. 혹은 무대 감독으로.」

그 겨울에 메툴라에서 어떤 일이 일어났었는지에 대해 그는 알지도 못했고 알려고 하지도 않았다. 그의 아내는 뒤늦게 절정기를 경험하고 있는 것처럼 보였다. 그녀가 애인을 얻었나? 혹은 루블린 땅의 과일이 그녀의 내부 체액을 새롭게 만들어 혈기가 올라오도록 만들었나? 그녀는 머리 모양을 바꾸었다. 그녀의 머리는 매혹시킬 듯한 말꼬리 모양을 하고 있었다. 또한 처음으로 화장하는 것을 배워 세련되면서도 절제된 모습을 보였다. 그녀는 과감하게 목이 파인 봄 드레스를 샀고, 그 속에 전에는 입지 않았던 스타일의 속옷을 가끔 입기도 했다. 때때로 그들이 저녁 늦게, 식탁에 앉아 있을 때, 그녀가 복숭아 껍질을 벗겨 한 조각을 입으로 가져가서 씹기 전에 입술로 조심스럽게 음미하고 있는 듯한 모습을 볼 때면, 요엘은 그녀에게서 눈을 뗄 수가 없었다. 그녀는 또 새 향수를 사용하기 시작했다. 그렇게 그들의 인디언 서머는 시작되었다.

그는 가끔 그녀가 다른 남자로부터 배운 것을 그에게 전해 주고 있지는 않은가 하는 의심을 갖곤 했다. 이런 의심을 속 죄하기 위하여 그녀를 데리고 아쉬켈론 해안에 있는 한 호텔 로 나흘 간 휴가를 다녀오기도 하였다. 이제까지 그들은 항상 소리를 내지 않고 집중한 채 정성을 들여 사랑을 나누었었다. 이제부터는 가끔 웃음으로 몸서리치면서 사랑을 했다.

그러나 네타의 문제가 줄어들기는 했지만 사라지지는 않았다.

그럼에도 불구하고 다툼은 종결되었다.

요엘은 아내가 자신에게 말한 것을 믿어야만 하는지 어떤 지 확신할 수 없었다 — 메툴라에서 겨울을 보내는 동안 어 떤 문제의 기미도 보이지 않았다는 것을. 그는 자신이 이 문 제를 검토하고 있다는 것을 이브리아나 루블린 가족이 알게 하지 않고도 쉽게 찾아낼 수 있었다. 그의 직업이 흔적을 남 기지 않고도 이보다 더 복잡한 사건들을 분해할 수 있도록 가르쳐 주었다. 그러나 그는 수사하는 것을 좋아하지 않았다. 그는 자신에게 말했다. 〈내가 왜 그녀를 믿어서는 안 되지?〉

그럼에도 불구하고, 그는 좋았던 어느 날 밤에 귓속말로 물었다. 「누구에게서 이런 것을 배웠지? 당신 애인?」 이브리 아는 어둠 속에서 웃으면서 말했다. 「당신이 안다면 어떻게 하겠어요? 흔적도 안 남기고 그를 죽이기라도 할 거예요?」 요엘은 말했다. 「그 반대로, 당신에게 이렇게 잘 가르쳐 주었 으니까 브랜디 한 병과 꽃다발을 줘야지. 누가 그 행운아였 지?」 이브리아는 대답에 앞서 마치 크리스털 같은 웃음을 터뜨렸다. 「당신의 예리한 눈이라면 좀 더 밝힐 수 있을 거예요.」 그는 이야기의 요점을 파악하고 방어적인 웃음을 짓기 전에 잠시 망설였다.

그리고 그렇게, 어떤 설명이나 진정한 대화도 없이, 마치 자신들이 동의한 것처럼 새로운 규칙이 정립되었다. 새로운 이해와 존중이 더해졌다. 그들 어느 누구도 그것을, 실수로라도 넋이 빠진 순간에도 어기지 않았다. 더 이상 주술적 요법의 의사들은 필요 없었다. 어떤 불평도 비난을 되받아치는 경우도 없었다. 그 문제는 언급되어서는 안 된다는 바탕 아래에서. 심지어 삐딱하게라도. 만약 일어난다면 ― 일어나라지. 그리고 그것으로 그만이었다. 단 한 마디도 언급하지 않았다.

네타 또한 그 규칙을 지켰다. 비록 어느 누구도 그녀에게 말하지 않았지만. 그녀는 새로운 질서가 그의 희생과 관용을 바탕으로 만들어진 것이라고 느꼈기 때문에 마치 아버지에게 보상하려고 마음을 굳힌 듯이, 그해 여름에는 그의 팔에 자주 매달려 만족한 것처럼 말하고 그에게 바짝 달라붙어 있었다. 그녀는 그의 책상 위에 있는 연필을 깎았다. 그가 없을 때면, 신문을 반듯하게 접어 그의 침대 곁에 놔두었다. 그녀는 그가 가져다 달라고 부탁하는 것을 잊어버렸을 때에도, 냉장고에서 과일 스쿼시 한 잔을 가져다주곤 했다. 그녀는 학교에서 그린 그림들과 도자기 시간에 만든 작품들을 책상 위에 전시하듯 정리해 놓고는 그가 돌아오기를 기다렸다. 그녀는 아파트에서 그가 가는 곳마다, 심지어 욕실에도, 그리고 면도 도구들 사이에다가 시클라멘 꽃 그림들을 가져다 두었다. 시클라멘은 그가 좋아하는 꽃이었다. 이브리아가 아래로 내려오지 않으면, 그는 딸을 시클라멘을 의미하는 〈라케페트〉라고 부르기도 했다.

이브리아는 그들의 신혼 초기에조차 상상하지 못했던 놀라움을 침대에서 그에게 흠뻑 안겨 주었다. 그는, 부드러움, 관대함 그리고 그의 기대를 모두 추측하는 듯한 음악적인 준비성과 서로 뒤섞인 그녀의 열망의 힘에 가끔 놀라기도 했다. 「내가 어떻게 했지.」 그는 한 번 속삭이면서 물었다. 「어떻게 당신에게서 이런 모든 것을 얻을 수 있었지?」 이브리아는 속삭였다. 「그건 간단해요. 나의 애인들은 나를 만족시키지 못해요. 오직 당신만이……」

그는 정말로 최선을 다했다. 그는 그녀에게 뜨거운 열정을 주었고 그녀의 몸이 전율하는 떨림에 사로잡혀 마치 추운 것처럼 이를 떨면, 그는 자신의 즐거움보다도 오히려 그녀의 환희로부터 더 큰 전율을 얻었다. 요엘은 그녀의 자궁 속으로 들어가 탐닉하는 것은 그의 성기가 아니라 몸 전체라는 느낌을 가끔 받았다. 그가 완전히 그녀의 몸속에 싸여 떨고 있다는. 마치 사랑을 나누는 남자와 여자의 존재는 없어지고 하나의 살덩이가 되는 것처럼, 서로의 애무로 애무하고, 애무를 받는 쪽과 하는 쪽의 차이가 사라져 버릴 때까지.

15

그와 함께 일하는 친구 중 촌뜨기 혹은 이따금은 아크로바트란 이름으로 알려져 있는, 거칠지만 예리한 친구가 망보던 어느 날, 요엘이 한쪽에서 여자를 취하는 장면을 보았다고 말했다. 요엘이 자신의 결백함을 주장했을 때, 촌뜨기는 자신의 눈으로 목격한 것과 평상시 믿었던 요엘의 진실성 사이의 모순에 황당해하며 조롱하는 투로 야유했다. 「잊어버려. 그래도, 너는 정직성이 배어 있는 남자라고 생각해. 그러니 즐겨. 성경에서 말한 것처럼, 나는 의로운 사람이 버림받는 것을 본 적이 없다고, 그의 정자가 자궁을 구걸하는 것도.」

욕실에 항상 눈부신 불을 밝혀 놓는 호텔 방에서, 그는 가끔 아내에 대한 욕망 때문에 고통스러워하며 한밤중에 깨어서는 혼잣말을 하기도 했다. 「자기 여기로 와.」 한번은 그가 여행 중 처음으로, 규칙을 확실하게 어기면서, 새벽 4시에 나이로비에서 그녀에게 전화를 걸지 않을 수 없었고, 그녀 또한 그를 기다리고 있었다. 그녀는 전화벨이 한 번 울리자 수화기를 들고, 그가 소리를 내기도 전에 말했다. 「요엘, 당신 어디에 있어요?」 그리고 아침까지 그가 잊고 있었던 일들을 그녀에게 말했고 사흘 후 집으로 돌아왔을 때 그녀는 상기시키려고 노력했지만, 그는 듣기를 완강히 거부했다.

만약 해가 있는 동안 그가 집에 오게 되면, 그들은 아이를 새 텔레비전에 맡겨 두고서 침실로 들어가 문을 잠갔다. 1시간쯤 후에 그들이 나타나면, 네타는 새끼 고양이처럼 그의 팔 안에서 비비대고 그는 멍청하지만 사랑스러운 잠비라는 곰이 등장하는 이야기를 해주곤 하였다.

방학 중에 세 번, 그들은 아이를 메툴라에 있는 루블린가(家)에 맡기거나 르하비아의 리사에게 맡기고, 자신들만 홍해로, 그리스로, 그리고 파리로 일주일 동안 다녔다. 처음으로 문제가 나타난 이후로 그들은 여행을 하지 않았던 것이다. 그러나 그녀가 3학년이 되던 해 가을, 토요일 아침에 부엌 바닥에서 기절하여 다음 날 오후에 종합적인 치료를 받고 나서야 정신이 돌아왔을 때, 요엘은 모든 것이 위태롭다는 것을 확실히 알게 되었다. 이브리아는 열흘 정도 지난 후에 미소를 지으며 〈아이가 여배우로 성공할 수도 있겠다〉라고 말함으로써 그 규칙들을 깼다. 요엘은 그렇게 하도록 내버려 두기로 했다.

이번에 나타난 긴 발작 후에, 이브리아는 요엘이 네타를 실수로라도 건드리지 못하도록 했다. 그가 금지 조치를 무시하게 되면, 그녀는 아파트 단지의 개방된 지하실에 주차되어 있는 차 트렁크에서 침낭을 가지고 와서는, 아이의 침실에서 잠을 잤다. 암시하는 것을 알아차리고 그가 바꾸어 잘 것을 제안할 때까지. 그녀와 네타는 안방의 더블베드에서 잘 수 있었고 그는 아이 방으로 가곤 했다. 그런 식으로 그들 모두는 한층 편안해졌다.

그해 겨울에 이브리아는 엄격한 다이어트를 단행하여 몸무게를 많이 줄였다. 거칠고, 예리한 선이 그녀의 아름다움과 융합되었다. 그녀의 머리는 회색빛으로 변하기 시작했다. 그맘때쯤 그녀는 영문학과 공부를 다시 시작해 두 번째 학위를 따기로 결심하였다. 석사 논문을 쓰기 위하여. 그러는 동안 요엘은 여러 번 가버리고 돌아오지 않은 자기 자신을 바라보았다. 가공의 이름으로 밴쿠버나 브리즈번같이 멀리 떨어져 있는 어딘가에 정착하여 새로운 삶을 시작하고. 자동차 학교, 투자 사업을 개설하거나 통나무집을 싸게 구입하여 사냥이나 낚시를 하며 홀로 사는 것. 이런 것들은 어린아이였을 때 그가 꿈꾸었던 그런 종류의 꿈들이었는데, 지금 여기에서 다시 그것들을 꿈꾸고 있었다. 그는 가끔 자신의 상상 속에서 개처럼 조용하고 복종적인 이누이트 노예 여인을 통나무 오두막으로 데려가기도 했다. 그는 통나무의 벽난로 앞에서 격렬하게 사랑을 나누는 밤을 상상했다. 그러나 그는 곧 자신의 아내와 함께 이 이누이트 애인도 저버리기 시작했다.

네타가 발작 후에 의식을 되찾을 때마다, 요엘은 이브리아보다 앞서 거기에 있을 수 있었다. 그는 다년간에 걸친 특별한 훈련을 거쳤으므로 예리한 반응과 전략을 얻을 수 있었다. 그는 출발 신호원의 총소리에 달려 나가는 달리기 선수처럼 달려가 아이를 안고서, 지금은 그의 방이 된 그녀의 방에 그녀를 데려다 놓고 문을 잠갔다. 그는 잠비라는 곰에 관한 이야기를 그녀에게 해주곤 하였다. 그녀와 토끼 사냥꾼 놀이도 했다. 그녀를 위하여 종이를 재미있게 자르고, 그녀가 가지고 있는 모든 인형들의 아빠가 되기를 자원하기도 했다. 혹은 도미노로 탑을 만들기도 했다. 약 1시간 후에 이브리아가 나서서 문을 노크할 때까지. 그러면 그는 즉시 멈추고, 문을 열고, 벽돌 궁전의 관광이나, 평상시에는 침대보가 들어 있는 장롱 속 배에 올라타도록 그녀를 초청하였다. 그러나 이브리아가 들어오는 순간, 모든 것이 변해 버렸다. 마치 궁전이 버려진 것처럼. 마치 그들이 항해하고 있던 강이 갑자기 얼어붙은 것처럼.

16

네타가 좀 더 컸을 때, 그는 런던에서 사 가지고 와서 이전의 그녀 침대 위의 벽에 걸어 두었던 세밀한 지도를 보며 딸과 함께 긴 여행을 했다. 예를 들어 그들이 암스테르담에 도착하면, 그는 침대 위에 지도를 펼쳐서 네타를 박물관으로 데려가고, 운하를 따라 내려가고, 그리고 다른 매력적인 곳을 방문하는 멋진 거리 일주 계획을 가지고 있었다. 그들은 그곳에서부터 브뤼셀이나 취리히 혹은 가끔 남미 같은 먼 들판으로 가기도 했다.

독립 기념일 저녁에 복도에서 벌어졌던 짧은 발작 후의 어느 날, 이브리아가 그 일에 관해 그를 이겼을 때까지 그러했다. 이브리아는 소녀가 거의 눈도 뜨기 전에 그녀에게 쏘아댔다. 요엘은 그녀가 다시 딸을 때리지 않을까 잠시 두려워했다. 그러나 이브리아는 침착하고, 근엄하게, 단지 팔로 소녀를 안아 욕실로 데려갔다. 그녀는 욕조에 물을 채웠다. 그리고 모녀는 안에서 문을 잠그고 거의 1시간 동안 함께 목욕을 했다. 아마도 이브리아가 의학 서적에서 그런 종류의 요법을 읽은 것 같았다. 긴 침묵의 몇 년 동안 이브리아와 요엘은 결코 멈추지 않고 네타의 문제와 관련된 주제를 다룬 의학 자료들을 읽었다. 그것에 관하여 대화를 나누지 않고. 그들은 신문의 의학 면, 이브리아가 대학 도서관에서 복사해 온 기사, 그리고 요엘이 여행하면서 사온 의학 잡지들에서 관련된 것들을 오려 내어 각자의 침대 옆 협탁 위에다 조용히 모아 두었다. 그들은 이 서류들을 항상 갈색 봉투에 넣어 두었다.

그때부터 줄곧, 발작이 있고 나면 이브리아와 네타는 욕실 안으로 들어가 문을 닫아 버렸다. 욕조는 그들에게 따뜻한 수영장이었다. 잠긴 문을 통하여 요엘은 낄낄거리는 소리와 물을 튀기는 소리를 들을 수 있었다. 그것은 침대 시트를 타고 달리는 항해와 세계 지도 위를 비행하는 일의 종료를 알리는 것이었다. 요엘은 어떤 다툼도 원하지 않았다. 그가 집에서 오직 원하는 것은 평화와 평온이었다. 그는 공항의 기념품 상점에서 전통 의상을 입은 여러 나라의 인형을 그녀에게 사다 주기 시작했다. 한동안 그와 딸은 이런 수집을 함께하는 동반자 관계였는데, 이브리아는 선반의 먼지를 터는 것 이상은 금지되었다. 그렇게 몇 년이 흘러갔다. 3학년 혹은 4학년이 되었을 즈음부터, 네타는 많은 것을 읽기 시작했다. 인형들과 도미노 탑은 더 이상 그녀에게 흥미를 주지 못했다. 그녀는 학교 공부가 뛰어났는데, 특히 산수와 히브리어에 두각을 나타냈고, 나중에는 문학과 수학도 탁월했다. 또 그녀는 음악 악보를 수집했는데, 아버지는 해외로 여행하면서, 그녀의 어머니는 예루살렘의 가게에서 그것을 사다 주었다. 그녀는 또 여름에 골짜기를 걸어다녔기 때문에 말린 엉겅퀴를 모아서, 더블베드가 있는 방의 꽃병에다 꽂아 두었고, 이브리아가 그 방을 버리고 거실의 소파로 이사한 후에조차 그곳은 계속 네타의 차지였다. 네타가 원하지 않았거나, 건강 상태에 대한 소문 때문인지 그녀는 여자 친구조차 거의 없었다. 비록 문제가 학교, 길거리 혹은 다른 사람의 집이 아닌 단지 그들 자신의 공간인 네 벽면 안에서 일어났음에도 불구하고.

숙제를 마치고 나면, 그녀는 매일 침대에 누워 저녁 시간까지 독서를 했는데, 자신이 원할 때마다 혼자 먹는 습관이 있었다. 그런 후 그녀는 자신의 방으로 돌아와 더블베드에 누워 책을 읽었다. 한동안 이브리아는 딸의 방에 불을 끄는 시간 때문에 잔소리를 끊임없이 해댈 정도였다. 결국 그녀는 포기했다. 요엘은 가끔 밤중에 일정치 않은 시간에 깨어나, 냉장고나 욕실로 더듬거리며 가서, 반쯤 잠이 든 채 네타의 방에서 흘러나오는 불빛 쪽으로 끌려가곤 했지만, 다가가지는 않기로 결정했다. 그는 거실로 타박타박 걸어가서 이브리아가 잠들어 있는 소파를 마주 보며 안락의자에 앉아 있곤 했다.

네타가 사춘기에 접어들자, 그녀의 주치의는 그녀를 정신과 의사에게 보내길 권했다. 그녀는 얼마 후 부모를 함께, 그 다음에는 그들을 따로 만나길 요구했다. 그녀의 지침 아래에서 이브리아와 요엘은 소녀의 발작 후 그녀를 버릇없게 만드는 일을 그만두어야만 했다. 그것은 껍데기 없는 코코아 놀이의 마지막을 고하는 것이었고, 엄마와 딸이 함께하는 목욕 시간이 더 이상 없다는 것을 의미했다. 네타는 가끔 차분히 집안일을 돕기 시작했다. 그녀는 더 이상 손에 슬리퍼를 들고서 환영해 주지 않았고, 영화 보러 가기 전에 엄마를 화장시켜 주는 것도 그만두었다. 대신에 그들은 부엌에서 주간 모임을 갖기 시작했다. 네타는 그 시기에 르하비아에 있는 할머니의 아파트에서 긴 시간을 보내기 시작했다. 그녀는 한동안 리사가 기억하고 있는 것들을 구술해 달라고 설득했다. 그녀는 특별한 노트를 샀고 요엘이 뉴욕에서 그녀를 위해 가지고 온 작은 테이프 녹음기를 사용하였다. 그러고 나서 그녀는 흥미를 잃어버려 그 계획을 그만두었다. 삶이 평온했다. 그러는 동안 아비가일 또한 예루살렘으로 이사했다. 아비가일은 출생지인 사페드를 떠나 쉬엘티엘 루블린과 결혼한 이후 44년 동안 메툴라에서 살았었다. 그녀는 딸과 함께 과일과 채소를 가꾸면서, 그리고 저녁에는 19세기 여행 이야기책을 읽으면서, 그곳에서 자식들을 키웠고 초등학교에서 산수를 가르쳤다. 그녀가 과부가 된 후에는 그녀의 큰아들인 낙디몬의 네 아들을 돌봐 주었는데, 그도 그녀가 홀로된 지 4년 후에 홀아비가 되었기 때문이다.

  이제 그녀의 손자들이 다 컸기 때문에 아비가일은 새로운 삶을 시작하기로 결심했다. 그녀는 딸의 집에서 그리 멀지 않은 예루살렘의 한 아파트를 세 얻었고, 대학의 히브리 학과 학사 과정에 등록하였다. 그것은 이브리아가 공부를 다시 시작하고 『다락방의 수치』에 관한 석사 논문을 시작한 것과 같은 달이었다. 때때로 그들은 카플란 빌딩에 있는 카페에서 가벼운 점심을 들며 만나곤 했었다. 가끔 이브리아, 아비가일 그리고 네타는 문예적 분위기의 저녁을 위해 함께 외출하곤 하였다. 그들이 극장에 갈 때면, 리사도 그들과 합류했다. 결국 아비가일은 세 얻은 스튜디오를 떠나 리사와 함께 살기로 결심하고 르하비아에 있는 침실 두 개가 딸린 그녀의 아파트로 이사를 갔는데, 탈비야에 있는 자녀들의 집과는 걸어서 15분 정도였다.

17

이브리아와 요엘 사이의 동면 기간이 한 번 더 지속되었다. 이브리아는 관광성에서 시간제 편집장 일을 찾았다. 그녀는 대부분의 시간을 브론테 자매의 소설에 관한 자신의 논문에 쏟았다. 요엘은 다시 승진했다. 르 파트롱은 이것이 마지막이 아니며 더 높은 일들을 생각해야만 한다고 그에게 은밀히 암시했다. 이웃에 사는 트럭 운전사인 이타마르 비트킨은 어느 주말, 계단에 앉아 가벼운 대화를 나누면서 지금은 아들이 성장했고 아내도 그와 함께 예루살렘을 떠나 버렸기 때문에, 그의 아파트가 자신에겐 너무 크다고 설명했다. 그는 라비브 씨에게 방 하나를 팔고자 했다. 경건한 유대인인 건물 도급업자는 너무나 수척하여 폐병 환자처럼 보이는 한 명의 중년 남자를 대동하고 어느 여름날 아침 일찍 나타났다. 벽에 구멍 하나가 완전히 뚫렸고 새로운 문이 달렸다. 옛날 문을 봉쇄하고 여러 겹으로 회반죽을 발랐지만 벽에 그 윤곽은 여전히 남았다. 일꾼이 병이 나서, 그 일은 넉 달이 걸렸다. 그리고 이브리아는 그녀의 새 서재로 옮겼다. 거실은 비워졌다. 요엘은 아이 방에, 그리고 네타는 더블베드가 있는 방에 남았다. 요엘은 그녀의 장서와 악보 모은 것을 담아 두기 위하여, 그곳에 그녀를 위한 여분의 책장을 설치하였다. 그녀는 벽에다 자신이 좋아하는 히브리어 시인들의 사진을 걸었다. 스테인버그, 알테르만, 레아 골드버그, 그리고 아미르 길보아. 문제는 점차 줄어들었다. 사건은 더욱 드물어져 1년에 서너 번도 안 되었다. 그리고 그것들은 대체로 가벼운 것들이었다. 의사들 중 한 명은 그들에게 일어난 발작이 제한적이긴 하지만 희망의 씨앗을 제공해 준다는 걸 알았다. 〈당신의 젊은 아가씨의 경우 전반적인 상황을 정확히 확신할 수는 없습니다. 약간은 불확실한 경우지요. 다른 해석의 여지가 있죠. 아마도 시간이 지나면 그녀도 그것으로부터 완전히 벗어날 거예요. 만약 그녀가 정말로 그러길 원한다면 말이죠. 그것은 가능해요.〉 그는 개인적으로 최소한 두 명의 선례를 알고 있었다. 그것은 당연히 예측의 문제가 아니라 가망성의 문제였고, 그동안 소녀가 좀 더 사회생활에 적응해 갈 수 있도록 용기를 주는 것이 중요했다. 집에 갇혀 지내는 것은 어느 누구의 건강에도 도움이 되지 않았다. 한마디로, 탐험, 신선한 공기, 소년들, 자연의 법칙, 키부츠, 일, 춤, 수영, 건강한 즐거움.

요엘이 집에 없을 때면, 가끔 하루가 끝나 갈 무렵에 찻잔을 들고 부엌을 방문하였던 냉동 트럭의 운전사인 중년 이웃과의 새로운 교제에 대하여, 그도 네타와 이브리아를 통하여 알게 되었다. 어떤 때엔 그들을 그의 아파트로 초대하였던 것도. 그는 가끔 그들을 위해 기타 반주에 맞춰 노래를 불러 주었다. 네타는 발랄라이카로 연주하면 더 좋은 곡조가 될 거라고 평하기도 했다. 그리고 이브리아는 그 곡조들이 자신의 유년 시절, 특히 북부 갈릴리 지방에 널리 펴져 있던 러시아풍을 기억나게 한다고 말했다. 이브리아는 때때로 오후 늦게 혼자서 그를 방문하기도 했다. 요엘도 한 번, 두 번, 세 번 정도 초대받았지만, 그 마지막 겨울엔 예년보다 더 많은 여행을 해야만 했기 때문에 그 초대에 응할 기회가 거의 없었다. 그는 마드리드에서 겨우 흥미를 끄는 실마리를 포착하였고 본능적으로 그 결말엔 대단히 가치 있는 것이 포함되어 있음을 알았다. 그러나 그는 인내, 교활함, 그리고 가장된 냉담함이 요구되는 다양한 전략들을 전개해야만 했다. 따라서 그는 그해 겨울, 냉담한 태도를 견지하고 있었다. 그는 아내와 나이 든 이웃 사이의 우정이 어떤 해도 끼치지 않는다는 것을 알았다. 그도 역시 러시아 곡조에 약해진 것이었다. 그는 심지어 이브리아의 첫 번째 해빙기를 알고 있었다. 그녀의 희끗해져 가는 머리를 지금은 어깨 위로 늘어뜨리게 하는 어떤 것. 그녀가 과일 절임을 만들도록 하는 어떤 것. 그녀가 신발을 신고 있는 스타일.

이브리아는 그에게 말했다. 「당신은 멋져 보여요. 볕에 심하게 탔군요. 당신에게 뭔가 좋은 일이 있었나 봐요?」

요엘이 말했다. 「물론. 난 이누이트 애인을 얻었거든.」

이브리아가 말했다. 「네타가 메툴라에 가면, 당신 애인을 여기로 데리고 와요. 우리 파티를 열어요.」

그러자 요엘이 말했다. 「그런데, 심각하게 말하는데, 우리 휴가 갈 때가 되지 않았어, 우리 단둘이?」

눈에 띄는 변화의 이유가 관광성에서의 일의 성공 때문인지(그녀도 승진을 했었다), 논문에 대한 열정 때문인지, 그 이웃과의 우정 때문인지, 혹은 그녀가 밤에 일을 하거나 밤에 잠을 잘 때 혼자 문을 잠그고 있을 수 있는 새로운 방을 가지게 되었기 때문인지, 그는 개의치 않았다. 그는 함께 여행을 하지 않은 지 6년이 지난 후에 둘만을 위한 여름 휴가를 계획하기 시작했다. 그들이 일주일 동안 메툴라에 갔었던 때를 제외하면. 그러나 그때는 세 번째 날 밤에 전화가 울려 요엘은 텔아비브로 즉시 소환되어야만 했었다. 네타는 르하비아에서 할머니들과 지낼 수 있었다. 그렇지 않으면 그들이 없는 동안 할머니들이 탈비야로 와서 지낼 수 있었고, 그들은 이번에 런던으로 갈 수 있었다. 그의 계획은 그녀의 영역인, 요크셔의 특별한 관광을 포함한 생일 파티로 그녀를 놀라게 해주는 것이었다. 그녀는 서재 벽에 그 나라의 지도를 걸어 놓았고, 요엘은 직업적인 습관 때문에 도로 시스템과 다양한 관심 거리들의 배치를 기억해 냈다.

그는 때때로 딸을 뚫어지게 쳐다보곤 했다. 그는 그녀가 예쁘지도 여성적이지도 않다는 것을 알게 되었다. 그녀는 그것을 대체적으로 자랑스러워하는 것 같았다. 그녀는 그가 생일 선물로 유럽에서 사온 옷을, 마치 그를 기쁘게 하기 위한 것처럼 가끔 입으려고는 했지만, 겨우 엉성하게 입곤 했다. 요엘은 자신에게 주지시켰다. 〈부주의한 것이 아니라, 엉성한 거야.〉 그녀는 회색과 검정 혹은 검정과 갈색 옷을 입었다. 대체적으로 늘 그녀는 서커스의 광대같이 보이는 여성적이지 않은 헐렁한 바지를 입고 다녔다.

어느 날 한 젊은 남자가 전화를 걸어, 수줍어하며 예의 바르면서도 당황스러운 듯한 목소리로 네타를 바꿔 달라고 부탁했다. 이브리아와 요엘은 눈길을 주고받으며, 예의상 거실을 떠나 네타가 수화기를 내려놓을 때까지 부엌에서 문을 닫고 있다가, 그런 후에도 그들은 서둘러 돌아오지 않았다. 이브리아가 갑자기 커피 한잔을 하자고 서재로 초대하였다. 그러나 그들이 나타났을 때, 그 소년이 같은 학급의 다른 여학생 전화번호를 네타에게 물으려 전화했다는 기미가 엿보였다.

요엘은 그 모든 것을 좀 뒤늦은 사춘기 탓으로 돌리고 싶었다. 그는 그녀의 가슴이 커져 가면, 전화기가 끊임없이 울릴 것이라고 생각했다. 이브리아가 그에게 말했다. 「당신은 아이를 가두고 있는 사람이 누구인지 보여 주는 거울을 감히 쳐다보는 수고를 모면키 위해 그런 멍청한 농담을 하고 있는데, 그게 벌써 네 번째예요.」 요엘은 말했다. 「다시는 시작하지 마, 이브리아.」 그러자 그녀가 대답했다. 「알았어요. 어쨌든 희망이 없어요.」

요엘은 무엇이 희망 없다는지 알 수 없었다. 그는 마음속으로 네타가 스스로 남자 친구를 찾을 것이고 엄마가 기타 치는 이웃을 방문할 때나 할머니들이 콘서트나 연극을 보러 갈 때 따라다니는 것을 그만둘 것이라고 굳게 믿었다. 어떤 이유에서인지 이번 남자 친구는 크고, 굵은 팔을 가진 키부츠 사람처럼 털이 많고, 황소 같은 허리에, 굵은 다리에 짧은 바지를 입고 있으며, 태양에 그을린 속눈썹을 가진 소년일 거라고 상상했다. 그는 네타를 키부츠로 데리고 갈 것이고, 이브리아와 자신은 남게 될 것이다.

그는 여행을 떠나지 않을 때는 이따금 새벽 1시경에 일어나서 네타의 방문 아래로 스며 나오는 불빛 줄기를 피해, 서재 문을 부드럽게 두드리고서 아내에게 샌드위치와 냉장고에서 꺼낸 과일 주스를 접시에 담아 가져다주곤 하였다. 이브리아가 늦게까지 일해야만 했기 때문이다. 그는 어쩌다가 한 번씩 서재로 초대받기도 했다. 그녀는 가끔 어떻게 논문의 장을 나눌 것인지 혹은 각주를 다는 다른 방법은 없는지 등과 같은 기술적인 문제들을 묻곤 하였다. 〈당신 잠깐만 기다려.〉

그는 자신에게 말했다. 〈우리의 결혼 기념일인 3월 1일에는 당신 좀 놀라게 될 거야.〉 그는 그녀에게 워드 프로세서를 사 주기로 결심했다.

그는 최근에 여행을 하면서 브론테 자매들의 책을 읽었다. 그는 결코 이브리아에게 말을 하려고 머뭇거리지 않았다. 샬럿의 글은 쉬운 문체였고, 『폭풍의 언덕』에서는 캐서린이나 히스클리프에게서가 아니라 학대받는 에드거 린턴에게서 혼란스러움을 발견하였는데, 마르세유 호텔에서 묵고 있을 때 그 인물은 이브리아의 독서용 안경처럼 보이는 안경을 높고 희끗한 갈색 눈썹에 올려 쓰고 그 사건 바로 직전에 꿈속에 나타난 적이 있었다. 그녀를 이전 시대의 주치의처럼 보이게 하는 테 없는 네모난 안경.

아침 일찍 공항을 향해 떠날 때마다 그는 딸의 방에 조용히 들어가곤 했었다. 엉겅퀴 다발에서 새싹이 터져 나오고 있는 꽃병 사이를 발끝으로 걸어가 그녀의 입술을 건드리지 않은 채 눈에 키스를 하고 그녀의 베개를 손으로 편안하게 해 주었다. 그러고 나서 서재로 가, 이브리아를 깨우고 출발했다. 근래 몇 년 동안 줄곧 여행을 떠나면서 작별 인사를 하기 위해 아침 일찍 아내를 항상 깨웠었다. 그렇게 하기를 주장한 것은 이브리아였다. 심지어 그들이 싸우고 있을 때에도. 심지어 그들이 서로 말을 안 하고 있을 때조차. 아마도 굵은 팔을 가진 털 많은 키부츠인을 공통적으로 싫어하는 것이 둘 사이의 유대감을 공고히 했을 것이다. 마치 절망을 넘어선 것처럼. 혹은 어쩌면 그것이 젊은 시절의 친절함을 기억해 내는 방법이었을 것이다. 그 사건이 일어나기 바로 얼마 전에서야,

그는 경찰관 루블린이 좋아하는 말인, 〈때가 되면 우리 모두는 같은 비밀을 갖게 될 거야〉라고 한 말을 기억해 내고 지긋이 미소 지을 수 있었다.

18

네타가 의식을 회복하자 그는 그녀를 부엌으로 데려갔다. 그는 그녀에게 진하게 우려낸 커피를 만들어 주고, 자신도 일찌감치 브랜디를 양껏 들기로 결심했다. 냉장고 위의 벽에 걸려 있는 전자 벽시계가 5시 10분 전임을 알려 주었다. 바깥은 여름 오후의 햇살이 여전히 강했다. 짧은 머리카락을 하고, 헐렁한 바지, 그리고 뼈가 앙상한 몸을 덮고 있는 큰 노란색 셔츠를 입고 있는 딸의 모습은 마치 따분한 파티에 나타난 이전 세기의 폐병에 걸린 젊은 귀족의 모습을 떠올리게 했다. 네타의 손가락들은 흡사 따스함으로 겨울밤을 녹이려는 듯 커피잔 주위를 꼭 쥐고 있었다. 요엘은 네타의 손가락 관절이 납작한 하얀 손톱과 대조적으로 약간 붉게 변해 있는 것을 발견했다. 「지금은 좀 괜찮니?」 그녀는 마치 그의 질문에 실망한 것처럼 턱을 가슴에 붙이고 희미한 웃음을 지으면서, 옆으로 그를 올려다보았다. 「아니요.」 그녀는 기분이 상하지 않았기 때문에, 기분이 나아지고 있는 것도 아니었다. 「무엇을 느꼈지?」 「특별한 것은 없어요.」 「기절한 것을 기억하지 못하니?」 「단지 시작할 때만.」 「시작할 때는 어떠했지?」 「특별한 것은 없어요. 그런데 아빠 자신을 좀 쳐다보세요. 너무나 음침하고, 그리고 거친, 마치 살인을 할 준비가 되어 있는 것처럼. 왜 그래요? 브랜디를 마셔요. 기분을 약간 좋게 해줄 것이고 마치 부엌에서 커피 마시고 있는 사람을 본 적이 없는 듯이 저를 쳐다보는 행동은 안 하실 거예요. 두통이 또 찾아 왔어요? 기분이 나쁘세요? 제가 목을 마사지해 드릴까요?」

그는 머리를 가로저었다. 그녀의 말을 들었다. 그는 목을 뒤쪽으로 젖히고 브랜디 한 모금을 천천히 들이켰다. 그때 네타가 주저하면서 〈오늘 저녁에 외출하면 안 되겠느냐〉고 했다. 그는 그녀가 시내로 나갈 계획을 세우고 있다고 상상이나 했겠는가? 영화관으로? 콘서트장으로?

「아빠는 제가 집에 있길 원하세요?」

「내가? 난 내 자신에 관해 생각하고 있었던 게 아냐. 난 아마도 오늘 저녁엔 너 자신을 위해 네가 집에 있어야 한다고 생각하고 있었어.」

「혼자 집에 있는 것이 두려우세요?」

그는 거의 〈천만에〉라고 말할 뻔했다. 그러나 그는 마음을 바꾸었다. 그는 소금 그릇을 집어 들고는, 손가락으로 구멍을 막고선, 그것을 뒤집어서 아래쪽을 관찰했다. 그리고 소심하게도 이렇게 말해 버렸다.

「오늘 밤 텔레비전에서 야생 생물에 관한 영화를 한대. 아마존 강의 열대 생물, 뭐 그런 거.」

「그래서 뭐가 문제지요?」

그는 말을 또 멈췄다. 으쓱했다. 그리고 아무 말도 하지 않았다.

「만약 혼자 있고 싶지 않으면, 오늘 밤 옆집에 가시지 그래요? 그 굉장한 미인과 웃긴 오빠에게요. 그들이 늘 아빠를 초대하잖아요. 그렇지 않으면 아빠의 동지 크란츠에게 전화하세요. 10분 안에 여기로 올걸요. 총알처럼.」

「네타.」

「왜요.」

「오늘 밤엔 집에 있어.」

그는 딸이 들어 올린 커피잔 뒤로 어떤 비웃음을 숨기고 있다는 인상을 받았고, 커피잔 위로 냉소적이고도 장난기를 띤 그녀의 초록빛 눈동자가 자신을 향해 반짝이고 있는 것과 아무렇게나 잘린 그녀의 머리 윤곽을 볼 수 있었다. 마치 그녀는 그가 일어나 자기를 때리려는 것에 방어하고 있는 것처럼, 어깨는 둥글게 굽어 있고, 머리가 그 사이에 들어가 있었다.

「들어 보세요. 사실 전 오늘 저녁에 외출할 생각조차 하지 않았었어요. 그렇지만 지금 아빠가 만날 하는 말을 또 시작하시니까, 정말로 나가야겠다는 생각이 들었어요. 전 데이트가 있어요.」

「데이트?」

「아빠는 아마 완전한 보고서를 원하실 거예요.」

「전혀 그렇지 않아. 다만 누구와 함께하는지만 나에게 말해.」

「아빠 보스랑.」

「도대체 왜? 그가 현대 시로 전공을 바꿨다던?」

「그에게 물어보지 그러세요? 서로 대질 심문을 하는 게 어때요? 좋아요. 제가 아빠의 수고를 덜어 드리죠. 그 사람이 이틀 전에 전화를 해왔어요. 그리고 제가 아빠께 전화하겠다고 했더니 그가 그러지 말라고 했어요. 전화한 건 저한테라고 하던걸요. 그 사람이 저와 데이트하길 원했다고요.」

「왜, 체커 국가 챔피언전 때문에?」

「왜 그렇게 긴장하세요? 무슨 생각이 드세요? 아마 그 사람도 집에서 혼자 저녁을 보내는 데 문제가 있겠죠.」

「네타, 여기 좀 봐. 나는 혼자 있는 데 문제가 없어. 내가 왜 그래야만 돼? 그건 단지 네가 너의…… 너의 기분이 대단히 안 좋았던 후에는 나가지 않는 것이 난 더 행복할 것 같다는 거야.」

「됐어요. 아빠가 〈발작〉이란 말을 해도 돼요. 무서워하지 마세요. 검열관은 하늘로 올라가 버렸잖아요. 아마도 그게 아빠와 내가 싸우려고 하는 이유일 거예요.」

「그가 너에게서 무엇을 원하니?」

「전화 있잖아요. 그에게 전화해 보세요. 그에게 물어보세요.」

「네타.」

「제가 알아요? 아마 그들이 납작한 가슴을 가진 소녀들을 채용하기 시작했나 보죠. 마타하리 스타일로.」

「괜찮아질 거다. 난 너의 일에 간섭하고 있는 게 아닐뿐더러 너에게 싸움을 걸려고 애쓰는 것도 아니야, 그렇지만…….」

「그렇지만 아빠가 항상 그런 겁쟁이가 아니라면, 그냥 저한테 나가지 말라고 말할 거예요. 그리고 내가 아빠 말처럼 하지 않으면, 절 죽도록 때릴 거예요. 완전히 그만두도록. 그리고 특히 르 파트롱을 만나지 못하게 할 거예요. 아빠의 문제는 아빠가 겁쟁이라는 거예요.」

「봐라.」 요엘은 말했다. 그러나 그는 계속 말하지 않았다. 그는 얼이 빠진 것처럼 빈 브랜디 잔을 입술로 가져갔다. 그런 다음 소리를 내지 않고 테이블에 흠을 내지 않으려고 조심하듯이, 그것을 테이블 위에 천천히 내려놓았다. 부엌은 해가 져서 어두워졌지만 어느 누구도 일어나 불을 켜지 않았다. 산들바람이 불어 창문으로 들어올 때마다 창가에 있는 자두나무 가지들은 천장과 벽에 흔들리는 복잡한 그림자를 만들어 냈다. 네타가 손을 뻗어, 병을 흔들고 요엘의 잔을 다시 채웠다. 냉장고 위에 걸린 시계의 작은 바늘이 매초마다 규칙적으로 움직였다. 요엘은 유명한 아일랜드 테러리스트인 것을 결국에는 확인하여 담뱃갑에 숨겨 온 미니 카메라로 사진을 찍었던 코펜하겐의 작은 약국을 갑자기 마음속으로 그려 보았다. 냉장고의 모터가 잠시 동안 새로운 힘을 얻어, 선반 위의 안경을 흔들리게 만들면서 무디게 우르릉거리는 소리를 내다가, 이윽고 조용해졌다.

「바다는 달아나지 않을 거야.」 그는 말했다.

「뭐라고요?」

「아무것도 아니야. 어떤 것이 생각났을 뿐이야.」

「아빠가 그런 겁쟁이가 아니라면, 아빠는 그냥 나에게, 제발 오늘 밤에 나를 혼자 있게 하지 말라고 말할 거예요. 아빠는 힘들다고 할 거예요. 그러면 전 기쁘게 받아들일 거예요, 왜 안 되겠어요라고 할 거예요. 저에게 뭔가 말해 보세요. 아빠는 뭐가 두려운 거예요?」

「어디서 그를 만나기로 했니?」

「숲에서요. 일곱 난쟁이의 집에서요.」

「진지하게.」

「카페 오슬로요. 이븐 가비롤 거리의 끝이요.」

「내가 태워다 주마.」

「좋을 대로 하세요.」

「한 가지 조건이 있다. 우선 우리는 뭔가를 먹어야 돼. 넌 하루 종일 아무것도 먹지 않았어. 그리고 어떻게 집에 올 거니?」

「백마가 끄는 마차를 타고요. 왜요?」

「내가 가서 데려오마. 시간만 말해. 아니면 거기서 전화를 주든가. 그렇지만 난 네가 오늘 밤에 집에 있기를 바란다는 것을 너도 알았으면 해. 내일도 또 날이야.」

「오늘 저녁에 저를 못 나가게 금지하고 계신 거예요?」

「난 그렇게 말하지 않았다.」

「그럼 아빠는 어둠 속에 아빠를 혼자 남겨 놓지 말아 달라고 부드럽게 부탁하고 계신 거예요?」

「그렇게도 말하지 않았다.」

「그러면 뭘 말씀하고 계신 거예요? 아빠 마음을 결정하실 수 없으세요?」

「아무것도. 자 뭔가를 좀 먹고, 넌 옷 입고, 그런 다음 우리는 출발하는 거야. 난 돌아오는 길에 기름을 넣어야겠다. 넌 가서 옷을 입고, 난 오믈렛을 만드마.」

「엄마가 떠나지 말라고 아빠에게 애걸했었던 것처럼요? 저와 엄마를 홀로 남겨 두지 말라고?」

「그건 사실이 아냐. 그건 그렇지 않아.」

「그가 저한테 무엇을 원하는지 알고 계세요? 아빠는 뭔가를 알겠죠. 아니면 어떤 의혹이라도.」

「아니.」

「알고 싶으세요?」

「특별히 그런 건 아냐.」

「확실해요?」

「특별히는 아냐. 실제로는 그래. 그가 너에게 무엇을 원하니?」

「그 사람은 아빠에 대하여 저에게 말하고 싶어 해요. 그는 아빠가 나쁜 상태에 있다고 생각해요. 그는 직감을 가지고 있어요. 그게 전화상으로 저에게 말한 거예요. 아빠가 다시 일을 하게끔 만들 어떤 방법을 찾고 있는 듯해요. 그는 우리가 여기 사막의 섬에 살고 있다고 하면서 그 사람과 제가 함께 어떤 해결점을 찾아야만 한다고 했어요. 왜 제가 그를 만나는 것에 반대하세요?」

「난 반대하는 게 아냐. 옷을 입고 가자. 네가 옷을 입는 동안 내가 오믈렛을 만드마. 샐러드도. 간단하지만 훌륭한 뭔가를. 단 15분 안에, 그리고 우린 출발하는 거야. 가서 옷을 입어라.」

「아빠가 〈옷 입어라〉란 말을 열 번이나 한 걸 아세요? 제가 아무것도 안 입고 있는 것처럼 보여요? 앉으세요. 왜 우왕좌왕하세요?」

「그래야 네가 데이트에 늦지 않지.」

「물론 전 늦지 않을 거예요. 아빠도 잘 알고 있잖아요. 아빠는 이미 게임에서 이겼어요. 쉽게 말을 세 번만 움직여서요. 전 아빠가 왜 아직도 이 뻔한 게임을 하고 있는지 이해를 못하겠어요. 결국 아빠는 120퍼센트 확신하시잖아요.」

「확신해? 뭘?」

「제가 나가지 않을 걸요. 오믈렛과 샐러드 만드실래요? 어제 아빠가 좋아하는 종류로, 남겨 놓은 차가운 고기가 좀 있어요. 과일 요구르트도 좀 있고요.」

「네타, 좀 정리해 보자.」

「모든 게 완벽하게 정리됐잖아요.」

「난 그렇지 않아. 미안하다.」

「아빠가 미안해할 것 없어요. 뭐가 문제예요, 야생 동물 영화를 많이 보셨어요? 옆집 여자한테 건너가고 싶으셨어요? 아님, 크란츠가 아빠에게 꼬리를 치게 하고 싶으셨어요? 아님, 일찍 잠자러 가길?」

「아니다. 그렇지만……」

「들어 보세요. 그건 이래요. 저는 아마존의 열대 생물이나 뭐 그런 것 때문에 죽어 가고 있어요. 그러니 아빠가 원하던 것을 정확히 얻었을 때는 미안하단 말을 하지 마세요. 평소처럼. 그리고 아빠는 폭력을 사용하지도 않고 권위를 휘두르지 않고도 그것을 얻었어요. 적은 항복하기만 한 것이 아니죠. 녹아서 사라져 버렸어요. 그러니 유대인 두뇌의 승리를 축하하기 위해 그 브랜디를 드세요. 다만 저의 한 가지 부탁을 들어주세요. 저는 전화번호를 모르니 아빠가 르 파트롱에게 전화해서 직접 말하세요.」

「그에게 뭘 말해?」

「언제 다른 시간이 좋을 것 같다고요. 내일도 또 날이라고요.」

「네타, 뛰어가서 옷을 입으면 내가 너를 오슬로 카페로 데려다 주마.」

「내가 발작을 일으켰다고 말하세요. 아빠는 기름이 떨어졌다고 말하시고요. 그에게 집이 타버렸다고 하세요.」

「오믈렛? 샐러드 좀 먹을래? 감자칩은 어떠니? 요구르트 먹고 싶니?」

「좋을 대로 하세요.」

19

아침 6시 15분. 동쪽의 구름들 사이로 떠오르는 태양의 푸르스름한 회색빛과 섬광들. 가벼운 아침 산들바람이 먼 곳의 엉겅퀴 타는 냄새를 싣고 온다. 그리고 지루한 여름의 끝, 갈색으로 변해 가는 잎들이 달린 배나무 두 그루와 사과나무 두 그루가 있다. 요엘은 하얀 러닝셔츠와 트렁크 팬츠를 입고, 맨발로, 아직도 봉지 속에 들어 있는 신문을 쥐고서 집 뒤에 서 있다. 또 한 번 그는 신문 배달원을 잡는 데 실패했다. 그는 목을 뒤로 젖혀, 머리를 하늘로 향했다. 그는 화살촉 모양으로 무리 지어 남쪽으로 이동하고 있는 새 떼를 바라보고 있다. 황새? 학? 그들은 지금 단정한 집들의 타일 붙인 지붕 위로, 정원과 숲과 감귤나무 숲 위로, 결국은 남동쪽에서 환해지고 있는 깃털 같은 구름 속으로 빨려 들어가며 날아가고 있다. 과수원과 들판을 지나면, 암석으로 된 산등성이와 석조로 지어진 마을, 계곡과 산골짜기, 그 다음에는 결국 사막의 고요와 정체된 안개에 싸여 있는 동쪽 산줄기의 그늘, 그리고 더 넓은 사막, 즉 변화하는 모래의 평야 너머, 그리고 그들 뒤로 마지막 산맥들이 나타날 것이다. 사실, 그는 고양이와 그 새끼들에게 먹이를 주고, 차고 옆으로 물이 떨어지는 수도꼭지를 고치거나 바꾸기 위하여 렌치를 찾으려고 정원의 도구 창고로 가고 싶었다. 그는 단지 신문 배달 소년이 그 길의 끝까지 갔다가 돌아오는 순간을 기다리고 있었고 그가 돌아오는 길에 잡을 수 있을 것 같았다. 그러나 어떻게 그들의 길을 알 수 있겠는가? 그리고 어떻게 그들은 그 시간이 왔다는 것을 알 수 있겠는가? 아프리카 정글의 심장부에서 좀 떨어진 장소에, 어떤 종류의 본부, 어떤 숨겨진 조정탑이 있어, 그곳에서 밤낮으로 규칙적이고 정교한 높은 음의 소리를 전송하고, 그것이 너무나 높아서 어떤 인간의 귀로 포착할 수 없고, 너무나 예리하여 가장 섬세하고 민감하며 정교한 감각기로도 감지해서 들을 수 없다고 생각해 보라. 그 소리는 적도에서 극점까지 날아가는 보이지 않는 광선처럼, 그리고 그것을 따라 빛과 따뜻함을 향해 날아가는 새처럼 퍼져 나간다. 요엘은 작은 섬광을 경험한 사람같이, 나뭇가지들이 일출의 빛을 받아 황금색으로 변하기 시작한 정원에 홀로 서서, 척주의 바닥에 있는 두 개의 척추 사이로, 새들이 아프리카로 향하는 소리를 들을 수 있다고, 듣는 것이 아니라 감지할 수 있다고 즉시 상상해 보았다. 그가 날개만 있다면 그는 응답을 하고 갈 수 있을 텐데. 여자의 따스한 손가락이 꼬리뼈 약간 위에서 그를 만지거나 거의 만지려 한다는 느낌은 거의 육체적 전율과 흡사했다. 바로 그 순간, 한두 번 호흡을 할 수 있는 잠깐 동안, 살아 있는 것과 죽어 가는 것 사이의 선택이 무의미하게 보였다. 그의 피부가 내부의 고요와 외부의 고요를 나누는 것을 멈추고 단 하나의 고요함이 되어 버린 듯이, 깊은 고요함이 그를 감싸 안고 채웠다. 그가 일을 했던 23년 동안,

그는 낯선 상대방을 탐구하는 동시에 환율이나 스위스 항공의 장점 혹은 프랑스 여성과 이탈리아 여성의 차이에 관한 담소를 나누는 짧은 대화 기술을 완벽하게 익혔었다. 상대가 비밀을 넣어 놓은 금고에 어떻게 틈을 낼 것인가를 궁리하면서. 더 어려운 부분을 여기저기서 풀기 위하여 가장 쉬운 실마리를 가지고 글자 맞추기 게임을 풀기 시작하는 것처럼. 지금 아침 6시 30분에 정원에서, 홀아비인 그는 홀아비란 단어의 모든 의미와는 관계없이, 어떤 것도 결국에는 이해받을 수 없다는 의심이 일렁이는 것을 느꼈다. 분명하고, 단순한 일상생활의 것들, 새벽의 싸늘함, 엉겅퀴 타는 냄새, 가을의 촉감으로부터 바스락거리는 사과나무 잎사귀 사이의 작은 새, 그의 드러난 어깨 위로 불어오는 산들바람의 뜨거운 촉감, 촉촉이 젖은 땅의 냄새, 그리고 빛의 맛, 잔디가 황금색으로 변해가는 것, 눈의 피곤함, 그의 등에서 짧게 느껴지는 전율, 다락방의 수치, 도구 창고의 새끼 고양이들과 그 어미, 밤이면 첼로 같은 소리를 내기 시작하는 기타, 버몬트 씨네 집 현관의 끝에 있는 울타리의 다른 한쪽에 새롭게 쌓여 있는 둥근 자갈 돌더미, 그가 크란츠에게서 빌려 와 다시 돌려주어야만 하는 노란색 분무기, 정원의 다른 쪽 끝의 빨랫줄에 널려 아침 바람에 너울거리는 그의 어머니와 딸의 속옷들, 이제는 맑게 갠 철새들의 하늘, 모든 것이 비밀을 가지고 있다.

그리고 당신이 판독해 낸 모든 것은 짧은 순간에 파악해 낸 것이었다. 당신이 지나가자마자, 당신 뒤에서 다시 제자리로 돌아와 걸어온 자취를 남기지 않는 열대 우림 속의 두꺼운 고비류 사이를 밀고 들어가려는 것처럼. 당신이 언어로 어떤 것을 가까스로 정의 내리자마자, 그것이 이미 번진 그늘진 땅거미 속으로 미끄러져, 기어가 버렸다. 요엘은 이웃인 이타마르 비트킨이 이전에 계단에서, 여호수아 2장 끝에 나오는 〈나모구〉라는 단어가 명백하게 러시아어 발음을 가지고 있는 반면에 시편 136편에 나오는 히브리어 〈쉐베쉬플레누〉는 쉽게 폴란드어가 될 수 있다고 한 말을 기억해 냈다. 요엘은 그가 러시아어 악센트로 〈나모구〉를 발음하고, 엉터리 폴란드어로 〈쉐베쉬플레누〉를 발음할 때의 목소리를 기억해 내어 비교해 보았다. 그는 정말로 재미있게 하려고 애썼던 것일까? 그는 아마도 나에게 뭔가를, 자기가 사용한 두 단어의 차이 속에 존재하는 뭔가를 말하려고 했었나? 그리고 내가 주의를 기울이지 않았기 때문에 그것을 놓쳐 버렸던 것일까? 요엘이 갑자기 중얼거려 스스로를 놀라게 했던 〈티마호누(명백하게)〉라는 단어를 잠시 동안 곰곰이 생각해 보았다.

그러는 동안 길 끝을 분명히 돌아와 집 앞을 지나가 버린 신문 배달 소년을 놓쳐 버렸다. 놀랍게도, 그리고 요엘이 예상했던 바와는 반대로, 그 소년 아니 그 남자는 자전거를 타고 오지 않고 낡아 빠진 수시타 자동차를 타고 지나가면서 길 쪽으로 나 있는 창문 너머로 신문을 던졌던 것 같다. 아마 그는 요엘이 우편함에 붙여 놓은 쪽지를 보지 못했을 것이고, 지금 그를 쫓아가기에는 너무 늦었다. 모든 것이 비밀을 가지고 있다는 생각에 원인 모를 화가 그의 내부에서 치밀었다. 그러나 사실, 비밀이란 단어는 적절치 않다. 그것은 봉해져 있는 책과 같은 것이 아니라 누구라도 일상의 모든 것들, 즉 명백한 것들인 아침, 정원, 새, 신문 등을 자유롭게 볼 수 있게 펼쳐져 있는 책이며, 그것은 어떤 사람이 또 다른 방식으로도 읽을 수 있는 것이다. 예를 들면 일곱 번째 단어를 모두 반대 순서로 연결한다든지. 아니면 두 문장마다 한 문장의 네 번째 단어를. 혹은 어떤 문자를 대체한다든가. 혹은 ㄷ으로 시작하는 단어들에 동그라미를 친다든가. 가능성의 숫자는 무한하며, 그것들 각각은 어떤 다른 해석을 자아낼 수도 있다. 어떤 대안적인 의미. 반드시 더욱 심도 있거나, 더 환상적이거나, 더 모호한 해석일 필요는 없다. 단지 완전히 다른 의미. 명확한 설명과 조금도 유사함이 없는. 아니면 아마도 유사한? 요엘은 자신이 항상 차분하고, 자기 조절을 하는 사람이길 원했기 때문에, 이런 생각을 하면서 내부에서 일렁이고 있는 어렴풋한 분노에 화가 났다. 무엇이 올바른 접속 코드인지 당신은 어떻게 알 수 있는가? 무한한 조합형들 사이에서, 당신은 어떻게 정확한 접두사를 발견할 수 있는가? 사물들의 내부 질서를 아는 열쇠를? 더욱이 당신은 그 코드가 보편적인지 아닌지, 혹은 그것이 신용 카드처럼 개인적인 것인지 혹은 복권같이 유일한 것인지를 어떻게 구별할 수 있었는가? 예를 들면 당신은 그것이 7년마다 바뀌지 않는다고 어떻게 확신할 수 있었는가? 혹은 매일 아침마다? 혹은 누군가가 죽을 때마다? 특히 애쓰다 보니 당신의 눈이 피곤하고 거의 눈물이 나려고 할 때, 특히 하늘이 맑아졌을 때. 황새들은 날아가 버렸다. 그것들이 학이 아니었다면.

그리고 당신이 그것을 해독하지 못한다면 어떻게 하겠는가? 확실히 당신은 특별한 우대를 받고 있다. 당신은 새벽이 되기 전에 잠깐 동안, 정말로 코드가 있다는 것을 알도록 허락받았다. 당신의 척추에 반쯤 느껴지는 손길을 통하여. 이제 당신은 프랑크푸르트의 호텔 방 벽지 위에 그려진 파악하기 어려운 모양의 디자인을 이해하려고 애쓰면서 이전에는 몰랐던 두 가지를 알게 된다. 질서가 있다는 것과 당신은 그것을 판독할 수 없다는 것을. 그리고 한 개뿐이 아니라 여러 개의 코드가 있다면 어떻게 하겠는가? 개인들 각각이 자신만의 코드를 가지고 있다고 가정한다면? 당신, 콜롬비아에서 온 눈먼 커피 백만장자인 거물이 몸소 유대인 비밀 첩보단을 찾아와 아카풀코에서 발파라이소에 걸쳐 숨어 있는 나치들의 최근 우송물 수취인 명부를 자진해서 제공한 진짜 이유가 무엇이었는지를 알아내어 군대 전체를 놀라게 한 당신이, 어떻게 기타와 첼로를 구분할 수 없겠는가? 짧은 회로와 동력 차단 사이를. 질병과 열망 사이를. 표범과 비잔틴 성화상(聖畵像) 사이를. 방콕과 마닐라 사이를. 그리고 도대체 렌치가 숨겨져 있는 그 빌어먹을 곳은 어디란 말인가. 가서 수도꼭지를 고치자, 그러고 나서 스프링클러를 틀어야겠다. 곧 커피도 나올 것이다. 다 됐다. 가자.

20

 그리고 그는 렌치를 던져 버렸다. 그는 창고의 고양이와 그 새끼들이 마실 우유를 접시에 채웠다. 그는 잔디밭 위에 스프링클러를 틀고 잠시 동안 그것들을 지켜본 다음 돌아서서 뒷문을 통해 부엌으로 들어왔다. 그는 신문이 아직도 창턱에 있다는 것을 기억해 내고선, 돌아가서 그것을 집어 들었고, 그러고 나서 여과기를 끼웠다. 커피가 만들어지는 동안, 그는 토스트를 좀 만들었다. 냉장고에서 잼과 치즈와 벌꿀을 꺼내서 아침 식탁을 차리고, 창문에 섰다. 그는 계속 서 있으면서 신문의 머리기사를 훑어보았지만 눈에 들어오지 않았다. 그는 시간이 되었다는 것을 깨닫고 7시 뉴스를 듣기 위하여 트랜지스터 라디오를 켰지만, 뉴스 진행자가 말하고 있는 것을 들어야 한다는 것을 기억할 즈음에는 이미 뉴스가 끝나 버렸고 일기 예보는 예년 기온보다 온화한 기온에 부분적으로 구름이 낀다고 하였다. 아비가일이 들어와서 말했다. 「또 너 혼자 준비했구나. 꼭 큰아이처럼. 그런데 우유는 꼭 마실 때를 제외하고는 냉장고에서 꺼내지 말라고 내가 몇 번이나 말했니? 여름이야, 그래서 우유는 밖에다 내놓으면 금방 상해서 시큼해진단 말이야.」요엘은 이 말에 대하여 잠시 생각했다. 그는 그녀의 말에는 잘못된 점이 없다는 것을 알게 되었다. 비록 〈시큼한〉이란 단어가 그에게 너무 강력하게 다가오긴 했지만. 그는 말했다. 「예, 맞아요.」알렉스 안스키의 토크쇼가 시작된 직후, 네타와 리사가 그들과 합류했다. 리사는 커다란 단추가 앞쪽 아래로 달려 있는 실내복을 입고 있었고, 네타는 연푸른색 학교 교복을 입고 있었다. 순간 그녀가 요엘에게 아주 특별하고, 전체적으로 예쁘게 여겨졌고, 잠시 후에 그의 마음속에는 햇볕에 탄, 콧수염이 있는, 굵은 팔의 키부츠인이 그려졌고, 그는 그녀가 모든 종류의 샴푸로 머리를 감았음에도 불구하고, 항상 윤기가 있는 것이 기쁘기까지 했다.

리사가 말했다. 「밤새 눈을 못 붙였어. 다시 온몸이 아파. 밤

새도록 잠을 못 짰어.」

아비가일이 말했다. 「리사, 만약 우리가 당신의 말을 진지하게 받아들인다면, 지난 30년 동안 당신이 단 한 순간도 잠을 안 갔다고 믿어야만 해요. 당신 말을 따르자면 마지막 잠은 아이히만 판결 이전이었어요. 그때부터 당신이 못 갔다고요.」

네타가 말했다. 「할머니는 통나무처럼 짰잖아요, 두 분 다. 이게 다 무슨 말도 안 되는 소리예요?」

「잠.」 아비가일이 말했다. 「사람들은 짬이 아니라 잠이라고 말해.」

「저의 또 다른 할머니께 말하세요.」

「걘 오직 나로부터 놀릴려구 짬이라고 하는 거야.」 리사가 가엾게 말했다. 「난 이놈의 통증하고 이 아이가 나로부터 놀리는 데 질려 버렸어.」

「나를요.」 아비가일은 말했다, 「사람들은 〈나로부터 놀릴려구〉가 아니라 〈나를 놀리려고〉라고 말해요.」

「이제 됐어요.」 요엘이 말했다. 「이게 다 뭐예요? 이제 그만두세요. 계속 이러면, 평화 유지군이 와야만 할 거예요.」

「너도 밤에 짬을 못 갔지.」 그의 어머니는 슬프게 단언하고서 마치 그를 위하여 애통해하거나 혹은 힘든 내적 고통을 겪은 후에 자기 자신의 말에 마지막으로 수긍을 한다는 듯이 머리를 여러 번 끄덕였다. 「넌 친구도 없고, 직업도 없고, 네 자신이 해야 할 일도 없어, 넌 자신을 힘들게 하는 것을 그만둬야 돼, 그렇지 않으면 종교 같은 것을 갖든가. 수영장에 매일 수영하러 가는 것이 더 나을 거야.」

「리사.」 아비가일은 말했다. 「그에게 말하는 투하고는. 당신은 그가 뭐라고 생각해요, 아기? 그도 거의 쉰 살이 다 되었어요. 그를 내버려 둬요. 왜 항상 그의 신경을 건드려요? 그도 자신만의 좋은 시간을 가지면서 자기 길을 찾을 거예요. 그 자신의 삶을 살도록 놔둬요.」

「그의 삶을 정말로 망쳐 놓은 사람은,」 리사는 속삭이며 소리를 죽였다. 그리고 말을 하다가 중간에 멈추었다.

네타가 말했다. 「저에게 말해 보세요, 왜 할머니는 우리가 커피도 다 안 마시고 식탁도 안 닦고 설거지도 하기 전에 늘 황당하게 만드세요? 우리가 얼른 다 먹고 가버리길 원하기 때문인가요? 아니면 사람들의 압박에 대한 저항인가요? 아니면 모두가 죄책감을 느끼길 원하시는 거예요?」

「그건 이미 8시 15분 전이기 때문이다.」 요엘이 말했다. 「그리고 넌 10분 전에 이미 학교로 떠났어야 했어. 너 또 지각하겠다.」

「아빠가 청소하고 설거지한다고, 제가 지각하는 것을 막을 수 있겠어요?」

「좋아, 이리 와. 내가 널 태워다 주마.」

「나 아프단다.」 이번에는 마치 애통해하는 것처럼, 그 말을 두 번이나 되풀이하면서, 마치 아무도 자기 말을 들어 주지 않는다는 것을 알고 있는 듯이 그녀 스스로에게 투덜댔다. 「배도 아프고, 옆구리도 아프고. 밤새 못 잤어, 그리고 아침에는 그들이 놀리고.」

「알겠어요.」 요엘이 말했다. 「알겠어요, 알겠어요. 제발 한 번에 하나만요. 제가 조금 있다가 어머니를 봐드릴게요.」 네타를 학교까지 차로 데려다 주는 동안, 새벽 2시가 다 되어 프랑스 치즈와 매운 맛 나는 검은 올리브와 향기 나는 민트 티와 부드러운 침묵과 함께 부엌에서 만났던 일에 대해서는 한마디도 하지 않았다. 그 침묵은 요엘이 그의 방에 돌아올 때까지 거의 반 시간 동안 어느 누구에 의해서도 깨지지 않았다.

그는 돌아오는 길에 쇼핑 센터에 들러 장모님의 레몬 샴푸와 그녀가 사달라고 부탁한 문학 잡지를 샀다. 집에 도착한 후 전화를 걸어 어머니와 산부인과 의사와의 약속을 정했다. 그런 후, 시트 한 장, 책 한 권, 신문, 안경, 트랜지스터 라디오, 선탠 로션, 두 개의 드라이버, 그리고 얼음을 넣은 사이다 한 잔을 들고 해먹에 누워 있으려고 나갔다. 그는 직업적인 습관으로 곁눈질을 해서 이웃을 위해 일하고 있는 아시아 미인이 직접 쇼핑한 것을 무거운 바구니와 가방이 아니라 철망으로 된 손수레에 담아 운반하고 있는 것을 보았다. 왜 사람들은 전에 손수레를 사용할 생각을 하지 못했을까 하고 자신에게 물어보았다. 왜 모든 것이 항상 너무 늦게 해결되는 것일까? 못 하는 것보다는 늦는 게 낫지라고, 자기 어머니가 늘 입에 달고 다니는 말을 인용해 스스로에게 대답했다. 요엘은 해먹에 누워 있으면서 이 문장을 살펴보았는데, 그 문장도 결점이 없다는 것을 알게 되었다. 그러나 그의 휴식은 방해를 받았다. 그는 모든 것을 내버려 두고 어머니를 찾으러 방으로 갔다. 방은 텅 비어 있었는데 아침 햇살이 쏟아져 들어오고 있었고 정갈하고 쾌적하고 깨끗했다. 그는 그녀가 여전히 아비가일과 어깨를 맞대고 부엌에 앉아 있는 것을 보았다. 그들은 점심 수프에 넣을 야채를 자르면서 활기 차게 속삭이고 있었다. 그가 들어선 순간 그들은 말하던 것을 멈추었다. 그는 그들 사이에 정말로 어떤 닮은 점이 없다는 것을 알고 있었지만 그들이 그를 쳐다볼 때는 마치 자매처럼 보였다. 아비가일은 건장하고 환한 슬라브 농부의 얼굴로, 거의 몽골인같이 높은 광대뼈에, 단호한 온정과 완벽한 친절함이 느껴지는 젊고 푸른 눈으로 그를 쳐다보았다. 그의 어머니는 반대로, 오래된 갈색 드레스에, 갈색 얼굴, 굳게 다문 입술 혹은 입술 사이로 움푹 들어간 입, 고통스럽고 쓴 표정이 젖은 새를 닮았다.

「좋아요? 지금은 기분이 어때요?」

침묵.

「기분이 좋아졌어요? 제가 어머니를 위해서 리트빈 박사와 급하게 약속을 잡았는데요. 적으세요. 목요일 2시예요.」

침묵.

「그리고 네타는 종이 울릴 때 막 도착했어요. 그 애를 시간 안에 도착하게 하려고 신호를 두 개나 건너뛰었어요.」

아비가일이 말했다.

「자네가 어머니를 화나게 해놓고선 지금 만회하려고 하지만, 너무 미흡하고 너무 늦었어. 어머니는 예민한 분이시고 상태도 좋지 않아. 한 번의 참사로는 자네에게 충분하지 않은 모양이야. 요엘, 너무 늦기 전에 신중히 생각해 보게. 신중히 생각해 보면 아마 좀 더 열심히 노력해야겠다는 결심이 들걸세.」

「물론이죠.」 요엘이 말했다.

아비가일이 말했다.

「또 그러는군. 보게. 정확히 그거야. 그런 냉정함 말일세. 자네의 아이러니. 그 자기 조절. 그게 바로 자네 어머니를 죽이는 걸세. 그리고 그것이 자네가 우리 모두를 한 명씩 차례차례 매장시키는 방법이고.」

「장모님.」 요엘이 말했다.

「됐네. 가보게.」 그의 장모가 말했다. 「자네가 급하다는 걸 알겠군. 자네의 손은 이미 문 손잡이에 가 있거든. 우리가 자네를 붙잡아 놓진 않겠네. 그리고 어머니는 자네를 사랑했었어. 아마도 자네가 눈치 채지 못했거나, 아니면 아무도 자네에게 말하지 않았었겠지만, 그녀는 그동안 늘 자네를 사랑했었다네. 마지막까지 쭉. 그녀는 네타의 문제에 대해서도 자네를 용서했다네. 그녀는 모든 일에 대해서 자네를 용서했어. 그렇지만 자네는 너무 바빴어. 그것이 자네의 잘못은 아니네. 다만 시간이 없었고 그게 자네가 그녀나 자네에 대한 그녀의 사랑을 너무 늦을 때까지 전혀 알아채지 못한 이유이지. 심지어 지금도 자넨 서두르고 있네. 그러니 가봐. 왜 여기 서 있나? 가게. 자네가 이 늙은이들의 집에서 할 일이 뭐 있겠나? 자네 가봐. 점심하러 돌아올 텐가?」

「어쩌면요.」 요엘은 말했다. 「잘 모르겠어요. 봐서요.」

그의 어머니가 갑자기 침묵을 깼다. 그녀는 그가 아니라 아비가일에게 연설을 했는데, 그녀의 목소리는 부드럽고 논리적이었다.

「그걸 다시 시작하지는 말아요. 이미 들었던 것만으로도 충분해요. 항상 당신은 우리 기분을 나쁘게 만들려고만 노력해요. 무슨 문제가 있어요? 저 사람이 그 아이에게 무슨 일을 했어요? 누가 그 아이를 황금 궁전 같은 곳에 가뒀었는데? 누가 그 안에 들어오지도 못하게 했는데? 그러니 당신이나 요엘을 가만히 놔둬요. 저 아이가 당신네들을 위해 모든 걸 해 줬는데. 우리를 기분 나쁘게 만드는 것을 그만두시란 말이에요. 마치 당신만 정상인 것처럼. 뭐가 문제예요? 우리가 충분히 애도하지 않았나요? 그래서 당신은 계속 애도하고 있나요? 심지어 묘비 봉헌식 전에 머리를 손질하고 손톱 다듬고 얼굴 다듬으러 곧장 간 게 누군데? 그러니 당신은 탓할 수 없어요. 나라 전체를 통틀어서 집 안에서 요엘의 반만큼이나 잘하는 사람은 없을 거예요. 항상 노력하고 있다고요. 걱정도 하고. 그는 밤에 짬도 안 짜요.」

「잠.」 아비가일이 계속 말했다, 「짬이 아니라 잠이라고 그래요. 제가 신경 안정제를 두 알 드릴게요, 리사. 그것들이 효과가 있을 거예요. 진정하시는 데 도움을 줄 거예요.」

「나중에 뵐게요.」 요엘이 말했다.

그러자 아비가일이 말했다.

「잠깐만 기다리게. 이리로 와보게. 자네 모임이 있으면 내가 자네 칼라를 손질해 줌세. 그리고 머리도 빗게나, 그렇지 않으면 젊은 아가씨들이 자네를 쳐다보지도 않을 걸세. 점심 먹으러 집에 올 건가? 네타가 돌아오는 2시에? 자네가 그냥 그 애를 학교에서 데려오는 게 어떤가?」

「봐서요.」 요엘은 말했다.

「그리고 어떤 미인이 자네를 붙잡고 못 가게 하면, 적어도 우리에게 전화를 해서 알려 주게. 그러면 계속 자네 때문에 점심을 기다리지 않아도 되지. 적어도 자네 어머니의 정신적·육체적 상태를 잊지 않도록 노력하게, 그녀에게 근심거리를 더해 주지 말고.」

「그를 놔줘요.」리사가 말했다,「그는 원할 때 언제나 집에 올 수 있어요.」

「어머니가 쉰 살이 다 된 아이에게 말하는 걸 들어 보게나.」마음속에서 우러나는 용서를 만면에 띠며, 아비가일은 싱글거렸다.

「나중에 뵐게요.」요엘이 말했다.

그가 떠나려고 하자 아비가일이 말했다.

「이런 어쩌지. 내가 오늘 아침에 차로 할 일을 했어야 하는데, 그러면 전기 패드도 고쳐 놓을 수 있었는데, 리사. 그게 당신의 통증을 덜어 주는 데 도움이 많이 될 거야. 그렇지만 상관하지 말게, 걸어가지 뭐. 우리 둘이 멋진 산책을 하는 게 어때요? 아니면 제가 크란츠 씨에게 전화를 걸어 태워다 달라고 부탁할까요? 참 친절한 사람이지. 그 사람이 와서 나를 데려갔다가 데려다 줄 거라고 확신해. 늦지 말게. 잘 가게. 왜 거기 현관에 서 있나?」

21

요엘이 맨발로 집 주변을 어슬렁거리며, 한 손에는 이츠하크 라빈의 인터뷰가 흘러나오는 트랜지스터 라디오를 들고, 다른 한 손에는 연결선이 달린 전기 드릴을 들고서, 드릴 끝을 밀어 넣어서 더 낫게 할 만한 다른 곳이 없는가를 찾아보고 있던 그날 오후 늦게, 현관 홀에 있는 전화기가 울렸다. 또르 파트롱이었다. 「어떻게 지내나, 새로운 것은 없어, 뭐 필요한 게 있나.」 요엘은 말했다. 「모든 것이 좋아요, 우리는 어떤 곤란도 없어요, 고마워요.」 그리고 덧붙였다. 「네타는 없어요. 그 애는 나갔어요. 언제 돌아오는지 말하지 않았어요.」 전화기 저편에 있는 남자가 웃으며 말했다. 「뭐, 자네와 내가 이야기할 거리가 없었는가?」

그리고 그는 부드럽게 화제를 전환하여, 요엘에게 신문의 머리기사로 실렸었고 정부를 파멸의 위기로 몰아 넣고 있는 정치적 사건에 대하여 이야기하기 시작했다. 그는 자신의 의견을 자제하면서 다양하게 여러 의견들의 밑그림을 잘 전해 주었다. 그는 여느때와 마찬가지로 따뜻하고 인정 있는 어조로, 반대되는 견해들 모두가 각각 더 나은 정의의 구현이라도 되는 것처럼 묘사했다. 마침내 그는 정확성과 논리성을 바탕으로 발생 가능한 일을 두 가지의 시나리오로 좁혀 이야기했는데, 갑이건 을이건 간에, 둘 중 하나는 피할 수 없는 것이었다. 요엘이 자기에게 요구하는 것이 무엇인지 이해하는 것을 단념할 때까지. 그러자 그는 어조를 바꾸어 마치 각별한 애정을 가진 듯, 내일 아침에 사무실에 들러 커피라도 한잔하지 않겠느냐고 물었다. 「자네 지혜가 필요해서 자네를 보고 싶어 안달하는 몇몇 친구들이 여기 있고, 그리고 아마도 — 누가 알겠나? — 자네가 습관적으로 다루었는데 최종적인 결말까지는 해결하지 못한 옛일에 대해서 아크로바트가 자네에게 한두 가지의 질문을 하고 싶어 할지도 모르고, 어떤 식으로든 아크로바트는 뱃속 편하게 앉아 있으면서도 여전히 한두 가지의 의문 사항을 품은 채 결국 자네의 도움이 있어야만 마음의 안정을 얻을 수 있을지도 모르지. 간단히 말해서, 그것은 재미있을 거고 적어도 지루하지는 않을 걸세. 그러면 내일 10시경에. 치피가 집에서 만든 케이크 하나를 가지고 왔었는데, 내일 자네 몫으로 몇 조각 남겨 놓게 하려고 내가 호랑이처럼 싸웠지. 그리고 커피도 공짜고. 올 텐가? 우리 옛날 이야기하며 좋은 시간 보내지 않을 텐가? 우리 함께 새 장(章)을 열지 않겠나?」

요엘은 심문을 위해 소환받은 것으로 생각해야 하는 것인지 물어보았다. 그리고 그는 큰 실수를 저질렀다는 것을 깨달았다. 르 파트롱은 〈심문〉이라고 들린 단어 소리에 충격적인 외설 장면을 막 목격한 늙은 랍비 아내의 비명 같은, 기분이 언짢은 듯한 소리를 냈다. 「젠장!」 그 남자가 고함을 쳤다. 「무슨 꼴이야! 우리가 자네를 초대한 것은, 뭐랄까, 가족 재회와 같은 거라고! 자, 걱정 마. 우리도 마음이 상했지만 용서했네. 우리는 자네가 약간의 말실수를 한 것에 대해서는 불평하지 않겠네. 심문이라니! 난 그것에 관하여 모두 잊고 있었네. 전기 쇼크를 준다 해도 기억나게 할 수는 없을 거야. 걱정하지 말게. 끝난 일이야. 자네는 그 말을 하지 않은 거야. 우리는 참겠네. 자네가 우리를 그리워하기 시작할 때까지 인내심을 가지고 기다리겠네. 자네를 깨우거나 성가시게 하지 않을 걸세. 그리고 당연히 원망하지도 않을 걸세. 요엘, 일반적으로, 인생은 화를 내거나 모욕감을 느끼기에는 너무 짧다네. 그만두세. 그 일은 — 내버려 두지. 단지 말하고 싶은 건, 자네가 원할 경우, 내일 10시경에 커피나 하러 들르란 말이지.

좀 이르거나 늦어도 상관없네. 자네가 좋을 때에는 언제든지. 치피는 자네가 오는 걸 알고 있네. 곧장 내 방으로 오면 그녀가 아무것도 묻지 않고 들여 보내 줄 걸세. 요엘은 평생 동안 이곳에 자유롭게 들어올 수 있다고 말해 놨거든. 미리 약속을 하지 않아도. 낮이건 밤이건. 싫은가? 오고 싶지 않나? 그러면 이 전화에 대해선 잊어버리게. 그냥 네타에게 내 안부나 전해 주게. 괜찮네. 말하는 김에, 내일 우리가 자네를 특별히 보고 싶어 했던 건, 방콕에서 자네 앞으로 온 인사를 전해 주려던 것 때문일세. 좋을 대로 하게나. 잘 지내게.」

요엘은 말했다. 「뭐라고요?!」 그러나 그 남자는 이 대화가 이미 너무 깊이 진행되었음을 분명히 인식하고 있었다. 그는 귀중한 시간을 빼앗아서 미안하다고 사과했다. 그는 다시 한 번 네타에게 자신의 안부를 전해 주고 두 부인께도 인사를 전해 주기를 부탁했다. 그는 언젠가 마른날에 날벼락처럼 예고 없이 갈 것이라 약속했고 요엘의 건강이 좋아지기를 그리고 많이 쉬기를 원한다면서, 이런 말을 남겼다. 「다만 중요한 것은 자네가 몸조심을 하는 것일세.」

요엘은 몇 분 동안 현관의 전화기 옆에 있는 의자에 거의 움직이지 않고, 전기 드릴을 무릎 사이에 끼고서 앉아 있었다. 그는 르 파트롱의 말을 작은 단위로 나누어 분석해 보았고, 그런 다음 그것을 다양한 조합들로 재배열해 보았다. 그가 자기의 일을 하면서 익숙해져 있는 대로. 〈두 시나리오, 그 중 하나는 불가피한 것〉 그리고 또 〈편한 뱃속〉, 〈방콕에서 온 인사〉, 〈오십이 다 된 아이〉, 〈마지막까지 줄곧 사랑했다〉, 〈전기 쇼크〉, 〈곧장 자유롭게 통과〉, 〈영혼이 잠들다〉, 〈그런 다정한 남자〉. 이런 조합들이 그에게 작은 지뢰밭을 희미하게 가리켜 주는 것 같았다. 반면에 〈몸조심하게〉라는 충고 속에는 어떤 잘못된 점도 찾을 수 없었다. 그는 잠시 동안 폐허가 된 로마네스크 양식의 수도원 입구에 있는 작은 검은색 물체를 제거하기 위해 드릴을 사용할까 하는 생각을 했다. 그러나 그는 즉시 정신을 차리고 자기가 그것을 망쳐 놓기만 할 거라는 것을 깨달았다. 그러나 사실 그가 원했던 것은 자기가 잘 고칠 수 있는 어떤 것을 발견하는 것이었다.

   그는 각 방을 차례로 점검하고, 텅 빈 집을 다시 둘러보았다. 그는 네타 침대의 발치에 쌓여 있는 담요 하나를 집어서 접고는 그것을 그녀의 베개 옆에 놔두었다. 그는 자기 어머니의 침대 옆 협탁 위에 있는 야콥 바서만의 소설책을 홀끗 보고, 그것이 펼쳐진 채 엎어져 있던 그대로 놓여 있는 대신에, 거꾸로 펴서 그 속에다 책갈피를 끼워 넣어 그녀의 라디오 옆에 똑바로 놓았다. 그는 그녀의 약병과 알약 상자 더미를 제대로 정리했다. 그런 후 아비가일 루블린의 향수들을 비교하여 그 냄새를 기억해 내려는 헛된 시도를 하면서, 그녀가 가진 향수들의 냄새를 들이마셨다. 그는 자신의 방에서 프랑스 성직자의 안경을 끼고 그 너머로 자기 집 땅주인이고 이스라엘 항공의 부장인 크라메르 씨가 기갑 부대의 제복을 입고 있는 오래된 사진 속에서 연합 사령관인 엘라자르 장군과 손을 잡고 있을 때의 표정을 면밀히 살피면서, 잠시 동안 서 있었다. 연합 사령관은 자신의 죽음이 그리 멀지 않다는 것을 알고 있으면서도 특별히 동요하지도 않는 사람처럼, 눈을 반쯤 감고 있었는데, 우울하고 피곤해 보였다. 반면에 사진 속의 크라메르 씨는 인생의 새로운 전환기에 들어서고 있어서, 지금부터는 어떤 것도 과거와 같지 않을 것이고, 모든 것이 다르고, 더욱 쾌활하고, 더욱 흥미진진하고, 더욱 중요할 것임을 확신하는 사람이 뿜어내는 광채를 발산하고 있었다. 사진 속 집주인의 가슴에서 파리똥을 발견하고서, 그는 이브리아가 열 단어를 쓸 때마다 잉크를 적셨던 펜촉으로 즉시 그것을 긁었다. 요엘은 자기가 예루살렘에 아직 살고 있었을 때, 어느 여름의 막바지 즈음 집으로 돌아오는 길에 계단에서, 그 자신의 아파트로부터 흘러나오는 외로운 이웃의 기타 소리를, 듣는다기보다는 오히려 감지하고 있었던 때가 생각났다. 훈련받은 대로, 자물쇠 속에 열쇠를 돌리면서 소리를 내지 않고, 도둑처럼 조심스럽게 집으로 들어와, 발소리도 내지 않고 들어갔고, 그의 아내와 딸이, 한 명은 안락의자에, 다른 한 명은 등을 방 쪽으로 하고 얼굴은 밖을 향해, 먼지투성이의 소나무 가지와 벽 사이의 열린 조그만 틈으로 사해 너머의 황폐한 모압산맥을 볼 수 있는 창문 쪽을 바라보며 서 있는 것을 발견했다. 두 사람은 음악에 넋을 잃고 있었고 남자는 눈을 반쯤 감고 앉아서 영혼을 기타 줄에 쏟아 붓고 있었다. 요엘은 그의 얼굴에서 우울한 갈망과 과장되지 않은 슬픔이 묘하게 섞여 있는, 믿어지지 않는 표정을 가끔 볼 수 있었는데 그것은 아마 왼쪽 입 언저리에 응축되어 나타났다. 요엘은 자신도 그런 표정을 만들려고 애써 보았다. 저녁 황혼이 가구들 사이로 스며들고 있었으나 전깃불을 켜지도 않은 채, 음악에 도취되어 있는 엄마와 딸은 서로 너무나 닮아, 어느 때인가 요엘은 조용히 까치발로 걸어가 이브리아인 줄 착각하고 네타의 등에 키스했다. 그와 그의 딸은 평상시에, 서로 닿지 않으려고 조심하고 있었음에도 불구하고.

요엘은 사진을 뒤집어 날짜를 살펴보고 사진이 찍힌 날과 연합 사령관 엘라자르의 갑작스러운 죽음 사이에 어느 정도의 시간 간격이 있는지를 계산해 보려고 했다. 그는 그 순간, 자신이 사지가 없는 장애인으로, 살 덩어리 위에, 남자의 것도 여자의 것도 아닌, 더 섬세한, 아이보다 더 섬세한 피조물의 것인 듯한, 마치 답을 알고 있고, 그 답이 믿을 수 없을 만큼 간단하다는 것을 은밀히 즐기는 듯한 밝고 큰 눈을 가진, 머리가 얹혀진 존재라고 상상했다.

그러고는 욕실로 가서 진열장에서 욕실용 두루마리 휴지 두 개를 꺼냈다. 그는 그중 하나를 욕실 변기 옆에 놓았고 나머지는 다른 화장실에 여분으로 놓아두었다. 그는 모든 타월을 모아서, 세면대를 청소할 한 장을 제외하고는 세탁 바구니에 모두 던져 버렸다. 그다음에 원래 타월이 있던 자리에 새 것들을 걸었다. 여기저기에서 긴 여자 머리카락을 발견하고, 집어 들고선 누구의 것인지 알기 위하여 불빛에 비추어 본 다음 변기에 던져 버리고 물을 내렸다. 그는 약 진열장에서 바깥의 도구 창고에 있어야 할 기름통을 발견하여 그것을 치우러 나갔다. 가는 도중 욕실 창문의 경첩에 기름을 칠해야 한다는 생각이 들었고, 그다음에는 부엌문의 경첩, 다음엔 옷장의 경첩에 기름을 칠해야 했으므로, 기름통을 들고 있는 동안 기름칠할 다른 곳이 있는지를 찾기 위해 집 안 여기저기를 돌아다녔다. 마지막으로 전기 드릴과 정원 해먹의 경첩에 기름을 친 후에는 기름통이 비어 있는 것을 알게 되었고 이제는 그것을 창고에 가져다 놓을 필요가 없다는 것을 알게 되었다. 거실 문을 지나갈 때, 잠시 동안 어둠 속에 있는 가구들 사이에서, 희미하고 거의 포착하기 힘든 움직임을 발견했다고 생각하고는, 그는 충격을 조금 받았다. 분명히 그것은 거대한 넝쿨나무의 잎들이 바스락거리는 움직임이었을 것이다. 혹은 커튼? 아니면 그 뒤의 어떤 것? 그가 불을 켜고 모든 구석구석을 들여다본 순간에 그 움직임은 멈추었지만, 불을 끄고 방을 나오기 위해 돌아서자 그것이 등 뒤에서 다시 천천히 움직이기 시작하는 것 같았다. 그래서 그는 전등을 켜지 않은 채, 거의 숨도 쉬지 않고, 부엌에 맨발로 기어가서 1~2분 동안 통로 너머에 있는 거실을 응시하였다. 그곳에는 어둠과 고요 외에는 아무것도 없었다. 아마도 무르익은 과일의 옅은 냄새뿐. 그러나 냉장고의 문을 열려고 돌아섰을 때, 그는 등 뒤에서 다시 바스락거리는 것 같은 움직임을 감지할 수 있었다. 그는 매우 재빨리 뒤로 돌아서서 모든 전등을 켰다. 아무것도 없었다. 그래서 다시 전등을 끄고 강도처럼 은밀히 나와, 집 주변을 살금살금 걸어 다니다가, 조심스럽게 창문을 들여다보았고, 마침내 어두운 방의 한쪽 구석에서 살랑거리는 어떤 것을 겨우 포착했다. 그가 바라본 그 순간 혹은 무언가를 보았다고 생각하는 순간에 움직임은 멈추었다. 방에서 못 나가고 갇혀, 나가려고 파닥거리며 애쓰고 있는 새가 있었나? 고양이가 창고에서 빠져나와 집 안으로 들어온 것인가? 그것은 아마도 도마뱀일 수도 있다. 혹은 뱀. 아니면 단지 화분에 심어 놓은 식물의 잎을 나풀거리게 하는 바람. 요엘은 관목 사이에 서서 어두워진 집을 끈기 있게 들여다보았다. 바다는 달아나지 않을 것이다. 스테인리스 스틸로 만들어진 받침대에 왼쪽 뒷발을 연결하여 고정시키고 있는 것은 나사가 아니라 가늘고 기다란 은이라고 추측하는 것이 합리적이란 생각이 갑자기 들었다. 위에서 그것을 보면 어떤 못이나 나사의 자국이 없기 때문이었다. 그런 장엄하고 비극적인 도약을 포착해 낼 수 있었던 그 솜씨로 다른 부분들보다 훨씬 더 튀어나온 돌기가 있는 받침대를 만들었던 것이다. 이런 결론은 요엘에게 논리적이고 즐거운 것이었지만, 의문이 가는 뒷발을 쪼개어 보지 않고는 그것이 옳은지 그른지 알아볼 수 없다는 것이 이런 해명의 약점이었다.

그러므로 정지된 도약, 즉 그만두지도 못했지만 잠시 동안 성공하지도 못한, 혹은 성공하지 못했기 때문에 그만두지도 못하는, 움직이지 못하는 출발이 계속 야기하는 고통을 참는 것이 단 한 번에 뒷발을 때려 부수는 것보다 더 힘든지 아니면 더 쉬운지의 문제가 제기되었다. 그는 이 질문에서 어떤 해답도 찾을 수 없었다. 그가 알게 된 것은 그동안 텔레비전 뉴스 대부분을 놓쳐 버렸다는 것이다. 그래서 그는 자신이 숨어 있는 장소를 버리고 집 안으로 들어갔고, 그리고 텔레비전을 켰다. 수상기가 켜지는 동안, 수산업에서 확산되고 있는 문제점들, 즉 어류의 이동, 어부들의 태만, 정부의 무관심 등을 설명하고 있는 뉴스 진행자의 목소리만 들렸고, 마침내 영상이 나오게 되었을 때에는 이 주제에 관한 보도가 대충 끝나 가고 있었다. 화면에는 다만 저녁놀이 물든 바다, 텅 빈 배들만이 있어서, 거의 마비된 상태처럼 보였고, 아나운서가 일기 예보를 전하는 동안에는 몇몇의 부드러운 거품이 이는 파도만이 출렁이다가 사라지곤 하다가, 내일의 예상 기온이 화면 속의 바다 위로 나타났다. 요엘은 그 프로를 마무리할 다른 뉴스거리들을 기다리다가 광고를 봤고, 계속되는 뉴스가 또 있다는 것을 알고는 일어나서 스위치를 끄고, 레코드플레이어에 올려져 있는 바흐의 「음악의 헌정」을 튼 후 브랜디 한 잔을 따랐다. 어떤 이유에서인지 그는 르 파트롱이 통화 마지막에 사용한 직유법을 가시화시켜 보았다. 〈마른하늘에 날벼락.〉 그는 브랜디 잔을 들고 전화 받는 의자에 앉아 아릭 크란츠의 집에 전화를 걸었다. 그의 생각은 내일 아침 사무실에 갈 때 자신의 차는 아비가일을 위해 남겨 두고 크란츠의 또 다른 작은 차를 반나절 정도 빌리려는 것이었다. 오델리아 크란츠는 증오심을 억누른 격앙된 목소리로 아리에는 집에 없고 언제 돌아올지도 모르겠다고 그에게 말했다. 돌아오기만 한다면. 그녀는 그가 돌아올지 않을지에 관해서는 그다지 신경 쓰지 않았다. 요엘은 그들이 또 다투었는지 추론할 수 있었고, 지난 주에 항해를 하면서 크란츠가 그에게 한 말을 기억해 내려고 애썼는데, 그것은 사해 옆의 어느 호텔에서 그와 뜨거운 염문을 뿌렸던 빨간 머리의 매력적인 미인에 관한 어떤 것이었고, 분명 그녀의 언니가 자기 아내의 올케가 되거나 아니면 그런 비슷한 위치여서, 그 결과 자신이 엄청나게 눈치를 보며 살고 있다는 말이었다. 오델리아 크란츠는 어쨌든 아리에에게 메시지를 주거나 쪽지를 남길 것인지 물어보았다. 요엘은 망설이다가, 결국 사과하며 말했다. 「아니요, 특별한 것은 없어요. 혹시 그가 자정 전에 돌아오면 저한테 전화 좀 달라고 말해 주실 수 있겠죠.」 그리고 이렇게 덧붙이는 게 낫다고 생각했다. 「어렵지 않다면요. 감사합니다.」 오델리아 크란츠가 말했다. 「제겐 전혀 어렵지 않아요. 단지 이야기를 나누는 기쁨을 함께하는 사람이 아마도 누군지는 알 수 있겠죠?」 요엘은 전화상으로 자기 자신의 이름을 말하기 꺼려 하는 것이 얼마나 웃긴 일인지는 알았지만, 그럼에도 불구하고 자기 이름을 말하기 전에 약간의 망설임이 있었다. 그러고는 그녀에게 감사하다고 말하고 인사를 했다.

오델리아 크란츠가 말했다. 「지금 갈게요. 부탁이지만, 제가 댁과 이야기할 필요가 있어서요. 우리는 서로 알지 못하지만, 댁은 이해할 거예요. 10분 동안만요?」 요엘은 아무 말도 하지 않았다. 그는 거짓말을 해야 할 상황이 아니기를 바랐다. 오델리아는 그의 침묵을 알아채고 말했다. 「댁도 바쁘시죠. 저도 이해해요. 죄송합니다. 댁을 방해할 의도는 없었어요. 아마 우리는 언젠가 만날 수 있겠지요. 가능하다면요.」 그러자 요엘은 다정하게 말했다. 「죄송합니다. 지금은 제가 좀 곤란하겠는데요.」 ― 「괜찮아요.」 그녀가 말했다. 「누구에게는 아니겠어요.」

내일도 또 날이라고 그는 생각했다. 그러고는 일어서서 레코드플레이어를 끈 다음, 밖으로 나가 멀리 길의 끄트머리에 있는 감귤나무 근처의 담까지 걸어가서 높이 솟아 있는 작은 돛대의 꼭대기에서 규칙적으로 깜박이고 있는 경보등의 빨간 섬광을 바라보며 서 있었다. 바로 그때, 깜박거림 사이사이에, 마치 꿈속에서처럼 푸른 은하수 불빛이 천천히 하늘, 위성, 혹은 유성을 가로지르면서 움직였고 깜박거렸다. 그는 뒤돌아서 돌아갔다. 그는 자신의 담벼락 반대편에서 그를 향해 게으르게 짖고 있는 개, 철기병에게 〈그걸로 충분해〉라고 중얼거렸다. 그는 집으로 가서 집이 아직도 비어 있는지, 「음악의 헌정」을 꺼낼 때 녹음기 끄는 것을 잊지 않았는지를 살펴보고서, 브랜디 한 잔을 마셔야겠다는 생각을 했다. 그러나 스스로 너무나 놀랍게도, 그는 자기 집에 서 있는 것이 아니라, 실수로 버몬트 씨네 현관에 서 있다는 것을 알게 되었고, 아무 생각 없이 벨을 눌렀다는 것을 서서히 자각하게 되었다. 왜냐하면 물러나기 위하여 돌아섰을 때 이미 문이 열리고 담배 광고에 나오는 덩치 크고 핑크빛 혈색을 가진 건강한 네덜란드인처럼 보이는 남자가 영어로 〈들어와요〉, 〈들어와요〉, 〈들어와요〉라고 세 번이나 외쳤기 때문이다. 다른 대안이 없었기 때문에 요엘은 순순히 들어갔다.

22

그는 안쪽으로 들어가서 거실을 가득 채우고 있는 녹색의 수족관 같은 불빛 때문에 눈을 깜박거렸다. 정글의 나뭇잎을 통해 스며 나오거나 바다 밑 깊숙한 곳으로부터 솟아오르는 듯한 불빛. 그에게 등을 보이고 있는 아름다운 앤 마리는 커피 테이블 쪽으로 상체를 구부려 커다란 앨범 사진들을 정리하고 있었다. 그녀가 구부리고 있었기 때문에, 가느다란 어깨뼈가 피부를 당겼고, 그래서 요엘에게 그녀의 모습은 아이의 손길보다도 덜 유혹적이었다. 그녀는 여린 손으로 황금색 기모노를 가슴에 꽉 잡아매고, 그를 향해 돌아서서 반가워하며 영어로 외쳤다. 「와우! 이게 누구예요!」 그리고 히브리어로 계속했다. 「우리는 당신이 우릴 보고 쌀쌀하다고 할까 봐 걱정하기 시작했었어요.」 그 순간 버몬트가 부엌에서 천둥소리 같은 큰 소리로 외쳤다. 「당신도 분명 뭘 마시고 싶죠!」 그러고는 선택할 수 있는 것을 줄줄이 댔다.

「이쪽으로 앉으세요.」 앤 마리는 부드럽게 말했다. 「마음 편히 가지세요. 깊이 숨을 들이마시고요. 너무 피곤해 보여요.」

요엘은 두보네를, 그 술의 맛에 구미가 당겼다기보다는 그 이름 때문에 그것을 부탁했다. 히브리어로 그것은 곰을 생각나게 했다. 어쩌면 이슬비와 물로 적셔진 열대 숲이 그 방의 벽면에서 자라나고 있었기 때문일 것이다. 그것은 대형 포스터의 시리즈이거나, 벽지 혹은 벽화였다. 그 숲은 밀림으로, 녹음이 우거진 하늘 아래의 나무줄기 사이로 구불구불한 진흙 길이 나 있었다. 그 길의 양쪽에는 짙은 수풀이 자라고 있었고, 수풀 사이에는 버섯이 있었다. 요엘은 송로(松露)가 어떤 모습인지 모르고, 한 번도 본 적이 없었지만 〈버섯〉이라는 단어를 송로와 연결 지어 보았다. 그것들에 관해 알고 있는 것은 〈송로〉라는 단어가 그에게는 〈슬프게〉라는 단어로 들린다는 것이었다. 방을 어슴푸레 밝혀 주는 촉촉한 녹색 불빛은 숲의 나뭇잎들을 통해 여과되었다. 그것은 그 방에 부드러움과 깊이를 더해 주기 위해 고안된 조명이었다. 요엘은 세 벽면을 덮고 있는 벽지, 그것과 조화를 이루고 있는 불빛 등 모든 것이 조야한 취향을 드러낸다고 혼잣말을 했다. 그럼에도 불구하고 어떤 유치한 이유 때문인지, 마치 숲이 개똥벌레들로 꽉 차 있는 것처럼 보이게 하는 침엽수들과 참나무 아래의 촉촉한 불빛을 보고서 내부에서 솟아오르는 감정을 억누를 수가 없었다. 요엘은 까치밥나무와 블랙베리가 어떤 것인지 전혀 몰랐고, 그 이름도 책에서밖에 본 적이 없었지만, 아마도 그 나무들로 보이는 그늘진 나무 사이로, 무성히 우거진 푸른 잎들 사이로, 반짝이는 광채를 내면서 굽이쳐 흐르는 고요한 바다, 시내, 개천, 개울이 있다는 느낌. 그러나 그는 그 방의 불빛이 피로한 눈을 좀 낫게 해주었다는 사실을 알게 되었다. 뜨겁고 새하얀 여름 햇살이 그의 눈을 아프게 하는 이유들 중 하나일 수 있다는 것이 분명해진 것은 이곳, 이날 저녁때부터였다. 그의 새 독서용 안경 외에 또 선글라스를 사야 할 때가 됐는지도 모른다.

주근깨가 있고, 열정적이고, 기어코 환대하려는 의사를 물씬 풍기고 있는 버몬트 씨는 아름다운 삶의 비결에 관하여 그리고 그 비결을 소진해 버리고 파괴하는 것이 얼마나 머저리 같은 짓인가를 내내 중얼거리면서, 요엘에게 두보네를 따라 주었고 자신과 여동생에게는 카프리를 부었다. 앤 마리는 배경 음악으로 레너드 코엔의 노래를 틀었다. 그리고 그들은 정치적 상황, 미래, 다가오는 겨울, 히브리어의 어려운 점들, 그리고 이웃의 거주 개발지에 있는 경쟁 업체와 라마트 로탄에 있는 슈퍼마켓을 비교하며 장점과 단점에 관하여 대화를 나누었다. 오빠는 여동생이 언젠가 요엘의 사진을 찍어 포스터로 확대해서 전 세계에 관능적인 이스라엘 남자의 모습을 보여 주어야 한다는 말을 한동안 했다고 영어로 공언했다. 그런 후 그는 요엘에게 앤 마리가 매력적인 여자로 보이지 않느냐고 물었다. 모두가 그녀를 매력적이라 생각한다고, 심지어 자신까지도 앤 마리에게 매혹되었다고 했다. 그는 요엘도 그녀의 매력에 무관심하지는 않다고 추측했다. 앤 마리는 물었다. 「이것들이 다 뭐예요, 어슴푸레한 저녁에? 난교 파티를 위한 준비예요?」 그리고 그녀는 마치 가장 비밀스러운 카드를 요엘에게 보여 주듯이, 랄프는 정말로 자기를 시집 못 보내 난리라고 말했고 그 말은 오빠를 화나게 했다. 「적어도, 그는 어떤 면에선 그래요, 또 다른 면으로 보면, 그러나 그것으로 됐어요, 우린 당신을 지루하게 하면 안 돼요.」 요엘이 말했다.

「당신은 저를 지루하게 하지 않아요. 계속하세요.」

그리고 작은 숙녀를 기쁘게 하려는 듯, 그는 계속 말했다.

「당신은 정말 너무나 예쁘군요.」 무슨 이유에서인지 이런 말들은 영어로 말하기는 쉬웠지만 히브리어로는 불가능했다. 동행인이 있고, 친구나 지인들이 있는 자리에서만, 그의 아내는 가끔 영어로 무심히, 그리고 미소 지으며, 〈아이 러브 유〉라고 말한 적이 있었다. 그러나 그 똑같은 말이 히브리어로 그녀 입 밖으로 나오는 것은 드문 일이었고, 그것도 항상 그들이 있을 때만 대단히 진지하게 말하곤 했다. 요엘은 그 말을 들으면 전율을 느꼈었다.

앤 마리는 요엘이 갑작스럽게 방문했을 때 앨범을 정리하느라 분주했었는데, 지금도 커피 테이블 위에 모두 흩어져 있는 사진들을 가리켰다. 그 사진들은, 이제는 각각 아홉 살과 여섯 살이 되었을 아글라이아와 탈리아라는 두 딸의 것이었다. 그녀는 각각 다른 남편들한테서 그 아이들을 얻었지만 자신의 모든 재산을, 심지어 〈마지막 잠옷까지도〉 7년 간격으로 이혼 소송을 하면서 디트로이트에서 모두 잃어버렸다. 그들은 어린 두 소녀가 그녀에게 반감을 품도록 만들었기 때문에 그녀는 우격다짐으로 그들을 만날 수밖에 없었는데 보스턴에서의 마지막 만남에서, 큰아이는 엄마가 자신에게 손도 못 대게 하는 한편 작은딸은 엄마를 손으로 때렸다. 그녀의 두 전남편은 그녀에게 대항하여 의기 투합한 것이었다. 그들은 함께 변호사를 선임하여 그녀를 마지막까지 철저히 파멸시키려는 음모를 꾸몄다. 그들의 계획은 그녀가 자살하도록 몰아가거나 미치도록 만드는 것이었다. 만약 문자 그대로 그녀의 목숨을 구한 랄프가 없었다면 ― 그러고 나서 그녀는 너무 이야기를 많이 한 것에 대해 사과했다.

그녀는 이야기를 멈추었다. 그녀는 턱을 가슴팍까지 숙여 떨어뜨리고 있어, 목이 부러진 새처럼 보였다. 그녀는 소리도 내지 않은 채 울고 있었다. 랄프 버몬트는 두 팔로 그녀의 어깨를 얼싸 안았고, 요엘은 잠시 동안 주저하다가 옆에 앉아 그녀의 작은 손을 잡았다. 그는 그녀의 흐느낌이 가라앉을 때까지 아무 말도 하지 않고 그녀의 손가락을 바라보면서 앉아 있었다. 7년 동안 자신의 딸에게는 조금의 손길도 주지 않았던 그가. 그리고 오빠는 영어로, 샌디에이고의 해변에서 찍은 사진 속의 소년에 대하여 설명했다. 「줄리언 에니아스 로베르트, 나의 아들이죠. 나도 이 아이를 캘리포니아의 복잡한 이혼 소송에서 잃어버렸답니다. 여동생과 나는 홀로 남겨졌고, 그래서 여기 이렇게 있게 됐죠. 당신은 삶에 대하여 우리에게 어떤 것을 이야기하고 싶으세요, 라비드 씨? 요엘, 당신이 싫지 않다면요? 당신의 가족도 헤어졌나요? 우르두 말에는 오른쪽에서 왼쪽으로 쓰면 숭배를 의미하고, 왼쪽에서 오른쪽으로 쓰면 혐오감을 나타내는 말이 있다는 것을 들은 적이 있어요. 같은 문자, 같은 음절이라도 쓰는 방법에 따라 다른 법이죠. 제발요, 당신도 개인적인 이야기를 해줘서 맞장구를 쳐주어야 한다고 느끼지 않으세요? 이건 업무상의 거래가 아니죠. 다만 말하자면, 마음을 터놓고 이야기하자는 초대지요. 유럽에서 온 늙은 랍비가 세상에서 가장 완전한 것은 깨진 마음이라고 말했다는 이야기가 있어요. 그렇지만 이야기도 거래처럼 해야 한다고 느끼실 필요는 없어요. 식사는 벌써 하셨어요? 그렇지 않으면, 멋진 송아지 파이가 좀 남아 있는데, 앤 마리가 두 개로 나눠 데워 줄 수 있어요. 사양하지 말고, 드세요. 그런 다음에 커피를 들고 나서 전에 약속했던 것처럼, 비디오로 좋은 영화나 한 편 보시죠.」

그러나 그가 그들에게 무엇을 말할 수 있겠는가? 그 이웃이 죽은 그 밤 이후로 첼로 소리처럼 들리곤 했던 그 기타에 관해? 그래서 그는 말했다.

「두 분 다 감사해요. 전 벌써 먹었습니다.」그리고 계속했다. 「전 두 분을 귀찮게 하려고 했던 게 아닌데. 이렇게 예고도 없이 불쑥 쳐들어 온 것을 용서해 주시기 바랍니다.」

랄프 버몬트는 영어로 외쳤다. 「난센스! 전혀 아무 문제도 없답니다!」그리고 요엘은 왜 다른 사람들의 불행은 항상 좀 과장되거나 우스꽝스러워 보이고, 진지하게 받아들이기에는 너무 흠잡을 데 없는가 하고 자신에게 물어보았다. 그럼에도 불구하고 그는 앤 마리와 그의 핑크빛 혈색의 살찐 오빠에게 미안한 마음이 들었다. 그래서 마치 한 가지를 제외한 앞의 질문들에 뒤늦게 대답하는 것처럼, 「지금은 돌아가신 친척이

한 분 계세요. 그는 〈모든 사람은 같은 비밀을 갖게 된다〉고 말하곤 했지요. 그것이 진실인지 아닌지는 저도 잘 모르겠지만, 저는 거기에 작은 논리적인 오류가 있다고 믿어요. 비밀을 비교하는 순간, 그것들은 더 이상 비밀이 아니게 돼요. 즉 정의상 비밀이 아니게 되는 거죠. 하지만 그것들을 비교하지 않는다면, 그것들이 같은지 다른지 또 어떻게 알 수 있겠어요? 개의치 마세요. 이제 그만하죠.」

랄프 버몬트가 영어로 말했다.

「당신의 친척인지 누군지 그분께는 송구한 말씀이지만, 정말 빌어먹을 난센스로군요.」

요엘은 편안하게 안락의자에 앉아 발판에 다리를 뻗었다. 좀 더 깊숙이 그리고 긴 휴식을 위한 준비를 하듯이. 마르고, 어린아이 같은 몸을 황금색 기모노로 감싸고 두 손으로 옷깃을 반복해서 여미는 모습은 떨쳐 버리고 싶은 이미지를 불러일으켰다. 그녀의 젖꼭지는 여며진 실크 아래에서 이쪽저쪽으로 살짝 보였고, 그녀의 손이 움직일 때마다 마치 기모노 아래에서 은신하고 있는 것처럼, 마치 벗어나려고 몸부림치면서 버둥거리고 있는 새끼 고양이처럼 떨리고 있었다. 그는 자신의 넓적하고 못생긴 손으로 마치 따뜻한 병아리를 붙잡은 것처럼 가슴을 움켜잡아 그 전율을 멈추게 하는 상상을 했다. 앤 마리가 그에게서 눈을 떼지 않아, 조심스럽게 아래쪽으로 손을 뻗쳐 꽉 죄는 청바지를 누르면서 한쪽 구석으로 쏠려 있는 발기한 자신의 그것을 편안하게 할 수 없었기 때문에, 성기의 뻣뻣함이 그를 괴롭혔고 심지어는 고통을 느끼게까지 했다. 그가 무릎을 올리려고 했을 때 오빠와 여동생 사이에 미소가 오가는 것을 눈치 챘다. 그리고 그들 사이에 오가는 것을 정말로 포착한 것인지 아니면 단지 상상에 지나지 않은 것인지 확신할 수 없다는 것을 제외하면, 그는 웃으면서 그들과 함께 어울렸다. 잠시 동안 그는 쉬엘티엘 루블린이 성기의 횡포에 대하여 늘어놓았던 옛날의 불평이 그의 내면에서 솟아나는 것을 느꼈는데, 그것이 사람을 못살게 굴고, 인생 전부를 복잡하게 만들고, 집중해서 푸시킨의 시를 쓰거나 전기를 발명하지 못하게 만든다고 했던 말이었다. 그의 욕망은 허리 아래위로, 등을 따라 목까지, 그리고 허벅지를 지나 무릎으로 또 발끝까지 곧장 퍼져 나갔다. 맞은편에 앉아 있는 아름다운 여인의 가슴에 대한 생각은 자신의 젖꼭지 주변에 미세한 떨림을 일으켰다. 그는 상상 속에서, 이브리아가 그의 맥박을 고동치게 하기 위하여 그의 등과 목덜미를 재빨리 꼬집던 그녀의 어린아이 같은 손가락을 보았고, 그 이브리아의 손을 생각하고 있었기 때문에 눈을 뜨고서 자기와 오빠에게 주려고 치즈 케이크를 삼각형으로 잘라 내고 있는 그녀의 떨리는 손을 보았다. 그는 갑자기 피부의 노화 현상에 따라 피할 수 없이 생겨나는 착색 작용으로 인한 갈색의 검버섯이 그녀의 손등에 여기저기 퍼져 있는 것을 보았다. 그것을 보자마자 그의 욕망은 맥빠져 버리고 대신에 점잖음과 동정심과 슬픔이 생겼을 뿐만 아니라 몇 분 전에 그녀가 울고 있었던 것과 오빠와 여동생이 이혼 소송에서 잃어버린 소년과 소녀들의 얼굴이 떠올랐다. 그는 일어서서 미안하다고 말했다.

「뭐가 미안하단 거죠?」

「전 가봐야겠어요.」 그는 말했다.

「그럴 수 없어요.」 버몬트는 자신의 참을성을 넘어 화가 난다는 듯이 불쑥 말했다. 「여기서 걸어 나갈 수 없을 거예요. 밤이 아직 일러요. 앉아요. 비디오로 뭘 좀 봅시다. 뭘 좋아하시죠? 코미디? 공포물? 아마 좀 도발적인 것이 좋겠죠?」

그는 이웃을 방문해 보라고 여러 차례 부추기고, 혼자 집에 있지 말라고 했던 것이 네타였다는 생각이 났다. 그리고 놀랍게도 이렇게 말하고 있었다. 「좋아요. 그러죠.」 그는 다시 안락의자에 앉아 발판에 다리를 뻗었고, 계속 말했다. 「전 개의치 마세요. 어떤 것을 고르시든 저는 좋아요.」 그는 팔을 뻗었기 때문에 날아가는 새의 날개처럼 기모노 소매가 펼쳐진 여동생과 오빠가 재빨리 속삭이는 것을 피곤함 속에서도 지켜보았다. 그녀는 방을 나갔다가 빨간색의 다른 기모노를 입고 돌아왔고, 오빠가 허리를 굽혀서 비디오를 만지작거리고 있을 때 오빠의 어깨에 손을 다정하게 올려놓았다. 그는 조정을 해놓고 느릿느릿 일어서서 고양이를 쓰다듬어 주는 것처럼 동생의 귀 아래를 간질였다. 그들은 요엘에게 두보네를 다시 따라 주었고, 방의 불빛이 바뀌었으며, 텔레비전 화면이 아른거리기 시작했다. 입상으로 된 육식 동물의 발이 덫에 걸려 생긴 고통은 깨버리거나 부수어 버리는 것으로 간단하게 해방시킬 수 있긴 하지만, 그 예술품에 눈이 없다면 어떻게, 어디로 도약할 수 있을까 하는 의문에 대한 해답은 여전히 찾을 수 없었다. 결국 그 고통의 원인은 받침대와 발 사이가 접합되어 있는 지점에서 일어나는 것이 아니라 다른 어딘가에선가 발생하는 것이다. 비잔틴식 십자가 성화에서 못이 섬세하게 다듬어져 있고 상처에서는 피 한 방울도 스며 나오지 않는 것과 꼭 마찬가지로, 그래서 결국 관찰하는 사람에게는, 십자가에 못 박혀 있는 몸을 해방시키는 것이 중요한 것이 아니라 여성적인 형상을 하고 있는 그 젊음을 육체라고 하는 감옥에서 해방시키는 것이 더 중요하듯이. 부수어 버리거나 더한 통증과 고통을 야기하지 않고. 요엘은 약간의 노력으로 자신의 생각에 집중하고 그것을 정리할 수 있었다.

    남자 친구들.
    위기들.
    바다.
    그리고 당신 손바닥 안에 있는 도시
    그리고 그들은 하나의 육체가 될 것이다
    그리고 영혼이 잠들다.

    요엘은 생각들을 떨쳐 버리면서 랄프 버몬트가 조용히 방을 나가는 것을 보았다. 아마도 이 순간에 여동생과 암묵적인 동의를 하고서 그는 벽의 갈라진 틈을 통하여, 혹은 어쩌면 뒤쪽의 수풀에 있는 침엽수들 중 하나의 바늘구멍을 통하여 훔쳐보고 있을 것이다. 조용하고 어린아이 같고, 홍조를 띤 앤 마리는 그의 옆에서 양탄자 위에 등을 대고는 사랑을 준비하면서 누웠다. 요엘은 그 순간 피곤함 때문에 혹은 그의 내면 속에서 솟아나는 슬픔 때문에, 준비가 되어 있지 않았다. 그러나 그는 자신이 기운 없다는 것이 부끄러워 몸을 기울여 그녀의 머리를 어루만지기로 했다. 그녀는 그의 못생긴 손바닥을 자신의 양손으로 잡아 자신의 가슴 위에 놓았다. 그녀는 발로 구리 벨트를 당기면서 수풀의 불빛을 더욱더 흐리게 하였다. 그런 행동으로 인해 그녀의 허벅지가 노출되었다. 그녀의 오빠가 그들을 지켜보고 있고 참여하고 있다는 것이 이제는 확실하게 느껴졌지만, 그는 개의치 않았고 가슴속에서는 〈이타마르건 아비타르건 간에, 지금 그게 무슨 상관인가?〉 하는 말들을 되풀이했다. 그녀의 살이 기대어 오는 것, 그녀의 욕구, 그녀의 헐떡임, 얇은 피부 아래로 드러나는 가는 빗장뼈, 그녀가 자신을 주고자 하는 열망 속에서 의외로 거의 내비치지 않는 정숙함, 그 사이에 다락방의 수치, 그의 딸과 에드거 린턴 주위를 둘러싸고 있는 엉겅퀴가 머릿속에서 가물거렸다. 앤 마리가 그의 귀에 속삭였다. 「당신은 너무나 사려 깊고, 너무나 정이 깊어요.」 그리고 정말로 그는 순간순간 더 이상 자기 육체의 기쁨은 생각하지 않았다. 마치 자기의 몸을 떠나 자신이 돌보고 있는 여자의 몸을 입고 있는 것처럼, 고통 받고 있는 몸에 붕대를 감아 주는 사람처럼, 괴로워하는 영혼에게 위안을 주고, 세심하고 정확한 손가락으로 작은 소녀의 고통을 치료해 주면서, 그녀가 속삭일 때까지. 〈지금〉 그리고 자비와 관대함이 흘러넘치고 있던 그는 어떤 이유에서인지 그녀에게 속삭여 주었다. 〈당신이 좋을 대로.〉

코미디 영화가 끝났을 때, 랄프 버몬트가 돌아와서 녹색 호일로 싸인 독특한 작은 민트 초콜릿과 커피를 주었다. 앤 마리는 방을 나갔다가 이번에는 포도주색 블라우스와 헐렁한 코듀로이 바지를 입고 돌아왔다. 요엘은 그의 시계를 살피고 말했다. 〈친구들, 한밤중이군요, 잘 시간이에요.〉 문에서 버몬트 씨 남매는 시간이 있는 저녁때마다 자기네들을 찾아오라고 간청했다. 또 부인들도 모두 초대했다.

힘이 빠지고 졸린 것을 느끼며 집으로 건너가면서 호소력 강한 야파 야르코니의 옛날 노래를 콧노래로 불렀다. 그는 잠깐 멈춰 서 개에게 〈철기병, 입 다물어!〉라고 말하고선, 콧노래를 계속했고 이브리아가 그에게 무슨 일이 있었느냐고, 왜 갑자기 행복하냐고 물었던 것, 그녀에게 이누이트 애인을 만났다고 대답하고, 그녀가 웃었던 것 그리고 바로 그 순간에 얼마나 이누이트 애인이 바로 자기 아내라고 생각하고 싶었었는지 깨닫게 되었던 것을 기억했다.

그날 밤, 요엘은 옷을 다 입은 채 침대에 쓰러져 머리가 베개에 닿자마자 잠에 빠져 들었다. 그는 다만 노란 분무기를 크란츠에게 돌려 줘야만 한다는 것과 좋은 사람이 되는 것은 즐거운 일이기 때문에 결국 오델리아와 데이트할 날짜를 잡고 그녀의 문제점들과 불평들을 들어 주는 것이 친절한 행동이 될지도 모른다는 생각을 하게 되었다.

23

새벽 2시 반에 요엘은 이마에 느껴지는 손길 때문에 잠에서 깼다. 그의 머리 밑에 있는 베개를 반듯하게 해주고 그의 머리카락을 만지고 있는 부드러운 손가락의 감촉을 즐기면서, 한동안 꼼짝도 하지 않고 계속 잠자는 척했다. 그러나 갑자기 돌연한 공포가 그를 사로잡아서 급히 일어났다. 재빨리 전등을 켜면서 어머니에게 무슨 일이 있느냐고 물었고 그녀의 손을 움켜잡았다.

「끔찍한 꿈을 꿨어. 그들이 너를 없애려 하고 아랍인들이 찾아와서 너를 잡아갔어.」

「모두가 장모님과 어머니가 다투셔서 그래요. 두 분 사이의 문제가 뭐예요? 내일은 꼭 장모님과 화해하시고 전부 끝을 내세요.」

「판지 상자 같은 것에다 그들이 너를 집어넣었어, 강아지처럼.」

요엘은 침대에서 내려왔다. 부드럽지만 단호하게 어머니를 안락의자로 데려가서 앉히고, 그의 침대에서 담요를 가져와 그녀를 덮어 주었다.

「잠시 동안 앉아 있으세요. 진정하세요. 그러고 나서 다시 주무세요.」

「전혀 잠을 못 쟀어. 아파. 나쁜 생각들이 났어.」

「그러면 자지 마세요. 여기 조용히 앉아만 있으세요. 어머니가 무서워하실 건 하나도 없으세요. 책을 읽으실래요?」

그리고 그는 자기 침대로 돌아가 불을 껐다. 어둠 속에서 그녀의 숨소리도 들을 수 없었지만, 어머니와 함께 있으면서 잠을 다시 청하기가 상당히 힘들었다. 그는 그녀가 소리를 내지 않고 방을 이리저리 걸어 다니고 있고, 어둠 속에서 그의 책과 노트들을 훔쳐보고 있고, 열려 있는 금고를 뒤지고 있다고 상상했다. 그는 재빨리 불을 다시 켜고서 어머니가 안락의자에서 잠들어 있는 것을 확인했다. 그의 침대 옆에 놓여 있는 책에 손을 뻗치면서, 『댈러웨이 부인』을 헬싱키의 호텔에 놓고 왔다는 것과, 이브리아가 짜주었던 모직 스카프를 돌아오는 길에 빈에서 잃어버렸고, 독서용 안경을 거실의 테이블 위에 놔두었다는 것이 생각났다. 그래서 테가 없는 사각 안경을 쓰고서 여기 크라메르 씨의 서재에 있는 책 가운데서 찾아낸 연합 사령관 엘라자르의 전기를 검토하기 시작했다. 그는 색인 목록에서 진짜 이름도 아니고, 별명도 아니고, 가명으로 나타나는 그의 상사인 〈선생〉을 발견했다. 요엘은 책장을 넘기다가 르 파트롱에게 쏟아져 온 칭찬 부분을 발견하게 되었는데, 그것은 그가 1973년 욤 키푸르 공격 때 경계를 하라고 주의를 준 몇몇 안 되는 사람 중에 한 명이었기 때문이다. 해외에서 긴급한 접선이 필요한 경우에, 르 파트롱이 그의 형 역할을 하게 되어 있었다. 그러나 요엘은 그것을 실행하려던 순간, 냉정하고 바늘같이 예리한 그 사람에게 진정한 형제애를 발견할 수 없었고, 요엘은 새벽 3시에 갑자기 오래된 가족의 친구로 가장하여 교묘한 덫을 놓자는 의견을 이끌어 냈다. 그의 내면에서 울리는 경종 같은 이상하고 날카로운 본능이 다음 날을 위하여 계획을 수정해야만 하며 10시에 사무실에 가서는 안 된다고 말하기 시작했다. 그를 붙잡거나 딴죽을 부리기 위하여 그들은 무엇을 이용할까? 그가 튀니지 기술자와 약속은 했지만 지키지 않았던 게 문제인가? 방콕에서 그가 만난 여자 때문일까? 창백한 불구자의 문제에 그가 태만했던 일일까? 그는 오늘 밤에는 다시 잠을 잘 수 없을 것이 확실하였기 때문에, 내일을 위하여 남아 있는 시간 동안 방어 전략을 준비해야겠다고 마음먹었다. 그의 습관대로, 요모조모 따지며 차분히 생각하기 시작하였을 때, 갑자기 어머니의 코 고는 소리가 방 안을 가득 채웠다. 그는 불을 끄고 침대 시트를 머리까지 덮어쓰고, 귀를 막고 그의 형제, 방콕, 헬싱키에 집중하려는 헛된 노력을 하였다. 마침내 어머니를 깨우지 않고서는 이곳에 머무를 수 없다는 것을 깨달았다. 일어서면서 그는 추워지고 있음을 느꼈고, 그래서 침대에 있던 두 번째 담요로 그녀를 덮어 주며 눈썹을 어루만지고 나서 매트리스를 등에다 메고 밖으로 나왔다. 그는 그곳에 서서 음흉한 육식 동물이 있는 거실 외에 어디로 갈 수 있을까 하고 고민하였다. 그는 딸의 방으로 가기로 했고, 그리고 그곳 바닥에다 매트리스를 펴고 어머니를 덮어 주고 남은 얇은 담요 하나로 자기 몸을 덮었고, 곧 잠이 들어 아침까지 잤다. 그가 잠을 깬 순간 시계를 바라보았지만 그 즉시 너무 늦었다는 것을 알게 되었다. 신문은 이미 배달되어 바깥의 우편함에 붙여 놓은 요청에도 불구하고 수시타 자동차의 창문에서 콘크리트 길로 던져져 있었다. 그가 일어났을 때 네타가 도발적이고, 도전적인 어조의 목소리로, 〈누군들 그렇지 않겠어요?〉라고 잠결에 중얼거리고 있는 것을 들었다. 그리고 그녀는 잠잠해졌다. 요엘은 맨발로 정원에 나가서 도구 창고에 있는 고양이와 그 새끼들에게 먹이를 주고, 과실수들의 상태가 어떤지 살펴보고, 잠시 동안 이동 중인 철새를 보았다. 그는 7시 바로 직전에 들어와서 크란츠에게 오전 시간 동안 작은 피아트를 빌려 달라는 전화를 걸었다. 그리고 나서 이 방 저 방 다니면서 숙녀들을 깨웠다. 그는 7시 뉴스 시간에 딱 맞추어 부엌으로 다시 돌아왔고 눈으로는 신문의 머리기사들을 훑으면서 아침을 준비했다. 신문 때문에 뉴스 진행자가 하는 말에 집중할 수 없었고, 라디오 때문에 머리기사에 무엇이 있는지 제대로 알 수 없었다. 자신이 마실 커피를 따르고 있을 때, 건초 더미 속에서 밤을 보낸 러시아 농부같이 생생하고 유쾌해 보이는 아비가일이 들어왔다. 그녀의 뒤를 이어 그의 어머니도 왔는데, 심술 난 표정과 꾹 다문 입술을 하고 있었다. 네타는 7시 반경에 들어왔다. 그녀가 말했다.「오늘은 정말로 늦었어요.」요엘이 말했다.「마실 것 좀 먹고 가자. 오늘은 9시 반까지 시간 있어. 장모님, 크란츠가 자기 아내와 함께 그들의 피아트를 가지고 올 거예요, 그러니까 우리 차는 장모님이 쓰실 수 있도록 여기 놔둘게요?」

그리고 그는 식탁의 그릇들을 깨끗이 치우고 설거지를 했다. 네타는 어깨를 으쓱이며 조용히 말했다.

「좋을 대로 하세요.」

24

「우리는 다른 사람을 파견하려고 시도했었는데.」아크로바트가 말했다.「그렇게 되질 않더라고. 그 여자가 당신 외의 다른 사람에게는 도움을 주려고 하지 않아서 말이야.」

「자네가 수요일 아침에 일찍감치 날아가 주게.」선생이 여성용 향수 같은 애프터 셰이브 냄새를 풍기면서 요점을 되풀이했다.「자네는 금요일에 만나고, 일요일 저녁까지는 다시 집으로 돌아올 수 있을걸세.」

「잠깐만요.」요엘이 말했다.「제게는 너무 성급히 진행하시는 걸로 느껴지네요.」그는 일어서서 길고 좁은 방의 한쪽 끝에 있는 유일한 창문으로 걸어갔다. 움직이지 않는 구름덩이들이 누르고 있는 높다란 두 빌딩 사이로 초록빛이 감도는 회색 바다가 보였다. 이곳에는 이렇게 가을이 시작된다. 그가 돌아올 기약도 없이 마지막으로 자신의 방을 떠난 지 6개월 정도가 흘렀다. 그는 아크로바트에게 자신의 일을 넘기고, 인사를 하고, 그동안 자신의 금고 속에 보관하고 있었던 물건들을 돌려주었다. 르 파트롱이, 〈마지막으로 자네의 머리와 가슴에 호소하는 건데……〉라며, 그의 사임을 아직 철회할 수 있으며, 그리고 미래를 내다볼 수 있는 사람이라면, 누구든지 요엘, 그가 만약 계속하기로 동의한다면, 몇 년 후에 이 책상의 남쪽 자리를 차지하게 될 최고가 될 수 있는, 총애를 받는 서너 명의 후보 중 하나라는 것을 알 수 있다고 하면서, 그때가 되면 그는 자리를 떠나 갈릴리 지방의 채소 키우는 마을에 정착하여 그저 바라보고 그리워하는 데 혼신을 다할 것이라고 말했었다. 요엘은 이 말에 미소를 지었고 이렇게 말했다. 「죄송해요, 그렇지만 전 당신의 남쪽 자리에 앉을 사람으론 마땅하지 않을 것 같아요.」

이제, 그는 창문에 서서, 커튼의 초라함과 어떤 서글픔과 그 스파르타적인 사무실을 휘감고 있는 거의 파악하기 어려운 게으름의 기운을 알아챘다. 르 파트롱의 향기와 다듬어진 손톱과는 정반대였다. 그 방은 크지도 않고 환하지도 않았고, 두 개의 서류 캐비닛 옆에 있는 검은 책상 앞에는 커피 테이블 하나와 버들가지로 된 세 개의 의자가 있었다. 벽에는 화가 루빈이 그린 사페드의 풍경화 복사본이 걸려 있었고, 벽의 다른 한쪽에는 리트비노브스키가 그린 예루살렘의 성벽 풍경이 있었다. 법률 책들과 5개국 언어로 된 히틀러 치하 독일에 관한 책들로 가득 차 있는 책장 끝에는, 푸르스름한 유대인 국가 기금 모금 상자가 단부터 브엘쉐바 정도에 이르는, 삼각형 모양의 남부 네게브를 포함하지 않는 팔레스타인 지도와 함께 놓여 있었고, 지도 위에 파리똥처럼 여기저기 뿌려져 있는 것은 1947년까지 유대인들이 아랍인들로부터 사들인 지역들이었다. 상자에는 이런 말이 새겨져 있었다. 〈이 땅에 구원을 주옵소서.〉 요엘은 이런 음울한 방을 물려받고서, 이브리아에게 가구들과 커튼을 바꾸는 것에 대해 충고를 해달라는 핑계를 대며 이곳으로 데리고 와서 항상 자신을 평가 절하하고 잘못 판단하는 어머니에게 자랑하는 아이처럼 책상을 마주하고 앉게 하여, 늘 그렇듯 그녀가 놀라움을 삼키게 하고 싶어 했던 시절이 있었나 하는 물음을 자신에게 해보았다. 「봐요, 이런 꾸미지 않은 사무실에서, 요엘, 그는 지금 사람들이 세계에서 가장 복잡한 것이라고 말하는 비밀 사업을 조종하고 있는 거예요.」 그녀가 섬세한 긴 속눈썹의 눈 주위에 생기는 관대한 웃음을 지으면서, 그가 하는 일의 핵심이 무엇인지를 그에게 묻고 싶은 생각이 났을 수도 있겠다. 그것에 대하여 그는 겸손하게 대답했을 것이다. 「글쎄, 모든 것을 고려해 보자면, 난 단지 야간 경비원 같은 종류의 사람이야.」

아크로바트가 말했다.

「그녀가 우리 연락책에게 말하기를, 우리가 당신을 위하여 그녀와 자네의 만남을 주선하든지, 그렇지 않으면 그녀는 우리 중 누구에게라도 말을 하지 않을 거래. 분명히 당신이 지난번 만남에서 그녀의 마음을 사로잡았던 거지. 그리고 그녀는 다시 방콕에서 만나길 주장하더군.」

「3년이 더 된 것 같아요.」요엘이 말했다.

「자네의 눈에는 천 년이 하루 같지.」르 파트롱이 주창했다. 그는 땅딸막하고 탄탄하고 교양 있었고, 숱이 적은 머리는 단정하게 정리되어 있었으며, 손톱은 나무랄 데 없이 둥글게 손질되어 있고, 그의 얼굴은 정직하고 신뢰감을 불러일으키는 사람의 얼굴이었다. 그러나 어떤 때에는 침착하고 약간 흐릿한 그의 눈에 마치 배부른 고양이와 같은 예의를 잃지 않은 잔인함이 어른거렸다.

「전 알고 싶어요.」요엘은 고심 끝에 말을 꺼내듯이 조용히 말했다,「정확하게 그녀가 무엇을 말했는지. 그녀가 어떤 말을 사용했는지.」

「음, 그건 이렇지.」외면상으로는 그의 질문과 상관없이 아크로바트가 대답했다.「그 숙녀가 당신의 이름을 알고 있다는 사실이 드러났어. 그것에 대하여 당신이 설명을 좀 해줄 수 있나?」

「설명요.」요엘이 말했다.「설명할 게 뭐가 있어요? 분명히 내가 그녀에게 말한 게 틀림없는 것 같은데요.」

지금까지 거의 말을 하지 않고 있던 르 파트롱이 이제 그의 독서용 안경을 끼고, 예리한 파편을 다루는 것처럼, 책상에서 사각 노트와 카드 한 장을 집어 들고서 프랑스어 악센트가 약간 가미된 영어로 읽었다.

「슬픈 눈을 가진 요엘이라는 사람과의 개인적인 만남에서 제가 넘겨주려고 준비한 사랑스러운 선물이 있다고 그들에게 말하세요.」

「어떻게 얻은 거죠?」

「호기심이.」 아크로바트가 말했다. 「지나친 고양이는 죽게 마련이지.」

그러나 르 파트롱이 막고 나섰다.

「자네는 어떻게 그것이 입수되었는지 알 권한이 있어. 안 그래? 그 여자는 이스라엘 건설 회사의 싱가포르 파견원을 통해 메시지를 전달했어. 영리한 놈이지. 프레스너. 체코인이지. 자네도 그에 대하여 들어 본 적이 있을 걸세. 그놈은 몇 년간 베네수엘라에 있었지.」

「그런데 어떻게 그 여자가 자신을 증명해 보였죠?」

「그것이 이 이야기에서 확실히 난해한 부분이지.」 아크로바트가 말했다. 「그것이 바로 당신이 지금 여기 앉아 있는 이유이기도 하고. 그 여자가 프레스너란 녀석에게 자기를 〈요엘의 친구〉라고 신분을 밝혔다더군. 여기에 대하여 당신이 어떻게 설명할 수 있겠어?」

「분명히 내가 그녀에게 말한 것이 틀림없겠지요. 난 기억이 안 나요. 물론 그것이 규칙을 어긴 것이라는 것은 알아요.」

「물론.」 아크로바트가 불만 섞인 소리를 냈다. 「그들은 규칙을 위해서 있지 않지.」 자신의 머리를 오른쪽에서 왼쪽으로 여러 차례 저었다. 그러면서 그는 네 번이나, 매번 사이마다 길게 멈춰 가며, 〈체〉라는 말을 중얼거렸다.

마침내 그가 심술궂게 콧방귀를 뀌었다.

「난 정말 그것이 믿어지질 않아.」

르 파트롱이 말했다.

「요엘, 나를 좀 도와주게나. 치피의 케이크를 먹게. 접시 위에 남겨 놓지 말고. 자네 몫으로 한 조각 남겨 놓으라고 내가 어제 호랑이처럼 싸웠어. 그녀는 지난 20년 동안 자네에게 반했었는데, 자네가 그걸 먹지 않으면 그녀가 우리를 모두 죽여 버릴걸. 자네는 커피에도 손대지 않았잖은가.」

「됐어요.」 요엘이 말했다. 「알겠어요. 가장 중요한 핵심이 무엇이죠?」

「잠깐만.」 아크로바트가 말했다. 「일에 들어가기 전에, 난 작은 질문이 또 하나 있어. 자네가 괜찮다면. 자네의 이름 말고, 어떤 다른 것이, 뭐라고 해야 할까, 자네 입을 통해 방콕에서 흘러나갔나?」

「이봐요.」 요엘이 조용히 말했다. 「오스타쉔스키, 도가 지나치군요.」

「난 다만 물은 것뿐인데.」 아크로바트가 말했다. 「왜냐하면, 사랑에 빠진 소년아, 그 계집은 자네가 루마니아인이라는 것과 새를 좋아하고, 심지어 꼬마 이름이 네타라는 것까지도 알고 있다는 것이 드러났기 때문이지. 그러니 숨을 깊이 들이마시고, 잠시 생각해 보게. 그러고 나서 우리에게 정확히 여기서 누가 도가 지나친 건지, 그리고 그 여자가 당신과 우리에 관하여 왜 그리고 무엇을 알고 있는지 멋지게 설명해 주는 게 아마도 자네에게 좋을 거야.」

르 파트롱이 말했다.

「이것 보게. 제발 얌전히 굴게.」

그는 요엘에게서 눈을 떼지 않았다. 요엘은 말하지 않았다. 요엘은 그 남자와 네타가 체커 게임을 한 것이 기억났다. 그리고 그는 네타를 기억하면서, 악기를 연주할 수 없고 배우고 싶지도 않고 그럴 의도도 없는데, 그녀가 악보를 읽으려는 점을 이해하려고 노력해 보았다. 그리고 나중에는 자기 방이 된, 예루살렘의 자기 딸 방에 걸려 있었던 포스터를 마음속에 그려 보았는데, 그것은 중년의 책임감이 느껴지는 은행가의 모습을 하고 있는 독일산 셰퍼드 개 옆에 기대 달라붙어 잠을 자는 귀여운 작은 새끼 고양이의 그림이었다. 잠을 자고 있는 새끼 고양이들은 호기심과는 별 관련이 없어 보였기 때문에 요엘은 어깨를 으쓱했다. 르 파트롱은 그에게 점잖게 말했다.

「요엘?」

그는 피곤한 눈을 집중하며 르 파트롱을 쳐다보았다.

「그러니까 제가 뭔가에 대하여 추궁당하고 있는 거죠?」

아크로바트는, 다소 공식적으로, 단언했다.

「요엘 라비노비치는 자기가 추궁을 당하고 있는지 알기를 원하는군요.」

그리고 르 파트롱이 말을 이었다.

「오스타쉰스키, 그걸로 됐네. 자네 여기 있어도 좋지만, 괜찮다면 엄밀히 말해 뒤쪽으로 물러나 있게나.」 요엘 쪽으로 머리를 돌리며 계속했다. 「결국 자네와 나는, 어떻게 말해야 하나, 어떻게 보면 형제들이야. 그리고 이해력 또한 빠르고. 대체적으로. 그러니 대답은 절대로 아니라는 걸세. 우리는 추궁하고 있는 것이 아니야. 조사도 아니고. 추문을 들춰 보자는 것도 아니고. 참견을 하자는 것도. 푸, 기껏해야 우리는 그런 일이 모든 사람들 중에서 자네에게 일어났다는 것에 약간 놀랐고 또 슬펐다는 것일세. 그리고 우리는 앞으로도 믿네.

한마디로 말하면, 우리는 자네의 작은 친절을 부탁하는 거라네. 만약, 그럴 수 없겠지만, 자네가 거절한다면 — 그러나 분명 자네는 단 한 번의 작은 도움을 거절할 수는 없을 걸세.」

요엘은 커피 테이블에서 치피의 케이크가 올려져 있는 접시를 집어서 산과 계곡들, 분화구를 바라보면서 그것을 면밀히 관찰하다가 주춤거렸고, 그리고 갑자기 3년 전 방콕에 있던 사원 정원을 마음으로 그려 보았다. 석조 의자 위에서 자기 몸과 그녀의 몸 사이의 장애물같이 놓여 있었던 짚으로 된 그녀의 가방. 황금색 뿔 모양으로 휘어져 있고 밝은 색으로 채색된 도자기 모자이크로 덮여 있는 처마들, 유치한 색채로 부처의 일대기 중 여러 장면들을 몇 미터에 걸쳐 계속 보여 주는 거대한 벽면 모자이크. 그 장면들은 우울하고 고요한 형상들, 작열하는 적도 부근의 햇빛이 비치는 그의 눈앞에서 찡그리고 있는 모습으로 보이는 석조 조각 괴물들과 서로 어울려 변화를 만들어 내고 있었고, 용의 몸을 한 사자, 호랑이의 몸을 가진 용, 뱀 꼬리의 호랑이, 해파리처럼 날아가고 있는 어떤 것, 괴물 같은 신들의 거친 조화, 네 방향을 향하고 있는 똑같은 네 개의 얼굴과 여러 개의 팔다리를 가진 신들, 여섯 마리의 코끼리가 받치고 있는 각각의 기둥들, 갈망하는 듯한 손가락처럼 하늘을 향해 휘감겨 올라가고 있는 탑들, 원숭이들과 황금, 상아, 그리고 공작들도 변화를 이루고 있었고, 그는 그 순간 자신이 과거에 충분히 실수를 저질렀고 다른 사람들이 그것에 대해 대가를 치렀기 때문에 이번에는 절대 실수해서는 안 된다는 것을 알았다. 때때로 암호명으로는 그의 형이었던 알 수 없는 눈을 가진 빈틈없는 저 큰 남자와 나머지

한 사람, 테러리스트 단체의 이스라엘 필하모닉 오케스트라의 대량 학살 시도를 좌절시킨 적이 있는 저 남자, 그 둘은 자신의 불구대천의 적이었고 자신이 그들의 부드러운 대화나 그들의 덫에 빠져 들어서는 안 된다는 것을, 이브리아를 그에게서 빼앗아 간 것은 그들이었고, 그들 때문에 네타가 — 이제는 그의 차례이다. 이 스파르타식의 방, 높은 석조 벽에 둘러싸여 있고, 사이프러스 숲속에 숨겨져 있고 뒤에 더 높은 새 빌딩들 속에 감금된 듯 보이는 이 건물 전체, 심지어 파리 똥 자국이 있는 국가 기금 모금 상자와 거대한 라루스 갈리마르의 지구본, 아마도 1950년에 바켈리트에서 만들어진 사각형의 검은 전화기로 구멍의 숫자가 누렇게 되고 반쯤 벗겨져 있는 하나뿐인 옛날 전화기, 그리고 바깥에 기다리고 있는 복도, 그것의 벽을 여러 겹의 방음 장치 위에 나무처럼 보이게끔 해주는 싸구려 벽지로 도배되어 있는 복도, 또 심지어 치피 사무실의 소음이 나는 싸구려 에어컨과 그녀의 그칠 줄 모르는 사랑의 약속, 모든 것이 그에게 대항하는 것이었고 여기에 있는 모든 것이 입에 발린 말과 가면으로 가린 채 위협을 가하면서 그를 교묘히 덫에 걸리게 하기 위하여 장치되어 있으며, 만약 자신이 조심하지 않는다면 그는 아무것도 없이 남겨지거나 그에게 남겨진 것은 아무것도 없을 것이다. 그들이 그만둘 때까지는. 아마 그가 가능한 한 조심한다고 하더라도 어떻게든 그렇게 될지도 모른다. 〈영혼이 잠들다.〉 요엘은 자신에게 말했다, 입술을 움직이면서.

「뭐라고?」

「아무것도. 그냥 생각 좀 하고 있었어요.」

버드나무 가지로 만들어진 의자에, 탄탄하고 드럼 같은 배를 가진 중년의 젊은이는 그를 마주보면서 아무 말도 하지 않고 앉아 있었다. 여기에서는 그를, 그의 외모가 서커스나 올림픽 게임과 전혀 어울리지 않았지만, 아크로바트라고 불렀다. 그는 오히려 노동당의 베테랑, 즉 수년 간에 걸쳐 협동조합 가게에서의 지배인이나 집단 목장의 지역 소장이 되려고 하는 초기 개척자나 도로 건설자처럼 보였다.

그러는 동안 르 파트롱은 적당한 것을 포착하는 순간까지 계속 침묵을 허락하는 편이 더 낫다고 생각했다. 그러곤 앞쪽으로 기대어 침묵을 거의 깨지 않은 채, 부드럽게 물었다.

「어떻게 생각하지, 요엘?」

「작은 도움이란 것이 제가 일에 복귀하는 것이라면, 대답은 부정적입니다. 그것은 확고해요.」

아크로바트는 마치 자신의 귀를 믿을 수 없다는 듯이 다시 머리를 좌우로 젓기 시작했고 그렇게 하는 동안 길게 숨을 돌리고서, 다시 〈체〉라는 단어를 네 번이나 내뱉었다.

선생이 말했다.

「좋아. 당분간 접어 두지. 나중에 다시 거론하기로 하지. 자네가 이번 주에 가서 자네의 친구인 숙녀 분을 만난다는 조건으로 접어 두지. 만약 이번에 그 여자가, 마지막으로 자네에게 제공했던 것의 4분의 1이라도 준다면, 그땐 내가 자네와 그 여자의 로맨틱한 재결합을 위하여 백마가 끄는 황금 마차라도 보내 줄 수 있네.」

「듣소.」 요엘이 말했다.

「뭐라고?」

「들소. 그게 정확하게는 복수인데요. 방콕에서는 말을 볼 수 없어요, 백마건 딴것이건 간에. 끌고 다니는 것은 전부 들소가 끌어요. 혹은 황소. 아니면 반텡이라 불리는 비슷하게 생긴 짐승이죠.」

「난 특별히 반대는 안 해. 만약 합리적으로 자네에게 필요하다면, 사돈의 사촌의 새할머니의 처녀 시절 이름까지도 들먹이며 마음껏 자유를 느껴도 괜찮아. 조용히 해, 오스타쉰스키. 끼어들지 마.」

「잠깐만.」 요엘은 과거에 그랬던 것처럼, 목과 셔츠 칼라 사이에 손가락을 넣어 무의식적으로 꼼지락거리며 말했다. 「아직 전 어떤 것에도 개입하지 않았어요. 저도 좀 생각할 필요가 있어요.」

「이것 보게 요엘.」 르 파트롱은 송덕가를 시작하듯 말을 시작했다. 「선택의 자유가 이곳에 존재한다는 인상을 받았다면, 그건 자네의 오산이야. 우리는 일정한 조건 하에서의 그런 자유는 허가하지만 이런 특정한 경우는 아니네. 자네가 지난번에 그 사랑스러운 숙녀, 그 있잖나 자네의 전처 같은 그 여자를 확실히 흥분시켜 놓았기 때문에 그녀는 자네에게, 실제로는 우리에게, 선한 사람들을 맡겼는데, 그중에는 오늘도 상당수의 사람들이 살아 있고, 단지 살아 있는 것이 아니라 호화롭게 살고 있고, 선한 사람들이 없다면 죽게 될 것이라고 꿈속에서조차 추호도 의심 않는 불쌍한 사람들이라네. 그러니 우리는 낭만적인 항해와 버뮤다에서의 휴가 가운데 하나를 고르라고 하는 것이 아니네. 우리는 이집 저집으로 돌아다니는 1백 시간, 105시간 동안의 임무에 관해 말하고 있는 거라네.」

「저에게 잠시만 여유를 주세요.」 요엘은 질린 듯이 말했다. 그는 눈을 감았다. 이브리아는 1972년 어느 겨울 아침에 벤 구리온 공항에서 6시간 반 동안이나 그를 헛되이 기다린 적이 있었는데, 그때 그들은 함께 휴가를 보내기 위하여 샤렘 에-샤이크로 가는 비행기를 타기 위해 국내선 터미널에서 만나기로 했었다. 그가 마지막 순간에 어떤 사건의 실마리를 가까스로 포착하게 되었기 때문에 마드리드에서 늦게 돌아오게 된다는 사실을 그녀에게 안전하게 알릴 수 있는 방법을 찾을 수 없었고, 며칠 후에 그 실마리는 완전히 쓸모없는 것임이 판명되어 완전히 시간을 낭비한 꼴이 되고 말았었다. 그리고 6시간 반 동안이나 기다린 후에, 이브리아는 한 돌 반 된 네타를 돌보고 있었던 리사의 걱정을 덜어 주기 위하여 자리에서 일어나 집으로 갔었다. 다음 날 새벽 4시에 요엘이 집에 도착했을 때 그녀는 자기 앞에 오랫동안 마셔 차갑게 되어 버린 차를 놓고, 흰 옷을 입은 채 부엌의 식탁에 앉아 그를 기다리고 있었고, 그가 입고 있는 방수복에서 눈을 떼지 않고 말했다. 「설명하려고 애쓰지 말아요. 당신은 너무 피곤하고 실망했을 거고 나는 설명이 없더라도 당신을 이해할 수 있어요.」 많은 세월이 흘러 아시아 여인이 방콕의 사원에서 그의 곁을 떠났을 때, 그는 정확하게 똑같은 감정을 경험하였다. 어떤 이가 그를 기다리고 있었지만 그들은 영원히 기다리지는 않을 것이고 그가 늦었다면 이미 너무 늦어 버린 게 되었을 것이다. 그러나 그는 그 끔찍하고 화려한 도시 속에서 그녀가 어디로 사라졌는지 도무지 발견할 수 없었다. 그녀는 그에게 영원히 접촉을 하지 말자는 조건 하에서 그에게 결정적인 상황을 던져 주고 나서 단지 군중 속으로 빨려 들어간 것뿐이었고, 그는 그 조건을 수락하고 지켰었다. 그렇기 때문에 그녀가 간 곳을 안들 이제 어떻게 그녀를 쫓아갈 수 있겠는가.

「언제까지.」 그가 물었다. 「저의 대답이 필요합니까?」

「지금일세, 요엘.」 선생은 요엘이 일찍이 본 적 없는 잔인한 어투로 말했다. 「지금, 자기 성찰을 할 여유는 전혀 없네. 자네에게 모든 것을 할애하고 있다네. 우리는 자네에게 어떤 선택권을 주고 있는 게 아니야.」

「저도 생각해 볼 필요가 있어요.」 그는 주장했다.

「부디.」 그 남자는 바로 양보했다. 「제발, 생각해 보게. 왜 안 되겠나. 치피의 케이크를 다 먹을 때까지 생각해 보게. 그 후에 아크로바트와 함께 작전부에 가보게. 그러면 그들이 앉아서 자네 둘과 함께 세부 사항들을 착수할 것이네. 그리고 깜빡 잊고 말 안 했는데, 아크로바트가 자네의 인솔자가 될 것이네.」

요엘은 자신의 아픈 눈을 발 쪽으로 내렸다. 마치, 너무나 혼란스럽게도, 그들이 갑자기 우르두 말로 그에게 이야기하는 것처럼, 그 언어는 버몬트가 말한 바에 의하면, 각 단어의 의미는 오른쪽에서 왼쪽으로 읽히든지 아니면 그 반대인지에 따라 달라진다고 했다. 그는 식욕이 없었지만 케이크를 포크로 집어 삼켰다. 달콤함과 크림의 느낌이 그에게 분노를 치밀어 오르게 했고, 의자에서 움직이지 않은 채, 미끼를 삼켜 버려 갈고리가 살에 박혀 버린 물고기처럼 발버둥치고 몸부

림쳤다. 그는 더운 수증기에 싸여서 끈적끈적하고 미적지근한 방콕의 계절풍을 마음속에 그려 보았다. 독이 든 수액이 있는 싱싱한 열대 식물을 후루룩 마셔 대는 소리. 좁은 길의 진흙탕 속으로 빠지고 있는 들소와 담배와 당근을 가득 실은 마차를 끄는 코끼리와 나무 꼭대기에서 여기저기로 뛰어다니면서 얼굴을 찌푸리는 조그맣고 기다란 꼬리를 가진 원숭이들. 빈민가의 나무로 지어진 오두막들과 거리의 고약한 냄새가 나는 하수구들, 떼 지어 기어 다니는 벌레들, 하루의 햇빛이 채 사라지기도 전에 날아다니는 박쥐, 운하의 물에서 주둥이를 내미는 악어, 수백만 곤충들의 윙윙거림에 의해 산란해진 공기의 열기, 거대한 피커스나무와 단풍나무, 목련나무와 진달래, 아침 안개 속의 홍수림, 마호가니나무의 숲, 땅속에서 우글거리는 굶주린 미물들, 넓은 평야에 펼쳐진 바나나와 쌀, 더러운 물이 넘쳐 흘러간 들판의 얕은 진흙에서 자라나는 사탕수수, 그리고 자라나고 있는 더러운 것들, 더욱 심해지는 열기. 그곳에 그녀의 차가운 손가락이 그를 기다리고 있었다. 만약 그가 거기에 현혹되어 가기로 한다면, 그는 돌아오지 못할 것이고, 만약 거절한다면 너무 늦어 버릴 것이다. 천천히, 그리고 그는 아주 부드럽게 접시를 버드나무 테이블 위에 내려놓았다. 그리고 일어서면서 말했다. 「글쎄요. 난 생각했어요. 대답은 부정적입니다.」

 「예외적으로.」 르 파트롱은 그 단어를 애정과 적절한 예의를 갖춰 발음했고, 요엘은 프랑스 음악 소리가 점차 약해져 거의 들을 수 없게 되었다가, 다시 더 강해졌음을 알아챘다. 「예외적으로 그리고 내게 어울리지 않게.」 그는 마치 돌이킬 수 없이 부서져 버린 어떤 것을 보고 슬퍼하는 것처럼 자신의 턱을 아래위로 끄덕였다. 「나는 기다리겠네.」 그리고 그는 시계를 흘끗 보았다. 「나는 합리적인 대답을 듣길 바라면서 24시간 더 기다릴 것이네. 그런데 자네에게 무슨 문제가 생겼는가?」

「개인적인 거예요.」 요엘이 말했다. 그는 살에 박힌 갈고리를 위로 잡아당기는 듯한 내부의 진동을 잡아 찢어 버렸다. 그리고 스스로 억제했다.

「그것을 극복하게. 우리가 자네를 돕겠네. 지금 자네는 도중에 멈추지 말고 집으로 곧장 갔다가 내일 아침 11시에.」 그는 다시 시계를 흘끗 보았다. 「11시 10분에, 내가 전화를 걸겠네. 그리고 자네를 작전부 회의에 데려올 누군가를 보내겠네. 자네는 수요일 아침에 첫 번째 일을 마칠 거야. 아크로바트가 자네의 인솔자가 될 것이고. 난 자네들이 함께 멋지게 해낼 것이라 믿어. 항상 그랬던 것처럼. 오스타쉰스키, 정중하게 사과하겠나? 그리고 남긴 케이크 조각은 자네가 먹고. 잘 가게. 도중에 조심하게나. 그리고 네타에게 이 늙은이가 너무나 사랑한다고 전해 주는 것을 잊지 말게.」

25

그러나 그 남자는 다음 날 아침까지 기다리지 않기로 결정했다. 같은 날 늦은 오후에, 그의 르노 자동차가 라마트 로탄 거리에 나타났다. 그는 주위를 걸어 다니면서 모든 문이 잘 잠겨 있는지를 확인하기 위하여 두 번씩 살펴보았고, 마침내 정원 길 쪽으로 발길을 돌렸다. 요엘은 그곳에서 허리에 아무 것도 걸치지 않고 땀을 흘리면서, 덜거덕거리는 잔디 깎기 기계를 밀고 있었다. 그것의 굉음 위로, 그는 방문자에게 신호를 했다. 「기다려요, 거의 끝났어요.」 이번엔 방문자가 신호를 보냈다. 「끄게나.」 요엘은 23년간의 습관대로, 그 잔디 깎기 기계를 순순히 껐다. 갑작스러운 침묵이 내려앉았다.

「난 자네가 암시한 개인적인 문제를 해결하러 왔네. 만약 그 문제가 네타라면······.」

「미안해요.」 요엘은 자신의 경험으로 보아 이것이 위기와 결정의 순간이라는 것을 즉시 깨닫고 말했다. 「시간 낭비일 뿐이에요. 왜냐하면 난 가지 않을 거니까. 그리고 그것은 확고해요. 내가 이미 당신들에게 말했지요. 그리고 나의 사적인 문제에 관해서라면, 글쎄, 그것은 말 그대로예요. 사적인. 끝난 일이에요. 반대로 당신이 체커 게임을 하러 왔다면, 왜 안 되겠어요. 들어오세요. 네타가 막 샤워를 하고 나와서 거실에 앉아 있을 거예요. 내가 시간이 없어서 미안해요.」

이런 말들과 함께 그는 시동 장치 끈을 힘껏 당겼고 즉시 잔디 깎기 기계의 귀를 찢을 듯한 굉음이 다시 시작되어 방문자의 대답을 묵살시켜 버렸다. 그는 되돌아서서 집 안으로 들어간 뒤 15분 정도 지나자 다시 나타났고, 그때까지 요엘은 집 쪽의 잔디 위쪽 모퉁이, 즉 리사와 아비가일의 창문 아래로 옮겨 가 있었다. 그는 이 작은 구석을 끈질기게 두 번, 세 번, 네 번 깎았다, 르노 자동차가 사라져 버릴 때까지. 바로 그때가 되어서야 그는 모터를 끄고 기계를 정원의 도구 창고에 가져다 두고, 갈퀴를 가지고 나와 잘린 잔디를 정확히 똑같은 높이로 쌓기 시작했다. 그리고 네타가 맨발로 눈을 번쩍이며, 헐렁한 바지 위에 헐렁한 셔츠를 입고 나와 다짜고짜 그가 거절한 것이 어떤 식으로든 자신과 관련이 있느냐고 물을 때에도 이 일을 계속하고 있었다. 요엘은, 〈천만에〉라고 말하고, 잠시 후에 바로 서서 말했다. 「글쎄, 사실대로 말하자면 그래. 약간은. 그렇지만 물론 좁은 의미에서는 아니야. 말하자면, 너를 남겨 놓는 것이 문제가 되기 때문은 아니야. 그런 문제는 없어. 그리고 설사 그런다 해도, 너는 여기에 혼자 있게 되는 건 아니잖니.」

「그렇다면, 문제가 뭐예요?」 네타가 비난하는 기색을 띠고, 진술하듯이 말했다. 「조국이나 그런 것을 구하기 위한 여행은 숙명적인 것을 의미하지 않나요?」

「글쎄, 난 나의 몫은 이미 했단다.」 그가 말했다. 그는 딸에게, 둘 사이에 미소가 오고 가는 것이 거의 없는 일이긴 하지만, 미소 지었다. 그녀의 엄마가 젊었을 때, 감정을 숨기려고 긴장할 때마다, 얼굴에서 보여 주곤 했던 입술 언저리의 희미한 떨림을 포함하여, 그에게 새로우면서도 새롭지 않게 느껴지는 명랑한 표정으로 그녀는 대답을 대신했다. 「봐라. 그건 이래. 그건 너무 간단해. 난 그 미친 짓과 관계를 끝냈어. 말해 봐라, 네타야. 비트킨이 저녁에 기타를 연주하러 들렀을 때 했던 말을, 너 기억하니? 그의 말을 기억하니? 그는, 〈난 삶의 흔적을 찾으러 왔어〉라고 말하곤 했어. 그리고 거기에 나도 도달했어. 그것이 내가 지금 찾고 있는 거야. 그렇지만 서두를 필요는 없지. 내일도 또 날이야. 난 집에 앉아서 앞으로 몇 달 동안 아무것도 하고 싶지 않아. 혹은 몇 년 동안. 무슨 일이 일어나고 있는지 발견하게 될 때까지. 또는 무엇에 관한 일들인지. 혹은 내가, 개인적인 경험으로, 어떤 것도 발견하는 것이 불가능하다는 것을 확신할 때까지. 그러니 그냥 두자. 두고 보자고.」

「아빠는 약간 웃기는 사람이야.」 그녀는 열심히, 나타내지 않으려는 일종의 열정을 가지고서 말했다. 「그렇지만 아빠가 이번 특별한 여행에 관해서 옳을지도 모르죠. 어떻게 하든, 아빠는 힘들 거예요. 그러니 아빠 좋을 대로 하세요. 가지 마세요. 여기 있어요. 전 아빠가 집 주위에 하루 종일 있거나, 혹은 정원에, 혹은 한밤중에 아빠가 가끔 부엌에 나타나는 것도 상당히 좋아요. 때때로 아빠는 친절하기도 해요. 다만 절 그렇게 쳐다보는 것만은 그만두세요. 아니, 아직 들어오지 마세요. 변화를 위해 제가 오늘 밤 우리 모두를 위하여 저녁 식사를 준비할게요. 〈우리 모두〉 — 그것은 아빠와 저예요, 왜냐하면 할머니들은 우릴 버렸거든요. 샤론 호텔에서 이민자 환영을 위한 파티를 한대요. 늦게 돌아오실 거예요.」

26

단순하고, 분명하고, 습관적인 것들, 아침나절의 쌀쌀함, 근처의 감귤나무 숲에서 풍겨 나오는 마른 엉겅퀴 냄새, 가을의 기운으로 인해 초록빛을 잃어 가고 있는 사과나무 가지 위에서 쩩쩩거리는 제비들, 아무것도 걸치지 않은 어깨 위에 전해지는 냉기로 인한 떨림, 물기에 젖은 땅의 냄새, 그의 아픈 눈을 진정시킨 새벽 불빛의 운치, 메툴라의 변두리에 있는 과수원에서 한밤중에 제어할 수 없이 끓어오른 그들의 욕망에 대한 기억과 다락방의 수치, 암흑 속에서 첼로같이 느껴지는 소리를 계속 만들어 내는 죽은 아비타르 혹은 이타마르의 기타. 겉으로 보기에는, 그들은 서로를 팔로 감싸 안은 채 함께 사고로 죽었다, 만약 정말 사고였다면. 아테네의 혼잡한 버스 터미널에서 그가 총을 꺼낸 순간에 대한 생각. 앤 마리와 랄프의 집에 있는 어둑하게 불이 켜진 침엽수들의 숲. 답답하게 열기를 발산하는 열대 수증기에 둘러싸인 끔찍한 방콕, 크란츠의 구애, 자신이 친구가 되어 도움을 주고 없어서는 안 될 존재가 되고자 하는 열망, 그가 생각하거나 기억하는 모든 것은 때로 내 비밀 같았다. 선생이 말한 것처럼, 때로는 개선할 수 없는 상황에 대한 분별 있는 표시가 있을 수 있었다. 「미련한 계집.」 쉬엘티엘 루블린이 이브에 대해 말하곤 했다. 「머리는 어디에 두었는지. 다른 나무에서 사과를 따먹어야 했는데. 웃기는 건, 두 번째 나무에서 따먹을 만큼 머리가 돌아가기 전에 그 여자는 처음 나무에서 따먹어야 했다는 거야. 그게 우리 모두를 돌게 한다니까.」 요엘은 〈명백하게〉라는 단어로 마음에 그려지는 이미지들을 떠올려 보았다. 그리고 또 〈마른하늘에 날벼락같이〉라는 구절의 의미도 마음에 그려 보았다. 이런 노력 때문에 그는 어느 정도 자기에게 할당된 일을 완수하고 있는 것 같았다. 그러나 그는 자신이 사실 명백히 말하지도 못하는 질문에 대한 답을 찾아낼 힘이 부족하다는 것을 알고 있었다. 심지어 이해도 못 하는 그 문제들. 그것이 지금까지 어떤 것도 판독해 내지 못하고, 물론 그러길 원하지도 않았던 이유인 것이다. 반면, 그는 다가오는 겨울을 위하여 정원 준비를 하는 것에서 기쁨을 찾고 있었다. 그는 라마트 로탄의 교차로에 있는 바르두고의 종묘상에서 묘목들과 씨앗과 살충제와 몇 봉의 비료를 샀다. 그는 1월에서 2월까지는 장미의 가지치기를 하지 않을 것이지만, 이미 계획은 가지고 있었다. 그러는 동안 그는 정원의 창고에 있는 고양이와 새끼 고양이들 근처에서 찾아낸 갈퀴를 가지고 화단을 갈아엎었고, 땅을 파고 농축 비료를 뿌리고, 그 짜릿하고 자극적인 냄새를 흡입하는 것에서 신체적인 전율을 얻고 있었다. 그는 여러 종류의 국화를 빙 둘러 심었다. 그리고 카네이션과 글라디올러스, 그리고 금어초들도. 그는 과실수의 가지치기를 했다. 또한 잔디 가장자리가 자처럼 똑바르게 되도록 잔디밭 가장자리에 제초제를 뿌렸다. 그는 아릭 크란츠에게 분무기를 돌려주었는데, 아릭은 그것을 돌려받으러 와서 요엘과 함께 커피 마시는 것을 기뻐했다. 그는 자기 집 쪽 울타리와, 두 남매가 강아지처럼 헐떡이면서 잔디 위에서 웃으며 뒹굴었던 적이 있는 버몬트 씨네 집 쪽 울타리도 다듬었다. 그동안 낮이 점점 짧아졌고 저녁은 일찍 찾아왔으며, 밤의 냉기는 더해 갔고, 묘한 오렌지 증기가 저녁이 되면 지붕 위로 텔아비브 위에 걸려 있는 빛들의 광채를 에워쌌다. 그는 크란츠가 말한 대로 자신의 손바닥 안에 있는, 도시 속으로는 가고 싶은 생각이 없었다. 또한 자신의 야간 탐험을 거의 포기했었다. 대신에 그는 집의 담벼락을 따라 스위트피 씨앗을 뿌렸다. 아비가일과 리사 사이에는 다시 평화와 고요가 찾아왔다. 교외에 있는 농아 시설에서 일주일에 닷새 동안 오전 중에 자원 봉사 활동을 하는 것과 더불어, 월요일과 목요일 저녁마다 지역 요가 교실을 다니기 시작했다. 네타에 관해서라면, 그녀는 충실히 극장에 다녔고, 뿐만 아니라 텔아비브 박물관에서 개최한 표현주의 역사에 관한 강의 시리즈도 등록하였다. 다만 엉겅퀴에 대한 그녀의 관심은 영영 사라진 것처럼 보였다. 심지어 거리 끝에, 즉 아스팔트의 끝과 감귤나무 숲의 철망 울타리 사이에 있는 버려진 좁은 땅에 늦여름의 엉겅퀴가 노란색과 회색으로 변해 가고 있었고, 어떤 것들은 죽어 버려 쓸쓸한 죽음의 꽃들이 피어났음에도 불구하고. 요엘은 그녀가 그토록 좋아했던 엉겅퀴에 대한 열정이 사라진 것과 금요일 오후에 그녀가 갑자기 그를 놀라게 했던 것과 어떤 관계가 있는지 궁금했다. 그날 오후에는, 이웃들이 외출해 마을이 텅 비어 있었고 불빛이 회색으로 변해 가고 어떤 집의 닫힌 창문에서 흘러나오는 녹음기의 희미하고 즐거운 음악 소리를 제외하고는 어떤 소리도 들리지 않는 조용한 때였다. 구름들은 거의 나무 꼭대기까지 내려앉아 있었고 바다 쪽에서 들려오는 천둥소리는 솜 덩어리로 질식되어 버린 것처럼 무뎌지고 있었다. 요엘은 콘크리트 길 위에 검은색의 작은 비닐 봉지들을 널어 놓았는데, 그 각각에는 카네이션 꽃이 담겨 있었고 바깥쪽부터 시작하여 안쪽으로 집의 문을 향하여 미리 마련해 놓았던 구멍들에 하나씩 심기 시작했는데, 그때 갑자기 안쪽에서 바깥쪽으로 꽃을 심고 있는 자신의 딸을 발견했다. 자정이 다 된 한밤중에, 랄프가 그를 앤 마리의 침대로부터 힘은 없지만 즐겁게 집으로 데려다 주었을 때, 자기 딸이 작은 쟁반 위에 허브 찻잔을 들고서 현관 홀에서 자신을 기다리고 있는 모습을 보게 되었다. 어떻게 그가 돌아오는 정확한 시간을 알 수 있었으며 그가 목이 말라, 어떤 것보다도 허브 차를 마시고 싶어 하면서 돌아올 것이라는 사실을 어떻게 알 수 있었는지 요엘은 이해할 수 없었지만 물어볼 생각도 하지 못했다. 그들은 부엌에 앉아서 15분 정도 그녀의 시험과 점령지의 미래에 대해 논란이 심화되고 있는 부분에 관하여 잡담을 했다. 그녀가 침실로 자러 갈 때 그녀의 방까지 함께 가서 노부인들을 깨우지 않기 위하여 귓속말로 그는 읽을 만한 게 전혀 없다고 불평했다. 네타는 아미르 길보아가 지은 『보수와 우익』이라는 시집을 그의 손에 툭 내밀어 주었고 요엘은 시집은 읽지 않는 사람이기에, 2시가 될 때까지 침대에서 책장을 뒤적거렸고, 360페이지에서 완전히 이해할 수는 없었지만 정말로 그에게 무엇인가를 말하는 시 하나를 찾았다. 그날 밤 더 늦은 시각, 처음으로 비가 내리기 시작하여 토요일 내내 거침없이 계속 내렸다.

27

이런 가을밤에 가끔은, 닫힌 창문으로 스며들어 오는 차가운 바다 냄새와 집 뒤의 정원에 있는 창고의 지붕을 때리는 빗소리와, 칠흑 속에서 부는 바람의 속삭임들은 그의 내부 속에, 여전히 느낄 수 있다고 생각지도 않았던 일종의 고요하면서도 강력한 기쁨을 갑자기 들끓게 했다. 그는 이런 묘한 기쁨이 부끄러웠다, 이브리아의 죽음은 그녀가 실패했다는 것을 말하는 반면, 그가 살아 있다는 사실은 굉장한 성과라고 느껴진다는 것이 추하게 생각되었다. 그는 사람들의 행동, 모든 행동, 모든 사람, 정열과 야망의 행동, 사기, 유혹, 축적, 회피, 악의와 변절의 행동, 경쟁과 아첨과 관대함, 인상을 심어 주려는, 주의를 끌려는, 가족 혹은 집단 혹은 나라, 혹은 인류의 기억에 각인시키려는 의도를 가진 행동들, 예쁜 행동과 숭고한 행동들, 계산되거나 통제되지 않은 혹은 부도덕한 행동들, 이들은 거의 대부분 전혀 의도하지 않았던 곳으로 사람들을 이끌어 간다는 것을 잘 알고 있었다. 요엘은 이렇게 사람들의 다양한 행동들이 보편적으로 그리고 계속해서 비뚤어져 가거나 그것이 바뀌어 가는 것을 일상적 농담, 혹은 세상의 블랙 유머라 마음속으로 부르고자 시도해 보았다. 그러나 마음을 바꾸었다. 그 정의들은 그에게 너무나 과장되게 느껴졌다. 〈질서〉, 〈삶〉, 〈영원〉이라는 단어들은 그에게 너무나 추상적인 것이었다. 그것들이 우스꽝스러워 보였다. 그래서 그는 아릭 크란츠가 포병 연대에서의 한쪽 귀가 없는 지휘관에 관하여 말한 것을 생각하고는 만족했다. 「이름은 지미 갈이에요. 당신도 그의 이름을 들어 본 적이 분명히 있을 거예요. 그 사람은 두 점 사이에는 오직 단 하나의 선만이 있고 그 선 위에는 항상 저능아들로 가득하다고 말하곤 했어요.」

그는 한쪽 귀가 없는 연대장을 기억했기 때문에, 네타가 몇 주 안에 신병 모집 센터로 출두하라는 명령을 받은 사실이 점점 더 자주 생각났다. 여름이면 그녀는 학교를 마치게 될 것이고 시험은 끝날 것이다. 그녀가 신병 모집 센터에서 건강 진단을 받는 동안에 어떤 사실이 드러날까? 그는 네타가 군대에 가기를 희망하고 있는 것일까? 아니면 우려하고 있는 것일까? 통지서가 도착했을 때 이브리아는 그가 무엇을 하길 원했을까? 그는 가끔 굵은 팔과 털이 난 가슴을 가지고 있는 건강한 키부츠인을 상상했고 영어로 크게 자신에게 말했다. 〈마음을 편히 가지게, 친구.〉

아비가일이 말했다. 「자네가 나에게 묻는다면, 저 아이는 우리 누구보다도 더 건강하네.」

리사가 말했다. 「건강한 의사들은 자신들의 생활에 대해서는 아무것도 몰라. 다른 사람들이 병이 나야 먹고 살 수 있는 사람에게, 갑자기 사람들이 좋아지면 자기에게 좋을 게 뭐가 있겠나?」

네타가 말했다. 「전 연기 신청을 하고 싶지는 않아요.」

그리고 아릭 크란츠는 말했다. 「잘 들어요, 요엘. 저에게 허락만 해준다면, 눈 깜짝할 사이에 당신을 위해 모든 일을 처리할게요.」

소나기 사이사이, 바깥에서 비를 흠뻑 맞아 반쯤 얼어 있는 새들이 가끔 창문에 나타났다가, 마치 낙엽과 동면에도 불구하고 회색 과실수에서 자라난 놀라운 겨울 과일인 것처럼 늘어진 나뭇가지 끝에 움직이지 않고 앉아 있었다.

28

선생은 요엘의 마음을 바꾸어 방콕으로 비밀 임무를 맡겨 파견시키기 위해 두 번 더 설득하려는 시도를 했다. 한번은 그가 아침 6시 15분 전에 전화를 하여 신문 배달원을 만나려고 매복하고 있던 것을 또 망쳐 버렸다. 그는 이른 시간에 방해한 것에 대해 한마디의 사과도 하지 않은 채, 연립 정당 사이에 수상을 교대하기로 한 협약에 근거하여 수상이 교체된 것에 관해 요엘과 생각을 나누기 시작했다. 여느때와 같이 그는 최소한의 말로, 예리하게 장점들을 요약했고, 몇몇의 날카로운 문장들로 단점들의 윤곽도 잡아 주었고, 당장 가능한 세 가지의 시나리오를 간단하고 정확하게 설명했고, 각각의 경우에서 불가피하게 야기될 수 있는 예상 가능한 결과를 솜씨 있게 연결시켰다. 그는 당연히, 그가 설명한 발전 단계 중에 무엇이 좀 더 현실화될 가능성이 높은지 예언하고 싶은 ─ 심지어 암시 같은 것에 의해서도 ─ 유혹을 참긴 했지만. 선생이 〈기능을 못 하는 체계〉라는 단어를 사용했을 때 내내 르 파트롱과의 대화에서 수동적이었던 요엘은 기능을 제대로 하지 못하는 체계란 것을, 잘못되어 버려 미쳐 날뛰고, 찌지직 소리를 내며 윙윙거리고 여러 가지 색깔의 불빛이 번쩍이고 만지면 전기 불꽃이 튀고 고무 타는 냄새가 풍기는 폭발할 것 같은 전기 장치라고 마음속으로 상상해 보려고 했다. 그러는 동안 그는 실마리를 놓쳐 버렸다. 르 파트롱이 그에게 애원하면서, 설교조의 어조로 그리고 프랑스어를 연상시키며 말할 때까지. 「그리고 우리가 방콕을 놓쳐 버리고 그 결과 때문에 언젠가 구할 수 있었던 어떤 사람이 죽어 버린다면, 요엘, 자네는 죄책감을 가진 채 평생을 살아가야만 할 걸세.」

요엘은 조용히 말했다.

「이보세요. 당신이 알아챘을 수도 있는데요, 전 방콕 같은 거 없이도 죄책감을 가지고 살아가고 있어요. 다른 말로 말해서, 당신이 막 얘기한 바로 그것 말이에요. 그리고 지금은요, 미안하지만 제가 전화를 끊어야 해요. 그래야 신문 배달원을 잡을 수 있거든요. 원한다면 제가 나중에 사무실로 다시 걸죠.」

그 사람이 말했다.

「생각 좀 해봐, 요엘.」

그렇게 말하고 그는 대화를 짧게 끝내고, 전화를 끊었다.

다음 날 그 사람이 이븐 가비롤 거리 끝에 있는 카페 오슬로에서 저녁 8시에 네타를 만나자고 초대했다. 요엘은 그녀를 태워다 주었고 카페 맞은편에 내려 주었다. 「조심해서 건너거라.」 그는 그녀에게 말했다. 「여기서 말고, 건널목을 이용해야지.」 그러고 나서 그는 집으로 차를 몰아 긴급한 진찰을 위하여 어머니를 리트빈 박사한테 데려다 주었고, 한 시간 반 후에 네타를 데리러 갔다. 데려다 줄 때처럼 카페 오슬로 가 아니라, 길 건너편으로 돌아왔다. 그는 주차장을 찾을 수 없었고 사실은 그것을 찾아보려고도 하지 않았기 때문에, 차의 운전석에 앉아서 그녀가 나오기를 기다렸다. 부쿠레슈티에서 바르나까지 마차를 타기도 하고 걸어서도 간 그들의 여행, 토하면서 아마도 서로에게 토하고 있는 남자와 여자들로 가득한 여러 줄의 침대로 빼곡이 들어 차 있는 배 선실의 어두운 공간, 그리고 어머니와 거칠고 수염을 깎지 않은 대머리의 아버지가 할퀴고 고함지르고 배를 차고 물고 뜯으면서 불이 붙은 격렬한 싸움에 관하여 그의 어머니가 들려준 이야기들이 떠올랐다. 그는 그 수염이 억센 살인자는 아버지가 아니라, 명백히, 어쩐지 낯선 사람이었다는 것을 자신에게 상기시켜야만 했다. 루마니아에 있는 사진 속의 그의 아버지는 갈색 줄무늬 양복을 입고 있는 마르고 혈색이 나쁜 사람으로 얼굴은 당황스러움과 굴욕감을 띠고 있었다. 어쩌면 비겁함마저도. 그는 로마 가톨릭 신자였고, 요엘이 한 살이 되었을 때 어머니와 자신의 삶으로부터 빠져나간 사람이었다.

「좋을 대로 하세요.」 네타가 집으로 돌아오던 길에 두세 개의 신호등을 지난 다음 말했다. 「가세요. 왜 안 되나요. 아빠는 정말로 가야만 할 거예요.」

긴 침묵이 흘렀다. 인터체인지와 복잡한 신호등 사이로, 불빛의 흐름과 교차로와 현기증을 일으키는 헤드라이트들을 통과하여, 긴장감이 흐르는 양쪽 길 사이의 가운데 길로 달리는 그의 운전은 정확하고 여유로웠다.

「봐.」 그가 말했다. 「현재 상태로서는……」 그는 단어를 생각해 내려고 멈추었고 그녀는 끼어들지도 도와주지도 않았다. 다시 그들은 조용했다. 네타는 그의 운전과 아침에 면도하는 방식, 즉 뺨 위로 면도칼을 옮길 때 시원스러우면서도 조심스럽게, 턱의 오목한 곳을 꼼꼼히 면도하는 그의 방식 사이에는 어떤 비슷한 점이 있다는 것을 알아챘다. 그녀는 아이였을 때부터 항상 욕실의 세면대 가장자리의 대리석 위에 앉아서 면도하는 모습을 바라보는 것을, 이브리아가 그런 일을 하는 둘 모두를 비난하곤 했음에도 불구하고, 즐겼었다.

「무슨 말 하시려고 했어요.」 그녀가 말했다. 그것은 질문이 아니었다.

「현 상태로 봐서, 내가 말하고 싶은 것은, 내가 이제 더 이상 그런 일을 잘할 수 없다는 거다. 말하자면, 그건 손가락에 류머티즘이 걸린 화가와 같다 할 수 있겠지. 적당할 때 그만두는 것이 더 나아.」

「젠장.」 네타가 말했다.

「잠깐만, 내가 좀 더 자세히 설명하마. 이런 것들은…… 이런 여행들은, 그 직업들은, 그것은, 만약 한다면, 절대로 1백 퍼센트 집중해야만 할 수 있어. 놀이 공원에서 접시로 마술을 부리는 사람같이. 그러나 이제 난 더 이상 집중할 수가 없어.」

「좋을 대로 하세요. 있든지 가든지. 다만 아빠가 자신을 볼 수 없다는 것이 안됐어요. 말하자면, 텅 빈 가스 탱크를 달아 버리고 부엌문 옆에 있는 가득 찬 가스통을 열어 버리는. 가능한 한 요약하자면요.」

「네타.」 그가 갑자기 침을 삼키면서, 복잡한 교통에서 잠시 풀려났기 때문에 서둘러 4단 기어로 바꾸면서 말했다. 「넌 그것이 무엇에 관한 것인지 아직 이해하지 못하고 있어. 그것이 우리든 — 아니면 그들이든 신경 쓰지 마렴.」

「좋을 대로 하세요.」 그녀가 말했다. 그들은 곧 라마트 로탄의 교차로에 닿았는데, 바르두고 종묘상은 그때 문을 이미 닫았거나 어쩌면 늦은 시간이지만 계속 문을 열고 있었을지도 모른다. 불이 반쯤 켜 있었다. 그는 직업적 습관으로 문은 닫혀 있고 사이드라이트를 켜둔 차가 두 대 있다고 머릿속에 기록해 두었다. 그들은 집에 닿을 때까지 더 이상 말을 나누지 않았다. 그들이 도착했을 때 네타가 말했다.

「그렇지만 한 가지요. 전 아빠 친구가 향수를 뒤집어쓰는 것을 참을 수 없어요. 늙은 발레리나처럼.」

그러자 요엘이 말했다.
「아쉽군. 우린 뉴스를 놓쳤어.」

29

그리고 그렇게 가을은 눈에 띄는 변화 없이 겨울 속으로 사라져 갔다. 요엘은 어떤 징조를 관찰하면서 주의를 기울이고 있었기 때문에, 아무리 미미한 징조라 할지라도, 그 정확한 변화의 시점을 알 수 있었다. 바다의 산들바람은 과실수의 마지막 갈색 잎을 벗겨 버렸다. 밤에는 텔아비브의 불빛들이 반사되어 낮은 겨울 구름 위에서 방사능의 섬광처럼 어렴풋이 빛났다. 요엘은 가끔 쓰레기통 근처에서 고양이와 그 새끼들 중 하나를 보기도 했지만, 정원의 도구 창고에는 그것들이 없었다. 그는 더 이상 닭고기 남은 것을 가져다주지 않았다. 늦은 오후에, 거리에는 소나기가 퍼부어 텅 비어 있고 황량했다. 모든 정원에는 테이블과 의자들이 접혀 치워져 있었다. 혹은 비닐 시트로 덮인 의자들은 테이블 위에 뒤집혀 있었다. 밤에는 줄기차게 무표정한 비가 셔터를 때렸고 부엌 발코니를 덮고 있는 석면 비 가리개를 음울하게 두드렸다. 집 안의 두 군데에서 물이 새는 기미가 보였다. 요엘은 표면만을 손보려고 하지 않고, 사다리를 밟고 지붕 위로 올라가서 여섯 개의 지붕 타일을 바꾸었다. 두 군데 다 더 이상 새지 않았다. 그는 텔레비전 안테나의 각도를 약간 조종하는 기회도 얻어 수신 상태가 정말로 좋아졌다.

11월 초, 리트빈 박사가 연락을 해준 덕분에, 그의 어머니는 검사를 받기 위하여 텔 하쇼메르 병원으로 가게 되었다. 그리고 작지만 불필요한 어떤 것을 제거하는 긴급한 수술을 받아야만 한다는 진단을 받았다. 그 과의 수석 의사는 어머니 같은 나이에는 장담하지 못할 수도 있지만, 즉각적인 위험은 없다고 요엘에게 설명해 주었다. 사실 그들은 어떤 나이에도 장담하는 일은 하지 않았다. 요엘은 더 이상 묻지 않고 자기의 기억 속에 그 말들을 새겨 두기로 했다. 그는 어머니가 수술을 받은 후 하루 이틀 동안은, 침대 하나가 더 있는 특실에서 윤기 나는 하얀 시트를 덮고, 초콜릿 상자, 책과 잡지들 그리고 꽃병에 둘러싸여 있는 것을 보고 거의 부러워하기까지 했다. 다른 침대는 비어 있는 상태였다.

아비가일은 며칠 동안, 네타가 방과 후에 도와주려고 왔을 때를 제외하면 리사의 침대 곁에서 거의 움직이지 않았다. 요엘은 자동차를 아비가일이 사용하도록 조처했는데, 그녀는 네타에게 모든 종류의 가르침과 훈계를 전달하기도 하고 샤워를 하기 위해 집으로 가서 옷도 바꿔 입고, 한두 시간 잠을 자고, 그런 다음 네타에게 돌아와 간병에서 해방시켜 주고 새벽 4시까지 리사의 침대 곁에서 머물기도 했다. 그런 다음 그녀는 3시간 정도 쉬기 위하여 집으로 다시 달려갔고 7시 반경이 되면 병원에 다시 나타났다.

거의 하루 종일 그 방은 가난한 어린이를 위한 위원회와 이민자 환영회의 자원 봉사자들로 가득했다. 심지어 요엘에게는 너무 익어 버린 아보카도를 생각나게 하는 넓적한 엉덩이를 가지고 있는 길 건너의 루마니아 이웃조차 꽃다발을 한 아름을 가지고 와서는 허리를 굽혀 리사의 머리에 키스를 했고 자기네 말로 이야기했다.

수술 후에 어머니의 얼굴은 교회 벽에 있는 마을 성인의 얼굴처럼 빛나고 있었다. 깨끗하고 하얀 베개에 머리를 대고 바로 누워서, 눈 같은 시트에 팔다리를 늘어뜨리고 있으니, 그녀에게서는 인정과 인간적인 친절함이 흘러넘치는 듯 보였다. 그녀는 손님들과 그들의 자녀들 그리고 이웃들의 건강에 대한 세세한 것까지 끊임없이 관심을 가졌고, 한 명 한 명 모두 확인하고 좋은 충고를 해주었고, 방문자들에게 자기가 마치 순례자들에게 부적과 축복을 나누어 주는 정신적 지도자인 것처럼 행동하였다. 요엘은 여러 차례 비어 있는 침대 위에서, 딸 옆이나 장모님 혹은 그들 둘 사이에 앉아 어머니를 바라보았다. 그가 그녀에게 어떠냐고 묻고, 계속 통증이 있는지 필요한 게 뭐가 있는지 물었을 때, 그녀는 심오한 영감에 빠져 있는 듯 빛나는 웃음을 지으면서 대답했다.

「왜 넌 아무것도 안 하니? 하루 종일 파리만 잡고서는. 무슨 일이든지 하는 것이 더 좋아. 크란츠 씨는 너와 함께 있는 것을 굉장히 원하더구나. 내가 돈을 좀 줄 테니 뭘 좀 사거라. 장사를 해봐. 사람들을 봐. 이렇게 계속 나가다간 너도 곧 미쳐 버리거나 종교에 빠져 버릴 거야.」

요엘은 말했다.

「괜찮을 거예요. 어머니가 금방 나아지는 것이 중요하죠.」

리사가 말했다.

「괜찮지 않아. 너의 모습이 어떤지 좀 보기라도 해라. 앉아서 너의 심장만 파먹고 있잖니.」

어떤 이유인지 그녀의 마지막 말은 그에게 불안감을 불러일으켰고 의사들의 방으로 찾아가게 만들었다. 일을 통해 배운 경험으로 그는 그들로부터 자기가 알고 싶어 하는 것을 별로 힘들이지 않고 알아낼 수 있었다. 다만 그가 무엇보다도 알고 싶어 하는 것, 말하자면 이 문제에 있어서 한 번 증상이 발현되고 그다음에 다시 오기까지 간격이 얼마나 지속될까 하는 것만을 제외하면. 수석 의사와 젊은 의사들 모두 알 수 없다고 말했다. 그는 어떤 식으로든 그들의 생각을 판독하기 위하여 노력했지만, 결국 그들이 자기에게 어떤 진실을 숨기거나 음모를 꾸미고 있는 것은 아니고 이 문제에 있어서도 역시 알 길이 없다는 것을 믿게, 거의 믿게 되었다.

30

이브리아가 죽은 날인 2월 16일에, 그가 헬싱키의 거리에서 두 번이나 본 것 같은 그 창백한 장애자는 팔다리가 없이 태어났거나 사고로 인해 어깨에서는 팔을, 허리에서는 다리를 잃어버렸을 것이다.

아침 8시 15분, 네타를 학교로, 그리고 리사를 물리 치료 센터로 데려다 주고 난 후에, 집으로 차를 가지고 와서 아비가일에게 넘겨주고, 요엘은 침실로 사용하고 있는 크라메르 씨의 서재에 틀어박혀 있었다. 한곳으로 집중된 불빛 아래에서 돋보기를 끼고서 장애인의 문제를 다시 검토해 보았다. 헬싱키에서의 계획을 신중하게 연구해 보았고 호텔에서부터 튀니지 기술자를 만났던 역 앞까지의 길을 분석해 보았지만, 어떤 잘못된 점도 찾을 수 없었다. 그 장애인이 낯익은 것처럼 보인 것은 분명했다. 그리고 일을 수행하고 있는 동안에는, 단지 막연히 친숙해 보이더라도, 본 적이 있는 낯익은 얼굴의 의미를 밝혀낼 때까지는 모든 것을 중지해야만 하는 것이 의무라는 것도 사실이다. 그러나 지금, 뒤늦게 신중히 궁리해 보고 나니, 그날 헬싱키에서 그 병약자를 본 것은 두 번이 아니라 단 한 번뿐이라는 것을 거의 의심 없이 스스로 받아들이게 되었다. 상상력으로 인해 착각했던 것이다. 그는 다시 한번 그날의 기억을 작은 세목들로 잘게 나누어 보았고, 15분 단위로 구획을 나누어 네모난 큰 종이 위에 시간의 파편들을 재구성해 보았다. 그는 오후 3시 반까지 이 일에 집중하여 그 도시에서의 계획을 머릿속에 넣고서, 책상에 머리를 숙이고 차분하면서도 고집스럽게 몰두하며 망각으로부터 그 조각들을 계속 건져 내어 사건들과 장소들의 연쇄 고리를 함께 이어 붙일 수 있도록 신경을 집중시켰다. 그 도시의 냄새마저 다시 떠올랐다. 몇 시간마다 그는 커피를 끓여 마셨다. 오후가 되자 눈의 피곤함이 작업을 방해하기 시작했고, 가톨릭 성직자의 지적인 안경과 가족 주치의처럼 보이는 안경을 번갈아 가면서 이용하였다. 마침내 그가 받아들일 수 있는 그럴듯한 가설이 드러나기 시작했다. 노르딕 투자 은행 지점의 카운터 위에 걸려 있는 전자 벽시계로 4시 5분에 그는 8달러를 바꾸었고 에스플라나디 거리로 걸어 나왔다. 따라서 결정적인 시간은 4시 15분에서 5시 30분으로 한정되었다. 분명히 그 장소는 러시아 스타일로 지어진 커다란 황토색 빌딩 바깥의, 마리카투와 카피타닌카투 모퉁이였다. 그는 근처에 있었던 신문 가판대를 구체적으로 그려 볼 수 있었다. 그곳은 휠체어를 타고 있는 불쌍한 사람을 만났던 곳이다. 이전에 박물관에서 본 적이 있는 한 친구를 생각나게 했던 것 같아 낯이 익어 보였다. 박물관은 마드리드에 있었던 것 같고, 그곳에는 그가 이미 알고 있는 얼굴을 생각나게 하여 그 순간에 낯이 익다고 여겨진 한 초상화의 얼굴이 있었다.

누구의 얼굴일까? 이런 지점에서는 고약한 악순환에 빠져들어갈 위험이 있다. 집중하는 것이 최선이다. 2월 16일 헬싱키로 돌아가서 논리적인 결론을 내리고자 희망하는 것은 분명히 반사된 것을 또다시 반사하는 경우였다. 더 이상의 것은 없었다. 물 위에 한 점으로 반사되는 초승달을 가정해 보자. 그리고 그 물이 달의 그림자를 마을 언저리에 있는 한 오두막의 어두운 창문 위로 투사한다고 생각해 보자. 그래서 달은 남쪽에서 떠오르고 창문은 북쪽을 향하고 있긴 하지만, 갑자기 확실히 불가능한 일인, 달이 유리에 반사되는 일이 발생한다. 그러나 실제로는 구름 속의 달을 반사하고 있는 것이 아니라 단지 물 위의 달을 반사하고 있는 것이다.

요엘은 이런 가설들이, 현재의 조사에 도움이 될 수 있을지 아닐지 자문해 보았다. 예를 들어, 이동하는 새들을 인도하는 아프리카의 빛과 관련해서는? 반사체를 반사하는 체계가 연속되는 것을 끈질기게 연구하는 것이 하나의 실마리를, 우리가 접근하여 들여다볼 틈을 드러내게 할까? 아니면 오히려 그 반대가 될까. 복사물을 복사하면 색깔이 퇴색되고 모양이 흐트러지고, 전체가 어두워지고 왜곡되는 것처럼, 반사된 것을 또 반사함에 따라 그 윤곽이 점점 더 희미해지는 것인가?

어떤 식으로든 적어도 그 장애인의 문세에 있어서는, 그의 마음이 한동안 편안했다. 다만, 대부분의 사악한 형체는 당연히 팔다리가 없는 사람의 몫이라는 것을 알게 되었다. 헬싱키의 그 병약자는 정말로 소녀의 얼굴을 가지고 있었다. 혹은 오히려 그보다 더 온화한, 아이보다도 더 온화한 어떤 모습이었고, 마치 답을 알고 있으며 여기 바로, 당신의 눈앞에 있는 것이면서도 믿을 수 없을 만큼 단순한 것이라는 것을 조용히 즐기듯이 커다란 눈을 반짝이고 있었다.

31

그러나 스스로 그 휠체어를 돌려서 가는 것이었는지, 아니면 훨씬 더 가능성이 높은 일인데, 누군가가 그것을 밀어 주고 있었는지에 대한 의문이 여전히 해결되지 않고 남아 있었다. 그리고 만약 그렇다면? 그 사람은 어떻게 생겼었을까?

요엘은 자신이 여기에서 멈추어야 한다는 것을 알았다. 이것은 건너서는 안 될 선이었다.

그날 저녁, 그는 텔레비전 앞에 앉아서 딸을 바라보았다. 머리를 너무나 과감하게 짧게 잘라서 억센 머리카락만이 남아 있고, 의심할 여지없이 루블린 집안의 피가 이브리아를 건너뛰고 네타에게 나타난 강력한 턱 선을 가지고 있으며, 신경을 쓰지 않고 옷을 입는 것처럼 보이는 아이는, 너무나 크고 헐렁한 바지를 입고 있지만 입술을 꽉 다물고선 아무 말도 하지 않고 있는 야윈 신병 같아 보였다. 그녀의 눈동자 속에는 날카로운 초록빛 광채가 빛나고 있었고, 몇 초가 지나자 〈좋을 대로 하세요〉라는 말이 뒤따라 나왔다. 이날 밤 그녀는 여느때와 같이 식탁 옆 구석에 있는 꼿꼿한 등받이를 가진 검은 의자들 중 하나에 똑바로 앉아 있기도 했다. 소파에 발을 뻗고 앉아 있는 아빠와 안락의자에 있는 할머니들에게서 가능한 한 멀리. 텔레비전 화면의 이야기가 복잡해져 가자, 그녀는 〈출납원이 살인자야〉 혹은 〈어떤 식으로든 저 여자는 그를 잊지 못할 거야〉 혹은 〈남자가 네 발로 기어서 그녀에게 돌아가는 것으로 끝날 거야〉와 같이 여느때 하는 혼잣말을 하곤 했다. 때로 그녀는 말했다. 「너무 멍청해. 그가 아직 모른다는 걸 어떻게 그녀가 알 수 있지?」

할머니들 중 한 명이, 일반적으로 아비가일이었다, 네타에게 차를 만들어 달라거나 냉장고에서 마실 것을 가져오라고 부탁하면, 두말 않고 따르곤 했다. 그러나 어떤 사람이 그녀의 옷, 머리 스타일, 맨발, 손톱에 대하여 비평을 할 때마다, 이런 비평은 주로 리사가 내뱉었다, 네타는 쓰디쓴 말 한마디로 아무 말 못 하게 만들고 그녀의 꼿꼿한 등받이가 있는 의자에 조용히 계속 앉아 있고는 하였다. 요엘은 네타가 사회적으로 고립되어 있는 것과 그녀의 여성적이지 않은 외모 문제에 관하여 어머니의 도움을 받으려고 한 적이 있었다. 네타가 말했다.

「여성적인 것이 정확하게 아빠의 영역은 아니잖아요. 맞죠?」
이렇게 그녀는 그를 침묵시켰다.

그의 영역은 무엇이었을까? 아비가일은 그에게 재미도 느끼고 시야도 넓히도록 대학의 어떤 과정에 등록하라고 간청했었다. 어머니는 그가 일을 시작해야 한다고 주장했다. 그녀는 여러 차례에 걸쳐 바람직한 투자를 위하여 자신이 마련해 줄 수 있는 상당한 금액의 돈에 관하여 암시를 주었다. 그리고 그가 만약 사립 탐정 사무소에 동업자로 합류하기로 동의하기만 하면, 요엘에게 달이라도 따주겠다는 약속을 하는 이전 동료의 끈질긴 간청도 있었다. 크란츠도 병원으로 밤 모험을 떠나는 일 따위를 하자고 꾀었다. 요엘은 그가 무엇을 말하려고 하는지조차 이해하려고 신경을 쓰지 않았다. 그러는 동안 네타는 때때로 시집을 빌려 주기도 했는데, 그가 밤에 페이지를 넘기다가 그것을 창가에 놔두어 비를 맞히기도 했다. 어떤 땐 멈추어 몇 줄을 읽기도 했고, 가끔은 단 한 줄만 읽기도 하고 또 읽기를 반복하기도 했다. 그가 가지고 있는 『어느 도시에서의 시간』이라는 책에 있는 샤론의 시들 중에서, 그는 46페이지에 있는 마지막 다섯 줄을 발견하여, 비록 시인의 의미를 완전히 이해했다고 전적으로 확신할 수는 없지만, 그것들을 네 번이나 계속하여 읽고 나서 시인의 마음에 공감하게 되었다.

요엘은 네타가 네 살 때부터 고통 받아 — 부드러운 표현을 하자면 — 왔다고 일반적으로 인정하는 질병인, 그 질병에 관한 일반적인 기록들을 적어 놓은 푸른색 노트를 가지고 있었다. 어떤 의사들은 확신을 가지고, 이런 진단에 전적으로는 동의하지 않기도 했다. 이브리아는 가끔 미움으로 바뀌기도 하는 가슴 에는 열정으로 이 사람들의 의견에 동의했다. 요엘은 이런 상태가 두려웠지만, 자신 또한 그것에 사로잡혔고, 그리고 어떤 때에는 간접적으로, 어느 정도 그것을 자극하기도 했다. 그는 이브리아에게 그 노트를 보여 준 적이 없었다. 그는 항상 그것을 금고 속에 넣고 잠가 두었었다. 그가 직업을 버리고 일찍 퇴직한 후에, 그 금고는 텅 빈 채 예루살렘에서 라마트 로탄으로 옮겨졌고, 요엘은 그것을 바닥 밑에 숨겨 두어야 할 필요도, 또 항상 잠가 보관해야 할 필요도 없다는 것을 알았다. 만약 그것을 잠가 둔다면, 그것은 단지 노트 때문이었다. 그리고 그가 가장 좋아하는 꽃은 시클라멘이었기 때문에 딸이 유치원을 다닐 때 혹은 초등학교를 막 다니기 시작했을 때 자신을 위하여 그려 준 시클라멘 그림들. 이브리아가 없었다면 그는 여러 번, 자기 딸을 라케페트, 즉 〈시클라멘〉으로 불렀을지도 모른다. 그러나 그와 이브리아 사이에는 상호 간의 이해와 타협의 상태가 지속되었었다. 그래서 그는 이름의 문제에 대해 단호히 반대하고 나서지는 않았다. 이브리아와 요엘은 둘 다 딸이 마침내 여자가 되어 가면서 더 나아지기를 희망했다. 그리고 그들은 어느 날 팔다리가 굵은 어떤 젊은이가 자기들로부터 그녀를 낚아채 가버릴 거라는 생각에 기분이 상하기도 했다. 그들은 때때로 그 자신들 사이에 존재하는 네타를 인식했으며 그녀가 가버리고 나면 그들만이 서로 얼굴을 마주하고 남게 될 것이라는 것도 알았다. 요엘은 이브리아가 죽은 것은 그녀가 패배한 것을 의미하고 자기와 딸이 결국 승자가 된다는 의미라고 생각하면서, 그 속에서 비밀스러운 기쁨을 얻는다는 것이 부끄러웠다. 〈간질〉이란 단어는 〈발작〉 혹은 〈졸도〉를 의미한다. 어떤 경우는 그것이 특발적 질병이고 어떤 경우에는 기질성 질환이며, 둘 다에 해당하는 경우도 있었다. 두 번째의 경우에, 그것은 정신적 질환이 아니라 뇌의 질병이었다. 그 증상은 의식을 잃어버리는 일이 수반되는 경직성 발작으로, 비정기적인 간격으로 발발한다. 종종 그 발작은 현기증이 생기고 귀가 울리고 시야가 흐려지며, 우울증이나 그 정반대의 도취증이 나타나기도 하는, 일반적으로 전조(前兆)라고 알려져 있는 징후들로 미리 감지할 수 있다. 발작 그 자체는 근육이 뻣뻣해지고, 호흡이 곤란해지고, 청색증이 생기고, 그리고 어떤 때에는 혀를 깨물기도 하며, 입술에 피가 섞인 거품을 내뿜는 형태로 나타난다. 이런 상태는 강직성 경련 단계로, 재빨리 지나간다. 그리고 보통 이어서 간헐성 경련 단계가 따라오는데, 이것은 몇 분 동안 지속되고, 여러 근육들이 본의 아니게 격렬히 발작하는 증상을 나타낸다. 이런 발작은 서서히 지나간다. 그런 다음 환자는 즉시 깨어나거나 깊이 그리고 긴 시간 동안 잠에 빠져 들게 된다. 어떤 경우에든 환자는 깨어났을 때 발작에 대한 기억이 없다. 하루에도 여러 번 발작하는 환자들도 있고, 어떤 환자들은 3년이나 5년에 한 번씩만 발작하기도 한다. 어떤 이들은 낮에, 또 어떤 이들은 밤에 잠을 자고 있는 동안 그것들을 경험한다.

요엘은 이것을 자신의 노트에 적어 두었다.

요엘이 번역해 둔 단어인 〈대발작〉과는 별개로, 유일한 증상이 잠시 동안 의식을 잃어버리는 것인 〈소발작〉만을 겪는 사람들도 있다. 대략 간질병에 걸린 어린이의 절반이 초기에는 그 병의 이런 하찮은 증세만을 보인다. 위험한 발작 혹은 미미한 발작이 없는 경우에도, 혹은 그것들에 덧붙여, 어떤 이들은 심리적인 원인으로 인하여 다양한 형태의 발작을 경험하게 되는데, 그것의 빈도는 다양하지만 늘상 갑자기 일어난다. 모호함, 이유 없는 공포, 착감각증(감각의 장애), 방랑증, 망상에 부가되는 환상, 분노의 분출, 그리고 환자가 깨어나면 완전히 잊어버리고 마는 위험한 행동이나 범죄 행위를 저지르는 동안 무감각해지는 상태.

더 심한 형태로 수년 동안 지속되는 그 질병은 인간성을 변화시키거나 정신 분열증으로 발전되기 쉽다. 그러나 많은 경우, 환자는 발작과 발작 사이의 기간 동안 다른 사람과 같이 정상의 정신을 가진다. 질병의 악화가 환자의 지속적인 불면증의 원인이 될 수 있는 것과 마찬가지로, 지속적인 불면증은 그 병을 더욱 악화시키기 쉽다고 일반적으로 알려져 있다.

요즈음 그 질병은, 별로 중요하지 않은 경우나 모호한 경우를 제외하면, 뇌파를 측정하고 기록하는 정신 운동성 뇌 촬영법에 의하여 진단된다. 이 문제의 초점은 뇌의 관자엽에 있다. 정교한 검사들은 가끔 잠정적인 간질, 외부로 드러나지 않지만 환자 가족 일원들 속에 내재하는 뇌의 전기적 충동을 드러내기도 한다. 이런 친지들은 자신들 스스로는 아프지도 않고 어떤 것이 잘못되었다고 의심하지도 않지만, 그 질병을 그들의 후손들에게 전해 주기 쉽다. 그 질병은 늘 침묵을 지키고 잠을 자고 있는 상태로 이전 세대에서 다음 세대로 전해지고 단지 몇몇의 후손들에게 드러나기도 하는데, 거의 대부분 유전적인 이유 때문이다.

발작의 고통을 겪고 있는 척하는 사람들이 항상 있어 왔기 때문에, 오래전인 1760년경, 드 한은 빈에서 눈의 동공을 간단히 검사하는 것으로 꾀병 부리는 사람들을 밝혀내는 방법을 찾아냈다. 진짜 발작의 경우에는 빛을 동공에 비추었을 때 움츠러들면서 반응하지 않았던 것이다.

가장 널리 실행되고 있는 치료는 신체적으로나 정신적으로 충격을 주지 않는 것이고 최면제와 바르비투르산염의 다양한 복합체와 같은 진정제를 조절하여 사용하는 것이다.

〈성교는 일종의 간질병적 발작〉이라는 것은 히포크라테스나 데모크리토스 같은 고대 작가들에 의하여 이미 제시되었다. 반면, 아리스토텔레스는「잠과 깨어남에 관하여」라는 논문에서, 간질병은 잠과 비슷하고 어떤 의미에서는 잠도 간질병이라고 주장하였다. 요엘은 적어도 표면상으로는 성교와 잠이 정반대라고 상상했기 때문에 여기에 괄호를 치고 물음표를 찍었다. 중세 유대인 현자는 이 질병을 예레미야서 17장 9절의 말씀에 적용했었다. 〈사람의 마음은 천길 물속이라, 아무도 알 수 없다.〉

요엘은 나머지 사이에 다음을 적어 두었다.

고대 시대 이래로 간질병은 그 뒤에 일종의 마술 전차를 끌고 다녔다. 많은 사람들은 환자들이 영감이나 자제 혹은 예언 능력을 가지고 있거나, 악마에게 노예가 된 상태거나 정반대로 특별히 신에 가까운 어떤 것을 가지고 있는 것으로 생각했다. 그래서 이름하여 〈신병(神病)〉 혹은 〈거룩한 병(聖病)〉 혹은 〈달과 별의 병(星辰病)〉 혹은 〈악마 병(魔病)〉이라는 명칭들이 있다.

이브리아의 분노에도 불구하고 요엘은 네타가 그 질병의 경증(輕症)을 앓고 있다고 인정하였고, 이런 모든 이름들로 고정관념이 생기는 것을 거부했다. 그의 딸이 네 살 때 그런 일이 처음 일어났을 때에 광기나 천계(天戒)가 영향을 준 조짐은 전혀 없었다. 달려 나가 구급차를 부른 것은 그가 아니라 이브리아였다. 그는 비록 신속하게 반응하도록 훈련되어 있었음에도 불구하고 망설였는데 그것은 마치 아이가 그들을 놀리고 있고 웃음을 참고 있는 것처럼 작은 그녀의 입술이 미미하게 떨리고 있는 것을 보았다고 공상했기 때문이었다. 그 후 자신의 몸을 움직여 그녀를 팔에 안고 구급차로 달려갈 때, 그는 발을 헛디뎌 걸려 넘어졌고 머리를 난간에 부딪혔다. 그의 정신이 돌아왔을 때 자신은 응급실에 있었고 사실상 진단이 나와 있었으며 이브리아는 그에게 조용히 말했을 뿐이다. 「난 당신에게 놀랐어요.」

8월 말 이래로 어떤 징후도 없었다. 요엘은 그녀의 소집 문제에 관해서만 주로 걱정했다. 그의 머릿속으로 르 파트롱의 영향력을 포함하여 여러 가지 생각들을 저울질해 본 후에, 그녀가 징집 센터에서 겪어야만 하는 신체 검사의 결과가 나올 때까지 어떤 일도 하지 않고 기다리기로 결심했다.

이렇게 바람 불고 비 오는 밤, 그는 때때로 파자마만 걸치고 얼굴은 피곤함으로 일그러진 채, 새벽 2~3시에 부엌으로 갔고 그의 딸은 자기 앞에 빈 찻잔을 놓고 못생긴 안경을 쓰고선, 천장의 전등 근처로 날아다니는 나방에 무신경한 모습으로, 식탁의 꼿꼿한 의자에 앉아 독서에 완전히 몰두하고 있었다.

「잘 잤니, 꼬마 아가씨. 숙녀가 뭘 읽고 있는지 물어봐도 돼?」
네타는 그 단락, 아니 그 페이지를 조용히 다 읽고, 그러고 나서도 눈을 들지 않은 채 대답했다.

「책.」

「내가 차를 만들어 줄까? 아니면 샌드위치?」

이런 것에 그녀는 항상 단순하게 대답했다.

「좋으실 대로요.」

그래서 그들 한 쌍은 부엌에 앉아서 조용히 먹고 차를 마셨다. 비록 때때로 그들이 책을 내려놓고 나지막하고 친밀한 목소리로 대화를 하기도 했지만. 예를 들면 언론의 자유에 관하여. 혹은 새로운 대법관 임명. 혹은 체르노빌의 재난. 때때로 그들은 앉아서 욕실의 장식장에 다시 보충할 약의 목록을 작성했다. 신문이 정원 길에 털썩하고 떨어지고, 요엘이 배달원을 잡기 위하여 헛되이 바깥으로 달려 나갈 때까지. 허탕이었다.

32

하누카 축제가 다가와 리사는 기름에 튀긴 도넛과 라케를 만들었고, 새로운 촛대와 여러 색깔의 양초 한 꾸러미를 샀으며, 요엘에게 초에 불을 붙이면서 외울 기도문을 찾아보라고 부탁했다. 요엘이 놀라서 거부하자, 그의 어머니는 어깨가 흔들릴 정도의 강력한 감정에 휩싸여 대답했다. 「항상, 매년, 그 불쌍한 이브리아가 그래도 전통에 따라 약간이라도 이스라엘 축제를 즐기고 싶어 했는데, 요엘 너는 집에 늘 없었고, 있을 때면 언제나 그 아이가 머리를 들지도 못하게 했잖니.」

허를 찔려, 요엘은 그녀에게 다시 항의했지만, 한번은 어머니가 그의 말 중간에 끼어들어 관대하면서도 약간 슬픈 어조로 그를 비난했다. 「넌 항상 너에게 뭐가 어울리는지 기억해라.」

놀랍게도, 이번 단 한 번만은 네타가 리사의 편을 들었다. 네타가 말했다.

「그게 누군가를 기분 좋게 만든다면, 뭐 어때요. 제가 염려하는 모든 것을 위해서, 아빠가 하누카 양초에 불을 켜든지 라그 바오멜을 위해 모닥불도 지필 수 있잖아요. 무엇이든.」 요엘이 막 어깨를 으쓱하고 항복하려고 할 때, 아비가일이 새로운 힘을 가지고 전쟁터로 돌격해 왔다. 그녀는 리사의 어깨에 팔을 올려놓고 따뜻하고 참을성 있게 가르치는 목소리로 말했다.

「용서해요, 리사, 난 당신에게 약간 놀랐어요. 이브리아는 하느님을 믿지 않았었고 그에 대한 경외심도 없었어요. 그 아이는 모든 종교적인 행사들을 참을 수 없어 했어요. 갑자기 당신이 무슨 이야기를 하는 건지 이해를 못 하겠군요.」

고집스럽게 〈불쌍한 이브리아〉란 표현을 연발하면서, 리사는 얼굴엔 격렬한 표정을 짓고 말꼬리를 잡는 듯 빈정대는 어조를 띠고서 호전적인 자세로 자신의 견해를 관철시키기 위해 투쟁했다.

「모두 자신들을 부끄러워해야 한다. 그 불쌍한 아이가 죽은 지 채 1년도 안 되었는데, 그 아이를 다시 죽이려고 하는 것이 벌써 보이는구나.」

「어머니, 그만둬요. 오늘은 그만하면 충분해요. 가서 쉬세요.」

「그렇다면 됐어. 그만두지. 도움은 필요 없어. 그 아이도 여기에 더 이상 없고 난 여기서 제일 힘이 없잖니. 그러니 됐어. 그냥 둬. 내가 졌다. 그 아이가 모든 일에서 항상 졌던 것처럼. 다만 우리가 벌써 잊어버린 것 같다고 생각하지 않니. 요엘, 넌 그 아이를 위해 카디쉬 기도도 안 올렸잖니. 그 아이의 오빠가 너 대신에 그것을 해야만 했지. 난 부끄러워서 그 자리에서 죽고 싶었다.」

아비가일은 수술한 다음, 그것 때문에 리사의 기억이 쇠퇴할 것이라는 걱정을 조심스럽게 내비쳤었다. 이런 일들이 가끔은 일어났고 의학을 소재로 한 문학 작품에는 그런 예들이 비일비재했다. 그녀의 주치의인 리트빈 박사조차 약간의 정신적 변화가 있을지 모른다고 말했었다. 한편 그녀는 먼지떨이를 어디에 놔두었는지 다림질대가 어디에 있는지 기억하지 못했고, 또 한편으로는 일어나지도 않았던 일을 기억해 내곤 하였다. 이런 광적인 신앙심도 분명 어떤 장애 증상임이 틀림없었다.

리사가 말했다.

「난 종교적이지 않아. 그 반대지. 그것은 나를 구역질 나게 해. 그렇지만 불쌍한 이브리아는 항상 집에서 약간의 전통을 지키길 원했었어. 그리고 너희는 항상 그 아이의 얼굴을 보고 비웃었고, 그리고 지금은 네가 그에게 침을 뱉고 있구나. 걔가 죽은 지 채 1년도 안 되었는데 넌 벌써 그 아이의 무덤 위를 짓밟는구나.」

네타가 말했다.

「나도 엄마가 광신적이진 않지만 종교적인 사람이었다고

기억하지는 않는데요. 아마 약간은 미신적이었을지도 모르지만. 그러나 종교쟁이는 아니었어요. 내 기억력까지 날아가 버리게 할 것 같아.」

그리고 리사.「그렇다면 좋다. 왜 안 되겠니. 잘됐어. 그러면 가장 잘 보는 의사를 불러오라고 해. 그러면 한 사람씩 진찰할 수 있잖니. 그리고 한꺼번에 모두를 위해서 누가 정신이 바르고 누가 정신이 나갔고 누가 벌써 노망이 들었고 누가 이 집에서 그 불쌍한 이브리아의 기억을 없애 버리려고 하는지 진단하라고 해.」

요엘이 말했다.

「됐어요, 셋 다. 이제 우리 그만해요. 이렇게 계속하면 사람들이 국경 수비대를 불러야만 할 거예요.」

아비가일이 온화하게 말했다.

「이런 경우에는, 내가 항복하지. 다툴 필요가 없는데. 리사가 원하는 대로 하세. 그녀에게 양초와 발효시키지 않은 빵을 사오라고 하게나. 현 상태에서는 우리 모두가 어머니에게 항복해야만 하네.」

그래서 그 논쟁은 마무리되었고 그날 저녁까지 평화가 이어졌다. 그 뒤 리사는 원래 자기가 원하던 것을 잊어버린 것이 확실해졌다. 집에서 그녀는 검은색 벨벳으로 만든 파티복을 차려입고 도넛과 라케를 준비했다. 그러나 사용하지 않은 촛대는 거실의 벽난로 위의 선반에 가만히 놓여 있었다. 고통받는 육식 동물의 입상에서 그리 멀지 않은 곳에.

3일 후에 리사는, 같은 선반 위에 아무에게도 물어보지 않고, 갑자기 이브리아의 조그만 사진을 나무로 된 어두운 사진틀 속에 넣어 올려놓았다.

「그러니까 우리는 그녀를 좀 기억해야만 해.」그녀가 말했다.「그 애에게도 이 집에 기념될 만한 어떤 것을 좀 남겨 둘 수 있어야지.」

열흘 동안 그 사진은 거실의 선반 끝에 서 있었고 어느 누구도 한마디조차 하지 않았다. 이브리아는 이전 세대의 마을 의사를 생각나게 하는 안경을 통하여 사진 밖으로 반대편 벽에 걸려 있는 폐허가 된 로마네스크 양식의 수도원들을 내다보고 있었다. 그녀의 얼굴은 살아 있을 때보다 더 야위어 보였고, 피부는 곱고 창백했다. 안경 뒤의 그녀의 눈은 환했고 긴 속눈썹을 가지고 있었다. 요엘은 사진 속의 그녀 표정 속에서 정말로 어울릴 것 같지 않은 우울함과 수줍음이 섞여 있다는 것을 판독했다, 아니 판독해 냈다고 생각했다. 어깨 위로 흘러내리는 그녀의 머리카락은 반쯤 회색빛으로 변해 가고 있었다. 퇴색해 가는 그녀의 아름다움은 여전히 요엘이 그런 식으로 바라보는 것을 피하게 만드는 힘을 가지고 있었다. 거실로 들어오는 것을 거의 피하게끔. 여러 차례 그는 9시 뉴스를 놓치기까지 했다. 그는 점점 더 크라메르 씨의 책장에서 발견해 낸 연합 사령관 엘라자르의 전기에 집착하게 되었다는 것을 알았다. 법정 질문의 세목들은 그를 매료시켰다. 그는 자신의 방에 몇 시간이고 틀어박혀, 크라메르 씨의 책상에 엎드린 채, 도표 위에 그려 놓은 표의 여러 가지 사항들을 정리하였다. 그는 끝이 뾰족한 펜을 사용하였는데, 열 단어 정도마다 잉크병에 찍어 쓸 필요가 있다는 것이 어떤 만족감을 가져다주었다. 그는 연합 사령관이 유죄라고 인정한 심리 위원회가 발견한 것들 속에는 모순이 있다는 낌새를 알아차렸다고 가끔 상상했다. 비록 근원적인 실체에 접근하지 못하면 추측 이상의 어떤 것도 만들어 낼 수 없다는 것을 잘 알고 있었지만. 그럼에도 불구하고, 그는 책에 쓰인 것들 가운데 가장 세밀한 사항까지 파헤쳐서, 그것들을 다시 처음에는 한 순서로, 그러고는 다른 순서로 결합해 보기 위하여 애썼다. 책상 위에는 자기를 바라보면서 크라메르 씨가 서 있었는데, 그의 깔끔하게 다림질된 제복은 계급장과 장식품들로 꾸며져 있고, 얼굴은 자기 만족감으로 빛나고 있으면서, 피곤하고 지쳐 보이고, 자기의 어깨 너머의 어떤 것에 주의를 돌리고 있는 육군 대장 엘라자르의 손을 잡고 있었다. 요엘은 거실에서 래그타임 곡조나 조용한 재즈를 들을 수 있다고 상상한 적이 있었다. 그는 귀를 통해서는 듣지 않지만 피부의 땀구멍을 통하여 들었다. 어떤 이유에서인지, 그는 자주, 거의 이틀마다 저녁이면 앤 마리와 랄프의 숲속 같은 거실로 들어가게 되었다.

리사가 걸어 둔 이브리아의 사진에 관하여 누구도 아무 말 하지 않은 채 열흘 남짓 지났을 때, 그녀는 그것 옆에 덥수룩한 해마 같은 콧수염과 영국 경찰 제복을 입고 있는 쉬엘티엘의 사진도 가져다 놓았다. 그것은 예루살렘에 있는 이브리아의 서재 책상 위에 늘 놓여 있던 사진이었다.

아비가일이 요엘의 방문을 두드렸다. 그녀는 들어와서 그가 크라메르 씨의 책상에 등을 구부리고 있는 것을 보았다. 그의 성직자 안경은 학자나 수도승 같은 분위기를 풍겼다. 그는 연합 사령관에 관한 책의 중요한 문단들을 자신의 모눈종이 위에 베껴 적고 있었다.

「갑자기 나타나서 미안하네만, 자네 어머니의 상태에 관하여 이야기를 좀 해야만 하겠네.」

「듣고 있습니다.」 요엘은 펜을 종이 위에 내려놓고 등을 의자에 기대면서 말했다.

「우리가 그것을 무시해 버릴 순 없네. 그녀가 완전히 정상인 척하는 것은 상당히 잘못된 것이네.」

「계속하세요.」 그가 말했다.

「자네는 눈이 없나, 요엘? 날이 갈수록 그녀가 점점 더 산만해지고 있다는 것을 보지 못했나? 어제는 그녀가 정원에서 울음을 터뜨리더니, 그러고 나서 곧장 거리를 쓸기 시작했네. 내가 그 사람을 말려 집으로 데려오기 전에 집에서 20미터는 떨어져 있었다네. 내가 없었다면, 어머니는 이스라엘 왕들의 광장까지 계속 비질을 하고 갔을 거야.」

「장모님의 신경을 거슬리게 하는 것은 거실에 있는 사진들입니까?」

「사진들이 아니야. 모든 것이야. 요엘, 자네가 보지 않으려고 하는 모든 종류의 모든 것 말일세. 자네는 모든 것이 완전히 정상인 것처럼 가장하도록 우기고 있어. 자네가 이미 실수를 한 번 저질렀다는 것만 명심하게. 그리고 우리 모두가 그것에 대한 엄청난 대가를 치렀어.」

「계속하세요.」 그가 말했다.

「요 며칠 동안 네타에게 일어난 일을 눈치 채지 못했나, 요엘?」

요엘은 부정적으로 대답했다.

「자네가 신경 쓰지 않는 것은 나도 아네. 자네가 언제 자신 외의 어느 누구에게 관심을 가졌었나. 내가 조금도 놀라지 않는다고 말해야만 하는 것이 나를 슬프게 한다네.」

「장모님, 무엇이 문제지요? 제발요.」

「리사가 이상해지기 시작한 이후로는 쭉, 네타가 거실에 발도 들여놓질 않았어. 난 그녀가 더 나빠지기 시작할 거라는 것을 자네에게 말하고 있는 거야. 그리고 난 자네 어머니를 비난하고 있는 게 아냐. 그녀는 자신의 행동에 책임이 없지. 물론 없지. 책임이 있는 사람은, 분명히, 자네지. 적어도 그것은 온 세상이 다 알고 있지. 다만 그녀만 그렇게 생각하지 않지.」

「좋아요.」 요엘이 말했다. 「문제를 조사하도록 하죠. 심리 위원회도 구성해야 할 거예요. 그렇지만 장모님과 어머님이 서로의 차이점들을 간단히 수습해 나가는 것이 가능하다면 그것이 최상일 거예요.」

「자네에겐 모든 것이 너무나 간단하군.」 아비가일이 여자 교장 선생님 같은 목소리로 말했다. 요엘이 중간에 끼어들었다.

「장모님, 제가 뭔가를 하려고 하고 있는 것이 보이지 않으세요.」

「내가 미안하게 됐네.」 그녀는 차갑게 말했다. 「나의 말도 안 되는 소리에 신경 쓰지 말게.」 그녀는 문을 뒤로 조용히 닫으면서 방을 나갔다.

가끔 밤 늦게, 격렬히 다툰 후에, 이브리아는 그에게 속삭이곤 했다. 「그렇지만 제가 당신을 이해한다는 것만은 아세요.」 그런 말을 하면서 그녀는 무엇을 그에게 전달하려고 했을까? 그녀는 무엇을 이해한 것일까? 요엘은 도저히 알아낼 수 없다는 것을 잘 알고 있었다. 그 의문은 지금 그 어느 때보다도 더 중요했고 다급할 지경이었다. 그는 그녀의 차가운 손가락이 그의 뒷덜미를 어루만졌으면 하는 강력한 욕망에 사로잡혔고 또 병아리들을 소생시켜 주는 것처럼 자신의 거친 손으로 그 손가락을 쥐어서 따뜻하게 해주기를 갈망했다. 정말로 단순한 사고였을까? 그는 차에 뛰어올라 곧장 예루살렘으로, 탈비아에 있는 아파트 구역으로 달려가 집 안팎의 전깃줄 상태를 조사해 보고, 그날 아침의 매 분, 매 초 각각의 움직임을 거의 파악해 내려고 할 뻔했다. 그러나 그의 머릿속에서 아파트 구역은 이타마르 혹은 아비타르의 우울한 기타 선율 사이에서 떠다니고 있는 것처럼 느껴졌고, 요엘은 그 슬픔이 자신이 견뎌 낼 수 있는 것보다 더 심해질 거라는 것을 알고 있었다. 그는 예루살렘으로 달려가는 대신에 옆집으로, 앤 마리와 랄프 집의 송로 — 그리고 버섯 — 가 가득한 숲으로 갔고, 저녁과 두보네를 들고 컨트리 뮤직을 듣고 나서, 랄프가 자신의 누이 침대로 그를 데려다 주었고 요엘은 랄프가 남아 있건 나가건 개의치 않았고 그날 밤 그는 아버지가 딸의 눈물을 닦아 주는 것처럼, 즐거움을 위해서가 아니라 연민과 사랑으로 함께 잠을 잤다.

   자정이 지나서 그가 돌아왔을 때 집은 어두웠고 잠잠했다. 그는 이제 재난이 끝났다고 느껴지는 듯한 그 고요함에 잠시 동안 놀랐다. 거실 문을 제외하고 모든 문이 안쪽에서 잠겨 있었다. 그는 불을 켜며 안으로 들어가서 사진들이 사라지고 없으며 하누카 촛대도 역시 사라져 버렸다는 것을 발견했다. 그리고 그는 잠시 동안 그 입상도 사라졌다고 생각하였기 때문에 당황스러웠다. 그러나 실제로, 그것은 단지 약간 옮겨져 있을 뿐이었다. 그것은 선반 끝에 서 있었다. 요엘은 그것이 떨어질까 두려워서 조심스럽게 선반의 중간으로 가져다 놓았다. 그는 세 명 중에 누가 사진들을 없애 버렸는지 알아내야만 직성이 풀릴 것 같았다. 그렇지만 그런 조사가 일어나지 않을 것이라는 것도 알았다. 다음 날 아침 식사 시간에는 사진들이 사라진 것에 대한 한마디의 언급도 없었다. 그다음 며칠 동안도. 리사와 아비가일은 다시 평화를 찾았고 지방의 건강 교실과 매듭실 뜨개질 클럽의 모임에 가기 위하여 함께 나갔다. 때때로 그들은 요엘의 무신경함이나 아침부터 저녁까지 아무것도 하지 않는 것에 대하여 이구동성으로 빈정거리면서 말했다. 네타는 저녁에 영화관이나 텔아비브 박물관으로 돌아다녔다. 그녀는 두 영화 사이의 시간을 때우기 위해 가끔 윈도 쇼핑을 하기도 했다. 비록 요엘은 재판 절차에 잘못된 것이 있다는 사실과 재판을 한 것은 심각한 실수를 했다고 매우 의심을 하고 있는 상태이긴 하지만, 연합 사령관 엘라자르가 유죄로 판결된 사건에 대하여 조사하던 것을 그만두지 않을 수 없었다. 실질적인 증거와 분류된 자료 없이는 그 큰 실책이 어떻게 일어났는지 자신도 찾을 수 없다는 것을 깨닫게 된 것이었다. 그러는 동안 겨울비가 다시 내리기 시작했고 그가 정원 길에서 신문을 집어 오기 위해 나갔던 어느 날 아침, 추위 때문에 얼어 죽은 것이 분명한 작은 새의 뻣뻣한 시체가 있는 부엌 베란다 위에서 놀고 있는 고양이들을 발견했다.

33

12월 중순 어느 날, 오후 3시에 낙디몬 루블린이 도착했는데, 군대의 모피 재킷을 입고 얼굴은 차가운 바람으로 인해 발갛게 달아올라 있었다. 그는 북쪽 끝 메툴라에서 자신이 즉석 착유기로 짜낸 올리브 오일 한 캔을 선물로 가져왔다. 그는 늦여름에 핀 엉겅퀴 가시 네댓 개를 옛날에 바이올린을 담아 두었던 검은색의 낡은 케이스에 담아 가지고 왔다. 그는 네타가 그것을 수집하는 데 흥미를 잃어버렸다는 것을 알지 못했다.

그는 홀로 발걸음을 옮겨 각 방을 차례차례 의심스러운 눈길로 들여다보고, 거실로 가 마치 두꺼운 땅을 울리듯 힘찬 발걸음을 내디뎠다. 그는 바이올린 케이스 속의 엉겅퀴와 꾸러미 속에 싸여 있는 올리브 오일 캔을 거침없이 커피 테이블 가운데에 놓았고 자신의 재킷을 벗어 다리를 뻗어 편한 마음으로 앉아 있는 안락의자 옆의 바닥에 던졌다. 여느때와 같이, 여자들은 〈아가씨들〉이라 불렸고, 요엘은 〈선장〉이라 불렸다. 그는 요엘에게 이 〈초콜릿 상자〉를 빌린 월세가 얼마인지 물어보았다. 그리고 그들의 화제가 사업에 관한 이야기로 바뀌게 되자, 그는 뒤쪽 호주머니에서 고무 밴드로 싸온 구겨진 50세켈의 지폐 뭉치를 꺼내어 내키지 않은 듯이 테이블 위에 놓았다. 이것은 쉬엘티엘의 유언에 따라, 메툴라의 과수원과 여인숙에서 얻어지는 수입 중 아비가일과 요엘의 반년치 몫이었다. 그 뭉치 제일 윗장에는, 목수의 연필 같은 것으로 두껍게 총액이 써 있었다.

「그러면 이제.」 그가 콧소리로 느릿느릿 말했다. 「얄랴, 일어나죠, 아가씨들. 이 사람은 굶어 죽을 것 같군요.」

눈 깜짝할 사이에, 세 사람은 개미집의 입구를 봉쇄당한 개미들처럼 부산스럽게 움직였다. 그들은 급히 다니다가 서로 부딪치지 않도록 조심해 가며 부엌과 거실 이곳저곳을 왔다 갔다 했다. 낙디몬이 황송스럽게 커피 테이블에서 다리를 내려놓는 순간, 테이블보가 펼쳐지고 그것 위에는 눈 깜짝할 사이에 접시, 유리잔, 병들, 냅킨, 양념, 따뜻한 피타 빵, 그리고 피클과 나이프와 포크가 놓였다. 비록 부엌에서 점심을 들고 치운 지 한 시간도 채 되지 않았지만. 요엘은 이 거칠고, 붉은 얼굴의 땅딸막한 사람이 평소에는 만만치 않은 이 여성들을 장악하는 힘에 말문이 막혀 어리둥절하게 바라보았다. 그리고 그는 자신에게 〈바보, 확실히 넌 질투하고 있는 것은 아니야〉라면서 은근히 끓어오르는 분노를 삼켜야만 했다.

「있는 것은 무엇이든 여기로 내와요.」 손님은 느린 콧소리로 주문했다. 「다만 고르라며 나를 혼란스럽게 하지는 말아요. 〈무하마드는 배가 고파 죽어 갈 때, 난 뱀의 꼬리마저 삼켜 버릴 것이다〉라고 말했지. 자네도 여기 앉지, 선장. 대접하는 것은 아가씨들에게 맡기고, 자네와 난 이야기나 하세.」

요엘은 처남을 바라보면서 순순히 소파에 앉았다. 「그건 이래.」 낙디몬이 말했다. 그러고 나서 마음을 바꾸어 말했다. 「잠깐만 기다리게.」 그는 말하던 것을 멈추고 10분 동안 조용히 숙달된 행동으로, 앞에 놓여 있는 로스트 치킨, 껍질째 구운 감자, 샐러드, 그리고 조리한 야채를 열심히 먹었고, 맥주를 꿀꺽꿀꺽 삼켰고, 맥주 사이사이에는 탄산가스가 든 오렌지에이드 두 잔을 비웠다. 왼쪽 손에 들려 있는 피타 빵은, 스푼과 포크 대용으로 사용하다가 간간이 씹어 먹기도 했다. 어쩌다가 때때로 복부의 포만감으로 인한 짧은 기쁨의 한숨과 함께 만족의 트림을 내뱉었다.

요엘은 이 손님의 외모 속에서 오래된 의심을 확인하거나 부정시켜 줄 만한 어떤 숨어 있는 세세한 것들을 찾는 것처럼, 생각을 집중하여 그가 먹는 것을 지켜보았다. 이 루블린의 턱, 혹은 그의 목과 어깨, 그리고 주름진 농부의 손, 혹은 모든 곳에 그 어떤 것이 있었고, 그것은 사라져 버린 더 오래된 곡조와 유사한 잡히지 않는 곡조의 기억처럼 요엘에게 다가왔다. 이 땅딸막하고 붉은 얼굴을 가진 남자와 섬세한 몸과 느릿느릿하고 내성적인 몸짓을 가지고 있었던 마르고 창백한 자기의 죽은 아내 사이에는 조금도 닮은 점이 없었다. 요엘은 분노가 치밀어 올랐고, 즉시 이 분노로 인하여 자신에게 더 화가 났다. 왜냐하면 수년에 걸쳐 항상 냉정할 수 있도록 자신을 단련시켜 왔기 때문이다. 낙디몬이 식사를 마치도록 기다리는 동안, 여성들은 커피 테이블을 사이에 두고 반대편에 앉아 있는 두 남자와는 약간의 거리를 두고서, 극장의 특등석에서처럼 식탁 주위에 둘러앉았다. 방문객이 마지막 뼈까지 우적우적 씹어 먹고 빵으로 접시를 닦아 먹고 사과 절임을 모조리 먹어 치울 때까지 그 방에선 거의 한마디의 말도 오고 가지 않았다. 요엘은 무릎을 정확한 각도로 굽히고서 못생긴 손을 무릎 위에 올려놓은 채 처남을 바라보며 앉아 있었다. 요엘은 정예 정찰 부대에서 퇴직한 투사처럼 보였는데, 햇볕에 강하게 태운 얼굴을 하고 있었고, 철사처럼 구불구불한 더벅머리와 시기상조의 흰 머리카락은 이마에서 솟아 나와 떨어지지 않은 뿔처럼 두드러져 있었고, 눈가의 주름은 희미한 아이러니를 띠고 있었지만, 입가에 드리운 미소의 그림자만은 그것에 동참하지 않았다. 수년 동안의 훈련 과정을 거치면서 그는 상당한 시간 동안 그렇게 앉아 있는 능력을 연마했는데, 마치 비극적인 자세로, 무릎을 정확한 각도로 세우고 각 무릎 위에는 손을 펴서 올려놓고, 몸을 똑바로 세우긴 했지만 긴장은 하지 않고, 어깨는 긴장을 풀고, 그리고 얼굴에는 어떤 움직임도 만들지 않는 그런 자세였다. 루블린이 소매로 입가를 닦고 코를 푼 종이 냅킨으로 소매를 닦아, 그것을 구겨서 오렌지에이드가 반쯤 담겨 있는 유리잔 속으로 던져 버릴 때까지. 그는 지겹다고 느끼면서 문을 쾅 닫는 것처럼 심한 방귀를 뀌었고, 그러고 나서 식사를 시작하기 전에 꺼냈던 것과 거의 같은 말로 입을 열었다. 「좋아. 자네도 알다시피, 그건 이렇지.」

아비가일 루블린과 리사 라비노비치, 각자는 서로 알리지 않고 이 달 초순경에 메툴라에 편지를 써서, 2월 16일, 이브리아의 첫 번째 기일에 예루살렘에 있는 그녀의 무덤에 비석을 세워 주는 문제를 의논하고자 했다는 것이 밝혀졌다. 그는 요엘 몰래 어떤 것도 하지 않으려고 했고, 어쨌든 그것이 그의 몫으로 맡겨진다면, 요엘에게 그 일 전체를 처리하도록 넘겨 주고 싶었다. 비록 그도 액수의 반은 기꺼이 지불하려고 했지만. 혹은 그것의 전부라도. 그에게는 별 상관없었다. 그녀, 그의 누이, 그녀가 가버렸을 때, 모든 것이 그녀에게는 별 상관없는 일이었다. 만약 그렇지 않았다면 그녀는 머물러 있었겠지. 지금 그녀의 머릿속으로 들어가려고 노력하는 것이 무슨 소용이 있는가. 어쨌든, 그녀가 아직 살아 있었을 동안에도 그녀에게는 모든 것이 꽉 차 있어서 어떤 방향에서든 출입 금지였다. 그리고 오늘 텔아비브에서 어떤 일이 있었으므로 — 운송 협동 조합의 자기 몫을 내다 팔고, 여인숙의 몇몇 매트리스를 제작하고, 조그만 돌 채석장에서 허락을 얻는 일 — 그는 그들이 식사를 하고 있는 것을 유심히 바라보고 무엇을 할 필요가 있는지를 분류하기로 했다. 저게 그 사진이군. 「그래, 뭐라고 말했지, 선장?」

「좋아요. 비석요. 왜 안 되겠어요.」 요엘이 조용히 대답했다.

「자네가 가서 보겠나, 아니면 내가 할까?」

「처남이 원하는 대로 하시죠.」

「이봐, 크파르 아제르에 있는 땅에서 썩 좋은 석판을 구했다네. 반점이 있는 검은 돌이지. 대략 이만큼 높지.」

「좋아요. 그것으로 하죠.」

「우리가 그 위에다 뭔가를 새겨야 하지 않겠나?」

아비가일이 끼어들었다.

「이번 주말까지는 무엇을 쓸 건지 결정하는 게 좋겠어요. 그렇지 않으면 기일에 준비하지 못할 거야.」

「안 돼!」 리사가 갑자기 구석에서 거칠게 소리쳤다.

「뭐가 안 된다는 거죠?」

「죽은 사람을 헐뜯는 것은 잘못이지.」

「누가 죽은 사람을 흉보고 있나요?」

「문제의 진실은.」 리사가 도전적으로, 어른들을 당황시키려고 결심한 채 사납게 날뛰는 여학생처럼 대답했다. 「문제의 진실은 그 아이가 어느 누구도 많이 좋아하지 않았다는 거지. 그렇게 말하는 것이 좋지는 않은 일이지만, 거짓말을 하는 것은 훨씬 더 나빠. 그건 그랬어. 아마도 그녀가 사랑한 유일한 사람은 그녀의 아버지였을 거야. 그리고 여기에 있는 어느 누구도 그 아이에 관하여 전혀 생각을 하고 있지 않아. 예루살렘보다는 모든 소박한 사람들과 함께, 그녀의 아버지가 묻혀 있는 메툴라의 무덤에 누워 있는 것이 아마도 그녀에게 더 좋을 거야. 그런데 여기에 있는 모든 사람은 자기들 생각만 하고 있어.」

「아가씨들.」 낙디몬이 졸린 듯이 느릿느릿 말했다. 「우리가 몇 분 동안 좀 조용히 그것에 관해 말하게 해주시겠어요. 그런 후에는 당신들도 자신이 생각하는 바를 말할 수 있어요.」

「좋아요.」 요엘이 이전의 질문에 뒤늦게 대답했다. 「네타, 네가 문학을 담당하고 있으니, 네가 적당한 것을 작문하면 내가 루블린이 가지고 올 비석에다가 그것을 새기겠다. 그러면 그것으로 다 됐네요. 내일도 또 날이에요.」

「손대지 마세요, 아가씨들.」 낙디몬은 남은 식사를 치워 버리려는 여성들에게 경고했다. 그는 삼베 뚜껑으로 덮어 놓은 작은 꿀 항아리에 손을 댔다. 「저 항아리에는 천연 뱀 독이 가득하지. 나는 그놈들이 겨울에 창고의 자루 속에서 자고 있을 때 잡아서, 독사의 젖을 여기저기에서 짜고, 그런 다음에 마을로 가지고 가서 팔지. 그런데 선장, 왜 모두 여기에서 함께 웅크리고 사는지, 자네가 설명해 주겠나?」

요엘은 주저했다. 그는 자신의 시계를 쳐다보고 두 개의 주 바늘 사이의 각도를 파악하고, 초바늘이 달리고 있는 것을 조금 따라가기는 했지만, 몇 시인지는 포착하지 못했다. 그러고 나서 질문을 이해하지 못했다고 대답했다.

「씨족 전부가 한 구멍에 있어. 이게 뭔가. 다른 사람의 위에 또 한 사람이 있고. 아랍 놈들의 집처럼. 늙으신 분들과 애들과 염소와 닭들과 그리고 전체적으로 서로 너무 엮여 있어. 이러는 목적이 뭔가?」

리사가 불쾌한 듯이 끼어들었다.

「누가 인스턴트 커피고, 누가 터키식이지? 손들어 봐.」

그리고 아비가일.

「너의 얼굴에 있는 그 검은 점은 뭐냐, 낙디. 넌 항상 그 자리에 갈색 점이 있었는데 이제 그것이 검은색으로 변했구나. 의사한테 보여야만 한다. 이번 주에 라디오에서 그런 점에 관해서 사람들이 이야기를 했는데, 절대 간과해서는 안 된다고 하더구나. 포하체브스키에게 가서 보이고, 검진을 해달라고 해라.」

「그는 죽었어요.」 낙디몬이 말했다. 「오래전에.」

요엘이 말했다.

「됐어요, 루블린. 처남이 검은 돌을 가지고 오면 우리가 그 위에다 이름하고 날짜만 넣도록 하죠. 그러죠. 기일 행사가 없더라도 제가 할게요. 적어도 제가 고작 그거 가지고 앞장서시는 분들과 뒷짐지고 계신 분들을 귀찮게 하지는 않아야죠.」

「부끄러운 줄 알아!」 리사가 쉰 목소리로 말했다.

「밤을 여기서 지내고 싶니, 낙디?」 아비가일이 물었다. 「자거라. 창문을 내다봐, 폭풍이 일어나려고 하는 게 보이지. 여기에 있는 우리는 요즘에 약간의 의견 불일치가 있었어. 리사는 이브리아가 은근히 어느 정도 신앙심이 깊었지만 우리가 스페인 종교 재판처럼 그 아이를 박해했다고 생각했어. 낙디 넌 그 아이한테서 어떤 종교적인 낌새를 알아챘었니?」

질문을 알아듣지는 못했지만 무슨 이유에서인지 그것이 자신에게 묻는 것이라고 생각한 요엘이 곰곰이 생각하여 대답했다.

「그녀는 평온함을 사랑했어요. 그것이 정말로 그녀가 사랑했던 거예요.」

「제가 찾은 부분을 들어 보세요.」 네타가 헐렁한 바지와 텐트처럼 넓은 체크 셔츠를 입고 달려와서, 『돌에 관한 시: 개척자들 시대의 비문』이란 커다란 책을 가져와서 읽었다. 「이 부분이 얼마나 달콤한지 들어 보세요.」

> 여기에 가장 사랑스러운 한 젊은이가 누워 있네
> 진실로, 모두의 가슴을 에는 손실.
> 아론 제에브의 아들 예레미야, 그가 하늘로 갔다네
> 5661년 이야르월 초하룻날에, 스물일곱 살의 나이로.
> 그가 혼자 사는 것을 참을 수 없어,
> 그의 비극적인 영혼도 천국으로 날아갔네.
> 그는 너무나 젊고 너무나 순수했네,
> 그러므로 그의 기억은 영원할 것이라네.

아비가일은 화가 나서 손녀를 나무랐고 눈동자는 분노로 불꽃이 튀고 있었다. 「그건 웃기지도 않아, 네타. 너의 비웃음이 너의 조롱이 너의 거만함이야. 아무리 삶이 웃기는 것이고 죽음이 농담거리고 고통 받는 것이 단지 일상사에 지나지 않는다고 하지만. 저 아이의 모든 것이 자네를 쏙 빼닮다니, 요엘, 그것에 대해 생각 좀 해보게. 자네의 정신을 단 한 번만이라도 그것에 집중시켜 봐. 저 냉담, 저 경멸, 저 으쓱거리는 어깨, 저 죽음 같은 냉소. 네타는 자네한테서 모든 것을 그대로 배웠네. 저 아이가 자네의 복사판이라는 것을 보지 못하겠나? 자네의 차가운 냉소로 이미 한 사람이 불행을 자초했지만, 하늘은 자네가 또 다른 사람을 그렇게 만들지 못하게 막았어야 했어. 악마를 유혹하지 않도록 이제는 내가 입을 다무는 것이 더 낫겠어.」

「요엘한테서 뭘 원하는 거예요, 아비가일?」 리사는 슬픈 애절함과 같은 종류의 감정으로 슬프게 외쳤다. 「당신은 눈이 없어요? 저 아이가 우리 모두를 위하여 고통 받고 있다는 것을 모르겠어요?」

그리고 요엘이 늘 몇 분 전에 받은 질문에 뒤늦게 대답하는 것처럼 말했다.

「아시겠죠, 루블린. 우리는 항상 여기에서 서로가 의지하며 살기 위하여 함께 이렇게 살고 있어요. 처남도 합류하는 게 어때요? 메툴라에서 두 아들을 데려오세요.」

「마알레쉬, 신경 쓸 것 없어요.」 손님은 테이블을 뒤로 밀면서, 자신의 재킷을 걸치고, 그리고 요엘의 어깨를 탁 치면서 쉰 목소리로, 마땅치 않은 어조로 말했다. 「다른 방법이 있을 텐데, 선장. 자네는 여기의 여자들을 떠나서 우리에게로 오는 것이 더 나을 걸세. 우리는 아침마다 우선 자네를 들판이나, 어쩌면 벌통 일을 하게 할 것이고, 그리고 자네가 여기에서 서로 미치게 만들기 전에 자네 머리를 깨끗이 청소해 주지. 어떻게 그게 넘어지지 않을 수 있는 거지?」 갑자기 시선을 선반 끝의 받침대에서 금방 뛰어오르려고 할 듯이 보이는 고양이과의 육식 동물 입상으로 던지면서 그가 물었다.

「아.」 요엘이 말했다. 「그건 제가 묻고 싶은 것인데요.」

낙디몬 루블린은 그 야수를 손에 들고 무게를 재었다. 그것을 뒤집어, 바닥이 위쪽으로 오게 해서 손톱으로 긁어 보고, 이리저리 돌려 보며, 눈먼 눈을 자신의 코에 가까이 대고 냄새를 킁킁거렸다. 그 순간 재치 없고, 의심스러워하고, 굳게 입을 다문 농부의 모습이 그의 얼굴에 더욱 강렬하게 나타났고 마침내 요엘은 혼잣말로 유행 어구를 말하지 않을 수 없었다. 〈도자기 가게의 황소같이. 그가 그것을 깨지 않도록 바라자.〉

마침내 방문객이 말했다.

「젠장. 들어봐, 선장. 여기에는 뭔가 미치게 만드는 것이 있어.」

그러나 그의 말과는 놀랄 만큼 대조적으로, 섬세하게, 깊은 존경의 몸짓으로 느껴지게, 입상을 다시 제자리에 가져다 놓고 손가락 끝으로 부드럽게 천천히 긴장되어 구부러진 등을 어루만졌다. 그런 다음 그는 떠났다.

「자, 아가씨들, 다음에 봅시다. 서로 괴롭히지 마세요.」

그리고 독이 든 항아리를 재킷의 호주머니 속으로 집어넣으면서 덧붙였다.

「나와서 나 좀 보세, 선장.」

요엘은 그의 길고 넓은 쉐보레 자동차까지 동행했다. 그들이 헤어질 때, 그 땅딸막한 사람은 요엘이 예상치 않았던 목소리로 내뱉었다.

「자네한테도 뭔가 미치게 만드는 게 있어, 선장. 나를 오해하진 말게. 메툴라에서 나오는 약간의 돈을 자네에게 주는 것은 아무렇지도 않아. 아무 문제 없어. 그리고 비록 유서에는, 자네가 재혼하면 그것을 못 받게 되어 있지만, 내가 있는 한 자네는 내일이라도 결혼할 수 있고 여전히 돈도 받을 걸세. 아무 문제 없어. 난 다른 것에 관해 이야기하는 거라네. 크파르 아제르에 아랍 놈이 있는데, 나의 좋은 친구지. 그는 미치광이에다, 도둑이고, 그는 자기 딸도 착취한다고 사람들이 말하더군. 그렇지만 그의 늙은 어머니가 죽어 갈 때 그녀를 하이파로 데려가서 전기 냉장고, 세탁기, 비디오 등 그녀가 늘 가지고 싶어 했던 모든 것을 사주었다네. 그래서 그녀는 적어도 행복하게 죽었지. 그런 것이 바로 사람들이 연민을 가졌다고 부르는 걸세, 선장. 자네는 매우 영리하고, 빈틈없는 사람이고, 또 상당히 점잖은 사람이기도 하지. 그것에는 의문의 여지가 없어. 주사위만큼 정확하지. 자네는 정말로 괜찮은 친구야. 문제는 말일세, 자네에게는 중요한 세 가지가 빠져 있어. 첫째 욕망, 둘째 기쁨, 셋째 연민. 요엘, 자네가 나에게 부탁한다면, 내가 세 가지를 한꺼번에 꾸러미로 엮어 주지. 자네가 두 번째 것이 없다면, 자네는 첫 번째 것도 세 번째 것도 없는 거라네. 자네가 처한 상태, 자네는 끔찍한 상태에 있어. 이제 집 안으로 들어가는 게 낫겠네. 이렇게 내리는 비를 바라보게. 자네를 바라보고 있는. 난 자네를 볼 때마다 거의 울고 싶다네.」

34

 놀랍게도 온화한 겨울 푸르름이 넘쳐흐르는 맑은 날들이, 주말 내내 계속되었다. 갑자기 따사로운 벌꿀색의 햇살은 낙엽들 더미를 가볍게 스치고 지나가면서, 또 녹아 버린 구릿빛 광채를 여기저기로 들어 올리면서 발가벗은 정원과 서릿발로 하얗게 변해 버린 잔디밭 위를 한가로이 어슬렁거렸다. 길가에 늘어선 타일을 붙인 지붕들 위에는 태양열 판이, 뜨겁게 빛나는 섬광을 내며 반짝거렸다. 주차된 차들, 도랑, 웅덩이, 아스팔트 가장자리 근처에 있는 깨진 유리, 우편함, 그리고 창문 유리, 모든 것이 환하게 빛났고 반짝거렸다. 장난치는 듯한 섬광이 벽에서 담 위로 뛰어올라 우편함을 밝히고, 길을 가로지르며 빛을 쏟아 내어 건넛집의 문 앞에서는 눈부신 빛의 반짝거림을 만들어 내면서 덤불과 잔디밭 위로 날아다녔다. 요엘은 이렇게 떠돌아다니고 있는 섬광이 어느 정도쯤은 자신과 관련이 있을까 하는 의심이 갑자기 들었다. 만약 자신이 얼어붙어 움직이지 않고 서 있다면, 그 빛 또한 서 있게 될 것이다. 그는 마침내 섬광과 자신과의 관련성을 파악해 내었는데, 그 빛은 자신의 손목시계가 반사된 것이었다.
 대기는 점차 곤충들의 윙윙거리는 소리들로 가득 찼다. 바다에서 불어오는 산들바람은 소금 냄새와 멀리 길 아래에서 놀고 있는 사람들의 소리까지 몰고 왔다. 여기저기에서 이웃들은 화단의 잡초를 뽑기 위하여, 또 겨울 꽃들의 구근을 심을 자리를 마련하기 위하여 나와 있었다. 한 소년은 부모의 차를, 분명히 용돈을 위하여, 세차하고 있었다. 요엘은 눈을 들어 서리를 피한 새 한 마리가 마치 갑작스러운 찬란함에 정신을 잃어버린 것처럼, 앙상한 가지 끝에 앉아 혼신의 힘을 다해 노래를 부르고 또 부르고, 어떤 변형이나 쉼도 없이, 특히 세 소절로 된 한 노래만을 지저귀고 있는 것을 바라보았다. 그 노래는 엎질러진 벌꿀처럼 끈적거리는 두꺼운 빛의 홍수 속으로 삼켜져 버렸다. 요엘은 손을 뻗어 자기 시계에서 반사된 빛의 섬광을 잡으려는 헛된 노력을 하였다. 그리고 감귤나무 숲의 나무들 꼭대기 너머, 멀리 떨어진 동쪽의 지평선에서는, 산들이 멋진 안개에 휩싸여, 마치 산들이 무거운 덩어리는 던져 버리고 그림자만으로 변해 버린 것처럼, 또 가벼운 파스텔이 환한 화폭을 어루만지고 지나간 듯 그 속에서 녹아 푸른색으로 변해 버렸다.

아비가일과 리사가 카르멜산의 겨울 축제에 가고 없었기 때문에, 요엘은 대대적인 빨래를 하기로 마음먹었다. 그는 민첩하게, 효율적으로, 그리고 규칙적으로 이 방 저 방으로 다니면서 베개, 누비 이불, 쿠션의 커버를 벗겼다. 그는 침대 시트까지도 수거했다. 그는 부엌에 있는 찻수건을 비롯하여 모든 더러운 타월들을 모았고, 욕실에 있는 빨래 바구니도 비웠다. 그런 다음 다시 침실로 가서 옷장 안과 의자 뒤를 들여다보고서 블라우스, 속옷, 잠옷, 슈미즈, 셔츠, 실내복, 러닝셔츠 그리고 스타킹을 집어 들었다. 그 일을 다 마치고는 자기 옷을 모두 벗어 버리고, 욕실에 벌거벗은 채 서서 빨래 더미 위에 그것들을 쌓았다. 그러고 나선 빨랫감을 분류하기 시작했다. 그는 20분 동안 옷도 입지 않고 서서, 꼼꼼하고 정확하게 분류했으며, 자신의 지적인 안경을 쓰고서 꼬리표에 인쇄

되어 있는 세탁 방법을 들여다보기도 했고, 조심스럽게 더운물 세탁, 찬물 세탁 그리고 손빨래로 각각 분류해서 쌓아 두었고, 어떤 것을 비틀어 짤 수 있는지 아닌지, 어떤 것을 회전 건조기에 넣을 수 있는지, 크란츠와 그의 아들 두비의 도움을 받아 매어 놓은 회전 빨랫줄에는 어떤 것들을 널어야 하는지를 상기했다. 분류와 단계 설정이 끝난 다음 그는 옷을 입고 더운물 빨래부터 찬 것으로, 그리고 질긴 것부터 섬세한 것의 차례로 빨래를 돌렸다. 아침 반나절이 지나갔지만 그는 너무나 바빠서 시간 가는 줄도 몰랐다. 그는 네타가 극장 클럽에서 돌아오기 전에 모든 것을 끝내기로 마음먹었다. 그는 시집에 실린 결백하고 순수한 아론의 젊은 아들 예레미야가 휠체어에 묶여 있는 모습을 마음속에 그려 보았다. 아마도 그것이 그가 그렇게 순수해 보이는 이유였을 것이다. 휠체어는 전혀 죄가 없다. 엘라자르 장군에게 가해졌던 아그라나트 심의 위원회의 판결에 관하여, 요엘은 선생이 항상 부하들에게 주입시킨 정신을 대입시켜 생각해 보았다. 〈절대적인 진리는 존재할 수도 있고 그렇지 않을 수도 있다. 그것은 철학자들의 문제이다. 그러나 바보나 멍청이라도 무엇이 거짓인지는 안다.〉

아직도 정원의 빨랫줄에 널려 있는 것들을 제외한 모든 빨래를 말려서 각각의 옷장 서랍 속에 개어 넣었는데, 이제 무엇을 해야만 하는가? 다림질을 해야 할 것은 모두 다렸다. 그러면 이제는? 지난주 안식일에는 정원의 창고를 정리했었다. 2주일 전에는 모든 창문들을 돌아다니며 경첩들이 녹슬지 않게 조처했었다. 그는 마침내 전기 드릴을 사용하는 습관을 버려야 한다는 것을 알게 되었다. 부엌은 광이 났고 그릇 건조대에는 티스푼 하나도 보이지 않았다. 모든 것이 치워져 있었기 때문이다. 아마도 그는 반쯤 먹은 설탕 봉지들을 모두 합쳐야만 하는가? 아니면 라마트 로탄의 교차로에 있는 바르두고의 종묘상으로 가서 겨울 꽃 구근을 사야 하나?「너는 병이 날 거야.」그는 어머니가 한 말을 자신에게 했다.「네가 뭔가 일을 시작하지 않으면 병이 날 거야.」그는 잠시 동안 이 가능성을 점검해 보았는데 그 말에서 잘못을 찾을 수 없었다. 그는 자기 어머니가 자신이 일을 시작하는 데 도움을 주기 위하여 가지고 있는 상당한 돈에 대한 언질을 여러 번 주었다는 것을 기억했다. 그리고 그가 사립 탐정 사무소의 파트너로 합류만 한다면 달을 따주겠다고 제안했던 옛 동료의 말을 기억해 냈다. 그리고 르 파트롱의 간청도. 랄프 버몬트는 그에게 거대한 캐나다인 조합과 관련된 신중한 투자 경로에 관하여 말한 적이 한 번 있었는데, 18개월 내에 돈을 투자액의 두 배로 만들어 줄 것을 약속했었다. 아릭 크란츠도 최근에 자신과 모험을 함께하자고 끊임없이 애원했었다. 그는 일주일에 두 번 하얀 코트를 입고 병원에서 군의관 보조로 일했고, 그레타라는 이름의 자원 봉사 간호사의 매력에 매혹되어 있었다. 아릭 크란츠는 그녀의 마음을 빼앗아 항복시킬 때까지는 포기하지 않기로 맹세했다. 그는 이미 요엘을 위하여 크리스티나와 이리스라는 두 명의 자원 봉사자를 선발하여 점찍어 두었다고 주장했다. 요엘은 한 명을 고를 수 있었다. 아니면 둘 다를.

자신의 식민지를 세우기 위해 필요한 장비 더미를 옮기면서 — 독서용 안경, 선글라스, 소다수 병, 브랜디 병, 연합 사령관에 관한 책, 선탠 크림 튜브, 태양 가리개 그리고 트랜지스터 라디오 — 요엘은 네타가 극장 클럽의 토요일 공연을 보고 돌아와 늦은 점심을 함께 먹을 때까지 해먹에서 일광욕을 하려고 나갔다. 사실, 왜 그가 처남의 초대를 수락하지 않았는가? 그는 메툴라에 혼자 갈 수도 있었다. 며칠 동안 그곳에 머물고. 아마도 한 두 주 동안. 왜 몇 개월은 안 되겠는가? 그는 아침부터 저녁까지 들녘에서, 벌통에서, 과수원에서 옷을 반쯤 벗은 채 일하고 싶었다. 나무들 사이에서 이브리아와 첫날밤을 보냈었던 그 과수원, 그때 그녀는 관개 수로의 수도꼭지를 잠그기 위하여 나왔었고, 그는 지휘관 훈련 과정의 하나로 목표물을 찾아가던 훈련 도중에 길을 잃어버렸던 군인이었으며 수도꼭지에서 자신의 물병을 채우고 있었다. 그녀가 자신에게서 다섯 내지 여섯 발자국 떨어진 곳에서 두려움으로 얼어붙어 있었을 때 그는 그녀의 존재를 알아차렸다. 그는 거의 호흡을 멈추었었다. 그녀의 다리가 웅크리고 있는 자신의 몸과 부딪치지 않았다면 그는 전혀 눈치 채지 못했을 수도 있었다. 그가 확실히 알아차렸을 때 그녀는 고함을 지르려 했고, 그에게, 〈날 죽이지 말아요〉라고 속삭였다. 그들은 둘 다 아연실색했고 서로 열 마디의 말도 나누지 않았지만 서로의 몸은 갑자기 함께 달라붙어, 거칠게 더듬으며, 옷을 다 입은 채 진흙 속에서 뒹굴고, 숨을 헐떡거리며 눈먼 한 쌍의 강아지처럼 서로 파고들었으며, 또한 그들은 서로에게 상처를 내고 시작도 채 하기 전에 끝마치고 즉시 반대 방향으로 서둘러 가버렸다. 그리고 몇 달 후 두 번째로 그녀와 누워 있었던 곳도 역시 과일 나무 사이였다. 그때 그는 마치 마력에 걸린 것처럼 메툴라로 돌아와 같은 수로 밸브 옆에서 이틀 밤 동안이나 그녀를 기다렸고, 세 번째 날 밤 다시 만나서, 욕망을 채우지 못해 죽어 가는 사람들처럼 서로 안고 쓰러졌다. 그리고 나중에 그가 그녀에게 청혼하자 그녀는 말했다. 「당신 정신이 나갔어요.」 그 후 그들은 밤에 만나기 시작했다. 그들이 서로 낮에 만난 것은 어느 정도 시간이 흐른 후였고, 그들은 실제로 보고 나서 실망하지 않겠다고 서로에게 약속했었다.

아마 그곳에 머무르는 시간 동안 낙디몬으로부터 한두 가지를 배울 수도 있을 것이다. 예를 들면, 그는 독사의 젖을 짜는 기술을 익히도록 노력할 수도 있을 것이다. 그는 노인네가 남긴 유산의 진정한 가치를 한 번 그리고 모두를 위해 연구하고 알아낼 수도 있을 것이다. 오래전 겨울, 이브리아와 네타가 그에게서 달아나 그에게 찾아오지 말라고 하고 그 때문에 네타의 문제가 사라졌다고 주장했던 그때, 메툴라에서 정말로 일어났던 일을, 너무나 늦기는 했지만, 알아낼 수도 있을 것이다. 그리고 조사를 하는 중간중간에, 햇빛이 내리쬐는 옥외에서 새와 바람과 함께 일하면서 몸을 튼튼히 하고 기쁨을 발견할 수도 있을 것이다. 이브리아와 결혼 전, 특별 임무 훈련 과정을 하게 한 장군 경호 부대로 전출되기 전처럼.

그러나 메툴라의 넓은 토지와 육체 노동의 날들을 생각하는 것도 그에게 열정을 지피진 못했다. 그는 여기 라마트 로탄에서 많은 지출을 하지 않았다. 여섯 달마다 낙디몬이 그에게 주는 돈, 노부인들의 국가 복지 기금, 그 자신의 연금, 그리고 예루살렘의 두 아파트에서 나오는 월세와 지금 집세로 지불해야 하는 돈 사이의 차액은 그가 새와 잔디와 더불어 시간을 보내면서 편안하게 생각하면서 지낼 수 있도록 허락했다. 그럼에도 불구하고 아직 전기를 발명하거나 푸시킨처럼 시를 써내려 가는 것은 엄두도 못 냈다. 그가 메툴라로 간다면, 분명히 전기 드릴이나 그와 같은 것에 중독될 유혹을 받게 될 것이다. 그는 갑자기 큰 소리로 웃을 뻔했다. 왜냐하면 낙디몬 루블린이 장례식에서, 〈하느님의 목장〉, 〈하느님 나라〉라고 말한 것과, 〈가까이〉라고 해야 할 곳에서 〈싸움〉이라고 말한 것이 기억났기 때문이다. 랄프의 아내들이나 앤 마리의 전남편이 보스턴에서 그들의 아이들과 만든 친교와 공동체는 그에게는 합리적이고 거의 감동적이게까지 보였는데, 그것은 그가 마음속으로 네타가 발견한 비문의 성경 인용 구절에 동의했기 때문이다. 〈사람이 혼자 사는 것은 좋지 않다.〉 결국, 그것은 달과 별의 병, 『다락방의 수치』의 문제도 아니고 상식과 상반되는 비잔티움의 십자가 처형 장면의 문제도 아니었다. 그것은 어느 정도는 샤미르와 페레스 사이의 불화와 같은 문제이다. 양보 속에 들어 있는 위험은 현실적이게 되고 타협하고자 하는 필요성에 상반되는 더욱더 많은 양보를 수반하기 쉽다는 것이다. 저 고양이, 분명히 여름 동안 정원의 창고에서 조그맣게 태어난 것들 중 하나가, 이제는 정말로 큰 놈이 되어 있다. 그리고 이미 그놈은 배고픈 모습으로 나무에 앉아 있는 새를 바라보고 있다.

  요엘은 주말 신문을 집어 들고, 그것을 뒤적이다가 떨어뜨리고는 잠이 들었다. 네타는 오후 3~4시 사이에 돌아오자마자 곧장 부엌으로 가서 냉장고에서 무엇인가를 꺼내 서서 먹었다. 그리고 나서 샤워를 하고 잠자고 있는 그에게 말했다. 「전 시내로 다시 갈 거예요. 아빠가 친절하게도 침대 시트를 빨아 주고 타월을 바꿔 주셔서 고마워요. 그런데요 그럴 필요는 없었어요. 무엇으로 청소비를 지불해야 되죠.」 요엘은 뭐라고 중얼거렸고, 그녀의 떠나는 발소리를 듣고 일어났을 때는 태양이 지기 시작하고 있었기 때문에 하얀 해먹을 잔디밭 가운데로 옮겼다. 그러고 나서 다시 드러누워 잠에 빠져 들었다. 크란츠와 그의 아내 오델리아는 발끝으로 걸어와서 하얀 정원 테이블에 앉아 요엘의 신문과 책에 눈길을 돌리면서 기다렸다. 그는 그동안의 세월과 여행들을 통하여, 마치 고양이처럼 어떤 졸림의 중간 단계를 거치지 않고 잠을 자다가 곧장 경계의 상태로 뛰어오르듯이 깨어나는 데 익숙해져 있었다. 눈을 계속 뜨고 있으면서 그는 맨발을 땅에 떨어뜨리고, 그리고 해먹에 앉아 한번 흘끗 쳐다보고 크란츠가 아내와 다투고 있다는 것과 그들이 자기에게 중재를 부탁할 것이라는 결론을 얻었는데, 어쨌든 이전에도 요엘의 중재로 의견 일치를 도출했던 상태에서 이를 먼저 위반한 것은 크란츠였다.

오델리아 크란츠가 말했다.

「오늘 점심을 먹지 않았다는 걸 인정하시죠. 제가 부엌에 잠깐만 들어가는 걸 허락하시면 제가 접시하고 뭐 그런 것들을 가져올게요. 저희가 당신을 위해서 약간의 닭고기 간과 양파 튀김 그리고 여러 가지 곁들여 먹을 것들을 가져왔어요.」

「당신도 알겠죠.」 크란츠가 말했다. 「이 사람이 맨 먼저 하는 게 당신에게 뇌물을 쓰는 거라고요. 그러니 당신이 이 사람 편을 들지.」

「저런 식으로……」 오델리아가 말했다. 「항상 남편의 머리가 돌아간다고요. 어떻게 할 수가 없지요.」

저물고 있는 태양이 피부를 붉게 만들었고 눈을 아프게 했기 때문에 요엘은 선글라스를 썼다. 그리고 양파 튀김과 밥을 곁들여 닭고기 간을 맛있게 먹으면서, 자기의 기억에 의하면 1년 반 정도 차이가 나는 두 아들의 안부를 물었다.

「둘 다 나를 싫어해요.」 크란츠가 선언했다. 「그 아이들 둘 다 좌파예요. 그리고 집에서는 항상 자기 엄마 편이거든요. 그것도 제가 지난 두 달간 두비의 컴퓨터에 1천3백 달러 그리고 길리의 오토바이에 1천1백 달러를 쓰고 난 후에도요. 고맙다는 말은 하면서, 그 아이들이 하는 건 내 뒤통수를 치는 것이라니까요.」

요엘은 조심스럽게 오염된 지역으로 키를 조종해 갔다. 아릭으로부터 그가 듣는 것은 늘 있는 투덜거림뿐이었다. 「그녀는 집도 돌보지 않고, 자기도 돌보지 않아요. 오늘 수고스럽게 저 닭고기 간 요리를 한 것도 나를 위해서가 아니라 당신을 위한 것이라니까요. 그녀는 엄청난 돈을 낭비하는데, 침대에서는 인색하고 빈정댄다니까요 — 아침에 제일 먼저 시작하는 것도 나에 관한 불평이고요, 밤에는 마지막으로 나의 배나 뭐 그런 것들을 놀린다고요. 내가 수천 번을 얘기했어요. 떨어져 있자, 적어도 시험 기간 동안만이라도. 그러면 매번 그녀는 제가 조심하지 않으면 집을 불태워 버릴 것이라고 위협하기 시작했어요. 아니면 자살을 한다거나. 아니면 뉴스에 낸다거나. 제가 그녀를 두려워하는 것은 아니에요. 오히려 그 반대죠. 나를 조심하는 게 그녀에게는 좋을 거예요.」

오델리아는 자기 차례가 되자, 아무것도 더하지 않은 냉담한 어조로 말했다. 「그가 말하는 것만 듣고도 그가 짐승이라고 말할 수 있을 거예요. 그러나 제가 원하는 것은 단 하나인데 무슨 수를 쓰더라도 그것만은 놓칠 수 없어요. 적어도 그는 자기 암소들을 다른 곳에서 올라타야만 해요. 나의 거실 카펫 위가 아니라. 아이들의 코앞이 아니라. 그것이 과다한 요구인가요? 제발, 라비드 씨 ─ 요엘 ─ 제가 말도 안 되는 요구를 하고 있는지 그를 위해 판단해 주세요.」

시선이 자기 얼굴에 집중되고 있었기 때문에 모두의 말을 매우 진지하게, 마치 성악 합창곡이 멀리에서 그를 위해 연주되고 있고, 모든 목소리들 사이에서 잘못 노래하고 있는 한 명을 가려내는 것이 자기의 임무인 것처럼 진지하게 들었다. 그는 끼어들거나 어떤 논평도 하지 않았다. 심지어 크란츠가, 〈됐어. 그런 식이라면, 가방 몇 개에 나의 물건들만 가득 넣어. 나는 사라질 것이고 돌아오지도 않을 거야. 당신이 다 가져. 난 상관없어〉라고 말했을 때에도. 오델리아가, 〈전 염산 한 병을 가지고 있지만, 그는 자동차에다 권총을 숨겨 놓은 게 분명해요〉라고 말했을 때에도.

마침내, 태양이 저물어 버리자 잠깐 사이에 싸늘함이 느껴지고, 겨울에도 어쩌면 그 이전 겨울에도 살아남은 길 잃은 새 한 마리가 갑자기 사랑스럽게 지저귀기 시작할 때 요엘이 말했다.

「글쎄요. 제가 다 들었죠. 이제 쌀쌀해지기 시작하니 안으로 들어갑시다.」

크란츠 부부는 접시와 유리잔과 신문과 책과 선탠 크림과 태양 가리개, 트랜지스터 라디오를 부엌으로 옮기는 것을 도왔다. 요엘은 그곳에서, 맨발로 그리고 일광욕을 하느라고 허리까지 옷을 벗은 채 서서 판결을 내렸다.

「들어 봐요, 아릭. 당신이 두비에게 1천 달러를 주었고 길리에게도 1천 달러 주었으니까, 오델리아에게도 2천 달러를 주라고 제안하고 싶어요. 내일 은행이 문을 열자마자 제일 먼저 그것을 해요. 돈을 예금해 놓지 않았으면 대출이라도 해요. 당좌 대출을 요청해 보시죠. 아니면 제가 당신에게 돈을 빌려 드리죠.」

「그런데 왜요?」

「내가 3주 동안 유럽으로 패키지 투어를 떠날 수 있게 하기 위해서지.」 오델리아가 말했다. 「3주 동안 당신은 나를 못 볼 거야.」

아릭 크란츠가 껄껄 웃으면서, 한숨을 내쉬고 뭔가를 중얼거리다가, 그것에 대하여 잘 생각해 보고는, 조금 상기되어 마침내 말했다.

「좋아, 내가 돈을 쓰지.」

그러고 나서 그들은 함께 커피를 마셨고, 크란츠 부부는 떠나면서 자기들이 늦은 점심으로 가져온 음식들을 담은 비닐 봉지를 쥐고서, 그에게 어느 토요일 저녁에 그 집 여자들 모두를 모시고 함께 식사를 하자고 끈질기게 초대했다. 「오델리아가 얼마나 훌륭한 요리사인지 당신에게 보여 줄 거예요. 그리고 그런 것은 별것 아니죠. 그녀는 정말로 분위기만 잡으면 열 배는 더 잘하거든요.」

「과장하지 말아요, 아리에. 이제 집으로 가요.」 오델리아가 말했다. 그리고 그들은 즐겁게 거의 화해를 하고 사라졌다.

네타가 시내에서 돌아와 부엌에서 허브 차를 마시며 앉아 있었을 때, 요엘은 딸에게 경찰 할아버지가, 〈모든 사람은 어느 정도 같은 비밀을 갖게 된다〉고 말하곤 했던 것을 어떻게 이해하고 있는지 물었다. 네타는 왜 갑자기 그것을 알려고 하는지 물었다. 그러자 요엘은 그녀에게 어쩌다가 한 번씩 오델리아와 아릭 크란츠가 자신에게 떠맡기는 중재의 일에 관하여 간단하게 말해 주었다. 네타는 그의 질문에 대답하는 대신에 요엘이 어떤 애정을 감지할 수 있는 목소리로 대답했다.

「아빠는 그런 식으로 하느님 같은 역할을 즐기고 있다는 것을 인정하세요. 아빠가 얼마나 햇볕에 탔는지 좀 보세요. 제가 크림을 좀 발라 드릴까요, 그러면 벗겨지지 않을 텐데?」

요엘이 말했다.

「좋을 대로 해라.」

그리고 잠시 생각한 후에 그는 덧붙였다.

「사실은 필요 없어. 봐라, 내가 너를 위해서 그 사람들이 가져온 닭고기 간과 양파 튀김을 좀 아껴 두었지. 그리고 밥과 야채도 좀 있어. 좀 먹거라, 네타. 그런 다음에 뉴스나 보자.」

35

텔레비전 뉴스에는 전국의 병원 파업에 관한 상세한 보도가 있었다. 나이 든 사람들과 장기 입원 환자들이 오줌에 찌든 침대에 누워 있는 것이 보였고, 카메라는 지저분한 자국을 자세히 그리고 주변 상황은 대충 설명해 주었다. 한 나이 든 여성이 날카롭고 변화 없는 목소리로 계속 상처 입은 강아지처럼 신음했다. 연약하고 부기가 있는 한 남자는 마치 내부에서 부풀어 오르는 액체의 압력으로 인하여 터져 버릴 것 같아 보이는 배를 가지고 멍하니 허공을 바라보며 꼼짝 않고 누워 있었다. 뿐만 아니라 주름살이 진 늙은 노인이 또 있었는데, 그의 머리와 얼굴은 뻣뻣한 털로 뒤덮여 있었고 극도로 지저분해 보였으나 계속적으로 이를 드러내고 웃으며 낄낄거렸고 카메라에다 테디 베어 인형을 흔들어 댔고, 인형의 배에서는 찢어져서 터져 버려 펄럭이는 내부의 더러운 면 털실이 쏟아져 나왔다. 요엘이 말했다.

「이 나라가 엉망진창으로 되어 가고 있다고 생각하지 않니, 네타?」

「말하는 자가 누군지 좀 보세요.」 그녀는 그에게 브랜디를 따르면서 말했다. 그리고 종이 냅킨을 조심스럽게 삼각형으로 접어 그것들을 올리브나무로 된 용기에 정리하는 일을 다시 했다.

「내게 말해 봐라.」 그가 몇 모금을 마신 후에 말했다. 「만약 네 마음대로 할 수 있다면, 너 면제받고 싶니 아니면 복무를 하겠니?」

「그렇지만 그건 내 마음대로 할 수 있는 거죠. 그들에게 나의 이야기를 할 것인지 아닌지의 문제죠. 신체 검사에서는 아무것도 나타나지 않을 거예요.」

「그러니 너는 어떻게 하겠니? 그들에게 말할 거니, 아니면 안 할 거니? 그리고 내가 그들에게 말하면 너는 어떡할 거니?

네타, 네가 〈아빠 좋을 대로 하세요〉라고 말하기 전에 잠깐만. 이제 네 입장이 무엇인지를 분명히 알아야만 할 시점이 됐어. 내가 너를 위해서 몇 통의 전화든, 어떤 식으로든 모든 일을 해결할 수 있다는 것을 너도 알지. 그러니까 네가 무엇을 원하는지 알려 다오. 네가 원하는 것을 반드시 내가 해줄 것이라고 말하고 있는 것은 아니지만.」

「르 파트롱이 조국을 구하기 위하여 며칠 동안만 떠나라고 아빠한테 압력을 가했을 때 아빠가 저에게 했던 말을 기억하세요?」

「내가 뭐라고 했지? 그래, 난 집중력을 잃어버렸다고 말했었지. 아니면 뭐 그런 비슷한. 그렇지만 그것이 이것과 무슨 관계가 있지?」

「저에게 말 좀 해보세요, 아빠. 뭘 고민해요? 왜 딴청만 하고 계신 거죠? 제가 군대를 가건 안 가건 아빠한테 무슨 차이가 있죠?」

「잠깐만.」 그가 조용히 말했다. 「미안. 근데 기상 예보 좀 듣자.」

아나운서는 오늘 밤에 소강 상태였던 겨울비가 다시 시작될 것이라고 했다. 새로운 저기압의 기압골이 새벽 전에 해안 평야에 도착할 것이다. 비와 바람이 다시 시작될 것이다. 내륙 골짜기와 고지대에는 서리의 위험이 있다. 그리고 이제 마지막 뉴스거리가 두 가지 더 있다. 한 이스라엘 비즈니스맨이 대만에서 사고로 목숨을 잃었다. 그의 가까운 친척들에게 소식이 알려졌다. 그리고 바르셀로나에서 한 젊은 수도승이 전 세계적으로 증가하고 있는 폭력을 막기 위하여 분신 자살을 했다. 그리고 그것이 오늘 밤 뉴스의 전부였다.

네타가 말했다.

「들어 보세요. 전 군대에 가지 않고도 여름이 되면 집을 나갈 수 있어요. 아니면 더 일찍이라도.」

「왜? 우리 집에 방이 모자라니?」

「제가 집에 있는 한, 아빠가 옆집 여자를 집으로 데려오는 데 문제가 있지 않을까요? 혹은 그 여자의 오빠도?」

「왜 내게 문제가 되지?」

「내가 알아요? 얇은 벽. 우리 집과 그들 집 사이의 벽도 똑같아요 — 이 벽, 여기 — 종잇장만큼 얇아요. 저의 기말 시험이 6월 20일에 있어요. 그 후에, 아빠가 좋다면, 전 시내에 방 하나를 빌릴래요. 그리고 아빠가 서두른다면 더 빨리 할 수도 있어요.」

「그만둬.」 요엘은 차가운 어조로, 가끔 일을 하면서 자신이 대화하고 있는 사람이 어떤 악의적인 불똥을 튀길 것을 미연에 방지하기 위하여 사용하곤 했던 부드러우면서도 잔인한 어조로 말했다. 「모두 다 그만둬.」 그러나 그가 말을 하려고 했을 때, 갑자기 가슴속의 격노, 이브리아가 가버리고 난 이후 경험한 적이 없었던 감정에 사로잡혀 그것을 완화시키려 애써야만 했다.

「왜 안 되죠?」

「방을 빌리는 것은 안 돼. 잊어버려. 그걸로 끝이야.」

「제게 돈을 안 주겠다는 건가요?」

「네타, 우리 좀 합리적으로 생각해 보자. 우선, 너의 몸 상태 때문이야. 둘째, 네가 대학을 가면 여기 우리 집은 바로 캠

퍼스에서 엎어지면 코 닿을 곳이야. 그런데 왜 네가 도심 한복판에서 힘들게 다녀야만 하니?」

「저도 제 힘으로 방세를 낼 수 있어요. 아빠는 저에게 돈을 대주지 않아도 돼요.」

「어떻게?」

「르 파트롱 씨는 저에게 친절해요. 그 사람이 저보고 아빠 사무실에서 일하라고 제의했어요.」

「난 그 말은 믿지 않아.」

「그리고 어쨌든, 제가 스물한 살이 될 때까지 저의 몫으로 모아 둔 많은 돈을 낙디몬이 가지고 있어요. 그런데 제가 즉시 그것을 가져가겠다고 해도 별로 신경 안 쓴다고 그가 말했어요.」

「난 그것도 믿지 않는다, 다 끝난 일이다. 네타, 만약 네가 그렇다면. 어쨌든, 네가 돈에 관해 루블린에게 말할 수 있다고 누가 그러디?」

「아빠, 왜 그런 식으로 절 쳐다보시는 거예요? 아빠 자신을 한 번 바라보세요. 아빠는 살인자 같아요. 결국, 전 아빠를 위하여 깨끗이 정리하려고 애쓰고 있는 거라고요. 그러면 아빠도 제대로 살 수 있을 거예요.」

「여길 봐라, 네타.」 요엘은 자신이 느끼고 있지 않은 친밀감을 목소리 속에 담아 보려고 노력하면서 말했다. 「옆집 여자에 관해서라면, 앤 마리에 관해서라면, 이야기해 보자……..」

「아무것도 얘기하지 말아요. 가장 애처로운 것이 그곳에서 일을 치르고 나서 변명하기 위해 집으로 달려오는 거예요. 아빠 친구 크란츠처럼.」

「좋아. 그것과 그것에 관한 모든 것은 정말로······.」

「그것과 관련된 모든 것은 정말로, 다만 아빠가 언제 더블 베드가 필요한지 저에게 알려 주세요. 그게 다예요. 도대체 누가 이 냅킨을 샀지? 리사 할머니가 분명해. 보세요, 얼마나 싸구려인지. 잠시 동안 누워 계시는 게 어때요, 신발 벗으시고요. 몇 분 있으면 새로운 영국 드라마 시리즈가 시작돼요. 우주의 기원에 관한 뭔가예요. 그걸 한 번 볼까요? 엄마가 예루살렘에서 자기 서재로 들어가 버릴 때, 제가 생각한 것은 그것이 저 때문이라는 것이었어요. 그렇지만 전 너무 어려서 그때는 저만의 집으로 나가 버릴 수가 없었어요. 저희 반에 아드바라는 애가 있어요. 그 애가 7월 초순에 할머니한테서 유산으로 받은 방이 두 개 딸린 아파트로 이사를 가요. 칼 네테르 거리 끝에 있어요. 바다가 보이는 방 하나를 저에게 한 달에 120달러에 빌려 준대요. 그렇지만 아빠가 더 일찍 저를 밀쳐 내고 싶으시다면, 문제 없어요. 말만 하세요. 그러면 제가 슬쩍 나가 드릴게요. 제가 텔레비전을 켰어요. 일어서지 마세요. 시작하기까지 2분 남았어요. 전 치즈하고 토마토와 검은 올리브를 넣은 토스트가 먹고 싶어요. 아빠도 만들어 드릴까요? 하나? 아니면 둘? 뜨거운 우유 마시고 싶으세요? 허브 차라도? 아빠는 오늘 햇볕에 너무 태웠어요. 수분을 많이 섭취해야 해요.」

자정 뉴스 후에, 네타가 오렌지 주스 한 병과 유리잔을 가지고 자기 방으로 가버리고 나자, 요엘은 커다란 손전등을 들고서 정원의 창고에 무슨 일이 일어나고 있는지 살펴보아야겠다고 마음먹었다. 무슨 이유에서인지 그는 고양이들이 다시 그곳으로 돌아왔다는 느낌이 들었다. 그러나 도중에 다시 생각해 보니, 어미가 다시 한번 새끼들을 갖게 되었다고 생각하는 것이 더욱 논리적이라고 추론되었다. 바깥 공기는 매우 차가웠고 건조했다. 네타는 자신의 방에서 옷을 벗었고, 요엘은 머릿속에서 그녀의 깡마른 몸을 지워 버릴 수 없었다. 그녀의 몸은 항상 구부정하고 긴장되어 있으며 신경을 쓰지도 않고 사랑받지도 못하는 사람처럼 보였다. 그것에 어떤 모순이 있을 수도 있지만. 어떤 남자도, 욕망을 채우지 못한 어떤 젊은이라도, 저렇게 가엾은 몸에 시선을 주지는 않을 거라는 것이 거의 확실했다. 아마 그들은 절대로 그러고 싶지 않을 것이다. 비록 한 달 혹은 몇 달, 길어 봐야 1년, 의사들이 일전에 이브리아에게 말한 것처럼, 여성으로의 변화가 일어날 수도 있다는 것을 요엘도 계산하고 있기는 했지만. 그리고 그때가 되면 모든 것이 변화할 것이고, 듬직하고 털이 난 가슴과 근육질의 팔을 가진 사람들이 와서 그녀와 그 칼 네테르 거리에 있는 집을 소유하게 될 것이다. 요엘은 며칠 안에 거기에 가서 그 집을 살펴보아야겠다고 결심했다. 혼자. 그가 마음을 결정하기 전에.

차가운 밤공기는 너무나 건조하고 사각거려 손가락 사이에서 희미하고 약한 소리를 내며 부서질 것처럼 보였다. 요엘은 그 소리를 너무나 갈망했기 때문에 잠시 동안 그것을 들을 수 있었다. 그러나 그가 비추는 불빛을 받고 날아가 버리는 곤충들 외에 창고에는 어떤 생명의 흔적도 없었다. 모든 것이 정말로 깨어 있지는 않다는 어떤 묘한 감각만이. 그가 주위를 걸어 다니고, 사색하고, 자고 먹고, 앤 마리와 일을 치르고, 텔레비전을 보고, 정원에서 일하고, 장모님의 방에 새로운 선반을 설치하는 것, 그 모든 것은 자신이 잠자고 있는 동안 일어나는 일이었다. 그가 어떤 것을 판독해 내거나, 어떻게든 의문을 해결해 가는 공식을 찾아내고자 하는 희망을 아직 가지고 있다면, 어떤 대가를 치르고라도 깨어나야만 한다. 재난이라는 대가를 치르고서라도. 어떤 부상. 어떤 질병. 어떤 분규. 무엇인가가 와서 그가 깨어날 때까지 흔들어야만 한다. 자궁처럼 자기 주변을 둘러싸고 있는 부드럽고 윤기 나는 젤리 같은 것을 쾅쾅 두드리고 세게 때려라. 눈먼 광기가 자신을 사로잡았고 그는 거의 창고 바깥으로 튀어 가다시피 어둠 속으로 나갔다. 손전등을 뒤에 남겨 두고 왔기 때문에. 선반 위에. 켜져 있다. 그리고 요엘은 도저히 다시 안으로 들어가서 그것을 집어 올릴 수 없었다.

그는 약 15분 동안 과일 나무들을 감상하면서, 꽃 화단의 흙을 밟으면서, 문의 경첩이 끽끽 소리를 내면 그곳에 기름칠을 할 수 있다는 헛된 희망을 가지고 문을 실험해 보았고, 정원 주위와 집 주위를 걸어 다녔다. 어떤 끽끽거림도 없었으므로 그는 다시 어슬렁거리기 시작했다. 마침내 하나의 결정을 내렸다. 내일, 모레, 혹은 어쩌면 주말에, 라마트 로탄의 교차로에 있는 바르두고 종묘상에 가서 글라디올러스와 달리아 모종과 약간의 스위트피와 금어초 씨와 국화꽃을 사올 것이고, 그러면 봄이 왔을 땐 모든 것이 다시 피어나게 될 것이다. 그는 어쩌면 차가 서 있는 곳에 나무로 된 예쁜 정자를 세울 수도 있을 것이고, 녹이 슬어 버려 아무리 칠을 다시 해도 계속 녹이 스는 쇠로 된 기둥으로 지탱되는 골진 철판 지붕 대신에, 그 위로 담쟁이를 지나가게 할 수도 있을 것이다. 아마 그는 칼킬리아나 크파르 카셈으로 여행을 떠나 6개의 커다란 화분을 사와서 붉은 흙과 비료를 섞어 그것들을 채우고 다양한 제라늄을 갖가지 방식으로 심을 것이고 그것은 지나치리만큼 흐드러지게 피어 주위를 찬란한 색채로 물들일 것이다. 〈찬란한〉이란 말은 다시 한번 일종의 묘한 전율을 느끼게 해주었다. 그는 마치 끊임없이 길게 이어지는 논쟁으로 절망에 빠져 버린 어떤 사람이, 전혀 동요 없이 예상치 않았던 곳에서 떠오르는 자신을 정당화할 수 있는 사실을 알게 된 것 같았다. 불빛이 마침내 네타 방의 덧창 뒤로 사라졌을 때, 그는 해변으로 자동차를 몰고 가 절벽 끄트머리에서 매우 가까운 곳에 세우고 운전석에 앉아서 오늘 밤 바다에서 퍼져 나와 해안 평야를 휩쓸기로 되어 있는 거친 저기압의 기운을 기다렸다.

36

그는 거의 새벽 2시까지 자동차의 운전석에 앉아 있었다. 자동차의 문을 잠그고, 창문은 올려놓고, 불빛을 끄고, 라디에이터의 격자무늬가 절벽의 모서리 너머 텅 빈 공간으로 투사되게 해놓고서. 어둠에 익숙해져 있는 그의 눈은 바다 표면이 호흡하는 것에, 즉 광대하지만 들떠 있는 거인이 잠을 자면서 악몽 때문에 주기적으로 깨어나는 것처럼, 계속해서 부풀어 올랐다가 다시 가라앉는 호흡에 매료되었다. 가끔 화가

난 광풍처럼 소리가 달아나 버렸다. 가끔 그것은 열에 들떠 헐떡이는 것 같았다. 그리고 해안선을 갉아먹고는 그들의 전리품을 가지고 멀리 후퇴하는, 밤 파도 소리가 다시 들렸다. 여기저기 거품이 이는 잔물결은 어두운 표면 위에서 반짝거렸다. 어떤 때에는 푸르스름한 우윳빛의 광선이 하늘 높이 별들 사이로, 혹은 아마도 멀리서 떨리고 있는 해안 경비 탐조등 사이로 지나가고 있었다. 안팎을 나누고 있는 피부 표면은 얼마나 얇은가. 뼛속 깊이 긴장을 느끼는 순간에 자기 머릿속으로 바다가 들어오는 느낌을 경험했다. 버스 터미널에서 칼로 그를 위협했던 멍청이에게 겁을 주기 위하여 권총을 꺼냈던 아테네에서의 폭풍우 치던 그날처럼. 그리고 코펜하겐에서, 약국의 계산대에서 담뱃갑에 숨겨 온 미니 카메라로 악명 높던 아일랜드 테러리스트의 사진을 마침내 겨우 찍었던 그날처럼. 바이킹 호텔에서 잠이 들었던 그날 밤, 그는 근처에서 여러 발의 권총 소리를 들었지만 잠자리에 누워 있었다. 모든 것이 조용했지만 덧창의 틈새로 햇빛이 들어오기 전에는 나가고 싶지 않았다. 그리고 나서 곧 발코니로 나가서 조금씩 살펴보다가 바깥의 회벽에 두 개의 작은 구멍이 있는 것을 발견했는데, 그것은 총알 때문에 생긴 흔적이었을 것이다. 그는 해답을 발견할 때까지 조사를 계속해야 했지만, 코펜하겐에서의 임무가 일단 종결된 다음에는 성가신 일이 싫었으므로, 서둘러 짐을 챙겨 그 호텔과 도시를 떠나기로 했다. 조사해 보기 전, 어떤 이해할 수 없는 그의 충동으로 인하여, 그 구멍들이 정말로 총알 구멍이었는지 그렇다면 그것들이 밤에 들었다고 상상했던 총소리와 어떤 관련이 있는 것인지, 혹은 총알이 발사되었다면, 그것이 자신과 어떤 관계가 있는 것인지 전혀 알지도 못하면서, 치약으로 그의 방 바깥벽에 생긴 두 개의 구멍을 조심스럽게 메웠다. 일단 구멍을 메우고 나니 어떤 지점인지 분간할 수 없었다. 〈여기 무엇이 있나?〉라고 자문해 보고, 바다를 내다보았지만 아무것도 볼 수 없었다. 내가 23년 동안 이 광장에서 저 광장으로 이 호텔 저 호텔로 이 터미널에서 저 터미널로, 숲과 터널 속을 울부짖으며 지나가는, 그리고 노란 전조등으로 어두운 들판을 할퀴면서 지나가는 밤 기차를 타고 달리도록 만든 것은 무엇이었을까? 무엇이 나를 달려가게 만들었을까? 그리고 나는 왜 그 벽의 작은 구멍을 메워 버리고 어떤 보고도 하지 않았을까? 옛날에, 내가 면도를 하고 있던 목욕탕에 그녀가 새벽 5시에 들어와서, 〈당신은 어디로 달려갈 거예요, 요엘?〉이라고 물었다. 왜 단 네 마디로 대답할 수밖에 없었을까? 「그건 나의 임무야, 이브리아.」 그리고 즉각 〈더운물이 또 나오지 않느냐?〉라고 덧붙였다. 하얀 셔츠는 입었지만 맨발이었고, 아름다운 머리카락을 어깨로 늘어뜨리고 있던 그녀는 머리를 슬프게 네댓 번 끄덕이더니, 나를 〈불쌍한 놈〉이라고 부르고는 나가 버렸다.

숲속 한가운데 있는 사람에게 무슨 일이 일어나고 있는지, 무슨 일이 일어났었는지, 그리고 일어났을지도 모르는 일과 무엇이 망상인지 최종적으로 알고자 한다면, 그는 계속 서서 듣고 있어야만 한다. 예를 들어, 죽은 남자의 기타가 벽을 통과해서 부드러운 첼로 소리를 내게 만든 것은 무엇이었는지? 갈망하는 것과 불가능한 것을 바라는 것의 경계선은 무엇인지? 르 파트롱이 〈방콕〉이라는 단어를 언급한 순간 자신의 피가 얼어붙은 것은 왜일까? 이브리아가 여러 번, 항상 어두운 곳에서, 가장 조용하고 난해한 목소리로, 〈나는 당신을 이해한다〉고 말했을 때 그것은 어떤 의미였을까? 그 오래전에 메틀라의 수도꼭지들 사이에서 정말로 일어났던 것은 무엇이었을까? 그리고 그녀가 마당의 얕은 웅덩이에서 그 이웃의 팔에 안겨 죽은 것은 무엇을 설명하는가? 네타에게는 문제가 있는 것인가 혹은 없는 것인가? 만약 있다면, 우리 중 누구에게서 물려받은 걸까? 어떻게 그리고 언제 나의 배신이, 그 단어가 지금의 특정한 경우에 어떤 의미를 가지고 있다면, 정말로 시작한 것인가? 어떤 정확하고 심오한 악이 존재하고, 이 기적이지 않고 비개인적인 그것의 동기와 목적은 단지 죽음이라는 차가운 전율밖에 없으며, 이 악이 서서히 시계 수리공의 손길로 모든 것을 분해하고 있다는 가정을 우리가 인정한다면, 모든 것은 분명히 무의미하게 된다. 그것은 이미 우리 중 한 명을 떼어 내어 그녀를 죽였고, 우리 중 누가 다음 희생자가 될지는 전혀 알 길이 없다. 그리고 자비나 동정은 말할 필요도 없고, 자신을 보호할 어떤 방법이 있기는 한가? 아니면 보호는 아니더라도 일어나 도망갈 방법이라도. 그러나 기적이 일어나 그 고통 받고 있는 육식 동물이 보이지 않는 못에서 자유롭게 된다 할지라도, 눈이 없는 자가 어떻게 그리고 어디로 도약할 수 있을 것인가 하는 의문은 여전히 남게 된다. 바다 위로 정찰 비행기가 거친 엔진 소리를 내면서 천천히 북쪽으로, 날개 끝에서 초록 불빛과 붉은 불빛을 교대로 반짝이면서 상당히 낮게 날고 있었다. 그러나 그것은 재빨리 시야에서 사라졌고 바람막이에 부딪히는 물의 침묵만이 있었다. 그것은 안쪽과 바깥쪽 양쪽으로 사라져 올라갔다. 어떤 것도 볼 수 없다. 그리고 점점 추워지고 있다. 곧 예정된 비가 여기로 올 것이다. 나가서 창문을 닦고, 엔진에 시동을 걸어 잠시 동안 히터를 켜고, 서리 제거 장치를 작동시키고, 차를 돌려 예루살렘으로 달려가자. 단지 안전을 위하여, 모퉁이 근처에 주차시킬 것이다. 안개와 어둠에 뒤덮여 있더라도 2층까지는 뚫어 볼 수 있을 것이다. 계단에 불을 켜지 않고도. 구부러진 철사와 이 작은 드라이버로 어떤 작은 소리도 내지 않고 자물쇠를 열 수 있을 것이고, 그래서 맨발로 조용히, 그의 독신자 아파트로 기어 들어갈 수 있을 것이고 한 손에는 드라이버와 다른 한 손에는 구부러진 철사를 들고, 그들 앞에서, 조용히, 갑자기, 그리고 조심스럽게 영혼을 육체로 나타낼 수 있을 것이다. 「미안, 당신을 귀찮게 하지 않을게요. 난 소란을 피우려고 온 게 아닙니다. 나의 전쟁은 모두 끝났어요. 단지 잃어버린 모직 스카프와 『댈러웨이 부인』을 돌려 달라고 당신에게 부탁하러 왔습니다. 그리고 나의 길을 수정할 것입니다. 이미 조금 개선하기 시작했거든요. 아비타르 씨, 거기 계신가요. 괜찮으시다면, 우리가 어렸을 때 사랑했던 옛 러시아 노래, 〈우리는 가장 소중한 것을 영원히 잃어버렸다. 그리고 그것은 결코 다시 나타나지 않을 것이다〉를 우리에게 연주해 주세요. 감사합니다. 그것이 우리가 원했던 전부입니다. 그리고 갑작스레 들이닥쳐서 죄송합니다. 우리는 이미 우리의 길을 가고 있답니다. 아듀, 프로스차이.」

그가 자신의 차를, 여느때와 마찬가지로 차의 앞쪽을 길

쪽으로 향하게 하여, 빨리 떠날 수 있도록 준비시켜 놓으면서, 불이 꺼진 차고에다 다시 주차시킨 것은 2시가 약간 지나서였다. 그런 다음 정원의 앞뒤 주변을 마지막으로 정찰하면서 빨랫줄에 아무것도 없는지를 확실히 점검했다. 그는 잠시 동안 정원의 도구 창고 문 아래에서 희미하게 깜박이는 불빛을 보았다고 생각했기 때문에 두려워졌다. 그러나 그때 그곳에 손전등을 놔두었었고, 여전히 켜져 있으며, 분명히 아직 배터리가 다 소모되지는 않았다는 생각을 했다. 그는 의도했던 대로 자기 집 현관 문의 열쇠 구멍으로 열쇠를 집어넣는 대신에, 실수로 이웃집 열쇠 구멍에 넣어 버렸다. 몇 분 동안 솜씨를 부려 부드럽게 시도하다가 나중에는 힘으로 열어 보려고 애썼다. 자신의 실수를 깨닫고 물러나기 시작했을 때까지. 그러나 그 순간 문이 열렸고 랄프가 곰같이, 졸린 목소리로 외쳤다. 「들어오세요. 제발, 들어와요. 들어와요. 당신 모습을 좀 보세요. 우선 — 마셔요. 완전히 얼어붙어서 죽은 사람처럼 창백해요.」

37

부엌에서 이번에는 두보네 대신에 위스키 스트레이트를 한 잔, 그리고 또 한 잔 부어 주고 나서 고급 시가 광고에 나오는 네덜란드 농부를 닮은 핑크빛 혈색의 거구인 그 남자는 사과나 설명할 기회를 요엘에게 주려고 하지 않았다. 「괜찮아요. 난 당신이 이렇게 한밤중에 왜 여기로 왔는지 상관하지 않아요. 결국 모든 사람은 자기의 적과 걱정거리를 가지고 있죠. 우리가 당신에게 무엇을 하는지 묻지 않았죠 — 그런데 당신도 나에게 묻지 않았어요. 그렇지만 언젠가 당신과 내가 함께 멋진 일을 할 겁니다. 제가 제안 하나 하죠. 물론, 이런 한밤중 말고요. 당신이 준비가 되면 그것에 대해 이야기하죠. 당신이 할 수 있는 어떤 것이든 저도 할 수 있다는 것을 알게 될 거예요, 친구. 이제 뭘 드릴까요? 저녁이라도? 뜨거운 물로 샤워라도? 그러면 됐어요, 이제 큰 아이들도 자러 갈 시간이죠.」

피로나 정신적인 혼란스러움으로 인해 갑자기 밀려드는 잠에 굴복하여, 그는 랄프가 자신을 침실로 데려가도록 내버려 두었다. 그는, 그곳에서, 묘한 수중 불빛 옆에서, 팔은 허리까지 뻗어 내리고 머리는 베개 위로 드리운 채, 앤 마리가 아기처럼 등을 대고 자고 있는 것을 보았다. 그녀의 얼굴 옆에는 긴 속눈썹을 가진 조각 인형이 누워 있었다. 매혹되는 동시에 지쳐 있던 요엘은, 성적으로 보이기보다는 오히려 가여워 보일 정도로 순수해 보이는 그 여인을 바라보면서 책장 옆에 서 있었다. 그리고 요엘은 너무나 지쳐 있어서, 랄프가 단호하지만 부드러운 아버지의 손길로 자신의 옷을 벗길 때, 벨트를 풀고 셔츠를 느슨하게 하고, 그런 다음 재빨리 단추를 풀고, 러닝셔츠를 가슴에서 벗겨 내고, 상체를 구부려 신발 끈을 풀고 요엘이 순순히 내민 발에서 양말을 벗겨 내고, 바지의 지퍼를 내려 아래로 흘러내리게 하고 속옷도 내려 주고, 그런 다음 수영 강사가 주저하는 학생들을 물로 데려가는 것처럼, 그의 어깨에 팔을 두르고 침대로 데려가 담요를 끌어당겨 주면서 잠이 깨지 않은 앤 마리 옆에 등을 대고 눕게 하고 부드럽게 둘을 덮어 주면서 〈잘 자〉라고 속삭여 주고 나서 뒤로 물러날 때까지 그를 뿌리칠 수 없었다.

요엘은 팔꿈치로 받치고 일어나 촉촉하고 희미한 불빛 속에 비치는 예쁜 아기의 얼굴을 응시했다. 그는 입술을 그녀의 피부엔 거의 닿지 않게, 감고 있는 눈 언저리에만, 부드럽고 사랑스럽게 키스했다. 그녀는 잠을 자면서, 팔로 그를 안았고, 그의 머리카락이 약간 곤두설 때까지 자신의 손가락으로 그의 뒷목덜미를 만졌다. 그가 눈을 감았을 때, 잠시 동안 자기 내부 어딘가에서 들려오는 경고의 소리를, 〈조심해, 남자, 도망갈 길을 점검해〉라는 소리를 포착했지만, 그는 〈바다는 달아나지 않아〉라는 말로 즉시 화답했다. 그는 이것으로 버림받은 아이의 응석을 받아 주듯 그녀의 즐거움을 위해 혼신을 다했고, 자신의 육체는 거의 무시했으며, 이런 식으로 자신의 즐거움도 얻었다. 눈이 갑작스레 무거워질 때까지. 아마도 그가 잠으로 빠져 들면서, 그녀의 오빠가 그들의 담요를 바로 덮어 주고 있다고 느꼈거나 혹은 추측했다.

38

그가 침대에서 나와 조용히 옷을 입었을 때는 아직 5시가 채 안 되었고, 그는 어떤 이유에서인지, 이웃 이타마르 혹은 아비타르가 성경에 나오는 〈쉐베쉬팔레누〉와 〈나모구〉에 관하여 말한 것을, 말하자면 전자가 폴란드 발음을 가지고 있는 반면에 후자는 확실하게 러시아식으로 발음해 줄 필요가 있다고 말한 것을 다시 곰곰이 생각해 보았다. 그는 유혹을 이길 수 없어서 혼잣말로, 〈나모구〉, 확실하게, 〈쉐베쉬팔레누〉를 부드럽게 중얼거려 보았다. 그러나 앤 마리와 그녀의 오빠가, 한 명은 더블베드에서 다른 한 명은 텔레비전 앞의 안락의자에서 계속 잠을 자고 있어 요엘은 그들을 깨우지 않기 위해 발끝으로 걸어서 밖으로 나왔다. 예보되었던 비가, 작은 길의 어둠 속에서 보이는 것은 다만 회색의 가랑비에 불과했지만, 정말로 내렸다. 이슬비로 인해 노란색 웅덩이가 가로등 주위에 만들어졌다. 철기병이란 개가 다가와서 쓰다듬어 주기를 애원하면서 그의 손에 킁킁거리며 냄새를 맡았고, 요엘은 자신의 생각을 다시 정리하는 동안 기꺼이 쓰다듬어 주었다.

> 남자 친구들
> 파도
> 바다
> 너무나 젊고 순수한
> 영혼이 잠들다
> 그리고 그들은 하나의 육체가 될 것이다

그가 정원 문을 막 열었을 때, 길 끝에 희미하게 밝혀진 무엇이 있었다. 바늘 같은 빗줄기가 어두운 순백의 어떤 것에 의해 비춰지고 있었고, 잠시 동안 마치 비가 떨어지고 있는 것이 아니라 땅에서 솟구쳐 오르고 있는 것처럼 느껴졌다. 요엘은 앞쪽으로 시선을 보냈고 신문 배달원이 좁게 벌어진 틈을 열고 막 신문을 던지려는 순간 오래된 수시타 자동차의 창문에 시선을 고정시켰다. 억센 불가리아인의 악센트를 가진 나이 든, 아마도 연금 수혜자로 보이는 그 남자가 차에서 내리지 않고 우편함과 고군분투를 하다가, 어쨌든 우편함에 넣기 위하여 엔진을 끄고 핸드 브레이크가 말을 듣지 않은 탓에 언덕으로 미끄러지지 않도록 기어를 그대로 둔 채 차에서 내려야만 했을 때, 요엘은 거두절미하고 지갑을 꺼내, 유월절에 또 30세켈을 주겠다고 말하면서 그의 손에 쥐여 주었고, 그렇게 그는 그 문제를 해결했다.

그러나 그가 부엌에 앉아, 커피잔으로 손을 따뜻하게 하면서 신문을 자세히 보고 있을 때, 2면에 있는 간단한 뉴스거리와 어떤 이의 사망 소식 사이에 어떤 관련성을 있다는 것을 알게 되었기 때문에, 결과적으로 어젯밤 텔레비전 뉴스 끝에 뉴스 진행자가 말한 것은 잘못된 것이었다는 생각이 차츰 들기 시작했다. 그 알 수 없는 사건은 대만이 아니라 방콕에서 일어났었다. 죽음을 당하고 그것이 가까운 친척에게 알려진 그 사람은 비즈니스맨이 아니라, 자기 친구들에게는 카크니로, 그리고 다른 사람들에게는 아크로바트로 알려져 있는, 요크네암 오스타쉰스키였다. 요엘은 신문을 접었다. 또 그것을 반으로 접고 조심스럽게 다시 반으로 접었다. 그는 그것을 식탁의 한구석에 내려놓고 자신의 커피잔을 싱크대로 가져가, 내용물을 쏟아 버리고 씻어 낸 다음, 그것을 깨끗이 닦고, 다시 한번 씻었고 자신의 손이 신문의 잉크로 인하여 더러워진 것 같아 손 또한 씻어 냈다. 그런 후 잔과 스푼을 말려서 둘

다 치워 버렸다. 그는 부엌에서 나가 거실로 갔지만, 그곳에서 무엇을 해야 할지 몰랐기 때문에 홀을 걸어 내려가 자신의 어머니와 장모님이 자고 있는 어린이 방의 닫힌 문을 지나고 안방의 문을 지나, 어느 누구도 성가시게 하고 싶지 않아 서재 출입구 옆에 섰다. 달리 갈 곳이 없었기 때문에 욕실로 들어가 면도를 했고 이번에는 더운물이 충분히 나오는 것을 알고는 기뻐했다. 그는 옷을 벗고 샤워실로 들어가 머리를 감고 귀에서 발끝까지 온몸에 비누칠을 했고 심지어 비누칠을 한 손가락을 항문 속에까지 넣어 문질렀고, 그런 다음 정성을 들여 손가락을 여러 번 씻었다. 그는 나와서 몸을 말렸고, 옷을 입기 전에 한 번 더 조심하려고 애프터 셰이브 로션으로 손가락을 적셨다. 욕실을 나온 것은 6시 10분이었고 6시 30분이 될 때까지, 잼과 꿀을 꺼내고, 빵을 썰고, 잘게 썰어 만든 샐러드 위에 오일과 말린 박하와 검은 후추로 양념을 하고 작은 양파와 마늘 조각을 뿌리면서 세 여자를 위한 아침을 준비하느라 분주히 지냈다. 그런 다음 필터를 이용해 신선한 커피를 내렸고 접시와 나이프 포크와 티스푼과 종이 냅킨을 식탁 위에 늘어놓았다. 그렇게 자신의 시계로 7시 5분 전이 될 때까지 시간을 보냈고, 아마도 아비가일이 차를 필요로 할지도 모르고 자기도 시내로 가야만 하고 어쩌면 시외로 나가야 할지도 모르기 때문에, 크란츠에게 전화를 하여 여분의 차를 다시 빌려 줄 수 있는지 물어보았다. 크란츠는 즉시 말했다. 「당연하죠.」 그는 자기와 오델리아가 반 시간 안에 차 두 대를 가지고 함께 갈 것이고 작은 피아트가 아니라, 운행한 지 2년밖에 안 되어 아직 꿈결같이 잘 달리고 있는 푸른색의 아우디를 주겠다고 약속했다. 요엘은 크란츠에게 고맙다고 했고 오델리아의 안부를 물었다. 그런데 수화기를 제자리에 놓는 순간 리사와 아비가일이 없다는 생각이 났다. 그들은 그저께 카르멜산에서 열리는 겨울 축제에 갔고 내일까지는 돌아오지 않을 것이다. 그가 네 명을 위해 식탁을 차린 것과 힘들게 크란츠와 그의 아내를 오라고 한 것이 아무 소용이 없었다. 그러나 요엘은 어떤 고집스러운 논리에 따라 마음을 굳혔다. 〈왜 안 된다는 거지? 난 어제 그들에게 큰 호의를 베풀었어, 그러니까 나에게 오늘 약간 친절을 베푼다고 안 될 것은 없지.〉 그는 전화기 옆에서 부엌으로 돌아가 식탁에 차려 놓은 두 자리를 치웠고, 하나는 자신을 위하여, 또 하나는 네타를 위하여 남겨 놨다. 그녀는 혼자서 7시에 일어나 옷을 입었는데, 헐렁한 바지와 텐트 같은 셔츠가 아니라 짙은 파랑색 티셔츠와 옅은 푸른색 블라우스의 학교 교복 차림으로 나타난 그 순간 요엘에게 그녀는 너무나 예쁘고, 매력적이었으며, 여성스러워 보이기까지 했다. 그녀는 나가면서 물었다. 「무슨 일이 있었어요?」 그는 거짓말은 하기 싫었기 때문에 대답을 주저하다가, 마침내 이렇게만 말했다. 「지금은 안 돼. 내가 다음에 설명해 줄게. 그리고 그때 왜 우리 집 차가 아무 문제 없는데도, 크란츠와 오델리아가 지금 밖에 차를 끌고 와서 아우디를 나에게 주는지를 확실하게 설명해 줄게. 문제는 그것이야 네타. 일단 설명을 시작하기만 하면, 그것 자체가 이미 뭔가 정신없게 되어 버렸다는 것을 보여 주잖니. 지금 가는 게 낫겠다, 그렇지 않으면 지각할 거야. 미안 너를 데려다 줄 수가 없구나. 오늘은 마음대로 할 수 있는 차가 두 대나 있지만.」

그의 딸 뒤로 문이 닫히고, 크란츠 부부가 시내로 가는 길에 학교까지 태워다 주겠다고 제안한 순간, 요엘은 전화기 쪽으로 달려갔다. 그는 홀에 있는 의자에 무릎을 부딪혔고, 화가 나서 의자를 차버려 제대로 놓여 있던 전화기가 떨어졌다. 떨어지면서 전화벨이 울렸고, 요엘이 수화기를 낚아채었지만 아무 소리도 들리지 않았다. 심지어 발신음조차. 기계를 망가뜨렸던 것이다. 그는 여러 방향에서 마구 때리면서 그것을 고치려고 노력해 보았지만 소용이 없었다. 그래서 그는 숨을 헐떡거리며 버몬트 씨네로 달려갔지만, 그곳에 도착하는 순간 전화선을 연장하여 아비가일의 방에 전화를 설치했기 때문에 그곳에서도 나이 든 여자들이 전화를 걸 수 있다는 생각이 났다. 그는 랄프가 놀랄 정도로 혼잣말로 웅얼거렸다. 「미안해요. 내가 다음에 설명해 줄게요.」 그리고 즉시 그들의 집 밖으로 나와 돌아서서 자기 집으로 달려갔고 마침내 사무실에 전화를 했지만 그렇게까지 할 필요는 없었다는 것을 알게 되었다. 르 파트롱의 비서인, 치피는 〈바로 지금 그 순간〉에 사무실에 도착했던 것이다. 만약 요엘이 2분만 일찍 전화했어도 그녀는 그곳에 없었을 것이다. 그녀는 항상 그들 사이에 어떤 텔레파시 같은 것이 있다는 것을 알았다. 그리고 어떻게든, 그가 떠나 버리고 난 후에도 쭉 ─ 그러나 요엘이 그녀의 말에 끼어들었다. 그는 가능한 한 빨리 그의 형제를 만나야만 했다. 오늘. 오늘 오전에. 치피가 말했다. 「잠깐만 기다리세요.」 그래서 그는 그녀의 목소리를 다시 들을 때까지 적어도 4분을 기다렸다. 그런 다음 그녀에게 미안한 말은 그만 하고 들은 것을 말해 달라고 주문해야만 했다. 선생이 대답을, 한마디 한마디, 불러 주면서, 어떤 말을 바꾸거나 더하지도 말고 요엘에게 메시지를 되풀이하라고 지시하고 있는 듯했다. 「서두를 필요 없어요. 가까운 시간 안에 당신을 만날 약속은 잡을 수가 없어요.」

요엘은 긴장했다. 그는 치피에게 장례식이 언제가 될지 아느냐고 물었다. 그녀는 다시 잠시 기다리라고 요청했고 이번에는 처음보다 훨씬 더 오랫동안 수화기를 들고 있어야만 했다. 그가 막 수화기를 쾅 하고 내려놓으려고 했을 때 그녀가 말했다. 「아직 잡히지 않았어요.」 언제 다시 전화해야만 하는지 물었지만, 그녀가 더 물어보지 않는 이상 자신에게 대답하지 않을 거란 것을 이미 알고 있었다. 마침내 대답이 나왔다. 「신문의 부고(訃告)란을 살펴보시는 게 좋겠어요. 그것이 알 수 있는 유일한 방법이에요.」

그녀가 다른 목소리로 물었다. 「그러면 결국 우리는 언제 만나게 될까요?」 요엘은 그녀에게 부드럽게 대답했다. 「당신은 금방 날 보게 될 거요.」 그는 걸음을 겨우 옮길 수 있는 다친 무릎을 끌고 나가서, 즉시 크란츠의 아우디를 몰아 달려갔고, 그러곤 곧장 사무실로 운전해 갔다. 이번만큼은 아침 접시들을 설거지하지도 않았고 건조시키지도 않았다. 그는 식탁 위에 빵 부스러기까지, 모든 것을 그대로 두었다. 그가 테이블보를 잔디밭에 털어 내면 아침 식사에서 남은 빵 부스러기를 쪼아먹곤 했던 겨울새 한 쌍이 분명 깜짝 놀랄 것이다.

39

「화가 났다는 말은,」 치피가 말했다. 「적당한 표현이 아니에요. 그는, 뭐라고 해야 하나, 비통해하고 있어요.」

「당연히.」

「아니에요, 당신은 이해하지 못해요. 그는 아크로바트의 일만으로 비통해하고 있는 것이 아니에요. 그는 당신들 두 분 때문에 비통해하고 있는 거예요. 요엘, 제가 당신이라면, 오늘 여긴 오지 않았을 거예요.」

「말해 봐요. 방콕에서 무슨 일이 있었는지. 어떻게 그런 일이 발생했는지. 나한테 말해 봐요.」

「몰라요.」

「치피.」

「몰라요.」

「그가 나한테는 아무것도 말하지 말라고 했나.」

「전 몰라요, 요엘. 저에게 조르지 마세요. 견디기 힘든 사람은 당신뿐만이 아니에요.」

「그가 누구에게 책임을 돌리고 있지? 나? 자기 자신? 그 새끼들?」

「제가 요엘, 당신이라면요, 전 여기로 오지 않았을 거예요. 집으로 가세요. 제 말 들으세요. 가세요.」

「그가 다른 사람과 함께 있나?」

「그는 당신을 만나고 싶어 하지 않아요. 그리고 그것도 내가 좋게 말하고 있는 거예요.」

「그에게 지금 내가 여기 있다고만 말해요. 아니면 차라리.」

―요엘은 갑자기 단단한 손가락을 그녀의 부드러운 어깨 위에 놓았다―「오히려 잠깐, 그에게 말하지 마.」그가 네 걸음을 걸어가자 안쪽 문에 닿았고 노크도 하지 않고 들어가 뒤로 문을 닫으면서 물었다.「어떻게 그런 일이 일어났죠.」

선생, 살이 찌고 옷을 잘 차려입고, 차별화된 문화를 향유하면서 살아가는 사람의 얼굴을 하고 있고, 회색 머리는 정확하게 그리고 세련되게 깎여 있고, 손톱은 정성스럽게 손질되어 있고, 통통한 핑크빛 뺨이 여자 취향의 애프터 셰이브 로션 냄새를 풍기고 있는 그가, 내려다보려고도 하지 않는 요엘을 올려다보았다. 그 순간 그는 포만감에 흠뻑 젖어 있는 고양이의 작은 동공에서 발하는 반짝임 같은 음산한 잔인함을 보았다.

「제가 물었잖아요, 어떻게 그런 일이 일어났느냐고?」

「지금 그건 문제가 되질 않아.」그것이 그에게 심술궂은 즐거움을 주는 것같이, 그 남자는 이 경우에 그 어조가 과장되도록 하여 단조로운 프랑스어식 어조로 대답했다.

요엘이 말했다.

「전 알 권리가 있어요.」

그러자 그 남자는 물음표도 없이, 아이러니컬한 어조도 아니게 물었다.

「정말.」

「이것 보세요.」요엘이 말했다.「제가 제안을 할게요.」

「정말로.」그 남자가 되풀이했다. 그리고 덧붙였다.「그건 도움이 되지 않을 걸세, 친구. 자네는 그 일이 어떻게 일어났는지 절대 모를 거야. 내가 개인적으로 자네가 밝혀내지 못하도록 조처할 거야. 자네는 그 짐을 지고 살아가야만 할 거야.」

「저는 그 짐을 지고 살아갈 거예요.」 요엘은 말했다. 「그렇지만 왜 저예요. 당신이 그를 보내지 말았어야 했어요. 당신이 그를 보냈어.」

「자네 대신.」

「난……」 요엘은 슬픔과 분노가 섞여 끓어오르는 것을 억제하면서 말했다. 「난 그 덫 속으로 발을 들여놓지 않았을 뿐이에요. 난 처음부터 이야기를 전부 믿지 않았어요. 그 모든 재연. 난 그것을 믿지 않았다고요. 당신이 나에게 그 여자가 나에 관한 모든 신상을 흘리면서 내가 오기를 요청했다고 말했던 순간에, 전 좋지 않은 느낌이 들었어요. 수상한 냄새가 났다고요. 그런데 당신이 그를 보냈어요.」

「자네 대신.」 르 파트롱이, 이번에는 매우 천천히, 말 한마디씩 따로따로 발음하면서 되풀이했다. 「그러나 지금…….」 그리고 마치 미리 준비해 놓은 것처럼 그의 책상 위에 있는 구식 바켈리트 사각형 전화기가 거칠게 울렸고 그 남자는 금이 가 있는 수화기를 들고 말했다. 「그래.」 그런 다음 10여 분 동안, 뒤로 앉아 꼼짝도 안 하고 단지 두 번 반복한 이 말 외에는 어떤 소리도 내지 않고 듣기만 했다. 「그래.」

요엘은 뒤돌아서 창문 쪽으로 걸어갔다. 창문을 통하여, 그는 두껍고 거의 죽같이 걸쭉하고 우중충한 녹색 바다가 높은 두 건물로 테두리 지워져 있는 것을 볼 수 있었다. 그는 선생이 북부 갈릴리에 있는 자연을 사랑하는 철학자들이 있는 자기의 식민지로 이사를 가버리면서 이 사무실을 자신에게 물려줄 것이라고 말하여 긴장했던 것이 채 1년도 안 되었다는 생각이 났다. 그는 마음속으로 그 재미있는 작은 시나리오를 다시 그려 보았다. 이브리아에게 방을 다시 꾸미기 위해 조언을 구한다는 핑계를 대어 여기로 초대한다. 초라하게 보일 수 있는 빌미가 될 우울한 분위기의 사무실을 고치는 것. 자기를 마주보고 있는, 저쪽의, 자신이 몇 달 전에 차지하고 있었던 의자에 앉도록 한다. 마치 몇 년 동안 칙칙하게 계속되는 평범함 후에 어머니를 깜짝 놀라게 하는 아이처럼. 〈여기를 봐, 이 스파르타식의 사무실을 보면, 어떤 사람들이 세계에서 가장 효율적이라고 여기기도 하는 일을 당신 남편이 조종하고 있다는 것을 알 수 있지. 그리고 이제 강철 파일 캐비닛 옆에 배치되어 있는 선사 시대의 유물 같은 책상을 바꾸고, 커피 테이블과 저 우스꽝스러운 버드나무 의자들을 치워 버릴 시간이 되었어. 여보, 어떻게 생각해? 아마도 이 골동품을 자동 응답기가 달려 있고 버튼만 누르면 되는 전화기로 바꾸어야만 할 거야. 저 너덜거리는 커튼도 던져 버려. 지나간 세월에 대한 추억으로서 리트비노브스키가 그린 예루살렘 성벽 풍경과 루빈이 그린 사페드의 오솔길을 남겨 둘까, 그렇게 하지 말까?《이 땅을 구원해 주옵소서》라고 새겨진 국가 기금 모금 상자와 1947년까지 유대인들이 사 모은 땅의 면적을 가리키는 작은 점들이 찍혀 있는 단에서 브엘 쉐바에 이르는 팔레스타인의 지도를 그대로 두는 게 무슨 의미가 있을까? 이브리아, 무엇을 그대로 갖고 있어야 하고 무엇을 던져 버려야만 하지?〉 그리고 새롭게 솟아나는 욕망이 허리에서 희미하게 전율하는 것처럼, 요엘은 아직 너무 늦지는 않았다는 생각이 갑자기 떠올랐다. 사실 아크로바트의 죽음이 자기를 목표에 더욱더 가까이 데려왔다는 생각이. 만약 그가 그것을 원한다면 그리고 신중하게 계산한다면, 그리고 어떤 실수도 저지르지 않고 자신만의 묘수를 생각해 낸다면, 1년 혹은 2년 후에 방을 다시 꾸미는 데 조언을 부탁한다는 핑계를 대고서 네타를 이곳으로 초대할 수 있을 것이고, 책상을 가로질러 자신과 정확하게 마주볼 수 있는 저곳에 앉힐 수 있을 것이고, 그녀에게 겸손하게 설명할 수 있을 것이다. 〈너는 이 아빠를 일종의 야간 경비원으로 설명할 수 있을 것이다.〉

네타를 생각하자 자신이 생명을 구할 수 있었던 것이 그녀 덕분이었다는 것을 미처 깨닫지 못했다는 생각이 번쩍 들었다. 비록 마음속으로는 가기를 원하고 있었지만, 이번에 방콕으로 가지 못하게 한 것이 그녀였다는 것을. 만약 그녀의 고집과 그녀의 변덕스러운 직관, 그녀의 달과 별의 병으로 인한 육감에 의해 생기는 경고가 없었다면, 그는 아마 지금 요크네암 오스타쉰스키를 대신하여 납으로 봉해진 관 속에 누워서, 루프트한자 점보 여객기에 실려 지금 이 순간에는 어둠 속에서 극동으로부터 파키스탄이나 카자흐스탄을 지나 프랑크푸르트 쪽으로 오는 길일 것이고 그리고 그곳에서부터 벤구리온 공항까지 그리고 그곳에서 예루살렘에 있는 묘지, 〈하느님의 목장〉, 〈하느님 나라〉라고 말하고, 〈싸움〉이라고 말하면서 낙디몬 루블린이 감기 걸린 목소리로 추모 기도문을 천천히 읽어 가던, 암석투성이의 공동 묘지로 옮겨 가게 될 것이란 생각이. 오직 네타 덕택으로 그는 여행 떠나는 것을 피할 수 있었다. 그 여자가 자신을 위하여 짜놓은 유혹의 그물망으로부터. 그리고 긴급 연락의 목적을 위하여 가끔씩 형이라고 불렀던 그 통통하고 잔인한 남자가 자기를 위하여 예약해 놓은 운명으로부터. 그는 이제 이쯤에서, 〈그래. 고마워요〉라고 말하고, 수화기를 내려놓고, 요엘 쪽으로 얼굴을 돌려, 10분 전에 이 초라한 전화기가 울려서, 끊어진 정확한 지점에서 자신의 문장을 다시 시작했다.

「모든 것이 끝났어. 그리고 자네한테 나가라고 부탁해야겠군.」

「잠깐만요.」 요엘은 여느때와 마찬가지로, 자기의 손가락으로 목과 셔츠 칼라 사이를 만지면서 말했다. 「제가 제안할 것이 있다고 말했잖아요.」

「고맙네.」 르 파트롱이 말했다. 「하지만 너무 늦었어.」

「내가,」 요엘은 그 모욕을 무시하기로 했다. 「방콕으로 가서 무슨 일이 있었는지 알아내야겠어요. 내일. 오늘 밤이라도.」

「고맙네.」 그 남자가 말했다. 「그런데 우리는 벌써 정리했네.」 훨씬 더 두드러진 악센트에서, 요엘은 조롱하는 흔적을 간파했다. 혹은 분노를 참고 있다는. 혹은 어쩌면 참을 수 없음을. 그는 프랑스 이민자들을 풍자하는 것처럼 들리는 교태를 섞어 강조하면서 말했다. 그는 자리에서 일어서서 결론적으로 말했다.

「네타에게 전에 나와 함께 의논했던 문제에 관하여 집으로 전화해 달라고 전하는 것을 잊지 말게.」

「잠깐만.」 요엘이 말했다. 「제가 이제 일에 시간제로 복귀하는 것을 고려하고 준비하고 있다는 것을 당신이 알아 주기를 원해요. 아마도 반나절씩만 해야겠죠. 작전 분석부는 어떨까요? 아니면 훈련부에서라도?」

「난 이미 자네에게 말했네, 친구. 벌써 정리되었다고.」

「아니면 문서 보관소라도. 전 상관없어요. 난 제가 여전히 쓸모가 있다고 생각하는데요.」

2분도 채 지나지 않아, 요엘이 르 파트롱의 사무실을 나가 방음 시설이 되어 있고 나무를 모방한 싸구려 벽지로 덮여 있는 복도 벽을 따라 걸어가고 있을 때, 갑자기 얼마 전 이곳에서 아크로바트가 비꼬는 목소리로 자신에게 〈호기심이 지나친 고양이는 죽게 마련이지〉라고 말했던 것이 생각났다. 그래서 그는 치피의 사무실로 걸어 들어가 말했다. 「잠시만 실례해. 내가 나중에 설명할게.」 그러고는 그녀 책상 위에 있는 인터폰을 쥐고서, 거의 속삭이는 듯이, 벽의 반대편에 있는 사람에게 물었다. 「나에게 말해 줘요, 예레미야, 내가 무슨 일을 저지른 거죠?」

배울 만한 인내심을 가지고, 천천히, 그 남자가 말했다. 「자네가 어떤 일을 했는지 알고 싶단 말이지.」 그러곤 그가 공식적인 기록을 읽어 주듯이 계속 말했다. 「어떻게든, 자네는 해답을 알게 될 거야. 이미 자네가 알고 있는 답이지. 친구, 자네와 나는, 둘 다 도망자야. 홀로코스트의 자식들이지. 그들은 나치로부터 우리를 구하기 위해 그들의 목숨을 걸었었어. 그들이 여기로 우리를 밀입국시켰지. 거기다가, 그들은 우리에게 나라를 만들어 주기 위하여 싸우고 손발을 자르고 죽이곤 했어. 그들이 우리에게 밥상을 차려 준 셈이지. 그들이 쓰레기 속에서 우리를 선택해 준 거야. 그런 후에도 그들은 우리를 엄청나게 존중해 주었어. 그들은 우리 내면의 신성함을 지킬 수 있게 했어. 진심으로. 그것은 우리에게 의무를 지워 주는 것이야, 그렇지 않나? 그런데, 친구, 자네는, 자네를 필요로 하고, 자네를 보내야만 할 때, 교묘히 그것에서 빠져나갔고 다른 사람이 대신 파견되었어. 그들 중의 한 명이. 그리고 그는 가버렸어. 그러니 자네는 이제 집으로 가서 그 짐을 지고 살아가게나. 그리고 장례식이 언제인지 알기 위해 나한테 하루에 세 번씩 전화하지는 말게나. 그건 신문에 날 거야.」

요엘은 아침에 의자에 부딪혔을 때 다친 무릎 때문에, 주차장까지 다리를 절뚝거리면서 나왔다. 어떤 이유에서인지, 그는 야단맞은 아이처럼, 자기가 심한 부상을 당한 듯이 과장하여 절뚝거리고 싶은 유혹을 받았다. 그래서 그는 주차되어 있는 차를 두세 번씩 지나치며 자신의 차를 찾으려고, 20분 내지 25분 동안 절뚝거리며 헛되이 주차장을 오르락내리락 했다. 그는 적어도 네 번이나 자신이 주차해 놓은 장소로 되돌아 왔다 갔다 했다. 그는 어떤 일이 일어났었는지 생각할 수 없었다. 머리에 갑자기 생각이 떠올라 자신의 차를 가지고 온 것이 아니라 크란츠의 푸른색 아우디를 가져왔다는 것을 깨닫게 될 때까지, 그리고 그 차는 그가 남겨 둔 곳에 정확하게 주차되어 있었다. 온화한 겨울 태양이 뒤쪽 창문 위에서 수많은 눈부신 광채로 부서지는 광경과 함께. 그는 어쩐지, 이 사건이 지금 종결된 것을 깨닫게 되었다. 다시 이 오래되고, 높은 빌딩에 둘러싸여 있고 사이프러스나무 속에 숨겨져 있고, 유리와 콘크리트로 만들어진, 높다랗고 무수한 현대식 빌딩 속에 완전히 박혀 있는 이 보잘것없는 빌딩 속으로 다시는 발을 들여놓지 않을 것이라는 것을. 그 순간 이제는 도저히 알 수 없는 어떤 것에 대한 후회로 인하여 마음의 고통을 약간 느꼈다. 여기서 지낸 23년 동안 그는 르 파트롱의 사무실에 있는 푸른색의 국가 기금 모금 상자의 갈라진 틈으로 어떤 누군가가 가끔이라도 동전을 떨어뜨린 적이 있는지 손을 뻗어 한번 살펴보고 싶은 충동을 자주 느꼈다. 요엘은 운전하면서 아크로바트, 가장 곡예사 같았던 오스타쉰스키에 대하여 생각해 보았다. 만약 그와 비슷한 이가 있다면, 그는 늙은 노동당 기관원으로 건설 회사의 지역 소장을 역임한 적이 있던 채석장 노동자를 닮았다. 드럼 같은 배를 가진 60대의 남자. 옛날, 7년 혹은 8년 전, 그는 어처구니없는 실수를 저질렀다. 요엘은 그를 구하도록 보내졌고, 거짓말을 하지 않고도 그가 저지른 실수로 인한 결과로부터 그를 구해 내는 데 성공하였다. 그렇지만 불행하게도 그로 인해, 호의를 베풀고도 보답을 못 받는 사람들이 많듯이, 오스타쉰스키는 요엘에 대하여 작은 심술을 부려서 그가 겸손한 척하는 꽁생원이라는 말을 퍼뜨렸다. 그러나 요엘은 교통 체증이 심한 도로 위에서 차를 천천히 몰고 가면서, 만약 나의 경우에 〈친구〉라는 단어를 사용할 수 있다면, 그는 나의 친구였다고 생각했다. 이브리아가 죽고 요엘이 헬싱키에서 소환되어 장례식 몇 시간 전에 예루살렘에 도착하였을 때, 모든 준비가 완료되어 있었다. 낙디몬 루블린은 그것에 관하여 아무것도 하지 않았다고 느리게 말하였다. 며칠 후에 요엘은 얼마나 많은 돈을 그리고 누구에게 신세를 졌는지 정산하기 위하여 장례식 경비와 신문 부고란의 영수증을 열심히 살펴보았는데, 모든 곳에서 그는 사샤 샤인이라는 이름을 발견했다. 그래서 아크로바트에게 전화를 걸어 얼마나 돈을 썼는지 물어보았더니, 오스타쉰스키는 기분이 언짢은 어조로, 러시아어로 욕을 하고는 그에게 엿먹으라고 말했다. 다투고 난 후, 늦은 밤에 두세 번 이브리아는 속삭였다. 「난 당신을 이해해요.」 그녀가 말한 의미는 무엇이었을까? 그녀는 무엇을 이해했을까? 서로 다른 사람들의 비밀들 사이에는 어떤 유사점과 차이점이 있는 것일까? 요엘은 아무것도 알 수 없다는 것을 알았다. 사람들은 정말로 서로 얼마나, 특히 서로 가까운 사람들은 얼마나 알고 있는가 하는 질문이 항상 그에게 중요한 문제들 중 하나였고 이제는 절박한 문제가 되었지만. 그녀는 항상 거의 하얀 블라우스와 하얀 리넨 바지를 입었다. 그녀는 겨울이 되어도 하얀 스웨터를 입었다. 그녀 없이 돛을 올려 버린 함대의 선원. 그녀는 오른손 새끼손가락에 결혼 반지를 끼는 것 외에는 어떤 보석도 걸치지 않았다. 비록 그녀의 가늘고 어린아이 같은 손가락은 항상 차가웠지만, 그것을 빼는 것은 불가능했다. 요엘은 다시 한번 자신의 벗은 등에 닿는 차가운 그 손가락의 느낌을 갈망했다. 지난 가을, 단 한 번, 예루살렘의 부엌 발코니에서 그녀가 그에게 말했다. 「이봐요, 나 좀 안 좋아요.」 그가 어떤 종류의 통증이 있느냐고 그녀에게 물었을 때, 그녀는 대답했다. 「아니에요, 틀렸어요. 몸의 문제가 아니에요. 그냥 좀 안 좋아요.」 그러나 이스라엘 항공의 전화를 기다리고 있었던 요엘은 그 문제를 회피하기 위하여, 자기가 편하려고, 그리고 길게 늘어질 것 같아 말을 끊어 뒷말을 잇지 못하게 하려고 대답했다. 「지나갈 거야, 이브리아. 괜찮아질 거야. 당신도 알잖아.」 그가 만약 부름에 응하여 방콕으로 가버렸다면, 르 파트롱과 오스타쉰스키가 자기의 어머니, 딸 그리고 장모님을 돌봐 주었을 것이다. 그가 가버려서 돌아오지 않았다면, 그가 저지른 모든 배반 행위들을 용서해 주고 잊어버렸을 것이다. 팔과 다리가 없이 태어난 장애인은 악한 행동을 거의 할 수 없었다. 그리고 누가 그 사람에게 악하게 대할 것인가? 팔과 다리를 잃어버린 사람은 십자가에 못 박힐 수 없었을 것이다. 방콕에서 무슨 일이 일어났었는지 전혀 알 수 없을까? 어쩌면 그것은 보행자 건널목이나 엘리베이터 속에서 일어난 하찮은 사건이었을까? 그리고 이스라엘 필하모닉 오케스트라 단원들은, 몇 년 전 멜버른의 콘서트 중간에 학살로부터 자기들을 구한 사람이 바로, 이 순간 납관에 봉해져 루프트한자 점보 여객기에 실려 어둠 속에서 파키스탄을 지나 날아오고 있는 그 사람이라는 것을 알게 될 것인가? 그 순간 요엘은 하루 종일 가슴속에 들끓고 있었던 은밀한 기쁨 때문에 갑자기 분노가 치솟아 오르는 것을 느꼈다. 〈그래서 뭐? 난 그들을 제거해 버렸어. 그들은 내가 죽기를 원했지만 이제 그들 자신들이 죽은 상태다. 그가 죽었나? 그것은 그가 실패했다는 것을 보여 준다. 그녀가 죽었나? 그렇다면 그녀도 졌다. 너무나 안됐지만. 난 살아 있다. 그것은 내가 옳았다는 것을 증명하는 것이다.〉

어쩌면 아닐 수도 있다. 그는 도시를 떠나면서 혼잣말로, 아마 그것은 단순히 배반의 대가라고 말하며 왼쪽 차선에 있는 네다섯 대의 차를 난폭하게 추월했고, 비어 있는 오른쪽 길로 파고들어 신호등이 바뀌자마자 순식간에 자기 앞 차의 바로 코앞에 4인치 정도의 간격만 두고 끼어들었다. 그는 곧장 집으로 가지 않고, 라마트 간의 방향으로 빠져서 쇼핑 센터로 들어가 여성 옷을 파는 큰 가게로 들어갔다. 1시간 반 동안 생각해 보고, 비교해 보고 살펴보고, 그리고 이치를 잘 따져 보고 나서, 자신의 목숨을 구한 딸을 위하여 대담하고 거의 아슬아슬한 드레스를 사서 우아한 꾸러미로 포장하여 들고서 집으로 향했다. 그가 사이즈나 유행, 재질, 색상과 재단에 관해서 실수를 하는 일은 결코 없었다. 그는 다른 한 손에 어머니의 숄, 장모님의 벨트, 오델리아 크란츠의 귀여운 스카프, 앤 마리의 나이트가운, 그리고 랄프를 위한 6개의 비싼 실크 손수건을 각각 포장하여 넣은 큰 가방을 들고 있었다. 뿐만 아니라 리본을 단 다른 꾸러미 하나가 있었는데, 그것 안에는 치피를 위한 이별의 선물로 아름답고 전통적인 스웨터가 들어 있었다. 사람은 그 모든 오랜 세월 후에 어떤 자취도 없이 간단히 사라질 수는 없었다. 비록, 다시금 생각해 보면, 그의 뒤에 어떤 표시도 남기지 말고 살금살금 사라져 버리면 왜 안 되나? 하는 생각이 들기도 하지만.

40

네타가 말했다. 「아빠 미쳤어요. 죽어도 저런 것은 입을 수 없을 거예요. 청소부에게 주는 것이 어때요. 저랑 사이즈가 같거든요. 아니면 제가 줄게요.」

요엘이 말했다.

「좋아, 네가 원하는 대로 하렴. 다만, 먼저 입어 보아라.」

네타는 방을 나갔다가 마치 마술처럼 그녀가 마른 것을 상쇄시켜 주고 그녀의 모습을 곧고 나긋나긋하게 보이게 하는 드레스를 입고 돌아왔다.

「말해 보세요.」 그녀가 말했다. 「아빠는 항상 제가 이런 것을 입기를 원하면서도 감히 저에게 말하지 못하신 거예요?」

「감히 못 하다니, 무슨 말이니?」 요엘은 웃었다. 「어쨌든, 내가 혼자 고른 거야.」

「아빠, 무릎 아프세요?」

「아무것도 아니야. 다만 부딪혔을 뿐이야.」

「어디 좀 봐요.」

「왜?」

「제가 붕대 감아 드릴게요.」

「별것 아니야. 잊어버려. 없어질 거야.」

그녀는 사라졌다가 5분쯤 지나서 이전의 옷으로 갈아입고 거실로 돌아왔다. 그녀는 그 후 두 주 동안 그 섹시한 드레스를 다시는 입지 않았다. 그러나 그녀가 말한 것처럼 청소부에게도 주지 않았다. 요엘은 가끔 그녀가 나가고 없을 때 안방으로 살금살금 들어가 그 옷이 옷장에 여전히 입을 날을 기다리며 걸려 있는지를 살펴보았다. 그는 이것을 절반의 성공이라고 여겼다. 어느 날 저녁 네타가 야이르 후르비츠의 『갈망하는 관계』란 책을 그에게 쥐여 주었다. 그는 47페이지에서 〈책임감〉이란 제목의 시를 만나게 되었고, 딸에게 말했다.

「멋지구나. 그런데 내가 이해한 것이 시인이 나타내고자 한 것이라는 걸 어떻게 알 수 있지?」

그는 텔아비브로 돌아가지 않았다. 그 겨울이 끝날 때까지 단 한 번도. 그는 때때로 촉촉한 대지의 냄새와 잎이 무성한 나무들의 냄새를 풍기는, 길 끄트머리의 감귤나무 숲 주위의 담을 바라보며 서 있었고, 멀리서 도시 위에 걸려 있는 것처럼 보이는 광채를 한동안 뚫어져라 바라보기도 하였다. 그것의 색채는 어떤 때에는 빛나는 푸른색이었고 어떤 때에는 황금빛이나 흐린 노란색 혹은 붉은 기가 도는 자주색을 띠기도 했고, 간혹 그것은 화학 염색의 독성 있는 창백한 색깔을 기억나게 하기도 했다.

그러는 동안 그는 카르멜 구역으로, 라트룬에 있는 트래피스트 수도원으로, 해안 평야의 끝으로, 그리고 로쉬 하아인 근처에 있는 언덕 마을로 밤에 드라이브 가던 것을 또한 그만두었다. 그는 더 이상 주유소에서 야간 근무를 하는 아랍인들과 이야기하면서 몇 시간을 내버리지도 않았고, 고속도로 매춘부들 사이를 천천히 지나가지도 않았다. 또 깊은 한밤중에 정원의 창고를 찾아가지도 않았다. 그러나 그는 4~5일에 한 번씩 저녁이 되면 이웃집 정문 앞에 서 있었고, 최근에는 위스키 병이나 유명한 술을 가지고 가기도 했다. 그는 항상 새벽 전에 집으로 돌아오려고 신경을 썼다. 간혹 신문을 배달하는 늙은 불가리아인을 만나기도 했고, 그래서 찌그러진 수시타의 창문을 통하여 신문을 받아 배달원이 차에서 내려 우편함에 신문을 집어넣는 수고를 덜어 주기도 했다. 랄프는 여러 번 말했다. 「우리가 당신을 몰아치고 있는 것이 아니에요. 천천히 하세요, 요엘.」 그는 어깨를 으쓱하고는 아무 말도 하지 않았다.

한번은 앤 마리가 갑자기 물었다.

「저에게 말해 보세요. 당신 딸의 문제가 뭐예요?」

요엘은 대답하기 전에 1분 정도 곰곰이 생각했다.

「질문을 잘 이해하지 못하겠는데요.」

앤 마리가 말했다.

「글쎄요, 제가 항상 당신과 딸을 보지만 당신들이 서로 건드리는 것을 본 적이 없어요.」

요엘이 말했다.

「그래요, 아마도.」

「제게 아무것도 말하지 않으실 건가요? 제가 당신에게 뭐죠, 새끼 고양이 같은 거예요?」

「괜찮아질 거예요.」 그는 무심히 말했고, 혼자 술 한 잔을 부었다. 그가 그녀에게 무엇을 말할 수 있었을까? 내 아내는 부모를 항상 지워 버리려고 노력하는 딸애를 죽이려고 했기 때문에 내가 그녀를 죽여 버렸다? 비록 우리 셋 사이에는 허락되는 것보다도 훨씬 더 많은 사랑이 있었음에도 불구하고? 〈나는 당신으로부터 당신에게로 도망칩니다〉라고 말하는 시구처럼? 그래서 그는 말했다.

「언제 기회 있을 때 이야기합시다.」 그리고 그는 술을 마시고 눈을 감았다.

그와 앤 마리 사이에는 섬세하고, 정확하고 육체적인 유대감이 점차 깊어져 갔다. 오랜 기간 동안 경험을 함께하는 테니스 파트너들처럼. 요엘은 최근에 자신이 그녀에게 호의를 베풀고 자기 자신의 육체는 무시하듯 사랑하던 습관을 없애 버렸다. 그는 천천히 그녀를 신뢰하기 시작했고 자신의 약점을 약간씩 드러내기도 했다. 지나간 세월 동안 자기의 아내에게는 너무나 당황스러운 것이어서 드러내지 못했고 스쳐 가는 여자들에게는 너무나 섬세한 것이라 요구할 수도 없었던 은밀한 육체적 요구를 그녀에게 하기 시작했다. 앤 마리는 희미한 암시를 포착하기 위하여 긴장하면서, 눈을 감고 집중하려고 했다. 그녀는 허리를 굽혀 그를 위하여 곡조를 연주하곤 했지만 그는 자신이 얼마나 그녀와 함께하기를 갈망하고 있는지 스스로 알지 못했다. 가끔 그녀는 그와 사랑을 나눈다기보다는 오히려 임신하여 그를 낳는 것처럼 보였다. 그들이 사랑을 마치면, 랄프는 이제 막 경기에서 승리한 팀의 코치처럼, 기쁘고 친절하게 불쑥 들어와서는, 여동생과 요엘에게 향내 나는 계피를 가미한 뜨거운 펀치를 대접했고, 타월을 건네주었으며, 브라스 음악을 조용한 컨트리풍 음악으로 바꾸어 주고, 소리와 녹색의 촉촉한 불빛을 줄여 주며, 잘 자라는 인사를 남긴 채 사라졌다.

요엘은 바르두고의 종묘상에서 글라디올러스와 달리아, 그리고 민들레 구근을 사와서 봄을 위해 심었다. 그는 성장이 멈춘 네 개의 포도 덩굴 가지와 여섯 개의 커다란 화분과 영양이 풍부한 비료 세 자루를 샀다. 그는 킬킬리야보다 더 먼 곳까지는 가지 않았다. 정원의 모퉁이에 화분을 놓고 그 속에다 여러 가지 색깔의 제라늄을 심었고, 그래서 여름에는 그것들이 사방으로 빛을 발하면서 넘쳐 흐를 것을 머릿속에 그려 보았다. 2월 초순에는 아릭 크란츠와 그의 아들 두비와 함께 지방 쇼핑 센터에 가서, 건축 자재 가게에서 나무 도리와 긴 볼트 그리고 금속 손잡이들과 쇠로 된 앵글을 샀다. 열흘 후, 아릭과 그의 아들 두비가 열심히 도와준 덕분에, 또 놀랍게도 네타의 도움을 받아, 골진 쇠 지붕으로 되어 있는 이전의 차고를 철거하고 아름다운 나무 정자로 바꾸었고, 그 위에 방수 처리가 되는 갈색 니스로 두 번이나 코팅을 했다. 그 정자 위로 포도 덩굴이 타고 올라가도록 네 개의 포도 덩굴 가지도 심었다. 그는 신문에서 친구의 장례식이 파르데스 한나에서 있다는 공지 사항을 우연히 보게 되었지만 가지 않기로 마음먹었다. 집에 머물렀다. 반면에 2월 16일, 예루살렘에서 행해지는 이브리아의 추도식 행사를 위해 그는 자기 어머니와 장모님을 대동해서 갔으며, 네타는 가지 않고 뒤에 남아서 집을 본다며, 원래의 약속을 번복했다.

낙디몬이 콧소리로 천천히 그리고 다분히 문제가 있는 발음으로 카디쉬 기도문을 읊었을 때, 요엘은 자기 어머니한테 기대어 안경으로 그를 교양 있는 놈으로 보이게 하는 가장 훌륭한 장면이라고 속삭였다. 「종교적인 놈.」 리사는 〈쉿〉 하고 꾸짖으면서 화가 나서 속삭였다. 「부끄러운 줄 알아! 그것도 무덤 옆에서! 그 아이를 완전히 잊어버렸군!」 머리와 어깨에 걸치고 있는 검은색 스카프로 인해 경직되어 보이고 귀족적으로 보이는 아비가일은 그들에게 신호를 보내어 그것을 멈추게 했다. 그리고 요엘과 그의 어머니는 즉시 속삭임을 멈추었다.

그날 늦게, 낙디몬과 그의 네 아들 중 두 명을 포함한 그들 모두는 라마트 로탄에 있는 집으로 갔다. 그들은 네타가, 랄프와 앤 마리의 도움으로, 이 집으로 이사 온 이후 처음으로 스페인식 식탁을 펼쳐 놓고, 하루 종일 열 명의 식사 준비를 하며 보냈다는 것을 알게 되었다. 붉은 식탁보와 양초와 함께, 양념된 칠면조와 조가비, 익힌 야채, 밥 그리고 버섯이 차려졌고, 입맛을 돋우는 토마토 수프가 긴 유리잔에 레몬 조각을 가장자리에 띄워서 시원하게 나왔다. 그것은 그녀의 어머니가 손님이 오는 특별한 날에, 방문객들을 놀라게 하려고 내놓곤 하던 바로 그 수프였다. 네타는, 앤 마리를 크란츠 옆에, 낙디몬의 아들들을 리사와 랄프 사이에, 아비가일을 두비 크란츠 옆에, 그리고 요엘과 낙디몬을 테이블 양 끝에 앉도록 신중하게 계획했다.

41

그다음 날, 2월 17일은 날씨가 흐렸고 공기는 얼어붙는 듯했다. 그러나 비는 오지 않았고 바람도 없었다. 네타를 학교로 데려다 주고 어머니를 외국어 교재를 빌려 주는 도서관으로 데려다 준 후에, 그는 주유소에 갔다. 기름 탱크를 가득 채웠고 펌프가 자동으로 멈출 때까지 타이어에 공기를 넣은 다음 기름, 물 그리고 배터리와 타이어 압력을 점검해 보았다. 그는 집에 도착하여 계획했던 대로 정원으로 가서 장미 덤불의 가지를 쳤다. 겨울비와 추위 때문에 누렇게 되어 가는 잔디밭에 거름도 뿌렸다. 다가오는 봄을 대비하여 과실수 뿌리를 덮어 주고, 나뭇잎과 거름을 혼합하여 나무 아래에서 썩게 놔두었다가, 갈퀴와 써레로 그 혼합물을 뿌렸다. 그는 급수탑을 고쳤고 허리를 구부리고 엎드려서 손가락으로 잠자던 잔디밭에서 새로 올라오는 잡초의 싹과 애기괭이밥과 메꽃 무리를 없애 버리면서 화단의 잡초를 약간 뽑았다. 그녀의 플란

넬 드레스 가운이 부엌문 밖으로 나오는 것을 본 것은 그가 허리를 깊이 수그리고 웅크려 있을 때였다. 그는 그녀의 얼굴을 볼 수 없었으나, 마치 명치에 펀치를 정확히 맞은 것처럼 혹은 위가 허는 것처럼 등이 오싹했다. 즉시 그의 손가락은 굳어져 버렸다. 그런 다음 자신을 추스르고, 분노를 억누르고, 말했다. 「무슨 일이 있었습니까, 장모님?」 그녀는 웃음을 터뜨리면서 대답했다. 「왜 그러나, 내가 자네를 놀라게 했나? 자네 얼굴 좀 보게. 금방이라도 누구를 죽일 듯이 보이네. 아무 일도 없었어. 단지 여기서 커피를 먹고 싶은지 아니면 안으로 들어올 것인지 물어보려고 나왔네.」 그가 말했다. 「아니요. 제가 금방 들어갈 거예요.」 그러고 나서 그는 마음을 바꾸어 말했다. 「아니면, 오히려, 여기로 가지고 오세요, 그러면 식지 않겠죠.」 그리고 그는 마음을 다시 바꾸어 다른 목소리로 말했다. 「절대로, 다시는 그녀의 옷을 입지 마세요, 아시겠어요.」 그의 목소리를 들은 후, 넓고 환하며 평온해 보이는 슬라브족 농부의 얼굴은 짙은 붉은색으로 바뀌었다. 「그 아이의 옷이 아니야. 이것은 자네가 걔한테 5년 전에 런던에서 사다 준 거야. 네타가 나에게 준 드레스 가운이지.」

요엘은 사과해야만 한다는 것을 알았다. 겨우 며칠 전에, 그가 스톡홀름에서 이브리아를 위해 사다 준 레인코트를 네타에게 입으라고 간청한 적이 있었다. 그러나 자신의 분노, 혹은 이렇게 분노를 나타낸 것에 대하여 화가 나서 그는 사과를 하지 못했고, 오히려 험악하게, 거의 위협적으로 말을 제지하고 나섰다. 「다를 게 없지요, 여긴 제 집이고 난 그것을 참을 수 없어요.」

「여기가 자네 집이라고?」 아비가일은 교양 학교의 참을성 있는 여자 교장 선생님같이, 가르치는 듯한 어조로 물었다.

「여긴 제 집이에요.」 요엘은 손가락의 축축한 오일을 자신의 청바지 자락에 닦으면서, 조용히 반복했다. 「그리고 여기 제 집에서는 장모님이 그녀의 물건들을 걸치면 안 되죠.」

「요엘.」 그녀는 잠시 후에, 애정이 깃든 슬픈 어조로 말했다. 「내가 자네에게 뭘 좀 말해도 되겠나? 나는 자네의 상태가 자네 어머니만큼 나빠지고 있다고 생각해. 아니면 네타의 상태만큼. 물론 문제를 숨기는 것에는 자네가 훨씬 낫지만, 그런데 그것이 자네의 상태를 더 나쁘게 만들고 있네. 내 생각에는, 자네가 정말로 필요로 하는 것은…….」

「됐어요.」 요엘이 끼어들었다. 「오늘은 이만하죠. 커피가 있나요, 아니면 없나요? 만들어 주시길 기다리느니 제가 만들어야겠네요. 얼마 안 가서 우리는 반(反)테러리스트 군대를 요청해야겠어요.」

「자네 어머니에 대해서 말하자면,」 아비가일이 말했다. 「우리 둘이 의미 있는 관계를 맺고 있다는 것은 자네도 알겠지. 그렇지만 내가 볼 때…….」

「장모님,」 그는 말했다. 「커피요.」

「나도 이해하네.」 그녀는 집 안으로 들어가서 커피 한 잔과 접시에 놓인 자몽을 들고 돌아와서는, 조심스럽게 껍질을 벗겨 국화처럼 펼쳐 놓았다. 「나도 이해해. 그렇게 말하는 것이 요엘 자네한테 상처를 준다는 것을. 내가 그것을 알아챘어야 하는데. 표면상으로 모든 사람은 자신의 고민거리를 자신만의 방법으로 견뎌야 한다네. 내가 자네에게 상처를 주었다면 미안하네.」

「괜찮아요, 그만두죠.」 요엘은 갑자기 그녀가 〈표면상으로〉란 단어를 사용하는 방식 때문에 강한 혐오감에 북받쳐서 말했다. 다른 어떤 것을 생각하고 싶었지만, 갑자기 쉬엘티엘 루블린의 이미지, 즉 해마 같은 콧수염, 퉁명한 친절, 서투른 관대함, 섹스와 다른 신체 기능들에 관한 농담, 그리고 줄담배를 피워 대면서 하는 비밀 단체들의 폭정에 관한 설교로 그려지는 경찰의 이미지가 머릿속에 떠올랐다. 그의 내부에서 솟아오르는 혐오감은 루블린을 향한 것도 아비가일을 향한 것도 아니었고 그의 아내에 대한 기억, 그녀의 냉정한 침묵과 하얀 옷에 대한 것이었다는 것을 알게 되었다. 그는 허리를 굽혀 하수도를 바라보듯이, 힘들게 커피 두 모금을 마시고, 즉시 머그잔과 자몽 접시를 아비가일에게 넘겨주었다. 그는 다른 말 없이 한 번 더 깨끗해진 화단으로 몸을 굽혀서, 잡초가 돋아나는지 매서운 눈초리로 다시 살피기 시작했다. 그는 일을 더 잘하기 위해 검은 테의 안경을 썼다. 그러나 20분 후에 그가 부엌으로 들어가자, 그녀는 미망인 스카프를 어깨에 두르고, 사별한 무명의 어머니 같은 모습을 보이면서, 그가 바로 직전에 일을 하고 있었던 정원의 정확한 그 지점을 응시하면서 곧은 자세로 앉아 움직이지 않고 있었다. 그는 별생각 없이 그녀의 시선을 따라갔다. 그러나 그 장소에는 아무것도 없었다. 그가 말했다.

「됐어요. 제가 사과하겠습니다. 장모님을 화나게 하려고 했던 것은 아닙니다.」

그리고 그는 차를 출발시켜 바르두고의 종묘상으로 다시

갔다.

네타가 신병 모집 센터에 일주일 간격으로 두 번 다녀온 이후 그는 그동안 다른 어떤 곳에도 갈 수 없었고, 그들은 그녀의 신체 검사 결과를 기다리고 있었다. 그는 매일 아침 그녀를 학교에, 항상 마지막 순간에 도착하도록 데려다 주었다. 혹은 더 늦게. 그러나 그녀가 신병 모집 센터를 방문할 때에는, 어떤 이유인지 이 나라 초창기 시절의 예멘 신문 배달원을 생각나게 하는 더벅머리의 젊은이인, 아릭 크란츠의 두 아들 중 한 명인 두비가 그녀와 동행했다. 그의 아버지가 매번 그를 보내서 그녀가 마치고 나올 때까지 바깥에서 확실하게 기다렸다가 작은 피아트에 태우고 집으로 데려다 주게 시켰다는 것을 알게 되었다.

「나에게 말해 봐라. 혹시라도, 너도 엉겅퀴와 음악 악보를 모으게 되었니?」 요엘은 두비 크란츠에게 물었다. 그러자 이 젊은이는 그 반어법을 완전히 무시했거나 혹은 그것을 간파하지 못하고 공손하게 대답했다. 「아직은 아니에요.」

요엘은 네타를 학교에 데려다 주는 것 외에도, 그의 어머니가 라마트 로탄에서 그리 멀지 않은 리트빈 박사의 개인 병원으로 정기 검사를 받게 하기 위하여 그녀를 데리고 갔다. 이런 외출을 하던 어느 날, 그녀가 뜬금없이 옆집 아가씨와의 관계가 진지한 것이냐고 물었다. 그러자 크란츠의 아들이 별생각 없이 대답하면서 사용했던 말과 똑같이 대답했다. 오전 중에는 바르두고의 종묘상에서 한 시간 혹은 그 이상을 종종 보냈다. 여러 가지의 화초 상자, 토기나 화합물로 만들어진 크고 작은 화분, 영양이 풍부한 두 가지 종류의 비료, 토양을 부드럽게 하는 도구, 그리고 물과 살충제를 담아 뿌리는 두 개의 분무기를 샀다. 집 전체가 식물들로 가득하였다. 특히 천장과 문틀에 걸려 있는 양치류가 가득. 그것들을 고정시키기 위하여, 연결 코드선이 달린 전기 드릴을 다시 사용해야만 했다. 그가 차를 바퀴 달린 열대 정글처럼 보이게 하고서, 종묘상에서 집으로 돌아오던 오전 11시 30분경에, 길 아래쪽 집의 필리핀 하녀가 짐을 가득 실은 손수레를 끌고 15분가량 되는 가파른 언덕길을 걸어 올라오고 있는 것을 목격했다. 요엘은 차를 멈추고 그녀에게 태워 주겠다는 제안을 받아들이게 했다. 비록 예의상 필요한 표현을 넘어서는 대화 속으로 그녀를 끌어들일 수는 없었지만. 그런 일이 있은 후에 요엘은 슈퍼마켓 옆의 주차장에서, 운전대 뒤에서 조심스레 새 선글라스로 얼굴을 숨기고서 그녀를 여러 차례 기다렸고, 그녀가 손수레를 가지고 나타나면 정확하게 차를 들이대고서 그녀를 도중에 불러 세웠다. 그녀는 히브리어와 영어를 약간씩 할 줄 알았는데 대부분 세 마디 혹은 네 마디 정도의 대답은 했다. 도움을 요청하지 않았지만 요엘은 손수레를 고쳐 주겠다고 나섰다. 그는 시끄러운 쇳소리가 나는 것을 고무로 싼 바퀴로 교체해 주겠다고 약속했다. 그러곤 쇼핑 센터에 있는 건축 자재 가게에 들어가서, 많은 것들 중에서, 가장자리가 고무로 처리된 바퀴를 샀다. 그러나 그녀가 일하고 있는 낯선 사람들의 집 앞으로 그것을 가지고 갈 수 없었으므로, 그녀가 수레를 가지고 슈퍼마켓에서 돌아오는 길목에서 그녀를 불러 세우는 데 성공하였을 때에도 많은 이웃들이 쳐다보는 길 한복판에 갑자기 차를 멈추고 수레에 가득 실은 물건들을 내리고 그것을 거꾸로 뒤집어 바퀴를 고칠 수는 없었다. 그래서 요엘은 자신의 약속을 지키지 못했고, 심지어 그런 약속을 한 적도 없는 체했다. 그는 정원에 있는 창고의 어두컴컴한 한쪽 구석에 새 바퀴를 숨겨 놓았다. 일을 하던 시절에는 약속을 지키는 데 유난을 떨었던 그였지만. 아마도 그가 마지막으로 일한 날, 헬싱키에서 급히 소환돼 돌아와서 튀니지 기술자와 연락을 하겠다고 했던 약속을 지킬 수 없었던 그때는 예외였지만. 이런 기억들이 떠오르자, 그는 2월이 막 지나가고 나면 헬싱키에서 그 장애인을 본 지가 1년 내지 그 이상이 되었다는 것을 알게 되었고, 그 튀니지 기술자가 자신에게 준 전화번호가 여전히 기억 속에 각인되어 있다는 것을 발견하고는 자신도 놀랐다. 그는 그것을 그때 기억한 이후 결코 잊은 적이 없었다.

여자들이 거실에 그를 혼자 남겨 두어 마지막 뉴스와 화면이 지지직거리는 것까지도 본 그날 저녁, 요엘은 그 전화번호를 돌리고픈 유혹과 싸워야만 했다. 그렇지만 손발이 없는 사람이 어떻게 수화기를 집어 들 수 있을까? 그리고 그는 무엇을 말할 수 있을까? 혹은 물어볼 수 있을까? 그가 쓸데없이 깜박거리는 텔레비전의 스위치를 끄기 위하여 일어섰을 때, 2월은 이미 그 전날 끝났고, 따라서 오늘은 자신의 결혼 기념일이라는 생각이 떠오르기 시작했다. 그는 큰 손전등을 들고 바깥으로 나가 각각의 묘목과 씨 뿌려 놓은 것의 상태를 점검하기 위하여 어두운 정원으로 갔다.

어느 날 밤, 사랑을 나누고 따뜻한 펀치를 한 잔 마신 후, 랄프에게서 돈을 빌려 줄 수 있느냐는 질문을 받게 되었다.

요엘은 어떤 이유에서인지 랄프가 자신에게 돈을 빌려 달라고 요구하고 있다는 인상을 받았고, 랄프는 그에게 얼마나 빌려 줄지를 물었더니, 요엘이 자신은 제안을 받은 것이지 요구받은 것은 아니라고 생각하기도 전에, 〈2만에서 3만까지〉라고 말했다. 그는 놀랐다. 랄프가 말했다. 「당신이 원할 때는 언제나 저희 집으로 오세요. 우리는 당신에게 스트레스를 주지는 않을 겁니다.」 앤 마리가 연약한 몸에 붉은 기모노를 걸치고서는, 갑자기 끼어들면서 말했다. 「난 이것에 반대해요. 우리 자신을 찾기 전에는 어떤 비즈니스도 있을 수 없어요.」

「우리를 발견하다니?」

「제 말은요, 우리 모두가 각자의 삶을 약간 정리하는 거예요.」

요엘은 그녀를 바라보고 기다렸다. 랄프도 말하지 않았다. 요엘의 내부에서는 갑자기 어떤 잠자고 있던 생존의 감각이 꿈틀거렸고 그녀를 즉시 멈추게 하는 것이 최상이라는 경고를 스스로에게 했다. 〈화제를 바꾸어라. 그의 시계를 쳐다보고 인사를 해라. 혹은 적어도 랄프와 협력해서 그녀가 말한 것과 말하고자 하는 바를 조롱해 버려라.〉

「예를 들면, 의자 빼앗기 놀이요.」 그녀는 계속 말을 하다가 웃음을 터뜨렸다. 「어떻게 하는지 기억하는 사람 있어요?」

「그만해.」 랄프는 요엘의 걱정을 알아채고는 그것을 함께할 이유를 아는 것처럼 재촉했다.

「예를 들면,」 그녀가 말했다. 「길 건너에 한 노인이 살고 있어요. 루마니아 출신이죠. 그분은 담 너머로 당신 어머니에게 루마니아어로 반 시간 동안이나 이야기했어요. 그러고 나서 그는 또 혼자 살아요. 왜 그녀가 이사 가서 그와 함께 살면 안 되는 거죠?」

「그렇지만 왜?」

「왜냐고요. 그러면 랄프가 당신 집으로 이사 가서 다른 한 분과 살 수 있겠죠. 적어도 시험 기간 동안이라도. 그러면 당신은 여기로 이사 올 수 있죠? 어때요?」

랄프가 말했다.

「노아의 방주처럼, 저 아이가 모든 사람을 짝지어 버리는군. 왜 그래? 홍수가 다가오고 있니?」

요엘은 화를 내기 싫었고, 재미있고 기분 좋게 넘기려고 말했다. 「당신은 우리 아이를 잊어버렸군요. 그 아이는 당신이 만든 노아의 방주 어디에다 두면 되지요? 펀치를 좀 더 주시겠어요?」

「네타.」 앤 마리는 너무나 부드럽게 말을 해서 목소리가 거의 들리지 않았고, 요엘은 그 순간 그녀가 하는 말과 그녀의 눈에 글썽이는 눈물을 거의 놓쳐 버렸다. 「네타는 젊은 여자예요. 아이가 아니에요. 얼마나 더 그녀를 아이라고 부를 거예요? 요엘, 당신은 한 번도 여자가 어떤 존재인지 안 적이 없다고 나는 생각해요. 당신은 그 단어조차 이해하지 못하고 있어요. 오빠, 끼어들지 말아요. 당신 역시 그것을 안 적조차 전혀 없어요. 히브리어로 〈역할〉을 어떻게 말하죠? 제가 말하고 싶은 건 당신은 항상 우리가 어린아이나 고양이 역할을 하도록 만들어 버리거나 혹은 스스로가 그런 역할을 한다는 거예요. 가끔은 저도, 얼마나 사랑스럽고 작은, 예쁘고 작은 아기인가, 라고 생각하기도 하지요. 그렇지만 우리는 그 아기를 죽여 버려야만 해요. 저도 펀치 좀 더 마실래요.」

42

그 이후 며칠 동안, 요엘은 랄프의 제의를 생각해 보았다. 특히 한 번은 칼 네테르 거리에다 고급 아파트를 빌리려고 하는 생각에 대하여, 그것을 지지하는 장모님과 네타, 그리고 그것에 대항하여 반대하는 자기 자신과 어머니 사이에 새로운 전선(戰線)이 분명히 배치되었다. 자세히 들여다보기 위해 접근해 보지 않더라도. 3월 10일, 네타는 군대 컴퓨터를 통하여 7개월 후인 10월 20일이 소집일이라는 통지를 받았다. 이것을 보고서, 요엘은 네타가 신병 모집 센터의 의사들에게 자신의 문제를 알려 주지 않았거나, 혹은 알려 주었지만 검사가 아무것도 밝혀내지 않았다는 것을 추정할 수 있었다. 때때로 그는 자신의 침묵이 책임감 있는 것이었는지 자신에게 물어보았다. 홀아비로서, 자청해서 그들을 만나 주의해야만 하는 사실들을 알려 주는 것이 자신의 분명한 의무가 아니었나? 예루살렘의 의사들이 발견한 것들을. 한편으로, 그가 생각하기에, 의견이 분분했다는 것을 그들에게 제시하는 것이 그의 의무가 아니었을까? 그리고 그녀 모르게 그런 조처를 내리는 것은 잘못된 것이고 무책임한 것일까? 남아 있는 그녀의 일생 동안 온갖 미신들의 표적이 되는 그 질병은 그녀의 오명으로 낙인찍히는 것일까? 네타의 문제가 집 밖에서는 드러난 적이 없다는 것은 사실이 아닌가? 그렇다, 한 번도. 이브리아가 죽은 이래로 집 안에서는 단 한 번만 발생했을 뿐이고 그것도 좀 더 이른 8월 말경에 있었고, 그때 이후로는 더 이상의 징후가 보이지 않았다. 사실, 8월에 발생했던 것은 적어도 약간은 모호한 점이 있는 것이었다. 그래서 그가 텔아비브에 있는 칼 네테르 거리로 가서, 네타의 주장에 따라 바다가 보인다는 방을 살펴보고 이웃 사정도 알아보고, 함께 아파트를 사용할 아드바라는 이름의 학교 친구를 직접 찾아보는 것도 안 될 이유가 없으며, 만약 모든 것이 기정사실이라고 밝혀지면, 그녀는 매달 120달러 혹은 그 이상을 받게 될 것이고, 그도 저녁에 커피 한 잔을 마시러 들를 수도 있고 그렇게 세월이 흘러가면 모든 것이 좋아질 것이다. 그런데 만약 르 파트롱이 그녀가 사무실에서 일반 사무 직원으로 일하는 것을 진지하게 고려하고 있다는 것이 정말로 사실이라면 어떻게 하나? 그는 항상 자신의 거부권을 행사하고 선생의 계획을 좌초시킬 수 있었다. 그러나 다시 생각해 보면, 그녀가 사무실에서 조금 일하는 것을 왜 자신이 막아야만 하는가? 그것으로 그녀의 뒤를 봐줄 필요가 없게 될 것이고, 과거의 친분을 다시 활성화시킬 수 있을 것이고, 건강에 결함이 있다는 핑계를 대지 않고도, 또 신체 검사 결과가 면제되었다는 오명을 그녀에게 씌우지 않고도 소집에서 면제될 수 있게 할 것이다. 르 파트롱은 그녀에게 쉽게 사무실의 일자리를 마련해 주어 군대 복무를 대체할 수 있게 할 수 있었다. 더욱이, 만약 요엘이 주도면밀하게 조처하여 네타를 군대에서 구해 내고, 또 이브리아가 가끔 그를 향해 제정신이 아닌 듯하게 비난의 화살을 쏘아 대던 그 오명으로부터도 구해 낸다면 정말 멋진 일이 될 것이다. 뿐만 아니라 칼 네테르 거리에 있는 아파트의 문제에 관심을 표명하게 되면, 집 안에서의 힘의 균형에 어떤 변화를 야기할 수 있을지도 모른다. 그의 딸이 한

번 더 자신과 아군이 되는 순간, 두 노부인의 동맹 관계도 일신될 것이라는 것이 명백하기는 했지만. 그리고 그 반대의 경우도 가능했다. 만약 그가 아비가일을 자신의 캠프로 끌어들인다면, 자기 어머니와 딸은 장애물을 가로질러 연합하게 될 것이다. 그러니 괴롭히는 것이 무슨 소용이 있는가? 그래서 그는 당분간 소집 문제나 아파트 문제에 관하여 아무 행동도 취하지 않고 내버려 두기로 했다. 서둘러야 소용이 없고 내일도 또 날이며, 바다는 달아나지 않는다는 것을 다시 한번 명심했다. 그러는 동안, 그는 땅주인, 크라메르 씨의 부서진 진공 청소기를 수리했고, 예루살렘의 아파트에서 매년 봄이면 했었던 것처럼 하루 반 동안 내내 집에 남아 있는 모든 먼지 얼룩을 제거하면서 보냈다. 요엘은 자신의 일에 너무나 빠져 있었기 때문에, 전화가 울리고 두비 크란츠가 〈네타가 언제 집에 돌아오느냐〉고 물었을 때 퉁명스럽게 봄맞이 대청소를 하고 있는 중이므로 다음번에 전화를 주면 고맙겠다고 말했다. 캐나다 조합에 관련된 신용 있는 펀드에 돈을 투자하면 18개월 후에 그것의 두 배로 만들어 주겠다는 랄프의 제의에 관하여, 요엘은 자기에게 떠오르는 다른 많은 생각들과 연관하여 그 제안을 검토해 보았다. 예를 들면, 자기를 비즈니스의 세계에 발을 내딛게 하기 위해서 상당한 금액의 돈에 관해 자기 어머니가 여러 차례 언질을 던진 것. 혹은 이전에 그와 일을 함께한 동료가 사립 탐정 사무소에서 함께 일할 것을 동의만 한다면 엄청난 사례를 하겠다던 터무니없는 약속. 혹은 쉴 새 없이 자기와 모험을 함께하자고 애원하고 있는 아릭 크란츠. 그는 일주일에 두 번씩 하얀 가운을 입고 일하는 자원 봉사자 그레타에 대해 헌신적 사랑을 얻게 된 병원에서 자원 봉사자 보조원으로 4시간 동안 밤 근무를 하며 보냈다. 그리고 크란츠는 그곳에서 요엘을 위하여 다른 두 명의 자원 봉사자, 크리스티나와 이리스를 점찍어 두었기 때문에 그는 두 명 중 한 명을 선택하거나 둘 다 고를 수도 있었다. 그러나 그는 그 말도 안 되는 보상에는 전혀 관심을 갖지 않았다. 또한 투자의 유혹이나 크란츠의 자원 봉사자에 대해서도 역시 관심이 없었다. 자신이 정말로 깨어 있는 것이 아니라는 어떤 희미하지만 지속적으로 느껴지는 감정 외에는, 어떤 것도 그를 자극하지 못했다. 자기가 주변을 걸어 다니는 것, 골똘히 생각하는 것, 집과 정원과 차를 보살피는 것, 앤 마리와 사랑을 나누는 것, 종묘상, 집 그리고 쇼핑 센터 사이를 운전해 갔다 왔다 하는 것, 유월절을 위하여 창문을 닦는 것. 그는 엘라자르 연합 사령관의 전기를 거의 다 읽었다 — 잠을 자면서 모두. 만약 그가 어떤 것을 판독해 낼, 이해할, 혹은 적어도 문제를 명확하게 규정하려는 희망을 아직 가지고 있다면, 이런 짙은 안개 밖으로 나가야만 한다. 어떤 대가를 치르고라도 이 잠에서 깨어나야만 한다. 그것이 재난을 낳는다 할지라도. 다만 무엇인가 다가와서 자기 주변을 둘러싸고 있어 자궁처럼 자신을 숨막히게 하고 있는 부드러운 지방질의 젤리를 잘게 썰어 없애 버리기만 한다면.

그는 때때로 일할 때의 예리하고 경계를 늦추지 않는 순간들을 기억하곤 했는데, 마치 두 개의 면도칼 사이의 좁은 틈 사이를 신체적으로 그리고 정신적으로 정확하게 빠져나오는 것처럼, 사냥을 하거나 사랑을 할 때처럼 단순하고, 시시한 일상사들이 그곳에 감추어진 비밀들에 대해 자기에게 암시를 줄 때처럼 외국 도시의 길을 몰래 빠져나오곤 했었다. 저녁 불빛들이 웅덩이에 비쳤다. 행인의 소매에 접힌 주름들. 한 여자의 여름 드레스 아래 속옷의 대담한 선을 흘끗 보는 것. 가끔 그는 어떤 것을, 그것이 실제로 일어나기 전 몇 초 동안 상상할 수 있었다. 산들바람이 일어나는 것 같은, 혹은 벽에 웅크리고 있는 고양이가 어느 방향으로 뛰어오를 것인지, 혹은 한 남자가 자기에게 다가와서 멈추어 그의 이마를 때리고 되돌아서서, 그러곤 자신의 발자국을 다시 되짚어 가는 것 같은. 그 시절 그의 지각력은 너무나 예리했지만 지금은 모든 것이 무뎌져 있었다. 굼뜨기도 했다. 마치 유리가 온통 흐려지고 있어, 안개가 바깥에 있는 것인지 안쪽에 있는 것인지 알 수 있는 방법이 없거나 혹은 그것보다 더 나쁜 것으로, 두 가지 경우 모두 아니고, 유리 그 자체가 갑자기 불투명하고, 뿌연 요소들을 자기 속으로 흘러 들어가게 하는 것처럼. 만약 그가 깨어나지 않고 그것을 지금 때려 부수지 않는다면 그것은 계속 흐려질 것이고, 비몽사몽의 상태는 더욱 깊어질 것이며, 방심하지 않은 순간들의 기억들은 점점 더 희미해질 것이고, 그리고 그는 눈 속에서 잠에 빠져 드는 여행자처럼 알지 못하는 사이에 죽게 될 것이다.

 그는 쇼핑 센터에 있는 안경점에서 도수가 높은 돋보기를 샀다. 어느 날 아침 그가 혼자 집에 있었을 때, 이브리아가 가지고 있었던 사진들 속에 있는 로마네스크 양식의 수도원들 중 하나의 입구 옆에 있는 이상한 반점을 면밀하게 살펴보았다. 그는 불빛의 초점을 맞추고 자기 안경과 이브리아의 가족 주치의 안경을 가지고 또 막 구입한 돋보기로 이 각도 저 각도에서 살피면서 오랜 시간 동안 집중적으로 분석해 보았다. 그것은 버려진 물체도 아니고 길 잃은 새도 아니며 일종의 사진판의 결점이라는 가설을 인정하려고 할 때까지. 아마 현상하면서 생긴 작은 긁힘. 두 점과 그것을 잇는 선분에 관하여 귀가 없는 연대장인 지미 갈이 한 말은 요엘에게 의심할 바 없이 옳은 것이라 생각되었고, 뿐만 아니라 진부하고 명확한 것이며, 궁극적으로는 그 자신으로부터 없애 버리려고 계속 바라고 있지만 벗어나지 못하고 있다고 생각되는 다소간의 지적 우둔함이라 생각되었다.

43

말벌과 파리 떼들의 윙윙거리는 소리와 요엘에게는 너무 과장된 것으로 느껴지는 향과 색채의 회오리바람 속에서 갑자기 봄이 폭발했다. 정원은 넘쳐흐르는 듯 보였고 꽃송이들은 벌어지고 있었고 초목들은 들끓었다. 과실수들은 꽃을 피우기 시작했고 3일 후에는 불꽃처럼 타올랐다. 심지어 현관의 화분에 심은 선인장도 마치 자신의 혀로 태양에게 말하려고 애쓰는 것처럼, 주홍색과 불꽃 같은 오렌지빛 노란색을 분출했다. 무엇인가 부풀어 오르고 있는 것이 있었고, 요엘은 귀 기울여 열심히 들으면 거품이 일어나는 것을 들을 수 있다고 상상했다. 마치 식물의 뿌리가 뾰족한 갈퀴로 바뀌어 캄캄한 땅에서 여러 갈래로 갈라져 마침내 검은 수액을 빨아들여 둥치와 줄기의 관을 통하여 위쪽으로 그것을 쏘아 활짝 핀 꽃과 잎에 그것을 제공하고 눈을 멀게 하는 빛으로 나아가는 것처럼. 겨울 초에 산 선글라스를 끼고 있었음에도 불구하고 그 빛은 요엘의 눈을 피곤하게 했다.

요엘은 울타리 옆에 서서 사과나무와 배나무로는 충분하지 않다는 결론에 이르렀다. 그리고 리구스트럼, 올리엔더, 부겐빌리아, 그리고 히비스커스 관목들은 그에게 따분하고 저속한 인상을 주었다. 그래서 두 나이 든 여자가 자고 있는 아이 방 창문 아래, 집 쪽으로 뻗어 있는 잔디를 없애 버리고 무화과와 올리브를, 그리고 어쩌면 석류도 심기로 결심했다. 새로운 정자 주위에 심어 놓았던 포도나무는 머지않아 이쪽으로 뻗어 나올 것이고, 그렇게 10년 혹은 20년이 지나면 그가 항상 아랍인들의 집 주위에서 부러워했던 것과 같은 성경 속의 우거진 과수원을 완벽하게 복제한 축소물이 될 것이다. 요엘은 이것을 아주 세세한 부분까지 계획해 나갔다. 자기 방에 틀어박혀 적절한 농업 안내서를 공부하였고, 다른 품종들의 장점과 단점들을 표로 그렸고, 그러고 나서 바깥으로 나가 묘목들 사이에 가능한 공간을 측정했고, 작은 말뚝으로 위치를 표시하였으며, 바르두고 종묘상에 매일 전화를 걸어 자기가 주문한 것이 도착했는지 알아보았다. 그리고 기다렸다.

세 여자가 요엘만 남겨 두고 메툴라로 가버린 유월절 전날 아침, 그는 정원에 들어가서 말뚝이 있는 곳에 다섯 개의 네모난 구멍을 멋지게 팠다. 각 구멍의 바닥에는 닭똥과 혼합한 미세한 모래를 한 겹 깔았다. 그런 다음 막 도착한 묘목들을 가져오기 위하여 자동차로 바르두고 종묘상으로 갔다. 무화과 한 그루, 대추야자 한 그루, 석류나무 한 그루 그리고 올리브나무 두 그루. 나무들이 흔들리지 않게 하기 위해 줄곧 2단 기어를 넣고 운전하여 돌아왔을 때, 마른 몸에 고수머리를 하고 있으며 꿈속에 잠겨 있는 것처럼 보이는 두비 크란츠가 현관 계단 앞에 앉아 있었다. 요엘은 크란츠의 두 아들 모두가 군 복무를 마친 것으로 알고 있었지만, 이 어린 젊은이는 16세 이상으로는 보이지 않았다.

「네 아버지가 나에게 분무기를 가져다주라고 보냈니?」

「그건 이래요.」 두비는 말을 내뱉는 것이 힘든 것처럼 음절을 끌면서 말했다. 「아저씨가 분무기를 필요로 하시면, 제가 돌아가서 가져올 수 있어요. 문제없어요. 부모님 차를 끌고 왔거든요. 부모님은 멀리 가셨어요. 어머니는 외국에 가셨고 아버지는 축제를 보러 에일랏에 가셨고 형은 여자 친구랑 하이파에 갔어요.」

「넌? 너는 스스로를 나가지 못하도록 가두어 놓기라도 한 거니?」

「아니요. 그런 게 아니에요.」

「그러면?」

「사실은, 전 네타를 만나러 왔어요. 제 생각으로는 오늘 밤…….」

「불쌍하게도 생각만 했구나, 이 친구야.」 요엘은 자신과 소년이 놀랄 정도로 크게 웃음을 터뜨렸다. 「네가 생각하느라 바쁠 동안에 — 그 아이는 할머니들하고 이 나라 반대 끝으로 가버렸구나. 5분 정도 시간 있니? 이리 와서 이 나무들 내리는 것을 도와주렴.」

그들은 〈이것을 잡아라〉 혹은 〈더 똑바로〉 혹은 〈그것을 조심스럽게 잘 내려놓아라〉와 같은 기본적인 말 외에는 대화도 하지 않고 45분 동안 일했다. 그들은 금속 포장을 잘라 내고 겨우겨우 뿌리 근처의 둥근 흙덩이를 손상시키지 않고 묘목들을 풀어 놓았다. 그들은 구멍 속에 흙을 채워 넣고, 수돗물이 들어가도록 각각의 나무 주변에 고리 모양의 원을 파면서, 조용히 그리고 꼼꼼하게 묘목 심기 행사를 치렀다. 요엘은 젊은이가 일하는 것이 기뻤고 그의 수줍음과 과묵함을 높이 평가하기 시작했다. 예루살렘에서 가을이 끝나 가던 어느 저녁 — 금요일 저녁이었고 언덕의 슬픔이 대기를 채우고 있었다 — 그는 이브리아와 산책을 나갔었고, 그들은 일몰을 보기 위하여 로즈 가든으로 갔었다. 이브리아가 말했다. 「메툴라의 나무 아래에서 당신이 나를 겁탈했었던 것을 기억해요? 난 당신이 벙어리라고 생각했어요.」 그리고 아내가 좀처럼 농담을 하지 않는다는 것을 알고 있던 요엘은 즉시 그녀의 말을 바로잡으면서 말했다. 「그건 옳지 않아, 이브리아. 그건 겁탈이 아니야. 뭔가가 있었다면, 그 반대였지 — 유혹. 그것이 제1번이지.」 그렇지만 그 후 제2번을 말하는 것을 잊어버렸다. 이브리아가 말했다. 「당신은 항상 그 엄청난 기억 속에 세세한 것들까지도 모두 정리해서 보관하고서, 티끌 하나 놓치지 않아요. 그렇지만 당신은 항상 그 데이터 처리 작업을 먼저 하죠. 결국 그것이 당신의 직업이니까요. 하지만 내 쪽에서 보면 그것은 사랑이에요.」

그들이 일을 마쳤을 때 요엘이 말했다. 「글쎄, 스밧월 식목일인 것처럼 유월절에 나무를 심는 것이 어떠니?」 그와 소년은 둘 다 비 오듯 땀을 흘리고 있었으므로, 차가운 오렌지에이드를 한 잔 마시기 위해 소년을 부엌으로 초대했다. 그는 또 커피도 만들어 주었다. 그리고 레바논에서의 군 복무, 그의 아버지에 따르면 극좌파인 그의 정치관, 요즘의 활동 등에 관하여 조금씩 물어보았다. 그 소년은 공병이었고, 시몬 페레스가 직무를 잘 수행하고 있다고 생각하고 있었고, 지금은 기계학을 공부하고 있다는 것을 알아내었다. 기계학은 우연히 취미가 되었다가 지금은 그것을 직업으로 삼기로 결심하고 있었다. 그가 풍부한 경험을 가진 것은 아니지만, 취미가 자신의 삶을 채우는 것이 본인에게는 최상이라고 믿었다.

요엘이 농담으로, 여기에서 끼어들었다.

「사람들은 삶에 있어서 최고는 사랑이라고 말하지. 자네는 그렇게 생각하지 않나?」

그러자 두비는, 너무나 잘 극복했으므로 남아 있는 것은 눈을 반짝이는 것밖에 없다는 감정을 가지고 대단히 진지하게 말했다.

「저는 그것을 전부 다 이해하는 척은 하지 않겠습니다. 사랑과 다른 것들도요. 아저씨가 우리 부모님을 바라볼 때, 어쨌든, 아저씨도 그분들을 아시죠, 아저씨는 제일 좋은 것이 감정을 속으로 참는 것이라 생각하실지 모르겠어요. 그렇지만 그렇지 않아요. 아저씨가 잘하는 어떤 것을 하는 게 건강한 거예요. 어떤 사람이 필요로 하는 어떤 것을요. 그것이 가장 만족시키는 방법 두 가지예요. 어쨌든, 저에게 가장 만족스러운 두 가지는 필요한 사람이 되는 것, 그리고 일을 잘 해내는 것이에요.」

그리고 요엘이 서둘러 대답하지 않았기 때문에, 소년은 좀 더 노력을 했고 그리고 덧붙였다.

「제가 물어봐도 되나요. 아저씨가 국제 무기상, 혹은 그것과 비슷한 직업을 가지고 있다는 것이 사실인가요?」

요엘은 어깨를 으쓱하고, 웃으며 말했다. 「왜 안 되나?」 그는 갑자기 웃음을 멈추고 말했다. 「그건 농담이야. 사실은, 난 단지 공무원에 지나지 않아. 일종의 휴가를 즐기고 있는 셈이지. 근데 나에게 말해 봐. 넌 네타에게 뭘 원하고 있니? 현대시 개론? 이스라엘 엉겅퀴에 대한 속성 과정?」

그렇게 말을 함으로써 요엘은 소년을 당황하게 만들고 놀라게 했다. 두비는 테이블보에 내려놓았던 커피잔을 조심스럽게 접시 위에 올려놓았고, 잠시 엄지손가락의 손톱을 깨물다가 곧바로 이것에 대해 좀 더 생각하고 나서, 멈추고 말했다.

「그냥. 우리는 이런저런 이야기를 나눠요.」

「그냥이라.」 요엘은 더러운 곳에서 기어 나오는 조무래기들이나, 사기꾼 같은 녀석들을 섬뜩하게 하기 위하여 일부러 표정을 지었던 것처럼 돌같이 얼어붙은 눈초리를 가진 고양이의 잔인함을 얼굴에 가득 담아 말했다. 「그냥이라면, 넌 잘못 찾아왔구나, 친구. 그냥이라면 다른 곳에서 알아보는 게 낫겠어.」

「제 말은요······.」

「어쨌든, 넌 네타와 만나지 않는 게 좋겠구나. 못 알아들었니? 그 아이는 완전하지가 않아. 그 아이는 건강상 문제가 약간 있어. 그렇지만 넌 그것에 관해서는 입도 뻥끗하지 마라.」

「저도 그런 얘기를 들은 적이 있어요.」두비가 말했다.

「뭐라고!?」

「제가 뭔가를 들었어요. 그게 어때서요?」

「잠깐만, 다시 한번 말해 봐라, 한마디씩. 네타에 관하여 무엇을 들었니?」

「아니에요.」두비는 말을 돌렸다. 「전부 소문 같은 거예요. 쓸데없는. 그것 때문에 기분 상하지 마세요. 저도 똑같은 것을 당한 적이 있거든요. 신경 과민이나 그런 것에 관한 것들은 소문이 무성하니까요. 그냥 돌아다니게 놔두세요. 그렇단 말이죠.」

「너 신경에 무슨 문제가 있니?」

「천만에요.」

「잘 들어. 너도 알겠지만, 난 쉽게 알아볼 수 있어. 있어, 없어?」

「한 번 있었어요. 지금은 괜찮아요.」

「그렇단 말이지.」

「라비드 씨?」

「그래.」

「아저씨가 저한테 뭘 원하시는지 여쭤 봐도 될까요?」

「일없네. 다만 그런 말도 안 되는 말로 네타의 머릿속을 복잡하게 만들지 말게. 그 아인 이미 충분히 그래. 사실 자네도 그럴 테지. 커피 다 마셨나? 그러면 집에 아무도 없단 말이지? 간식거리를 좀 만들어 줄까?」

그 후에 소년은 인사를 하고 부모의 푸른색 아우디를 타고 떠났다. 요엘은 뜨거운 물로 샤워를 하면서 두 번이나 비누칠을 했고, 차가운 물로 헹궈 내고는, 중얼거렸다. 「좋을 대로 해라.」

 4시 30분에 랄프가 찾아와서는 여동생과 자기는 그가 축제를 즐기지 않는다는 것은 알지만, 완전히 혼자 있다는 것을 알게 되었으니 자기들과 함께 저녁을 먹고 비디오로 코미디를 보지 않겠느냐고 물었다. 앤 마리가 월도프 샐러드를 만들 것이고 그는 와인을 넣은 송아지 스튜를 실험적으로 만들겠다고 했다. 요엘은 가겠다고 약속은 했지만, 랄프가 7시에 데리러 왔을 때는 옷을 다 입은 채 거실 소파에서, 신문의 특별 부록 페이지를 펼쳐 놓고선 잠을 자고 있었다. 랄프는 자게 내버려 두기로 했다. 요엘은 아무도 없는 어두운 집에서 오랫동안 깊은 잠을 잤다. 자정이 지나서야, 그는 한 번 일어나서, 눈도 뜨지 않은 채 전등불을 켜지도 않고 욕실로 더듬어 갔을 뿐이다. 옆집에서 들리는 텔레비전이나 비디오의 소리가 자기 아내의 애인이었을지도 모르는 트럭 운전사의 발랄라이카 소리와 섞여 잠 속에서 들려왔다. 그는 욕실 문 대신에 부엌문을 찾았고, 정원으로 가는 길을 더듬어 나가 눈을 감은 채 소변을 보았다. 여전히 눈을 감은 채 다시 거실의 소파로 돌아와서, 체크무늬의 침대 덮개로 몸을 감싸고, 다음 날 아침 9시까지 고대 석조물이 흙 속으로 가라앉는 것처럼 잠 속으로 빠져 들었다. 그래서 그날 밤 자기 머리 바로 위에서 일어나는 신비로운 광경을 놓쳐 버렸다. 구름 한 점 없는 하늘에, 수천 혹은 수만의 유연한 실루엣으로 조용한 날갯짓을 하면서 떠다니는, 봄날의 보름달 아래에서 줄지어 빼곡이 무리지어 북쪽으로 항해하는, 넓게 퍼져 흘러가는 거대한 황새 무리의 비행. 그것은 작은 순백의 손수건 물결이 거대한 검은 실크 휘장을 건너와서 은빛의 광채를 내는 달과 별빛에 완전히 적셔지는 것처럼, 길고 냉혹하고, 제거해 버릴 수 없는, 그러나 섬세한 움직임이었다.

44

그는 유월절 아침 9시에 일어나서, 구겨진 옷을 그대로 입고 발소리를 내지 않고 욕실로 가서 면도를 하고, 또 한 번의 긴 샤워를 하고, 하얀 스포츠웨어를 입고서 바깥으로 나가 자기의 새로운 초목들, 즉 석류나무, 두 그루의 올리브나무, 그리고 대추야자나무가 어떠한지 살폈다. 그것들에 물을 주었다. 그 전날 자신이 잘 살펴본 다음에, 여기저기에서 밤새 싹이 돋기 시작한 게 틀림없는 새로 돋아나 있는 작은 잡초들을 뽑았다. 커피가 걸러지는 동안 두비에게 약간 무례히 대한 것을 사과하기 위하여 크란츠네 집의 전화번호를 돌렸다. 곧바로 한 번 더 그에게 사과를, 휴일에 잠을 깨운 것에 대해 사과해야 한다는 것을 깨달았다. 그러나 두비는 말했다. 「괜찮아요, 아저씨가 그녀에 대하여 걱정하시는 것은 당연하죠. 그녀가 정말로 자신을 잘 돌보고 있다는 것을 아저씨도 아셔야만 하지만, 문제가 안 되죠. 그런데 정원 일이나 아니면 어떤 것이라도 제가 다시 필요하시면, 제가 오늘은 특별한 일이 없거든요. 전화해 주셔서 감사합니다, 라비드 씨. 물론 저는 기분 상하지 않았어요.」

요엘은 언제 두비의 부모님이 돌아올 예정인지 물어보았다. 오델리아는 그다음 날 유럽에서 돌아올 것이고, 크란츠는 새 잎이 돋을 때 집에 있기 위하여 에일랏으로의 짧은 여행에서 같은 날 저녁에 돌아올 것이라는 것을 알게 되었을 때, 그는 〈새 잎〉이라는 표현은 종이처럼 얇게 들리기 때문에 만족스럽게 느껴지지 않았다. 그는 두비에게 아버지가 돌아오시면 자기에게 전화를 달라고 전해 달라 부탁했다. 그에게 약간은 관련된 어떤 일이 있을지도 모른다.

그런 후 정원으로 가서 카네이션과 금어초 화단을 바라보았지만, 그곳에서 다른 무엇을 해야 할지 몰라서 자신에게 말했다. 「충분해.」 담의 다른 한쪽에는 철기병이란 개가 다리를 모으고 얌전한 자세로 길가에 앉아서 사색적인 눈빛으로, 요엘도 이름은 잘 모르지만, 광채가 나는 푸른빛으로 그를 전율케 하는 새 한 마리가 날아가는 것을 쫓고 있었다. 새로 돋는 잎이 있을 수 없다는 것은 진실이다. 다만 아마도 탄생이 연장된 것일 뿐이다. 그리고 탄생이라는 것은 이별의 한 형태이고, 헤어지는 것은 힘든 것이고, 누가 항상 헤어질 수 있겠는가? 한편으로 너는 시간이 흘러가는 동안 너의 부모님에게서 계속 태어나고, 또 다른 한편으로는 네가 완전히 태어나기도 전에 출산을 시작하고, 그리고 앞뒤에서 벌어지는 해방 전쟁에 붙잡히게 된다. 그는 자신의 아버지, 갈색 줄무늬 정장을 입고 있던 분이건 지저분한 배에 있던 면도하지 않은 아버지이건 간에, 그를 부러워할 만하다는 생각이 갑자기 들었는데, 그들은 둘 다 어떤 자취를 남기지 않고 사라졌기 때문이다. 그리고 그 모든 세월 동안, 브리즈번에서는 운전 교습 강사란 정체로 가장하고, 밴쿠버 북쪽의 숲에서는 이브리아의 애간장을 녹였던 이누이트 애인과 너를 위하여 네가 만든 통나무 오두막에서 사냥꾼과 어부로 살면서, 어떤 자취도 남기지 않고 사라지지 못하게 막은 것은 무엇이었던가? 그리고 지금 네가 사라지지 못하도록 방해하는 것은 무엇인가?「너무나 바보스럽군.」그는 개에게 다정하게 말했고, 그 개는 갑자기 도자기 인형처럼 보이던 모습을 그만두고, 어쩌면 새를 잡겠다는 희망에서인지, 뒷다리를 세우고 앞발을 담에 기대면서 사냥개가 되었다. 반대편에 사는 중년의 이웃이 그에게 휘파람을 불고 요엘에게 계절 인사를 건넬 때까지는.

갑자기 요엘은 찌르는 듯한 배고픔을 느꼈다. 그는 옷을 다 입은 채 잠에 빠졌었기 때문에 전날 점심 후로는 아무것도 먹지 않았다는 것이 기억났다. 그리고 오늘 아침에는 커피만 마셨다. 그러곤 옆집으로 가서 랄프에게 어제 저녁의 송아지 요리가 좀 남아 있는지, 혹 남아 있다면 먹을 수 있는지를 물었다.「월도프 샐러드도 남아 있고.」앤 마리가 말했다.「그리고 약간의 수프도. 그렇지만 양념을 너무 강하게 해서 아침에 일어나서 맨 먼저 그것을 먹는 것은 좋지 않을 것 같아요.」요엘은 낙디몬 루블린의 시구,〈무하마드는 배가 고파 죽어 갈 때, 난 뱀의 꼬리마저 삼켜 버릴 것이다〉라는 문구가 생각나서 껄껄 웃었다. 그는 수고스럽게 대답하지도 않고 집에 있는 것은 몽땅 다 가져오라는 간단한 몸짓만을 했다.

축제 날 아침에 그의 식사량에는 한계가 없는 듯하였다. 수프와 남은 송아지 요리와 샐러드를 다 먹어 치우고 나서도, 주저하지 않고 아침을 또 부탁했다. 토스트와 치즈와 요구르트. 랄프가 우유를 꺼내기 위하여 냉장고 문을 열었을 때, 요엘의 훈련 잘된 눈은 토마토 주스 병에 고정되었고 부끄럼도 없이 그것을 먹어 치워도 괜찮으냐고 물었다.

「나에게 말해 봐요.」 랄프 버몬트가 시작했다. 「절대 당신을 몰아붙여서는 안 되는데, 그저 묻고 싶어요.」

「물어봐요.」 요엘은 치즈 토스트를 입 안 가득 넣고서 말했다.

「괜찮다면, 전 당신에게 이런 것을 물어보고 싶어요. 당신은 내 여동생을 사랑하나요?」

「지금?」 요엘은 질문에 놀라서, 어물거렸다.

「지금도.」 랄프는 조용히 그리고 분명하게, 자신의 의무가 무엇인지 아는 사람처럼 구체화하였다.

「왜 묻는 거죠?」 요엘은 신중히 대처하려는 듯이 머뭇거렸다. 「내 말은, 왜 앤 마리 대신 당신이 묻느냐는 거요. 왜 그녀가 묻지 않는 거죠? 왜 그녀는 중개인이 필요한 거지요?」

「말하는 자가 누군지 좀 보세요.」 랄프는 상대방이 말을 알아듣지 못하는 것이 재미있다는 듯이 비꼬지 않고 유쾌하게 말했다. 그리고 앤 마리는 절실한 기도를 할 때처럼 거의 눈을 감고 속삭였다.

「그래요. 제가 물어보고 있어요.」

요엘은 목과 셔츠 칼라 사이를 손가락으로 천천히 쓰다듬었다. 그는 깊이 숨을 들이마시고 천천히 내뱉었다. 〈창피.〉 그는 생각했다. 〈이 두 명에 관하여 어떤 정보도 없고, 가장 기본적인 사항까지도 모르다니, 얼마나 내 자신이 창피스러운가. 나는 그들이 누구인지, 어디에서 태어났는지, 혹은 왜,

무엇을 찾아 여기로 왔는지 어떤 실마리도 가지고 있지 않다.) 요엘은 그들의 질문에 대한 대답을 아직 알지 못했다.

「난 좀 더 시간이 필요해요.」 그가 말했다. 「난 지금 당장 대답할 수는 없어요. 그건 좀 더 시간이 필요하겠죠.」

「누가 당신을 채근합니까?」 랄프가 물었고, 잠시 동안 요엘은 인생의 슬픈 자취가 조금도 남지 않은 중년 학생 같은 그의 얼굴에 아버지다운 반어법이 재빨리 번쩍이는 것을 보았다고 생각했다. 마치 늙어 가는 아이의 평온한 얼굴은 단지 가면이고, 쓰라린 혹은 음흉한 표정이 그 아래에서 드러난 것처럼.

너무 자라 버린 농부는 여전히 애정 어린 표정으로, 거의 바보스럽게 웃음을 지으면서, 손톱 아래에 낀 정원 흙으로 인해 빵처럼 갈색으로 보이는 넓고 못생긴 요엘의 손을 주근깨가 많은 자신의 핑크빛 손으로 잡아, 두 손을 따로따로 천천히 그리고 부드럽게 자기 여동생의 가슴에 갖다 대었다. 그는 너무나 정확하여 요엘의 손 한가운데에서 빳빳해진 젖꼭지의 감촉을 느낄 수 있었다. 앤 마리는 살며시 웃었다. 랄프는 누그러진 태도로, 부엌의 구석에 있는 의자에 어색하게 앉았고, 그리고 소심하게 물었다.

「당신이 그녀를 갖겠다고 결심했다면, 당신 생각에 내가 있을, 나를 위한 곳이 과연 있을까요? 주변에?」

그러고 나서, 물이 끓고 있었기 때문에 앤 마리가 일어나 커피를 준비했다. 그들이 마시는 동안에, 오빠와 여동생은 그 전날 저녁에 비디오에서 보았지만, 요엘은 잠이 들어 보지 못한 코미디를 보라고 제안했다. 요엘은 일어나서 말했다. 「아마도 몇 시간 후에요. 지금은 가서 우선 봐야 할 일이 있거든요.」 그는 그들에게 고맙다는 인사를 하고 설명도 없이 자리를 떠났고, 차를 출발시켜 이웃 동네와 그 도시를 벗어나 달렸다. 자신의 내부에서, 몸속에서, 또 생각의 순서에서, 마치 전에는 오랫동안 그렇지 않았던 것처럼, 기분 좋은 만족감을 느꼈다. 그것은 맛있는 것들을 많이 먹어서 그의 엄청난 식욕을 충족시켰기 때문이거나, 아니면 무엇을 해야 할지 정확히 알고 있기 때문일 것이다.

45

그는 해안 도로를 따라 돌아오는 도중에 사람의 개인적 삶에 관하여 수년 동안 여기저기서 들었던 여러 가지 세세한 이야기들이 기억났다. 그는 생각에 너무 빠져 있어서 텔아비브의 북쪽 출구를 얼마 지나지 않아 갑자기 나타난, 네타니야 인터체인지를 보고 놀랐다. 그의 세 딸이 이미 결혼을 했다는 것을 알고 있었다. 한 명은 플로리다의 올랜도에, 또 한 명은 취리히에, 마지막 한 명은, 적어도 몇 년 전까지는, 카이로의 대사관 직원이었다. 따라서 그의 손자들도 세 대륙에 흩어져 있게 되었다. 그의 누이는 런던에 살았다. 그의 전 아내인 딸들의 어머니는 신분 상승을 위하여 세계적으로 유명한 음악가와 20년 전에 결혼했고, 그녀 또한 스위스의, 둘째 딸과 그 가족들과 그리 멀지 않은, 아마 로잔에 살았다.

오스타쉰스키 가족 중 파르데스 한나에 남아 있는 유일한 사람은, 정보가 정확하다면, 늙은 아버지뿐이고, 요엘이 계산해 보니, 적어도 현재 여든 살이었다. 아마 아흔에 더 가까울 것이다. 그들 두 명이 작전부 회의실에서 키프로스로부터 연락 오기로 되어 있는 메시지를 밤새 기다리고 있을 때, 아크로바트는 자신의 아버지는 광신자이며 정신이 나간 닭 사육사라고 말했었다. 그가 말한 것 이상으로 요엘은 묻지 않았다. 모든 사람은 자신만의 다락방의 수치를 가지고 있다. 그는 지금 네타니아의 북쪽 해안 도로를 따라 달리면서, 많은 새로운 집들이 높이 다락에 무언가를 저장할 수 있는 공간을 만들어 첨탑 지붕으로 지어진 것에 놀라긴 했지만. 얼마 전까지만 해도 이스라엘에는 지하실과 다락방이 거의 없었다. 요엘은 라디오에서 11시 뉴스를 들으면서 파르데스 한나에 도착했다. 그는 묘지에 가지 않기로 결심했고, 마을은 이미 휴일 낮잠에 빠져 있었기 때문에 방해하고 싶지 않았다. 그는 그 집을 찾기 전에 두 번이나 물어보았다. 그 집은 차창까지 닿는 엉겅퀴로 뒤덮인 진흙길의 끄트머리, 오렌지 숲의 언저리에서 좀 떨어져 있었다. 그는 차를 세우고 나서, 끊어지고 울퉁불퉁하게 돌로 포장된 길의 양쪽에서 무성하게 자라난 덤불이 서로 맞닿아 있는 울타리 사이를 힘들게 지나가야만 했다. 그러면 낡고 황폐한 집에 홀로 남겨진 노인을 만나게 되리라 여겼다. 그는 정보가 오래된 것이어서 노인이 돌아가셨거나 혹은 요양원으로 이사해 버렸을 가능성까지도 기꺼이 받아들일 수 있었다. 그가 우거진 수풀을 헤치고 나가자 놀랍게도 자기 앞에 현란한 푸른색으로 칠해진 문이 보였고, 그 주위에는 화분들이 놓여 있었으며, 매달리거나 공중에 떠 있었고, 피튜니아와 하얀 시클라멘의 화분들과 집 앞에 깔려 있는 부겐빌리아가 골고루 둘러싸고 있었다. 도자기로 만든 종들이 화분들 사이에 끈으로 매달려 있었는데, 그것은 요엘에게 여자의 손길, 그것도 젊은 여자의 손길을 생각나게 했다. 그는 노인이 잘 듣지 못할 수도 있다는 생각이 떠올라, 대여섯 번 노크를, 사이사이에 잠시 멈춰 가면서 그리고 점점 더 크게 두드렸다. 그러는 동안 내내 요엘은 이렇게 무례하고 시끄럽게 해서 그 장소를 가득 채운 초목들의 작은 침묵을 방해한다는 미안함을 느꼈다. 그는, 고통스러운 갈망 가운데서, 이곳과 같은 장소를 이전에 한 번 왔던 적이 있고, 그것도 기분이 좋았고 즐거웠었다는 느낌이 들었다. 그는 그 느낌에 몰입해 보았지만 그 장소의 위치를 알 수 없었고, 사실 기억도 없긴 했지만, 다만 그 기억은 그를 흐뭇하게 했고 소중한 것이었다.

대답이 없었으므로 방갈로 주변으로 가서, 동화 속에 나오는 집의 균형 잡힌 커튼처럼, 한 쌍의 둥근 날개 같은 하얀 커튼으로 꾸며진 창문을 톡톡 두드렸다. 작지만 상쾌하며 극도로 깨끗하고 깔끔한 거실, 부카라 융단, 올리브나무 그루터기로 만들어진 커피 테이블, 푹신한 1인용 안락의자 그리고 텔레비전 앞의 흔들의자를 두 개의 날개 사이로 볼 수 있었고, 텔레비전 위에는 30년 내지 40년 전에 팔렸던 일종의 요구르트 유리병에 국화가 한 다발 담겨 있었다. 벽에는 갈릴리 바다가 아래로 내려다보이고 이른 아침의 안개가 휘감고 있는 눈 덮인 헤르몬산의 그림이 걸려 있었다. 직업적인 습관으로, 요엘은 그 화가의 위치가, 특히 아르벨산의 등성이에 있었음을 분명히 알 수 있었다. 그런데 이전에 이 방에 왔던 적이 있다는 느낌, 그리고 단지 왔던 것이 아니라 그곳에서 강렬하고 잊혀진 기쁨으로 가득한 삶을 살았던 적이 있다는 고통스러운 느낌이 커져 가고 있는 것을 어떻게 설명할 수 있을까?

그는 집의 뒤쪽으로 돌아가 부엌문을 노크했는데, 그 문 또한 눈부신 푸른색으로 칠해져 있었고 피튜니아 화분들로 둘러싸여 있었으며 그 사이에는 도자기로 만든 종이 매달려 있었다. 그러나 여기서도 대답이 없었다. 손잡이를 잡으면서, 그는 문이 잠겨 있지 않다는 것을 알았다. 그것 너머로, 비록 모든 가구들과 주방 기구들은 오래된 것이긴 하지만, 작으면서도 눈이 부시게 깨끗하고 깔끔하며 빛 바랜 푸른색으로 칠해진 부엌을 볼 수 있었다. 요엘은 여기에서도 같은 종류의 요구르트 병이 식탁 위에 놓여 있는 것을 보았는데, 다만 여기에는 국화 대신에 피어나고 있는 금잔화가 있었다. 오래된 냉장고 위에 있는 또 다른 병에는, 억세고 매력적인 고구마 줄기가 벽을 따라 늘어져 있었다. 요엘은 갑자기 달려가 의자에 앉고 여기 이 부엌에 둥지를 틀고픈 갈망을 억제하기 힘들었다.

결국 그 자리를 떠났고, 약간 망설인 후 돌아가서 집 안을 들여다보기 전에 먼저 부속 건물들을 조사해 보기로 마음먹었다. 조화롭게 보이는 닭장이 세 개 있었는데, 잘 정돈되어 있었고, 키 큰 사이프러스나무들이 주위를 둘러치고 있었으며, 모퉁이에는 조그만 사각형의 잔디밭이 꾸며져 있었고 돌로 꾸며진 정원에는 선인장이 자라고 있었다. 요엘은 닭장에 에어컨이 설치되어 있는 것을 발견했다. 그리고 그쪽으로 가는 도중에, 마르고 작은 체구의, 찌부러져 보이는 한 남자가 서서, 흐린 액체가 반쯤 채워진 시험관을 곁눈질하고 있는 것을 발견했다. 요엘은 예고하지 않은 방문에 대해 사과했다. 그는 고인이 된 아들의 오래된 친구이며 동료라고 자신을 소개했다. 요크네암의 친구라고.

늙은 노인은 요크네암이라는 이름을 생전 처음 들어 본다는 듯이, 놀라서 그를 응시했다. 잠시 동안 요엘의 확신이 흔들렸다. 그가 엉뚱한 사람을 찾아온 것일까? 그가 오스타쉰스키 씨인지, 그리고 자신이 방해를 한 것인지를 물어보았다. 노인은 군복처럼 생긴 넓은 호주머니가 달린 깔끔하게 다림질된 카키색 옷을 입고 있었는데, 그것은 독립 전쟁 시절부터 임시 제복으로 사용되었을지도 모를 그런 옷이었다. 그의 얼굴 피부색은 익지 않은 고기처럼 거칠었고 등은 약간 둥글게 굽어 있어 밤의 육식 동물인, 오소리나 담비 같은 묘한 인상을 주었지만, 작은 눈은 집의 문과 조화를 이루면서 날카롭게 푸른 광채를 띠고 있었다. 그는 요엘이 내민 손에 대답을 하지 않고, 분명한 테너 목소리에 초기 정착자의 악센트로 말했다. 「그러티, 당신은 나를 방해하고 있지.」 그리고 다시 한번 말했다. 「그러티, 난 제라호 오스타쉰스키요.」 잠시 후에, 그는 장난스럽게, 심술궂게 윙크를 하면서 덧붙였다. 「장례식에서는 당신을 보지 못했는데.」 요엘은 한 번 더 사과를 해야 했다. 그는 우물우물하며 그 당시 외국에 가 있었다는 변명을 했다. 그러나 항상 그런 것처럼, 진실이 아닌 것을 말하기는 싫었다. 그는 말했다.

「어르신네 말씀이 옳습니다. 전 가지 않았습니다.」그는 노인에게 기억력이 뛰어나다는 찬사를 했지만, 노인은 그것을 무시했다.

「그러면 오늘 왜 여기에 왔는감?」그가 물었다. 그는 그렇게 말하면서 요엘은 바라보지도 않고, 유리 시험관 속에 들어 있는 정액 같은 액체를 햇빛에 대고 곁눈질을 했다.

「제가 어르신네께 말씀드릴 게 있어 이렇게 왔습니다. 그리고 제가 도와드릴 방법이 있는지도 알고 싶고요. 그런데 가능하다면, 앉아서 이야기를 하면 좋겠는데요?」

노인은 불투명한 액체를 담은 시험관을, 만년필을 호주머니에 꽂듯이 카키색 셔츠의 호주머니에 넣었다.

그는 말했다.

「미안하네. 난 시간이 없어. 자네도 비밀 요원인가? 스파이? 허가받은 살인자?」

「전혀 그렇지 않습니다.」요엘이 말했다. 「10분만 저에게 시간을 할애해 주시면 안 되겠습니까?」

「글쎄, 그러면 5분만.」노인이 타협점을 찾았다. 「어서 시작하게. 잘 들음세.」그러나 이 말을 하면서 그는 빙 돌아 재빨리 어두운 닭장으로 들어가서, 우리를 따라 딸려 있는 금속의 여물통에 부착된 수도꼭지를 조정하면서 이 칸 저 칸을 둘러보았기 때문에, 요엘은 거의 뛰듯이 그의 뒤꿈치를 따라갔다. 잡담으로 바쁜 것처럼 조용히 끊임없이 꼬꼬댁거리는 닭 소리가 진한 똥 냄새와 함께 깃털이 가득한 공중으로 퍼졌고 닭들은 먹이를 먹고 있었다.

「말하게.」노인이 말했다. 「그렇지만 짧게 하게.」

「말이죠, 제가 이렇게 온 것은 어르신네의 아드님이 실제로는 저를 대신하여 방콕에 갔었다는 것을 말씀드리기 위해서입니다. 가라는 명령을 처음 받은 것은 저였습니다. 그런데 제가 거절했습니다. 그러자 아드님이 저 대신 갔던 것입니다.」

「뭐라? 그래서 와?」 노인은 놀라지 않고 말했다. 그리고 닭장을 칸칸이 다니면서 자신의 민첩하고 효율적인 일을 멈추지 않았다.

「어르신네께서 제가 그 불행에 약간의 책임이 있다고 말씀하셔도 됩니다. 당연히 죄의식은 아니지만, 책임감이죠.」

「아닐세. 자네가 그렇게 말하다니 훌륭하구먼.」 노인은 여전히 닭장 안의 통로를 따라 재빨리 둘러보면서 입장을 표명했다. 어쩌다가 노인은 잠시 사라졌다가 어떤 칸의 다른 쪽에서 다시 나타나기도 하여, 요엘은 그가 비밀 통로망을 가지고 있나 하고 의아심을 가지기도 했다.

「제가 가기를 거부한 것은 사실입니다.」 요엘은 마치 논쟁을 벌이듯이 말했다. 「그러나 제가 그 일의 책임자였다면, 어르신네 아드님도 집에 머물렀을 것입니다. 저는 절대 그를 보내지 않았을 것입니다. 전 어느 누구도 보내지 않았을 겁니다. 그곳에는 제가 처음부터 꺼림칙하게 여겼던 일이 있었습니다. 오늘까지도 정말로 무슨 일이 있었는지 제게는 명확하지 않은 것이 사실입니다.」

「뭔 일이 일어나긴 일어났었지. 뭔 일이 일어났었어. 갸들이 그를 죽였지. 그것이 일어난 일이지. 연발 권총으로 갸들이 그를 죽였지. 다섯 발로. 이걸 좀 잡아 주겠나?」

요엘이 노인이 가리키는 고무 호스의 두 지점을 양손으로

잡자, 노인은 요엘을 뒤에 두고서, 번개처럼 재빨리, 벨트에서 플릭나이프를 꺼내어, 호스에 작은 구멍을 만들고, 즉시 물이 솟아나고 있는 금속 꼭지를 그것에 맞추어 넣고, 단단히 한 후에 눌렀다.

「어르신네는 아시나요.」 요엘이 물었다. 「누가 아드님을 죽였는지?」

「누가 죽였냐고? 이스라엘을 싫어하는 사람들이 죽였지. 와, 누구라고 생각하나? 그리스 철학도들?」

「저기요.」 요엘은 말했지만, 그 순간 노인은 사라져 버렸다. 마치 존재하지도 않았던 것처럼. 혹은 코를 찌르는 닭똥으로 덮여 있는 땅이 그를 삼켜 버린 것처럼. 요엘은 마치 미로 속에서 길을 잃어버리고, 왔던 발자취를 되짚어 입구로 다시 돌아가는 사람처럼, 창고 밑을 들여다보기도 하고, 점점 더 빨리 걸어 다녀 보기도 하고, 달리다가 멈추어 보기도 하고, 오른쪽과 왼쪽 통로 아래를 들여다보기도 하고, 양쪽을 다 보기도 했지만, 결국 절망하면서 포기해 버리고 목소리를 최고로 높여 외쳤다. 「오스타숸스키 씨!」

「당신에게 약속한 5분이 지난 것 같네.」 노인은 조그만 스테인리스 스틸 카운터 뒤에서 갑자기 벌떡 일어나 즉시 요엘 쪽을 쳐다봤는데, 이번에는 가느다란 철사 얼레를 쥐고 있었다.

「그들이 저에게 명령했었고, 어르신 아드님은 단지 제가 거절했기 때문에 파견되었다는 것을 어르신이 아시길 바랍니다.」

「그건 이미 자네가 나한테 말한 것이야.」

「그리고 전 아드님을 보내지 않았을 겁니다. 저는 어떤 누구도 보내지 않았을 겁니다.」

「그것도 이미 들었지. 다른 뭐가 또 있나?」

「어르신네께서는 필하모니 오케스트라가 테러리스트들에 의해 막 학살당할 찰나에, 아드님이 그들의 목숨을 구해 주었다는 것을 아십니까? 아드님은 훌륭한 사람이었다고 말씀드려도 될는지요? 정직한 사람이고, 용감한 사람이라고?」

「그래서, 어떻다는 건가. 와 오케스트라가 필요하지? 오케스트라가 우리를 위하여 무슨 이익을 주나?」

요엘은, 평화롭게 보이지만 확실한 미치광이라고 결론 내렸다. 그리고 〈나도 역시 미쳤어, 여기에 오다니〉.

「예, 어쨌든, 저도 어르신네처럼 슬픔을 느낍니다.」

「결국, 내 아들놈도 지놈의 방식으로, 그놈도 테러리스트였어. 만약 어떤 사람이 그놈의 개인적인 죽음을 캐보면, 죽음이 그놈한테 어울린다는 것을 시간이 되면 분명히 발견하게 될 거야. 그러니 뭐가 그리 특별하다는 거야.」

「그는 저의 친구였습니다. 꽤 가까운 친구요. 그리고 저는요, 제가 바로 이해했다면, 어르신네는 혼자이시고…… 혹시 어르신네는 우리와 함께 지내고 싶지 않으신지요? 머무르고? 살아가고? 상당히 오랜 시간 동안이라도? 우리는, 말하자면, 확대 가족이죠…… 일종의 도시 키부츠죠, 거의. 그리고 우리는 쉽게, 어떻게 말해야 하나? 어르신네를 가족으로 모실 수 있어요. 아니면 어떻게 제가 어떤 다른 것을 해드릴 수도 있고요. 어르신네가 필요로 하는 뭔가를요?」

「필요? 어떤 필요? 〈진심으로 하느님을 섬기도록 우리의 마음을 정화하라.〉 그렇지만 도움을 줄 수도 그리고 받을 수도 없어. 그것은 모든 사람이 스스로 해야 하는 것이지.」

「여전히, 전 어르신이 이렇게 거절하지 않으셨으면 좋겠습니다. 어르신을 위해 제가 할 수 있는 일이 없는지 생각해 보십시오, 오스타쉰스키 씨.」

오소리나 담비의 수줍음이 다시 노인의 거친 얼굴 전체에 빛났고, 그는 시험관을 쥐고서 햇빛에 들어 볼 때 흐린 액체가 들어 있는 그것에 윙크하듯이 요엘에게 윙크했다.

「자네가 내 아들의 죽음을 재촉했나? 자네가 스스로 용서를 구하기 위해 여기로 오다니…….」

그리고 그는 도마뱀이 두 그림자 사이에 드러난 땅길을 건너가는 것처럼, 빨리 걸으면서도 약간 뒤뚱뒤뚱거리면서, 닭장 입구 옆에 있는 전기 조절 패널로 가다가 주름진 얼굴을 돌려, 그의 뒤를 따라 달려가고 있던 요엘에게 시선을 고정시키고, 한 번 흘끗 보았다.

「그래? 그래서 누가 그랬는데?」

요엘은 무슨 말인지 이해하지 못했다.

「그 아이를 보낸 것이 자네는 아니라고 했네. 그리고 내가 뭣이 필요한지 물었지. 그래, 내가 필요한 것은 누가 그를 보냈는가를 알아야만 하겠다는 거야.」

「물론이죠.」 요엘은 마치 복수하는 즐거움과 정당한 열성을 가지고 신성한 이름을 발밑으로 짓밟고 있는 듯이, 열심히 말했다. 「물론이죠. 당신이 아시고자 하신다면요. 그를 보낸 사람은 예레미야 코르도베로였습니다. 우리의 르 파트롱. 우리 사무실의 우두머리죠. 우리의 선생입니다. 유명한 신비의 사나이죠. 우리 모두의 아버지입니다. 나의 형이고요. 그가 보냈죠.」

노인이, 물에 빠진 시체가 깊은 곳에서 부상하듯이 카운터 뒤에서 천천히 모습을 드러냈다. 요엘이 기대했던 감사 대신에, 허심탄회하게 말을 하면 반드시 얻을 수 있다고 상상했던 면죄부 대신에, 그가 알지 못하는 어린 시절의 마술 같은 빛을 발하고 있는 집으로, 약속의 땅처럼 그의 마음을 사로잡아버린 작은 부엌으로 가서 차를 한잔하자고 초대하는 대신, 그를 한 대 때렸다. 그도 어느 정도는, 은근히 이것을 기대하고 있었다. 심지어 기다리기까지 했다. 노인은 공격하는 담비처럼, 갑자기 폭발하여 숨을 헐떡이며 격분했다. 그리고 요엘은 노인이 침을 뱉는 통에 뒤로 물러섰다. 그 침이 묻지는 않았다. 노인은 단지 그에게 쉿 하고 꾸짖었다.

「반역자!」

요엘이 적절한 걸음으로, 그러나 마음속으로는 허둥지둥 달아나면서 뒤로 물러서자, 노인은 다시 그에게 돌을 던지듯이 외쳤다.

「카인!」

요엘에게는 이 집과 그것의 매력으로부터 달아나 자신의 차로 곧장 달려가는 것이 중요했다. 그래서 이전에는 울타리였던 것이 무성하게 자라난 덤불 속으로 뛰어들었다. 곧 너무나 캄캄한 어둠과 울창하고 습기 찬 고비류의 해안이 가까이 다가왔다. 그는 밀실 공포증에 사로잡혀, 가지들을 짓밟고 도리깨질을 하고, 빽빽한 나뭇잎을 발로 찼지만, 그의 걷어차기는 간단히 그 잎들 속에 파묻혔다. 나무줄기와 작은 가지들을 구부리며, 온몸이 긁히고, 심하게 헐떡이며, 옷은 가시와 침과 마른 잎들로 덮여 있어서, 요엘은 두껍고, 부드럽고, 꼬인, 짙은 녹색 면화 솜의 접힌 부분으로 가라앉으면서, 공포와 유혹이라는 이상한 아픔으로 발버둥치는 것처럼 보였다.

   그는 자신의 능력을 최대한 발휘하여 몸을 털어 내었고, 자동차를 출발시켜 진흙길을 재빨리 다시 내려갔다. 그의 자동차가 길을 가로질러 기대고 서 있는 유칼립투스나무의 둥치를 들이받아서 미등이 부서지는 소리를 들었을 때에야, 그는 정신을 차리게 되었다. 요엘이 왔을 때 그곳에 그 나무가 없었다고 맹세할 수도 있었다. 그러나 그 사고는 그의 자기 통제력을 회복시켜 주었고 그는 조심해서 집으로 운전해 갔다. 네타니야 인터체인지에 도착했을 때, 그는 라디오를 켜고 곡명이나 작곡가의 이름은 알아듣지 못했지만, 하프시코드를 위한 옛 곡의 마지막 부분을 겨우 들을 수 있었다. 그런 후 다윗 왕에 대한 감정을 묘사하는 성경을 사랑하는 한 여자와의 인터뷰가 나왔는데, 그 왕은 자신의 긴 일생 동안 자주 죽음의 소식을 듣게 될 때, 비록 실제로 그 죽음의 소식은 그에게 위안과 가끔 탈출구마저도 가져다주었기 때문에 그 각각이 이로운 것이었음에도 불구하고, 그때마다 자신의 옷을 찢고 비통해하는 슬픔을 읊조렸었다고 한다. 그리고 길보아에서의 사울과 요나단의 죽음, 넬의 아들 아브넬의 죽음, 히타이트인 우리아의 죽음, 그리고 심지어는 자신의 아들 압살롬의 죽음이 그런 경우였다. 요엘은 라디오를 끄고 기어를 바꾸어, 자동차의 앞머리를 길 쪽으로 향하게 해서, 자기가 만든 새로운 정자의 중앙에 능숙하게 주차시켰다. 그리고 샤워를 하고 옷을 갈아입으러 집 안으로 들어갔다.

그가 샤워를 하고 나올 때 전화가 울렸다. 수화기를 들곤 크란츠에게 〈무엇을 원하냐〉고 물었다.

「아무것도 없어요.」 부동산 중개업자가 말했다. 「전 당신이 두비더러 제가 에일랏에서 돌아오면 당신에게 전화해 달라는 메시지를 남겼다고 생각했어요. 그래서 전 지금 여기에, 그 여자애와 함께 돌아왔고요, 이제 내일이면 오델리아가 로마에서 비행기로 돌아오기 때문에, 증거를 말끔히 없애 버려야겠어요. 그리고 저도 어떤 말썽을 먼저 일으키고 싶지는 않거든요.」

「그래요.」 요엘이 말했다. 「이제야 기억이 나는군. 들어 봐요. 당신과 대화를 나누어야 할 일이 좀 있어요. 내일 아침쯤에 들를 수 있겠어요? 몇 시에 당신 아내가 돌아오지요? 잠깐만. 실제로는 내일 아침은 좋지 않겠군. 내가 차를 수리하러 가야 되거든요. 미등을 부딪혔어요. 그리고 오후도 좋지 않고, 왜냐하면 나의 여성들께서 메툴라에 갔다가 돌아오거든. 모레가 어떨까요? 한 주 내내 유월절 휴가를 즐겼나 보죠?」

「도대체 무슨, 요엘.」 크란츠가 말했다. 「무슨 문제가 있어요? 제가 지금 당장 갈 수 있는데. 10분 안에 당신 집에 도착할 거예요. 커피를 끓여 놓고 손님을 맞을 준비나 하세요.」

요엘은 여과기로 커피를 만들었다. 내일 가서 보험에 대해 알아보아야겠다고 생각했다. 그리고 봄이 왔으니, 잔디밭에 거름을 주어야 한다.

46

 기분이 상당히 좋아 보이고, 햇볕에 그을리고, 번쩍이는 금속 장식으로 뒤덮인 셔츠를 입고 있는 아릭 크란츠는, 커피를 마시면서 그레타가 어떤 것을 제공해 주었는지, 태양이 지고 나면 에일랏에 어떤 볼거리가 있는지에 관하여 자세하게 묘사해 주면서 요엘을 맘껏 즐겁게 해주었다. 그는 너무 늦기 전에 요엘도 수도원에서 다시 나와 즐기라고 간청했다. 「시작하지 그래요. 얘기해 봅시다. 일주일에 하룻밤인데? 당신은 저와 함께 오전 10시부터 2시까지 자원 봉사자로 병원에 가면 돼요. 할 일은 거의 없어요. 환자들은 잠들어 있고, 간호사들은 깨어 있죠. 그리고 여성 자원 봉사자들은 더욱더 그렇고.」 그리고 그는 계속해서 크리스티나와 이리스의 칭찬으로 노래를 불렀다. 요엘을 위하여 그들을 점찍어 두었지만, 불확실하게 지속할 수는 없었다. 그리고 때를 놓치면 너무 늦는 것이다. 그는 요엘이 미얀마어로 〈난 당신을 사랑해요〉라는 말을 가르쳐 준 것을 아직 잊지 않았다.

 저녁 내내 그들만 있었기 때문에, 요엘은 크란츠가 냉장고를 살펴보고 홀아비의 저녁 식사로 치즈와 요구르트와 소시지 오믈렛을 가져오게 내버려 뒀고, 한편 자신은 어머니와 장모님과 딸이 오후에 메툴라에서 돌아왔을 때, 냉장고가 꽉 차 있도록 하기 위해 내일 아침 쇼핑할 목록을 만들었다. 그는 미등을 수리하는 데 수백 세켈이 필요할 것이고, 자기가 이번 달에 이미 정원과 새 정자에 수백 세켈을 써버렸고, 그리고 여전히 태양열 급탕기, 새 우편함, 거실에 놓을 한두 개의 흔들의자, 그 후에도 정원의 등불 같은 것들이 계획된 항목들에 포함되어 있다는 것을 재고해 보았다.

「두비는 자기가 당신의 정원 가꾸기를 도왔다고 하더군요. 잘했어요. 그놈을 어떤 감언이설로 일하게 만들었는지 말해 줄 수 없나요. 그래서 우리 정원에서도 그에게 일하도록 하게요.」

「들어 봐요.」 요엘은 잠시 후에, 종종 그러는 것처럼, 알리지도 않고 화제를 바꾸면서 말했다. 「요즘 아파트 시세가 어떤가요? 싼가요 아니면 비싼가요?」

「장소에 따라서죠.」

「이를테면 예루살렘에서요.」

「왜요?」

「나를 위해서 예루살렘으로 가서, 두 개의 침실과 거실 한 개가 있는 아파트, 실제로는 작은 서재도 있는데, 그것을 얼마나 받을 수 있을지 알아봐 줘요. 탈비아에 있어요. 지금은 세를 놨는데, 곧 새로 계약할 시기가 와요. 내가 상세한 사항들과 종이를 줄게요. 기다려요. 다 안 끝났어요. 우리는 예루살렘에 아파트를 하나 더, 방 두 개짜리인데, 르하비아 중심부에 가지고 있어요. 그것의 현재 시장 가격이 어떤지도 알아봐 주시오. 당신의 경비는 물론 내가 다시 지불하겠어요, 당신이 예루살렘에서 며칠을 보내야 할지도 모르니까.」

「말도 안 돼. 요엘, 부끄러운 줄 알아요. 당신한테서 한 푼이라도 받는다는 것은 꿈에도 생각하지 않았어요. 우리는 친구잖아요. 그런데, 말해 봐요, 정말로, 예루살렘에 가지고 있는 것을 모두 다 팔기로 작정했나요?」

「잠깐만, 아직 끝나지 않았어요. 크라메르, 당신의 그 친구에게 이 집을 나에게 팔 생각이 있는지 어떤지도 알아봐 주길 바라고요.」

「말해 봐요, 요엘, 어떤 문제가 있나요?」

「기다려요. 아직 다 안 끝났어요. 나랑 이번 주 중 어느 하루 시간을 내서 텔아비브에 가서 고급 아파트 하나를 둘러봅시다. 칼 네테르 거리에 있는. 당신이 말한 것처럼, 도시가 당신 손바닥 안에 있잖소.」

「잠깐만요. 숨쉴 틈이라도 줘봐요. 내가 이해하도록 노력해 볼게요. 당신의 계획은…….」

「기다려요. 이 모든 것과는 별도로, 난 여기 근처 어딘가에 모든 편의 시설이 갖추어져 있고 입구도 따로 있는 방 하나를 세 얻으려고 해요. 사생활이 보장되는 것으로요.」

「여자들?」

「단 한 명. 최대로도.」

금속 장식이 붙은 셔츠를 입은 중개인은, 머리를 한쪽으로 갸우뚱하고 입은 약간 벌린 채 일어섰다. 그런 다음 요엘이 그에게 말할 여유를 주기도 전에 다시 앉았다. 그는 갑자기 뒤쪽 호주머니에서 작고 납작한 금속 상자를 꺼내 입 안에 알약 하나를 집어넣고, 상자를 다시 호주머니에 넣으면서 그 약은 가슴앓이용이라고 설명했고, 오믈렛 속의 튀긴 소시지에 손을 댔다. 「당신도 하나 드실래요?」 그리고 그는 껄껄 웃으면서, 놀란 어조로, 요엘에게라기보다는 혼잣말을 했다.

「맙소사, 혁명이군.」

그들은 커피를 또 한 잔 마시며 세부 사항들을 논의했다.

크란츠는 집에 전화를 걸어, 자기는 늦게까지 머물다가 어쩌면 요엘의 집에서 자원 봉사 교대를 하러 곧장 병원으로 갈지도 모르기 때문에, 어머니가 돌아오는 것에 대비하여 한두 가지 물건을 사라고 두비에게 말하고, 라비드 씨의 자동차 — 요엘의 차 — 를 구에타의 수리 공장으로 가져가야 하므로, 그를 내일 아침 6시에 깨울 것이라고 말했다. 요압 구에타는 그를 기다리게 하지 않고 미등을 고쳐 줄 것이고 절반 가격만을 청구할 것이다. 그러니 잊지 말거라, 두비 —「잠깐만.」 요엘이 말했다. 크란츠는 말을 멈추고 손으로 송화기를 막았다. 「두비에게 시간이 있을 때에 오라고 말해요. 그에게 줄 게 있어요.」

「지금 당장 오라고 할까요?」

「그래요. 아니, 반 시간만 있다가 오게 해요. 그러면 당신과 내가 나의 아파트들을 위한 반동적인 계획을 다 짜낼 수 있을 테니까요.」

반 시간 후에 두비가 어머니의 작은 피아트를 타고 도착했을 때는 아버지가 병원의 자원 봉사자 교대를 하기 위하여 떠날 시간이었고, 그는 간호사실 뒤에 있는 작은 침실에서 누운 자세로 시간을 보내곤 한다고 알려 주었다.

요엘은 거실에 있는 편안한 안락의자에 두비를 앉히고 소파에 마주 앉았다. 그에게 뜨거운 음료나 차가운 음료 혹은 좀 강한 것이라도 들겠느냐고 했지만, 꼬챙이 같은 팔다리를 가지고 있어 전투 부대에서 복무한 사람이라기보다는 16살 소년처럼 보이는, 곱슬머리의 깡마르고 키가 작은 이 소년은 예의바르게 거절했다. 요엘은 그저께 너무 무례했던 것에 대해 다시 한번 사과를 했고 나무 심기를 도와주어서 고맙단 말을 다시 했다. 그는 두비를 가벼운 정치 논의로 끌어들였다가 화제를 자동차로 돌렸다. 두비는, 마침내 요엘이 하고자 하는 말의 요점을 못 찾고 있다는 것을 알아차리고, 그를 도와줄 효과적인 방법을 찾아내었다.

「네타는 아저씨가 완벽한 아버지가 되기 위하여 끔찍할 정도로 노력하신다고 말해요. 아저씨는 그것을 아저씨의, 음, 야망으로 생각하신다고요. 만약 아저씨가 정말로 어떤 일이 일어나고 있는지 알고 싶으시다면, 네타와 제가 서로 이야기한 것을 말씀드리는 것은 문제가 아니에요. 우리는 정확하게 데이트하는 사이는 아니에요. 그렇지만 그녀가 저를 좋아한다면, 아무 문제도 없어요. 왜냐하면 제가 그녀를 좋아하거든요. 많이요. 그리고 이런 단계에서는 그것이 전부예요.」

요엘은 머릿속으로 이런 일들을 잠시 생각해 보았지만, 아무리 열심히 점검해 보아도 잘못된 점은 없었다.

「좋아. 고마워.」 그는 마침내, 얼굴에 무표정한 웃음을 살짝 띠면서 말했다. 「다만 이것은 기억해 줘, 그녀는……」

「라비드 씨, 필요 없어요. 전 잊지 않았어요. 저도 알아요. 그것은 잊어버리세요. 아저씨는 지금 그녀를 돕고 있는 게 아니에요.」

「자네의 취미는 뭐라고 했었지? 기계학, 그거였었나?」

「그건 저의 취미이자 저의 직업이 될 거예요. 그리고 아저씨가 공무원이라고 이야기하셨을 때, 어떤 기밀을 취급하는 일을 말하신 거죠?」

「어느 정도는. 난 어떤 종류의 거래나 상인들의 가치를 평가하는 일을 했었고, 가끔은 내가 사기도 했지. 그러나 그만 둔 것은 아니고, 지금은 긴 휴가 기간을 가지고 있는 거지. 그것 때문에 자네가 나 대신 차를 정비소에 맡기도록 해서 내 시간을 아껴 주는 것이 자네 아버지는 자신의 의무라고 생각하신 거야. 그러면, 그렇게 하도록 하지. 내가 자네에게 부탁을 해야 할 것 같군. 이 물체를 좀 쳐다보게. 왜 이것이 넘어지지 않고 있는지 설명할 수 있겠나? 그리고 어떻게 이 뒷발이 받침대에 붙어 있는지?」

두비는 아무 말 없이, 요엘과 방 쪽으로 등을 보이면서 얼굴은 벽난로 위에 있는 선반 쪽으로 쳐다보고 잠시 서 있었다. 요엘은 그 소년의 등이 약간 굽었거나, 아니면 어깨 양쪽이 같은 높이가 아니거나, 혹은 척추가 뒤틀려 있다는 것을 불현듯 알아챘다. 우리가 여기서 보는 것은 정확하게 제임스 딘은 아니야. 그러나 다른 한편으로 보면, 우리가 말하고자 하는 것이 정확하게 브리지트 바르도는 더더욱 아니야. 이브리아는 실제로 그를 상당히 즐겁게 해주었을지도 모른다. 그녀는 항상 털이 난 근육질의 남자는 모두 느끼하다고 말했었다. 그녀는 히스클리프와 린턴 중에서 후자를 확실하게 더 좋아했다. 혹은 그러기를 원했다. 자신이 그렇다고 의식화했다. 어쩌면 자신을 기만하고 있었는지도 모른다. 그리고 네타와 나를. 북부 갈릴리 출신의 경찰이 말하곤 했던 전기를 발명하는 사람이나 푸시킨의 목에 생기는 통증처럼, 우리 모두의 비밀들이 궁극적으로 다 다른 것이 아니라면. 그는 정말로 끝까지 줄곧 내가 어둠 속, 급수 장치 근처에서 자신의 딸을 잡아서 나와 결혼하겠다고 동의할 때까지 두 번이나 겁탈을 했다고 믿었을지도 모른다. 그 후에는, 세상을 살아가는 데 근본적으로 나에게는 결핍되어 있는 세 가지에 대한 이야기를 나의 얼굴에서 짜맞추곤 했다. 욕망, 기쁨 그리고 연민, 이것들은 낙디몬의 이론에 따르면 패키지로 따라왔고, 만약 말하자면, 자네가 제2번이 없다면 그러면 자네는 제1번과 제3번도 가지고 있지 않다는 것이고, 그 반대도 되지. 그런데 만약 당신이 그들에게 말하고자 한다면, 〈봐요, 또 사랑도 있어요〉, 그들은 말똥말똥한 눈 아래에 달려 있는 처진 살 주머니에 그들의 두꺼운 손가락을 대고, 피부를 약간 아래로 잡아당기면서 당신에게 잔인하게 조롱하듯이 말한다.「물론. 다른 뭐가 있나?」

「아저씨 것이에요? 아니면 전에도 여기 있었던 건가요?」

「전에도 있었던 거란다.」요엘이 말했고, 두비는 여전히 등을 그 남자와 방 쪽으로 향하고 조용히 말했다.

「아름답군요. 약간 흠이 있을지도 모르지만, 아름다워요. 비극적일 정도로.」

「그 동물이 받침대보다 더 무거운 것이 맞나?」

「그래요. 더 무거워요.」

「그러면 어떻게 그것이 넘어지지 않고 있지?」

「성내지 마세요, 라비드 씨. 아저씨는 잘못된 질문을 하고 계신 거예요. 신체 기계학. 어떻게 그것이 넘어지지 않느냐고 묻지 말고, 우리는 다만 받아 적어야만 하죠. 그것이 넘어지지 않는다면, 그것은 중심의 중력이 받침대 위에 있다는 것을 증명한다. 그게 전부예요.」

「그리고 어떻게 접합되어 있는 건가? 자네가 그것에도 놀랄 만한 대답을 할 수 있나?」

「정말로 그렇지는 않아요. 두 가지로 생각할 수는 있죠. 아마 세 가지로도요. 그보다 더 많을 수도 있고요. 왜 그것이 아저씨한테 중요하죠?」

요엘은 서둘러 대답하지 않았다. 그는 〈안녕하세요〉 혹은 〈뉴스에서 뭐라고 했죠〉와 같은 간단한 물음에도 대답을 가늠해 보는 것이 습관이었다. 마치 말이란 가볍게 흘러가 버려서는 안 될 개인적인 재산이라도 되는 듯이. 소년은 기다렸다. 그러는 동안 그는 이브리아의 사진을 살펴보았는데, 그것은 사라졌을 때처럼 신비하게 다시 선반 위에 나타나 있었다. 요엘은 누가 그것을 치웠고 누가 다시 갖다 놨으며 왜 그랬는지를 밝혀내야 한다고 생각했지만, 자신이 그렇게 하지 않을 것이라는 것 또한 알고 있었다.

「네타의 어머니인가요? 아저씨의 부인?」

「그랬지.」 요엘은 꼼꼼하게 구체화했다. 그리고 이전의 질문에 뒤늦게 대답했다. 「사실은 그다지 차이가 없지 않나. 잊게. 단지 어떻게 서로 붙어 있는지를 알기 위하여 깨뜨릴 만한 가치는 없는 거지.」

「그녀가 자살을 했기 때문인가요?」

「누가 자네에게 그런 걸 말했지? 어디서 그것을 들었나?」

「사람들이 말한 거예요. 어느 누구도 정확히는 모르지만. 네타가 말하길…….」

「네타가 말한 것은 잊어버리게. 그 일이 발생했을 때 네타는 그곳에 있지도 않았네. 소문이 여기서 시작되었다고 누가 생각할 수 있었겠나? 사실을 요약하자면, 그것은 사고였어,

두비. 전기선이 누전되었어. 결국은 사람들이 네타에 관해서도 온갖 종류의 소문을 퍼뜨리고 있겠군. 나에게 뭘 좀 말해 보게. 아드바가 누구인지 아는가? 할머니한테 유산으로 받은 게 분명한, 구(舊) 텔아비브의 어딘가에 있는 아파트의 방 하나를 네타에게 세준다고 한 소녀인데?」

두비는 돌아서서 곱슬머리를 쓸어 넘겼다. 그런 다음 차분하게 말했다.

「라비드 씨, 제 말을 듣고 저에게 화내시지 않기를 바랍니다. 그녀를 염탐하는 것은 그만두세요. 그녀 주위를 따라다니는 것도 그만두시고요. 그녀를 혼자 놔두세요. 그녀의 삶이 그녀 자신의 것이 되게 놔두세요. 그녀는 아저씨가 항상 완벽한 아버지가 되려고 애쓴다고 말해요. 멈추신다면 더 나아질 거예요. 음, 솔직하게 말씀드려 죄송합니다. 그렇지만 저는 아저씨가 그녀를 도와주고 있다고 생각하지 않아요. 자, 이제 그만 가보겠습니다. 내일 어머니가 유럽에서 돌아오시고 아빠는 모든 것이 의심할 여지없이 잘 정리 정돈되어 있는 것을 원하시기 때문에 집에서 해야 할 일이 한두 가지 있어요. 정말로 이렇게 대화를 하게 되어 즐겁습니다. 이제 안녕히 주무세요.」

그리고 그렇게 2주일이 지나고, 그녀의 첫 번째 시험 후에, 요엘은 자기 딸이 거울 앞에 서서 자신이 방콕에서의 사건을 들었던 날 그녀에게 사다 준 드레스를 고쳐 입고 있는 모습을 보았는데, 그 옷은 그녀의 골격을 부드럽게 보여 주었고 그녀의 모습도 꼿꼿하고 유연해 보이게 했기 때문에, 이번만은 입을 다물기로 마음먹었다. 그는 아무 말도 하지 않았다. 그녀가 데이트를 하고 한밤중에 들어왔을 때, 그는 부엌에서 그녀를 기다리고 있었고 그들은 닥쳐올 장기간의 혹서(酷暑)에 관해 한밤중의 대화를 나누었다. 요엘은 변화를 수긍하고 그녀의 길에 끼어들지 않기로 마음먹었다. 그는 자신을 위하여 그리고 이브리아를 대신하여 이런 결정을 내리는 것이 자신의 권리라고 느꼈다. 또 어머니와 장모님이 너무 많은 잔소리를 해서 간섭하려고 한다면, 강력하게 대응하여 그들 둘 다 다시는 네타의 일에 끼어들고자 하는 의욕을 상실해 버리도록 만들겠다고 결심했다. 지금부터 그는 계속 강인해질 것이다.

며칠 후, 새벽 2시에, 그는 연합 사령관에 관한 책을 마지막 페이지까지 다 읽었지만, 불을 끄고 잠자리에 들지 않고 차가운 우유를 마시기 위하여 부엌에 갔는데, 그곳에서 네타가 낯선 드레스를 입고 책을 읽고 있는 것을 발견했다. 그가 딸에게, 〈아가씨께서는 무엇을 읽고 있나〉라고 물었을 때, 그녀는 약간 미소를 띠며 사실은 읽고 있었던 것이 아니라 시험을 위해서 복습을 하고 있으며, 로마 교황 통치 시대의 역사에 대해 복습하고 있다고 했다. 요엘이 말했다.

「그것은 내가 정말로 너에게 도움을 좀 줄 수 있는 과목이구나, 물론 네가 원한다면.」

네타가 대답했다.

「그럴 수 있다는 것은 저도 알아요. 샌드위치 만들어 드릴까요?」 그리고 그의 대답을 기다리지도 않고, 질문과는 상관없이, 그녀가 계속 말했다.

「두비가 신경 쓰이시죠.」

요엘은 잠시 생각하고 대답했다.

「넌 놀랄 거다. 그 아이는 그런대로 참을 만한 녀석이라고 생각하는데.」 이 말에, 네타는, 그가 놀랄 정도로, 거의 행복한 듯이 들리기까지 하는 목소리로 대답했다.

「아빠도 놀랄 거예요, 아빠, 두비가 아빠에 대해서도 똑같은 말을 했어요. 거의 똑같은 말로.」

독립 기념일에, 크란츠 부부는 그와 그의 어머니, 장모님 그리고 딸을 그들의 정원에서 여는 바비큐 파티에 초대했다. 요엘이 분명히 그리고 간단하게 이웃 남매를 함께 데려가도 되느냐고 물어서 그들을 놀라게 했다. 오델리아는 말했다. 「물론이죠.」 저녁이 다 지나갈 무렵 오델리아는, 거실 구석에서, 유럽 여행 동안에 정말로, 두 번 정도, 각각 다른 남자들과 바람을 피웠고 아리에게도 숨길 이유가 없어 알려 주었다고 했다. 그리고 실제로 그녀가 말한 다음, 그들의 관계는 더 좋아졌고 당분간 비교적 서로 화해하고 지내는 편이라고 말했다. 「너무나 감사해요, 요엘.」

요엘은 겸손하게 의견을 말했다.

「제가 뭘 했나요. 제가 원한 것은 집으로 무사히 돌아오는 것뿐이었습니다.」

47

5월 말에 바로 그 고양이가 정원의 도구 창고 안에 있는 똑같은 부대 자루 위에 새끼들을 또 낳았다. 그리고 아비가일과 리사 사이에는 격렬한 다툼이 있었다. 아비가일이, 자신이 잘

못했다는 것을 인정해서가 아니라 순전히 리사의 상태를 고려하여, 정중하게 리사에게 사과를 할 때까지, 그들은 5일 동안 서로 말도 하지 않았다. 리사도 휴전에 동의했다. 그러나 그것은 그녀가 약간 발작을 일으켜 텔 하쇼메르에 있는 병원으로 옮겨진 후였다. 그녀는 말하지 않았고, 심지어는 그 반대로 말하긴 했어도 그 발작이 아비가일의 잔인함 때문이었다고 확실하게 믿고 있었다. 중년의 의사는 요엘을 상담실로 데려가서 자기도 리트빈 박사의 소견에 동의한다면서 그리 두드러지지는 않지만 어떤 퇴행성의 조짐이 보인다고 말했다. 그러나 요엘은 의사들의 말을 이해하는 것을 오래전에 포기했었다. 두 노부인은 화해하고 난 후, 저녁의 요가 교실뿐만 아니라 오전의 자원 봉사 활동도 다시 시작했고, 새로운 일, 형제 대 형제 모임에도 참석했다.

  6월 초, 대학 입학 시험 중간에, 네타와 두비는 칼 네테르 거리에 있는 고급 아파트로 함께 이사해 갔다. 어느 날 아침 안방의 옷장이 비었고, 시인의 사진이 벽에서 사라져 버렸고, 요엘의 마음속에 계속적으로 사진틀 속의 얼굴에 똑같이 되갚아 주고 싶은 충동을 불러일으키는 아미르 길보아의 냉소적인 웃음은 멈췄으며, 모아 놓은 엉겅퀴와 음악 악보들은 선반에서 사라졌다. 그는 밤에 잠자기 힘들어 차가운 우유 한 잔을 마시러 부엌으로 가게 되더라도, 그냥 서서 마시고 곧장 잠자리로 돌아오게 되었다. 혹은 큰 손전등을 들고 나무들이 어둠 속에서 어떻게 자라나고 있는지 살펴보기 위하여 밖으로 나가든지. 두비와 네타가 자리를 잡은 며칠 후에, 요엘, 리사 그리고 아비가일은 창문 밖으로 바다를 구경하도록 초대되었다. 크란츠와 오델리아 또한 왔고, 요엘은 우연히 꽃병 밑에서, 크란츠가 두비를 위하여 남겨 놓은 2천 세켈짜리 수표를 보고, 자기도 잠시 동안 욕실에 들어가 문을 잠그고 네타 앞으로 3천 세켈짜리 수표를 적어 아무도 보지 않을 때 크란츠의 수표 밑으로 밀어 넣었다. 집으로 돌아온 그날 오후 늦게, 그는 옷, 신문 그리고 침구를 숨이 막히는 작은 서재에서 텅 비어 있는 안방으로, 할머니들의 침실처럼 에어컨이 설치되어 있는 그곳으로 옮겼다. 잠그지 않고 놔둔 금고는 크라메르 씨의 서재에 그대로 남겨 두었다.

6월 중순경에, 랄프는 초가을이 되면 디트로이트로 돌아가야만 하는데, 앤 마리는 아직 마음을 결정 못했다는 것을 알게 되었다. 그는 남매에게 말했다. 「나에게 한 달, 아니 두 달만 시간을 줘요. 난 좀 더 시간이 필요해요.」 요엘은 앤 마리가 침착하게 대답했을 때 자신의 놀라움을 거의 감출 수 없었다. 「물론이죠. 당신은 자기가 좋을 때, 당신 마음대로 결정할 수 있어요. 그렇지만 그때가 되면 내가 당신에게 관심이 있었는지, 그리고 있었다면, 당신의 어떤 능력 때문인지 내 자신에게 물어봐야만 하겠어요. 랄프는 우리가 결혼하고, 그를 우리의 아이로 입양하게 되기를 애타게 바라고 있어요. 그렇지만 전 지금 그게, 그런 설정이, 제가 원하는 것이라고 그다지 확신할 수가 없네요. 당신도 알겠지만, 요엘, 당신은 대부분의 남자들과 정반대예요. 당신은 잠자리에서 너무나 세심해요. 그렇지만 그 외에서는 오히려 지겨워요. 아니면 당신이 내가 지겨워지기 시작하고 있는 거겠죠. 그리고 내게 가장 소중한 남자는 랄피에라는 것을 당신도 알죠. 그러니 둘 다 생각을 좀 해보도록 해요. 그러고 나서 어떻게 되겠죠.」

요엘은 그녀를 여자아이라고 여겼던 것은 실수라고 생각했다. 비록 그녀는 내가 자기에게 맡긴, 불쌍하고, 순종적인 역할을 잘 해내기는 했지만. 그리고 이제 그녀는 진짜 여자라는 것이 드러났다. 왜 이 깨달음이 나를 주춤거리게 만드는 것인가? 욕망과 존중 사이를 타협한다는 것이 그렇게 힘든 것일까? 그 둘 사이에는 모순이, 내가 그 이누이트 애인을 가질 수 없었던 이유인 그것이 정말로 있는 것인가? 어쩌면, 사실은, 내가 앤 마리에게 지금 거짓말을 하고 있는 것이 아니라, 이전에 거짓말을 했던 것이다. 혹은 그녀가 나에게 거짓말을 하고 있었다. 어쩌면 우리 둘 다 거짓말을 하고 있었다. 기다려 보자.

가끔 그는 겨울 밤 헬싱키에서 어떻게 그 소식을 받았었는지 기억했다. 정확하게 언제 눈이 내리기 시작했었지? 어떻게 튀니지 기술자와의 약속을 깼는지. 장애인 자동 휠체어를 타고 자기 쪽으로 다가오고 있었는지 혹은 그를 밀어 주는 사람이 있었는지를 알아채지 못하여 얼마나 자신이 망신스러웠는지. 누군가가 있었다면, 누가 그 휠체어를 밀고 있었는지 알아내지 못함으로써 자신이 얼마나 치명적이고 돌이킬 수 없는 실수를 저질렀는지를. 단지 한 번 내지 두 번이지만, 다른 모든 것들이 네게 의지했던 순간이, 네가 활동적이고 솜씨 좋았던 그 시절 동안 내내 훈련받고 준비한 순간이, 네가 시기만 잡는다면 삶 전체가 단순히 조종, 조직, 탈출 그리고 분쟁 조정이라는 메마른 일들의 연속이라는 것을 인식하지 않고도 문제에 관해 어떤 것을 발견하게 만드는 특별한 순간들이 너에게 주어졌었다.

  가끔 그는 눈의 피로에 관하여 생각해 보았고 그것을 놓쳐버린 기회의 탓으로 돌렸다. 왜 그냥 호텔 방에서 전화를 하지 않고 두 블록이나 눈 속을 비틀거리며 걸었는지에 관하여. 그리고 가로등의 불빛이 눈 위에 비칠 때마다 어떻게 해서 하얀 눈이 피부병처럼 푸른빛과 핑크빛으로 나타났는지. 그리고 어떻게 책과 스카프를 잃어버렸는지, 그리고 르 파트롱의 차로 카스텔산을 오르면서 면도를 하여 짧은 수염 하나 없이 말끔하게 집에 도착한 것이 얼마나 어리석었는지. 만약 그가 주장을 했었다면, 정말로 고집이 있었다면, 다툼, 심지어 갈라서는 모험도 불사하는 용기가 있었더라면, 이브리아도 아마 항복하여 아이에게 라케페트라고 이름을 짓는 데 동의했을 것이다. 그것은 그가 원했던 이름이다. 또 다른 한편으로는, 네가 포기해야만 하는 시간들도 있다. 비록 모든 시간들은 아니지만. 그렇다면 얼마만큼이나? 어디가 한계지? 「좋은 질문이야.」 그는 갑자기, 울타리를 깎던 도구를 내려놓고 이마에서 눈으로 흘러내리는 땀을 닦으면서 크게 말했다. 그의 어머니가 말했다. 「요엘, 넌 또 혼잣말을 하는구나. 늙은 홀아비처럼. 너의 인생을 위하여 뭔가를 한다면 너도 더 이상 미쳐 가지는 않을 거야. 그렇지 않으면, 넌 병이 들거나, 맙소사, 혹시 너도 기도드리기 시작했는지도 모르겠구나. 가장 좋은 것은 너도 사업을 시작하는 거야. 너는 사업에 재능이 좀 있잖니. 그리고 내가 너에게 시작하도록 돈을 좀 주마. 내가 냉장고에서 음료수를 좀 가져다주련?」

  「멍청이.」 요엘은 갑자기, 어머니가 아니라 철기병한테 말했다. 그놈은 갑자기 정원으로 뛰어 들어와, 마치 기쁨을 만들어 내는 활력이 내부에서 흘러넘치는 것처럼 잔디 위에 재빨리 원을 그리면서 좋아 날뛰며 주변을 뛰어다녔다. 「우둔한 개 같으니. 저리 썩 가버려.」 그리고 자기 어머니에게 말했다. 「예. 그렇게 수고스럽지 않다면, 음료수에 얼음을 넣어서 한 잔 가져다주세요. 조용히, 여기로 가져다주시면 좋겠네요. 고마워요.」 그리고 그는 계속 가지치기를 했다.

6월 중순에 르 파트롱이 다시 전화를 했다. 방콕의 사건에 관해 무엇이 밝혀졌는지는 말하지 않고, 네타의 안부를 물었다. 그녀가 군대에 가는 것에는 아무 문제가 없다고 믿느냐? 그녀가 최근에 건강 검진을 받지는 않았느냐? 예를 들면, 신병 모집 센터에서? 우리가 ― 말하자면 내가 ― 군대의 인력 부서 사람과 연락을 취해야만 하는가? 글쎄, 그녀에게 나와 연락을 하라고 말해 줄 수 있는가? 밤에, 사무실이 아니라, 집으로. 여기에 그녀가 할 만한 일이 있나 생각해 봤어. 어떤 경우에든, 그녀를 보고 싶어. 그녀에게 말해 주겠나?

요엘은 목소리를 올리지 않고 거의 말할 뻔했다. 〈지옥에나 가버려, 코르도베로.〉 그러나 그는 참고 자제했다. 그는 말없이 수화기를 제자리에 갖다 놓았다. 그런 다음 아침 11시밖에 안 되었지만, 브랜디 한 잔을 따르고, 또 따랐다. 아마도 그가 옳다. 난 비누 조각에 불과한 피난민 자손이고, 그리고 그들이 나를 구해 주었고 나라를 세워 주었고 이것저것들을 건설해 주었고, 심지어 나를 진심으로 대해 주었다. 그러나 그와 그들은 나의 인생 전체, 네타를 포함하여 모든 사람의 인생 전체를 주어야 만족할 것이지만 나는 그것을 그들에게 주고 있지 않다. 끝났다. 만약 너의 삶 전체가 삶의 신성함에 바쳐진다면, 그것은 삶이 아니라, 죽음이다. 6월 말에 요엘은 정원의 등과 태양열 급탕기를 주문했고, 8월이 시작되자 뉴욕의 이스라엘 항공 부장인 크라메르 씨와의 협상이 계속 진행 중이긴 했지만, 정원이 내다보이는 거실 창문을 넓히기 위하여 일꾼을 고용했다. 새 우편함도 샀다. 그리고 텔레비전 앞에 놓을 흔들의자도 하나. 그리고 그와 앤 마리가 그들의 저녁 식사를 만들어 먹는 동안, 두 노부인이 아비가일의 방에서 저녁 시간을 보낼 수 있도록 작은 화면의 텔레비전을 샀다. 랄프는 철기병의 주인인 루마니아 이웃을 방문하기 시작했는데, 요엘은 그 이웃이 체스의 천재라는 것을 알게 되었다. 혹은 루마니아 이웃이 설욕전을 위해 랄프네 집을 방문하기도 했다. 요엘은 이런 것들을 여러 번 관찰했으며 잘못된 점은 발견할 수 없었다. 8월 중순경까지 그는 탈비야에 있는 아파트를 판 대가로 거의 정확하게 라마트 로탄에 있는 크라메르 씨의 집을 살 수 있다는 걸 알게 되었다. 만약 그 사람이 집을 팔기로 동의해 주기만 한다면. 그러는 동안 그는 집주인으로 행동하기 시작했다. 크라메르 씨를 대신하여 집을 살피는 것이 임무인 아릭 크란츠는, 결국 요엘의 눈을 바라보면서 말할 용기를 냈다. 「요엘, 들어봐요. 한마디로, 난 당신의 사람이에요. 그의 사람이 아니라.」 그가 세를 얻으려고 생각하고 있었던, 별개의 입구가 있고 사생활이 보장되어 그와 앤 마리가 그들만의 공간을 얻을 수 있는 만족스러운 원룸 아파트에 관해서, 지금은 결국 필요 없을지도 모른다고 결심했다. 왜냐하면 아비가일이 그다음 해에는 참을성 증진 연구회의 비서로 자원하여 예루살렘으로 초청되었기 때문이다. 그는 랄프가 디트로이트로 떠나기 전날까지 실질적인 결정을 미루었다. 아마 어느 날 저녁에 앤 마리가 말했기 때문이다.「이런 모든 것 대신에, 보스턴으로 가서 나의 달콤했던 두 번의 결혼으로 얻은 두 딸을 위하여 탄원서를 내고 마지막 투쟁을 하겠어요. 만약 당신이 나를 사랑한다면, 나와 함께 가는 것이 어때요? 당신이 나를 도울 수 있을지도 몰라요.」요엘은 대답하지 않았고, 여느때와 마찬가지로 목과 셔츠 사이를 손가락으로 천천히 쓰다듬었고 입술 사이의 작은 틈으로 숨을 천천히 내쉬기 전에 잠시 동안 숨을 참았다.

그리고 그는 그녀에게 말했다.

「그것은 어렵네요.」

그리고 또.

「알게 되겠지요. 내가 가게 될 거라고는 생각하지 않아요.」 그날 밤, 그가 잠에서 깨어 부엌 쪽으로 발소리를 내지 않고 걸어갔을 때, 세세한 모든 색깔까지도 자기 눈앞에 선명한 백 년 전의 한 영국 농촌의 신사가 그의 머릿속에 떠올랐다. 마르고, 생각에 잠겨, 부츠를 신고 구불구불한 진흙길을 걷고 있는, 쌍열박이 엽총을 쥐고서, 생각에 빠져 있는 것처럼 천천히 걷고 있는 사람. 그리고 그 앞에는 사냥개가 달리고 있고, 그것은 갑자기 멈추어 서서 신념, 경외, 그리고 사랑이 충만한 눈으로 주인을 올려다보았다. 그 우수에 잠긴 남자와 그의 개 모두가 이제는 이 세상에 있지 않고 영원히 그 상태로 남아 있고, 회색빛 하늘 아래 차가운 바람과 너무나 가늘어 볼 수도 없고 느낄 수만 있는 이슬비가 내리고 사람들이 텅 비어 있는 회색 포플러 사이의 진흙길만이 오늘날까지 상처를 가지고 있다는 것을 깨달았기 때문에, 요엘의 마음속에는 고통, 갈망, 영원히 잃어버린 것에 대한 슬픔이 가득했다.

48

그의 어머니가 말했다.
「너의 푸른색 체크무늬 셔츠에 단추가 떨어졌더구나.」
요엘이 말했다.
「됐어요. 오늘 저녁에 제가 달게요. 제가 지금 바쁜 거 보이지 않으세요?」
「너는 오늘 그것을 달지 않을 거다. 내가 벌써 달아 놨으니까. 난 너의 어미다, 요엘. 넌 오래전에 그것을 잊어버렸지만.」
「그만하세요.」
「네가 그 아이를 잊는 것과 똑같아. 건강한 남자는 매일 일할 필요가 있다는 것을 잊어버린 것처럼.」
「됐어요. 보세요, 전 지금 가봐야 돼요. 물 한 잔과 함께 약을 가지고 나올까요?」
「아니다, 대신에 나에게 두통약을 갖다 다오. 이리 와. 내 옆에 앉아. 나에게 말 좀 해봐. 넌 나를 어디다 데려다 놓고 싶니? 바깥의 도구 창고에? 아니면 양로원?」
그래서 그는 펜치와 드라이버를 테이블 위에 내려놓고, 청바지 자락에 손을 닦고, 잠시 망설이다가 해먹 끝, 그녀의 발 옆에 앉았다.

「흥분하지 마세요.」 그가 말했다. 「그건 어머니가 나아지는 데 도움이 안 돼요. 무슨 일이 있었어요? 아비가일과 또 다투셨어요?」

「왜 나를 여기로 데려왔니, 요엘. 도대체 내가 왜 필요하니.」

그녀의 얼굴에서 조용히 흐르는 눈물이 보였다. 그녀의 동그란 눈과 얼굴 사이에, 어떤 소리도 내지 않고, 얼굴을 감싸지도 않은 채, 울부짖는 표정으로 얼굴을 찌푸리지도 않으면서 눈물만 흘리는 무언의, 아기 같은 울음이었다.

「됐어요.」 그는 말했다. 「그만하세요. 아무도 어머니를 어디로 보내지 않을 거예요. 아무도 어머니를 버리지 않아요. 도대체 누가 그런 말도 안 되는 생각을 어머니 머릿속에 주입시켰나요?」

「어쨌든, 너는 그런 일을 할 정도로 잔인해서는 안 된다.」

「뭐가 안 돼요?」

「네 어머니를 버리는 거지. 너는 어른이 되면서 이미 어미를 버렸어. 네가 달아나기 시작했을 때부터.」

「난 어머니가 무엇에 대해 이야기하고 계신지 모르겠어요. 난 어머니에게서 달아난 적 없어요.」

「항상 그랬어, 요엘. 넌 항상 달아나고 있었어. 내가 오늘 아침에 처음으로 너의 푸른색 체크 셔츠를 발견하지 않았다면, 너는 이 불쌍한 어미가 너를 위해 단추 하나도 달아 주도록 허락하지 않았을 거야. 어린 이고르라고, 등이 굽어 자라는 꼽추의 이야기가 있어. 코코샤 같은. 내가 말하는데 끼어들지 마. 어리석고 어린 이고르는 등에서 자라나고 있는 꼽추로부터 달아나기 위하여 달리기 시작했어. 그러곤 항상 그렇게 주변을 달렸지. 난 곧 죽을 거야, 요엘. 그리고 그 후에 넌 나에게 온갖 종류의 질문을 하고 싶겠지. 지금 미리 물어보기 시작하는 것이 너에게도 더 좋지 않겠니? 내가 너에 관하여 알고 있는 것들, 다른 어떤 사람도 알지 못하는 것들.」

요엘은 의지력을 집중해서, 넓적하고 못생긴 손을 깡마른 새와 같은 어깨 위에 얹었다. 그의 어린 시절처럼 역겨움이 애정이나 다른 감정들과 혼합되어, 그가 알지도 못하고 알고 싶지도 않은 그런 감정들과 뒤섞였고, 그리고 잠시 후 돌연히 공포감으로 인해 손을 내려 청바지에 닦았다. 그러고 나서 그는 일어서서 말했다.

「질문들, 어떤 질문들요? 좋아요, 괜찮아요. 제가 질문을 할게요. 그렇지만 어머니, 다른 때 해요. 지금은 시간이 없어요.」

리사는, 어머니라기보다는 그의 할머니나 증조할머니쯤 되는 것처럼 갑자기 늙고 주름진 목소리와 얼굴을 하고서 말했다.

「그렇다면 됐다. 상관없다. 가봐라.」

그가 아픈 마음을 간직한 채 뒤뜰 쪽으로 조금 갔을 때, 그녀는 입술만을 움직이며 계속 말했다.

「주여, 그에게 자비를 베푸소서.」

8월이 끝나 갈 때, 그는 크라메르 씨의 집을 당장 살 수 있게 되었다. 그러나 크란츠가 탈비야에 있는 아파트의 값으로 그가 받게 해줄 금액에 9천 달러를 더해야만 했다. 그들의 옛 이웃인 이타마르 비트킨 씨의 상속인이 그 아파트를 사는 데 관심이 있었다. 그래서 그는 메툴라로 가서 낙디몬에게, 루블린이 남긴 땅에서 얻어지는 수입 중 네타와 자신의 몫을 미리 주든지 아니면 어떤 다른 조치를 통하여 이 금액을 주도록 요청하기로 결심했다. 그는 아침을 먹고 나서 1년 반 동안 사용하지 않았던 여행 가방을 옷장에 있는 선반에서 내렸다. 만약 낙디몬이 어렵다고 하거나 자신의 계획에 어떤 장애물이 놓이게 된다면 그 마을의 북쪽 끝에 있는 낡은 석조 건물에서 머물러야 할지도 모른다고 생각해서 셔츠와 속옷과 면도기를 챙겨 넣었다. 정말로 그곳에서 하룻밤 내지 이틀 밤을 보내고 싶었다. 그는 가방의 옆주머니 지퍼를 내리면서 직사각형의 물건을 발견했고 한동안 놀라움을 감출 수 없었다. 그것은 자기가 아무 생각 없이 썩도록 내버려 둔 초콜릿 상자였나? 조심스럽게 꺼내어 보았더니 그것은 누렇게 변색되어 가고 있는 신문지에 싸여 있었다. 그것을 얌전히 테이블 위에 놓자 핀란드 신문이라는 것을 알 수 있었다. 잠시 머뭇거린 후 일을 하면서 배운 특별한 방법으로 그것을 열어 보기로 마음먹었다. 그것은 『댈러웨이 부인』이었다. 그는 책장에 꽂혀 있는 똑같은 책 옆에 이것을 꽂았는데, 헬싱키의 호텔 방에 놔두고 왔다고 잘못 생각하여 작년 8월 달에 라마트 로탄의 쇼핑 센터에서 새로 샀던 것이다. 그래서 그는 그날 메툴라로 가기로 한 계획을 접고 낙디몬 루블린과 전화로 대화를 하는 데 만족했는데, 낙디몬은 잠시 후에 그가 말하고 있는 금액과 그것을 필요로 하는 이유를 파악하고 즉시 요엘의 말에 끼어들어 말했다. 「문제없어, 선장. 3일 후면 자네의 은행 계좌로 들어갈 걸세. 계좌 번호는 이미 알고 있네.」

49

그는 이번엔 망설이지도 않고 조금의 의심도 없이, 복잡하게 얽혀 있는 좁은 길을 통과하며 가이드를 따라갔다. 가이드는 얼굴에 계속 미소를 머금고 있고 세련된 몸짓을 하는 마르고 섬세해 보이는 남자로서, 줄곧 예의 바르게 절을 했다. 축축하고 끈적끈적한 열기로 인해 안개 낀 습지에서는 구름 떼 같은 곤충들이 날아올랐다. 그들은 다리 위의 널빤지가 습기로 인하여 삭아 버리고 없는 흔들거리는 다리 위를 밟으면서, 구린내가 나는 수로를 건너서 왔다 갔다 했다. 수로 속의 텁텁한 물은 거의 흘러가지 않고 김을 푹푹 내면서 정지되어 있었다. 그리고 복잡한 거리에는 조용한 사람들이 떼 지어 가족묘에서 풍기는 썩는 냄새와 향을 따라 서두르지 않고 움직이고 있었다. 그 냄새는 습기 찬 나무의 연기와 섞였다. 그런 빽빽한 무리 속에서 가이드를 잃어버리지 않았다는 것이 놀라운 사실이었고, 그 무리 속에서는 거의 모든 남자들이 부하들처럼 보였고 여자들도 역시 그러했으며, 사실 여기에서는 성별의 차이를 구별하는 것조차 힘들었다. 생명을 뺏는 것을 종교적으로 금지하고 있기 때문에, 문둥병에 걸린 개들이 마당, 거리 그리고 거친 오솔길의 진흙 속에 큰대자로 뻗어 있기도 했고, 고양이만큼 큰 쥐들은 무심히 호위대 속에서도 서두르지 않고 길을 건너다녔으며, 더럽고 타오르는 듯한 빨간 고양이와 회색 쥐들은 그 빨간 눈을 그를 향해 더욱 번쩍였다. 그가 계속해서 바퀴벌레를 밟을 때마다 신발 밑에서 바삭거리는 소리가 났고, 어떤 것들은 햄버거만큼이나 컸다. 그것들은 너무 게으르거나 무관심하여 자신의 운명에서 벗어나려는 노력을 거의 하지 않았거나, 아니면 그들도 일종의 메뚜기 같은 곤충이지만 피로로 인해 고생하고 있었는지도 모른다. 그것들을 짓누르면, 기름기가 있는 짙은 갈색의 액체가 발밑으로 뿜어져 나왔다. 물에서는 덮개 없는 하수구와 죽은 물고기와 시간이 지나면서 부패하고 있는 해산물의 악취와, 다시 태어나고 죽어 가는 것들이 마구 뒤섞인 악취가 났다. 뜨겁고 습기 찬 도시의 머리를 아프게 할 만큼 썩어 가는 활기, 그것은 멀리 떨어져 있으면 항상 그를 끌어당기지만 도착하고 나면 언제나 떠나서 다시는 돌아오고 싶지 않게 만드는 그런 것이었다. 그러나 그는 가이드 옆에 딱 달라붙어 있었다. 어쩌면 그는 첫째가는 가이드는 아니었고, 두 번째 혹은 세 번째 가는 가이드, 즉 수많은 군중 속에서 우연히 지나가는 사람 중에 잘생긴 여자 같은 남자를 뽑은 것일 수도 있고, 어쩌면 그 가이드는 정말로 소년의 옷을 입은 소녀, 즉 마치 설거지를 하거나 생선을 요리하는 데 사용하는 물이 내려오는 하수관이 더 높은 층으로 동시에 물을 쏟아 붓는 것처럼, 여기 높은 곳에서 아래로 쏟아 붓는 열대성 빗속의 물고기처럼 움직이고 있는 수천의 똑같은 것들 중에서 알아보기 힘든, 그런 가녀린 사람이었다. 그 도시 전체는 습한 삼각주 주위에 형성되어 있었고, 그곳의 물은 자주, 강이 불어나게 하든지 혹은 불어나게 하지 않더라도, 전 지역으로 넘쳐흘렀으며 거주민들이 자신들의 오두막 속에서 물이 무릎까지 차게 되어, 매우 의기소침해진 것처럼 허리를 구부려서 흘러넘친 물과 함께 자기 침실로 들어온 물고기들을 양철 깡통으로 퍼내는 것을 볼 수 있었다. 거리에는 수많은 고물 자동차들이 배기관을 가지고 있지 않아서, 끊임없이 드르렁거리는 소리와 엔진 연료가 연소되는 악취가 풍겼다. 망가진 택시들 사이에서 어린 소년이나 늙은 여인네들이 끄는 인력거와 삼륜 택시들이 움직이고 있었다. 피골이 상접한, 옷을 반쯤 벗은 남자들은 구부러진 가로대의 양 끝에 양동이를 매달아 나르고 있었다. 뜨겁고 지저분한 강은 도시를 가로지르고 있어, 천천히 움직이는 뱃짐을 실은 보트들의 복잡한 교통, 유람선, 경주용 배, 피를 흘리고 있는 날고기, 채소 그리고 은빛의 생선 더미를 싣고 있는 뗏목이 지나가도록 했다. 이런 배들 사이에 나무 상자 화물들이 표류하기도 했고 물에 빠져 죽은 짐승들, 크고 작은 들소, 개 그리고 원숭이들의 시체들이 부풀어 오르기도 했다. 지평선 상에, 황폐화된 오두막들 사이 곳곳에는, 궁전, 망루 그리고 착각을 일으키는 황금빛 작은 탑들과 함께 반짝이는 본탑들이 태양빛을 받아 빛을 내며 서 있었다. 거리의 모퉁이에는 머리를 삭발하고 긴 샛노란 옷을 걸치고 있는 중들이 놋쇠 사발을 들고서 아무 말 없이 밥을 구걸하며 기다리고 있었다. 마당과 오두막의 문 옆에는, 인형의 집같이, 모형 가구들과 금도금한 장식품으로 꾸며진 매우 작은 사당이 서 있었는데, 그곳은 죽은 영혼들이 살아 있는 소중한 사람들 가까이에 거주하면서 그들의 행동을 내려다보고, 매일 가져다주는 약간의 쌀과 극소량의 곡주를 받아먹는 곳이었다. 몸값으로 10달러를 얻어 오는, 자그마하고 무감각한 열두 살 된 매춘부들이 담벼락과 보도에 앉아, 누더기 인형을 가지고 놀고 있었다. 그러나 이 도시 전체 어디에서도, 서로 안고 있거나 팔짱을 끼고 걷고 있는 커플들을 볼 수 없었다. 그리고 여기, 도시 외곽에는 열대성 비가 가차 없이 모든 것들 위에 쏟아졌고, 춤을 추지는 않지만, 공중에 떠 있는 것처럼 보이게, 댄서처럼 우아하게 걸음을 걷는 가이드는 더 이상 예의 바르게 절을 하지 않았고, 더 이상 미소를 짓거나 자기의 고객이 길을 잃어버리지는 않았는가를 확인하기 위하여 수고스럽게 뒤를 돌아보지도 않았다. 그리고 열대성 비는, 한 대의 대나무 마차를 끌고 있는 들소에게, 야채 상자들을 지고 가는 코끼리에게, 뿌연 물이 넘쳐흘러 들어온 네모난 논 위에, 그리고 가슴과 등과 허벅지 전체에 수십 개의 부드럽고 큰 유방이 자라나고 있는 괴물 같은 여자처럼 보이는 코코넛 야자나무 위로 무지막지하게 퍼부었다. 강 어귀의 넓은 공간 위에 심어져 있는 나무 더미 위에 지어진 집들의 이엉을 엮는 지붕 위에. 여기저기에서 마을 여인네들은 여러 겹의 옷을 걸치고, 지저분한 수로에서 거의 목까지 몸을 씻기도 하고 물고기 잡는 기구를 놓기도 했다. 그리고 숨이 막힐 듯한 폭풍, 비참한 시골 신전 안의 고요, 그러고는 사소한 기적. 열대성 비는 어떻게인지, 신전의 방 내부에까지, 멈추지 않고 무자비하게 내렸다. 더러운 영들을 속이기 위하여 거울로 칸이 막혀 있었는데, 악령들은 단지 직선으로밖에 움직일 수 없기 때문에, 바로 그것이 동그라미, 곡선 그리고 아치 모양으로 만들어진 모든 것이 아름답고 선한 이유였으며, 반면에 그 반대는 시련을 초래하는 것이었다. 가이드는 사라져 버렸고 아마 거세된 남자였을 거라 생각되는 천연두 자국이 있는 수도승이 일어서서 호기심 어린 히브리어로 선언했다. 「아직 준비가 되지 않았어요. 아직 충분하지 않아요.」 열대성 비는 요엘이 일어서서 옷을 벗을 때까지 그치지 않았고, 옷을 입은 채 그는 거실의 소파에서 잠에 빠졌었다. 옷을 벗은 그는 가물거리고 있는 텔레비전을 껐고, 침실의 에어컨을 켰으며, 차가운 물로 샤워를 하고, 그러곤 스프링클러를 끄기 위하여 밖으로 나갔고, 그런 다음 다시 집 안으로 들어와 잠자리에 들었다.

50

8월 23일, 저녁 9시 30분, 그는 방문객 차고에 있는 두 대의 스바루 자동차 사이에 자신의 자동차를 조심스럽게 그리고 정확하게, 나갈 때도 생각하여, 앞쪽이 출구 쪽을 가리키도록 집어넣고, 문이 잠겼는지 확인하고, 어두컴컴하고 깜박거리는 네온등이 켜진 접수처로 들어가서 정형외과 제3병동으로 가는 길을 물었다. 그는 엘리베이터를 타기 전 오랜 세월 동안의 습관처럼, 이미 안에 타고 있는 사람들의 얼굴을 재빨리, 그러나 엄밀하고 세밀한 시선으로 살펴보았다. 그리고 모든 것이 괜찮다는 것을 알았다.

정형외과 제3병동의 간호사실에 있는 책상 옆에서, 두꺼운 입술과 염세적인 눈을 가진 중년의 간호사가 방문 시간은 합쳐서 한 시간이라고 조용히 말하였기 때문에 요엘은 자신의 길에 방해물이 있다는 것을 알게 되었다. 요엘은, 상처받고 당황하여 거의 뒤로 물러서기까지 했으나, 가까스로 부드럽게 중얼거렸다. 「실례합니다만, 간호사님, 제가 생각하기에는 약간의 착오가 있는 것이 틀림없습니다. 저의 이름은 사샤 샤인이고요, 전 환자를 방문하러 온 것이 아니라, 이 책상에서 지금 저를 기다리기로 한 아리에 크란츠 씨를 만나러 온 것입니다.」

즉시 그 식인종의 얼굴은 밝아졌고, 그녀의 입술은 따뜻한 미소와 함께 약간 벌어졌고 이어서 말했다.「아, 아릭, 물론이죠. 제가 너무 멍청했군요. 당신이 아릭의 친구인 새 자원 봉사자이시죠. 환영합니다. 멋진 시간이 될 거예요. 우선, 커피 한잔 드릴까요? 싫으세요? 그러면 좋아요. 앉으세요. 아릭이 금방 돌아올 거라는 말을 남겼어요. 산소통을 가지러 아래층으로 막 내려갔거든요. 아릭은 우리의 구원의 천사세요. 제가 본 분들 중에서 가장 헌신적이시고 멋지고 인간적인 봉사자세요. 36명의 정의의 사도들 중 한 분이시죠. 그럼 그동안 제가 우리의 작은 왕국을 빨리 안내해 드릴 수 있겠네요. 그런데 전 막신입니다. 막스의 여성형이죠. 그냥 막스라고 불러도 상관없어요. 다들 그렇게 부르죠. 당신은요? 사샤? 샤인 씨? 사샤 샤인? 그건 농담이죠? 대단히 속물적인 이름이네요? 그런데 당신은 이스라엘 태생인 것처럼 보이네요 — 여기는 중환자들을 위한 특별한 곳이죠 — 대대의 지휘관이나 혹은 이사처럼. 잠깐만요. 아무것도 말하지 마세요. 제가 알아맞혀 볼게요. 봅시다. 당신은 고급 경찰관이시죠? 맞아요? 당신도 규율상 잘못을 범해서 법원이나 뭐 그런 곳에서 당신에게 일정 기간 동안 자원 봉사를 하라고 판결을 내렸나요? 아니에요? 대답할 필요 없어요. 사샤 샤인이라고 해두죠. 왜 안 되겠어요. 제가 아는 한, 아릭의 친구 분이라면 어떤 분이든 여기에서는 귀빈이에요. 그를 모르는 사람은, 그의 스타일만 보고 아릭이 약간 등신이라는 인상을 받을지도 몰라요. 그렇지만 그의 머릿속을 볼 수 있는 사람이라면 그것은 단지 겉모습에 지나지 않다고 말할 수 있어요. 그가 단지 연기를 하기 때문에 사람들은 그가 정말로 얼마나 숨은 진주인지를 알지 못해요. 음, 여기에서 손을 씻으세요. 파란 비누를 사용하고 잘 문질러 주세요. 종이 타월이 저기 있어요. 맞아요. 이제 가운을 입으세요 — 저기 걸려 있는 것 중 하나를 입으세요. 적어도 제 추측이 따끈한 건지 썰렁한 건지 미적지근한 건지 말해 주실 수는 있잖아요. 이 문은 걸어 다니는 환자와 방문객용 화장실로 가는 문이에요. 직원용 화장실은 멀리 복도 끝에 있어요. 저기 아릭이 오는군요. 아릭, 친구 분에게 세탁실이 어디에 있는지 가르쳐 주세요. 그러면 이분께서 깨끗한 시트와 침대보를 수레에 싣는 일을 시작할 수 있을 거예요. 3호실 예멘 여자가 그녀의 병을 비워 달라고 했어요. 서두르지 마세요, 아릭. 그건 급한 일이 아니에요. 그녀는 5분마다 부탁하죠. 거기 그녀에겐 별것도 없어요. 사샤? 됐어요. 저에게는, 당신의 이름이 사샤인 걸로 하죠. 진짜 이름이 사샤라면 전 제인 폰다이긴 하지만. 좋아요. 다른 것이 있나요? 난 지금 날아가야 해요. 아릭, 제가 말한다는 걸 잊었어요. 당신이 아래층에 내려가 있는 동안에 그레타가 전화를 했는데, 오늘 밤에는 오지 않을 거래요. 대신 내일 오겠대요.」

그래서 요엘은 자원 봉사자 보조원으로 매주 밤 교대반의 절반씩 하기 시작했다. 크란츠가 오랫동안 그에게 그렇게 하라고 애원했던 것처럼. 그리고 그는 곧 부동산 중개인이 얼마나 거짓말을 했는지 알게 되었다. 그레타라는 동료 자원 봉사자가 있다는 것은 사실이었다. 그들이 새벽 1시에 함께 15분 정도 사라지곤 하는 것도 사실이었다. 그리고 요엘은 크리스티나와 이리스라는 이름의 학생 간호사들 또한 볼 수 있었지만, 두 달이 지나가도록 여전히 두 사람을 구별하지도 못했다. 그는 그렇게 하려고 특별히 노력하지도 않았다. 그리고 크란츠가 사랑을 나누면서 밤을 보낸다는 것도 사실이 아니었다. 사실은, 그 중개인이 보조원으로서의 일을 끔찍할 정도로 열심히 한다는 것이다. 헌신적으로. 그래서 그런 모습은 요엘에게 즐겁고 흐뭇한 감정을 느끼게 했고 가끔 일을 멈추고 몇 초 동안 그를 은밀히 바라보게 만들었다. 그는 묘한 부끄러움으로 인한 고통과 사과해야 한다는 충동을 느낄 때도 있었다. 비록 그가 무엇에 대하여 사과해야 하는지 명확하지는 않았지만. 다만 크란츠에게 뒤지지 않기 위하여 열심히 노력하였다.

처음 얼마 동안 주로 한 일은 세탁소에서 일하는 것이었다. 병원 세탁소는 밤 근무 시간 동안에도 확실하게 작동하였다. 두 명의 아랍 노동자들이 병동의 더러운 리넨을 수거하기 위하여 2시에 도착했다. 요엘의 일은 삶을 것과 섬세한 세탁이 필요한 것들을 구분하는 것이었다. 더러운 파자마의 호주머니를 비우는 것. 그리고 시트가 몇 개인지, 베개 커버는 몇 개인지, 기타 등등은 어떠한지에 대한 적절한 양식을 기입하는 것. 피의 얼룩 자국과 오물, 오줌의 찌릿한 냄새, 땀내, 그리고 몸에서 나오는 다른 분비물, 시트와 파자마에 묻어 있는 대변의 흔적, 구토 자국이 말라붙어 있는 천, 약의 얼룩, 고통을 받는 몸에서 강하게 풍기는 냄새 — 이런 모든 것은 그에게 메스꺼움이나 혐오감을 불러일으킨 것이 아니라 강력하고, 숨기고 싶은 승리의 기쁨을 불러일으켰고, 요엘은 더 이상 그것을 부끄러워하지 않았으며 일상적인 습관처럼 그것이 무엇인지 판독해 내려는 시도조차 하지 않았다. 그는 보이지 않는 의기양양함에 자신을 맡겼다. 나는 살아 있다. 그러므로 나는 참여한다. 죽은 자들과는 달리.

때때로 크란츠가, 한 손으로는 침대를 밀고 다른 한 손으로는 정맥 주사병을 높이 들고서, 남부 레바논에서 헬리콥터로 우송되어 와서 초저녁에 수술을 받은 부상당한 병사를 응급실에서 데려오는 장면을 볼 기회가 있었다. 혹은 밤에 길거리에서 사고를 당해 다리를 잃어버린 여자를. 가끔 막스와 아릭은 두개골이 깨진 사람을 들것에서 침대로 옮기는 것을 도와달라고 그에게 부탁하기도 했다. 수 주일이 지나가면서, 그들은 그의 솜씨를 점차 신뢰하게 되었다. 그는 그리 오래전의 일은 아니지만, 자기는 잃어버리고 없다고 네타를 설득하려 애썼던 집중력과 정확도의 힘을 자기 속에서 재발견했다. 정규 간호 직원들이 특별히 신경 쓰이는 일을 하고 있고 동시에 도와달라는 요청이 사방에서 몰려들면, 그는 정맥 주사를 조절하고 신장 투석 주머니를 바꾸어 줄 수 있었다. 그러나 그 자신에게서 발견한 중요한 사실은 기대도 하지 않았던 달래 주고 평안하게 해주는 능력이었다. 그는 갑자기 비명을 지르기 시작하는 심하게 다친 환자의 침대로 다가가, 한 손을 이마에 대고 다른 한 손은 어깨에 얹고서 비명을 잠재울 수 있었다. 그것은 그의 손가락이 고통을 어느 정도 완화시켜서가 아니라 멀리 떨어져 있어도, 그 비명은 고통 때문이 아니라 두려움 때문이라는 것을 분간할 수 있었기 때문이다. 그리고 그는 한 번의 손길과 간단한 한두 마디의 말로 그 두려움을 진정시켜 줄 수 있었다. 심지어 의사들까지도 이런 능력을 인정하여, 그가 더러운 리넨 더미를 분류하고 있을 때, 밤 근무하는 의사는 가끔 그의 이름을 부르거나 그를 데려올 사람을 보내, 그곳으로 와 주사로도 진정되지 않는 사람을 달래 주라고 했다. 요엘은 예를 들면 이렇게 말하곤 했다.

「아가씨, 실례해요. 이름이 뭐죠? 그래요. 화끈거리죠. 저도 알아요. 끔찍하게 화끈거리고 있군요. 당신 말이 맞아요. 이 빌어먹을 고통 같으니. 그렇지만 그건 좋은 징조예요. 지금쯤 화끈거리도록 되어 있어요. 그것은 수술이 성공했다는 증거예요. 내일은 좀 덜 화끈거릴 거예요, 그리고 모레가 되면 간 질거리기만 할 거예요.」

혹은.

「이보게 친구, 상관 말게. 다 토해 버려. 참고 있지 말고. 그렇게 하는 건 당신을 나아지게 할 거야. 나중에 기분이 더 좋아질 거야.」

혹은.

「그래요, 제가 여자 분에게 말할게요. 그래요, 당신이 잠들어 있을 때 그녀가 왔었어요. 그래요, 그녀도 당신을 많이 사랑해요. 분명히 보여요.」

이상하게도, 요엘이 이해하거나 예상하려는 노력을 하지 않았는데도, 자신의 몸에서 환자의 고통을 가끔 경험하였다. 혹은 그렇다고 상상하였다. 이 고통은 그에게 전율을 일으켰고 만족감과 비슷한 마음의 상태를 가질 수 있었다. 요엘은 가끔 비명을 질러 대거나 폭력으로 위협하는 절망적인 친지들을 진정시키는 것도 의사들보다 나았고, 막스보다도, 그리고 아릭과 그레타를 포함한 다른 모든 사람들보다 나았다. 그는 자기 자신 속에서 연민과 힘을 정확히 조화롭게 뽑아 내는 법을 알았다. 동정과 슬픔과 권위. 자주 그의 입에서 나오는 〈불행하게도 전 그 해답을 모르겠는데요〉라고 말하는 방식 속에는, 비록 모호하고 책임에 한계가 있긴 하지만 이미 알고 있다는 그런 함의가 숨겨져 있었고, 몇 분 후에 절망적인 친지들은 재앙에 대항하여 슬기롭고 영리하게 자신들을 대신하여 싸워 주고 또 쉽게 패배할 것 같지 않은 한 동맹군이 여기에 있다는 신비한 감정으로 벅차 올랐다.

어느 날 밤, 친하지 않은 거의 소년에 가까운 젊은 의사가 그에게 빨리 다른 한 병동으로 가서 상담실 테이블 위에 놔두고 온 그의 가방을 가지고 오라고 했다. 요엘이 몇 분 후에 가방도 없이 돌아와서, 방문이 잠겨 있더라고 설명하자, 그 젊은 의사는 그에게 새된 소리를 질렀다. 「그러면 가서 누구한테든 열쇠를 받아 가지고 와요. 당신은 멍청하군요.」 그러나 이런 굴욕적인 대우조차도 요엘에게 굴욕감을 느끼게 하지 않았다. 그것은 그를 기쁘게 했다.

요엘은 죽음을 목격하게 되었을 때, 죽음의 고통을 관찰할 수 있는 위치를 차지하고 자기의 직업 생활이 그의 내부 속에 발달시킨 왕성한 감각으로 모든 미세한 것들까지도 받아들이고 흡수했다. 그는 그 모든 것을 기억 속에 정리 보관하고 나서는 계속해서 주사기의 개수를 세었고, 변기 시트를 닦아 내었고, 더러운 리넨을 분류했고, 그러는 동안 마음의 눈으로 죽음의 장면을 느린 화면처럼 되돌려 보기도 했고, 마치 실제로는 상상력이나 피곤한 눈 속에서만 일어났었을 수도 있는 이상한 화면을 조사하도록 훈련받은 것처럼, 화면을 고정시켜 놓고 모든 작은 세세한 사항들까지도 분석했다.

요엘은 자주, 침을 흘리고, 목발에 의지해 절룩거리는 노인을 화장실로 데리고 가서 바지를 내려 주고 앉는 것을 도와주어야만 했다. 노인이 부글거리는 대장을 고통스럽게 비우는 동안, 그는 무릎을 꿇고 노인의 다리를 잡아 주곤 하였다. 그런 다음 치질로 인하여 피가 섞여 나오는 대변을, 상처가 나지 않도록 조심스럽게 그리고 매우 참을성 있게 닦아 주고 뒤를 말려 주어야만 했다. 그 후에, 그는 비누와 콜타르로 손을 완전히 씻고, 노인을 침대로 다시 데려다 주고, 침대 옆에다 목발을 조심스럽게 치워 두었다. 이 모든 것을 완전한 침묵 속에서.

한번은 자원 봉사 근무 시간이 거의 끝나 가는 새벽 1시에, 그들이 간호사실의 뒤에 있는 작은 침실에서 커피를 마시고 있을 때, 크리스티나와 이리스가 말했다.

「당신은 의사가 되었어야 했는데.」

요엘은 대답하기 전에 머뭇거렸다.

「아니요. 난 피를 싫어해요.」

그리고 막스가 말했다.

「거짓말쟁이. 저는 평생 살면서 모든 종류의 거짓말쟁이들을 보았지만, 세상에, 사샤 같은 이런 거짓말쟁이는 아직 본 적이 없어요. 믿을 수 있는 거짓말쟁이. 거짓말하지 않는 거짓말쟁이. 누구 커피 더 마실 사람?」

그레타가 말했다.

「그를 바라보면, 다른 세상에서 떠다니는 사람 같아요. 아무것도 보지 않고, 아무것도 듣지 않는. 그에 관해서 이야기하고 있는 지금조차, 그는 듣고 있지 않는 것처럼 보여요. 그러나 나중에 보면 모든 것을 정리해 놓는다니까요. 아릭, 당신도 그를 관찰해 보세요.」

그리고 요엘은 커피잔을 합성수지 테이블 위에, 마치 테이블이나 잔을 다치게 할까 봐 두려운 듯 매우 점잖게 내려놓으면서, 손가락 두 개로 목과 셔츠 칼라 사이를 쓰다듬으면서 말했다.

「4호실에 있는, 길라드 다니노라는 소년이 악몽을 꿨어요. 내가 그에게 간호사실에 앉아 있거나 잠시 돌아다녀도 된다고 말하고, 신나는 이야기를 해주기로 약속했어요. 그래서 가봐야 해요. 그레타, 커피 고마워요. 아릭, 근무 끝나기 전에 깨진 잔들을 손보라고 나에게 상기시켜 줘요.」

2시 15분에, 지쳐서 아무 말도 하지 않고 주차장으로 오면서, 요엘이 물었다.

「칼 네테르에 가보았나요?」

「오델리아가 갔었어요. 당신도 갔었다고 그녀가 그러더군요. 그리고 당신들 네 명이 단어 만들기 놀이를 했죠. 아마 나도 내일 들를 거예요. 그레타가 나를 피곤하게 해요. 아마 내가 그런 종류의 일을 하기에는 너무 늙어 가고 있나 봐요.」

「내일이 벌써 오늘이지요.」요엘이 말했다.

갑자기 그가 또 말했다.

「당신은 멋져요, 아리에.」

그리고 그 남자가 대답했다.

「고마워요. 당신도 그래요.」

「잘 자게. 조심해서 운전하게, 친구.」

그렇게 요엘 라비드는 단념(斷念)하기 시작했다. 그는 관찰하는 능력이 있었기 때문에, 관찰하고 침묵하는 것을 좋아하게 되었다. 피곤하지만 열려 있는 눈을 가지고. 깊은 어둠 속으로. 그리고 시선에 초점을 맞출 필요가 있고 몇 시간 그리고 며칠, 심지어 몇 년 동안 계속해서 내다봐야만 한다면, 이것보다 더 나은 일은 있을 수 없었다. 어둠이 순간적으로 밝아지는 흔치 않고 예상치 않은 순간들 중 하나가 다시 일어나기를. 그리고 놓치지 말아야 할 깜박거림, 그 은밀하게 가물거리는 빛이 다가오기를 희망하면서 경계심을 놓치지 말아야만 한다. 왜냐하면 그것은 우리에게 남아 있는 것이 무엇인지 우리 스스로에게 물어보게 하는 현존을 표시해 줄지도 모르기 때문이다. 의기양양함과 겸손 외에도.

역자 해설
한 비밀 요원의 초상(肖像)

 이스라엘 독립 이후 지난 50여 년 동안 현대 히브리 문학에서 가장 중요한 기여를 한 작가 가운데 한 사람으로 꼽히는 아모스 오즈의 작품 『여자를 안다는 것』은 1989년에 발표되었다. 16개 언어로 번역된 이래, 오즈의 작품이 한국어로 번역된 것은 『숌히』와 『나의 미카엘』 이후 세 번째이다.

줄거리 — 여자란 무엇인가?

 제목으로 보아서 이 작품은 분명 멜로드라마이다. 그러나 서술 기법이 치밀한 것만큼 이야기의 줄거리는 단순하다. 주인공 요엘이 자기 여자를 만난 것은 적막한 시골 과수원에서였다. 주인공은 훈련받던 중 길 잃은 군인이었으며, 여자는 그보다 두 살이 많은 과수원 농부의 딸이었다. 전혀 모르던 사이였지만 처음 보는 순간 그들은 어둠 속에서 육체를 섞었다.

서로 전혀 모르는 사이였지만, 어둠 속에서 열 마디 정도의 말을 교환하자마자 그들의 육체는 갑자기 밀착되어, 손으로 애무를 하고, 옷을 입은 채 진흙탕 속에서 뒹굴고, 가슴을 헐떡거리고, 눈먼 한 쌍의 강아지처럼 서로 파고들며, 서로를 할퀴고, 막 시작하기도 전에 거의 끝내고서는 거의 한마디 말도 없이 도망쳐 버리고 각자의 길을 갔다. (본문 46면)

그 외에도 직업상 만나는 여러 여자와의 관계, 또 마을 이웃 여자와의 의미 없는 관계 등 주인공 주변의 다양한 여자들과의 접촉을 통해서 여자란 무엇인가를 말하려는 듯이 보인다. 실제로 작가는 등장인물의 입을 통해서 〈요엘, 당신은 한 번도 여자가 어떤 존재인지 안 적이 없다고 나는 생각해요. 당신은 그 단어조차 이해하지 못하고 있어요〉라고 단정짓고자 한다. 그러나 이것이 어찌 모른다는 것만을 말하는 것일까? 여러 번 네타의 입을 통해 〈남자가 아직 모른다는 걸 어떻게 여자가 알 수 있지?〉라고 말하고 있지 않은가? 이러한 직설적인 어법은 단정적으로 여자는 알 수 없는 존재라는 선언이라기보다는, 진정 우리가 서로 누구인가를 안다 하더라도 안다는 걸 어떻게 알 수 있으며, 설령 모른다 해도 모른다는 걸 어떻게 알 수 있는가를 묻고자 하는 작가의 끊임없는 진지함을 간접적으로 내비치는 것이라고 여겨진다. 결국 평생을 실타래 같은 암호를 해독하는 직업적인 정보 요원으로 살아온 그가 안 것은, 〈모든 사람은 아무도 풀 수 없는 비밀을 갖고 있다〉는 사실, 그래서 결국 미완성은 아니라 해도 미결인 채로 남을 수밖에 없는, 〈깨진 암호〉를 풀 수 없다는 사실뿐이었다. 여기서 히브리어에서 〈안다(ירע)〉라는 동사가 가지는 특별한 의미를 연상케 한다. 서로 다른 목소리들이 각기 다른 목소리와의 관계 속에서 주어지는 다성적*polyphonique* 목소리를 통해 주인공의 고독한 독백적*homophonique* 목소리를 들려준다.

「난 당신을 이해해요.」 그녀가 말한 의미는 무엇이었을까? 그녀는 무엇을 이해했을까? 서로 다른 사람들의 비밀들 사이에는 어떤 유사점과 차이점이 있는 것일까? 요엘은 아무것도 알 수 없다는 것을 알았다. 사람들은 정말로 서로 얼마나, 특히 서로 가까운 사람들은 얼마나 알고 있는가 하는 질문이 항상 그에게 중요한 문제들 중 하나였고 이제는 절박한 문제가 되었지만. (본문 264면)

그런 가운데에서도, 대상이 그 자신이었건, 그의 여자들이었건 간에, 요엘은 〈실체*reality*〉에 다가가려는 절박한 실존적 노력을 끊임없이 기울인다. 이것은 밤 기차에서의 생각, 헬싱키 장애인에 대한 집요한 추적, 어느 호텔 벽지 프린트를 보고 느낀 순간적 영감 등의 사건에서 드러나는 바이다. 그럼에도 불구하고 오즈는 실천적 실존주의에 맞서고 있다.

오즈는 이 작품을 통해 『나의 미카엘』에서 못다 그린 시들어 버린 사랑을 노래하고 있는 〈나의 한나〉를 창조하고 있는 것일까? 〈평범한 진리를 고집스럽게 부정하던〉 요엘의 집요한 노력은 결국 〈스스로 벗어나지 못하는〉 그 모든 노력을 완전히 단념(斷念)할 때, 아니 마지막까지 〈은밀하게 가물거리는 빛이 다가오기를 희망〉할 때 비로소 성취될 수 있다는 것을 보여 주고 있는 것일까? 그러나 요엘은 여전히 기억과 현실 사이를 떠돌아다니는 몽유병 환자처럼 불투명하기만 하다.

대화와 독백의 담론(談論)

이 작품에서 오즈는 3인칭으로 묘사되는 자신과 아내, 자신과 딸 사이에 서 있는 주인공 요엘을 통해 관계의 구조를 설정하고 있다. 즉, 화자(話者)의 담론과 인물(人物)의 담론이 3인칭 이야기의 날줄과 씨줄로 작용한다. 여기에 대화적 기법과 독백적 기법이 교묘한 조화를 이룬다. 자신과 아내 사이의 관계를 환유적인 방식으로 표현하고 있는 병리적 요소가 이야기 전개의 중심에 자리 잡고 있다. 특히 외견상으로 간질병이 있는 딸 네타가 그 자리를 주로 차지하고 있다. 아내의 죽음 이후 딸이 아내의 역할을 대신하며, 요엘은 딸과의 관계를 통하여 아내와의 관계에 대한 결함을 보상하려 한다. 그러나 딸과의 대화는 아내와의 관계처럼 언제나 허식과 냉소적인 관심과 경멸과 사랑과 난처함으로 뒤섞인 것이었다.

오즈 작품의 가장 기본적인 특징은 신선한 구조와 보다 복잡한 의미에 있다. 주인공 요엘은 이스라엘 국가 정보 부대의 비밀 요원이었다. 〈침착하고 자신만만한 사람으로 보이는 것을 좋아하였던〉 그는 아내의 갑작스러운 죽음 — 우연한 사고였는지 자살이었는지 분명하지 않지만 — 이후 조기 은퇴한다. 은퇴가 갖는 상징적 의미는 패배의 인정, 기쁨의 종말, 욕망의 죽음, 에너지의 소멸이다.

아마도 패배를 인정하고 안경을 써야 할 시간이었다. 마흔일곱의, 이미 초년에 퇴임하여 삶을 즐기고 있는, 홀아비란 단어가 뜻하는 거의 모든 의미에서 자유로운 남자인, 그가 여기 있었다. 중요한 것은 그 평범한 진리를 그가 고집스럽게 부정하는 데 있었다. 그의 눈은 때때로 충혈되었고, 가끔 활자들이 흐려 보였는데, 특히 밤에 그의 침대 옆에 있는 램프 불빛에는 더욱 그러했다. (본문 10면)

작가는 은퇴한 요엘의 생활에서 23년간이나 비밀 요원으로 활동하던 그의 인격이 얼마나 파괴되어 있는가를 보여 주고 있으며, 또 자신의 생활을 회복해 보려는 그의 노력을 묘사한다.

23년 동안 이 광장에서 저 광장으로 이 호텔 저 호텔로 이 터미널에서 저 터미널로, 숲과 터널 속을 울부짖으며 지나가는, 그리고 노란 전조등으로 어두운 들판을 할퀴면서 지나가는 밤 기차를 타고 달리도록 만든 것은 무엇이었을까? 무엇이 나를 달려가게 만들었을까? 그리고 나는 왜 그 벽의 작은 구멍을 메워 버리고 어떤 보고도 하지 않았을까? 옛날에, 내가 면도를 하고 있던 목욕탕에 그녀가 새벽 5시에 들어와서, 〈당신은 어디로 달려갈 거예요, 요엘?〉

이라고 물었었다. 왜 단 네 마디로 대답할 수밖에 없었을까? 「그건 나의 임무야, 이브리아.」 그리고 즉각 〈더운물이 또 나오지 않느냐?〉라고 덧붙였다. 하얀 셔츠는 입었지만 맨발이었고, 아름다운 머리카락을 어깨로 늘어뜨리고 있던 그녀는 머리를 슬프게 네댓 번 끄덕이더니, 나를 〈불쌍한 놈〉이라고 부르고는 나가 버렸다. (본문 243면)

이브리아, 요엘의 아내. 그녀는 우연한 전기 감전 사고였는지 아니면 로맨틱한 사랑의 동반 자살이었는지 알 수 없지만, 그녀를 구하려던 그녀의 애인과 함께 죽었다. 이 주제는 오즈의 여러 작품들에서 자주 등장하는 모티프이다. 죽음으로써 달아나는 여자, 혹은 남자를 차버림으로써 어디론가 도망치는 여자, 또는 소외된 괴벽스러운 여자. 이처럼 오즈의 여자는 항상 이해하기 어려우며, 무엇인가 결핍된 심리적인 초상을 가지고 있으면서, 그 주변을 둘러싸고 있는 둔감한 남자들과 대조적으로 예민하고 부서지기 쉽다.

서술 구조와 시간 구조

이 소설의 특징은 이야기의 서술 구조와 시간 구조에 있다. 서술 구조는 주로 구성 *sujet* 속에 자리 잡은 사건들과 소설의 과거사 *fabula* 속에 내포하고 있는 의미의 대조에 자리하며, 시간 구조는 이미 일어난 사건과 이야기되고 있는 사건 사이에서 움직이는 동사의 시제가 시계의 초바늘처럼 작동하며

서 있다. 주인공의 과거사는 마닐라와 방콕으로부터 제네바로, 메툴라로부터 예루살렘으로 움직이는 데 비해, 무대는 텔아비브의 근교 라마트 로탄으로 설정되어 있다. 갈등은 현재와 과거, 빈약한 전원적인 교외에서의 제한된 삶과 국가와 사회에 대한 봉사의 무제한적인 공간 사이에서 펼쳐진다.

주인공의 과거사는 은퇴 후 텔아비브 근교의 작은 전원 주택에서의 은둔 생활 속에서 설명된다. 어떤 이는 이를 주인공의 반전원적인 과거사에 대한 전원적인 은둔 생활의 영적 승리라고 해석하기도 한다. 그러나 그의 어머니 리사와 장모 아비가일, 그리고 열여섯 살 반 된 딸 네타와 더불어 거의 〈결코 자유롭지 않은 자유인〉으로, 〈의미 있는 무익함〉으로 일상을 살아간다.

아직도 정원의 빨랫줄에 널려 있는 것들을 제외한 모든 빨래를 말려서 각각의 옷장 서랍 속에 개어 넣었는데, 이제 무엇을 해야만 하는가? 다림질을 해야 할 것은 모두 다 렸다. 그러면 이제는? 지난주 안식일에는 정원의 창고를 정리했었다. 2주일 전에는 모든 창문들을 돌아다니며 경첩들이 녹슬지 않게 조처했었다. 그는 마침내 전기 드릴을 사용하는 습관을 버려야 한다는 것을 알게 되었다. 부엌은 광이 났고 그릇 건조대에는 티스푼 하나도 보이지 않았다. 모든 것이 치워져 있었기 때문이다. 아마도 그는 반쯤 먹은 설탕 봉지들을 모두 합쳐야만 하는가? 아니면 라마트 로탄의 교차로에 있는 바르두고의 종묘상으로 가서 겨울 꽃 구근을 사야 하나? (본문 224~225면)

주인공의 현재 시간 속에서 일어나는 과거로의 여행과 동시에 앞으로 나아감의 짜임새에는, 시퀀스로 삽입된 두 죽음 — 역전 기법으로 전개되는 아내의 죽음과 앞으로 진행되는 동료 오스타쉰스키의 죽음 — 이 구성의 중심에 자리하고 있다. 아내의 죽음은 자신이 국가에 봉사하느라 집에 없는 동안에 일어났으며, 오스타쉰스키의 죽음은, 요엘이 병든 자신의 딸 곁에 있어야만 하기 때문에 은퇴 후 업무 복귀 요청을 받아들이지 않음으로써 결국 그가 자기 대신 파견되면서 일어났다. 일종의 개인과 사회의 충돌이자 심리적 관계의 충돌이다. 이러한 서술 기법은 현재의 시간을 과거와 미래로 확장시킴으로써 이야기의 전체 시간이 상대적으로 짧은데도 불구하고 무한한 시간이 풍부하게 함축되어 있는 것처럼 보이게 할 뿐만 아니라, 일상성의 의미와 내재성의 의미를 뒤섞는다. 이야기된 현재는 회상된 과거, 즉 〈늘어난 기억의 시간〉과 복잡하게 얽힘으로써 이야기에 시간적인 두께를 주고, 이는 인물들에게 심리적인 두께, 즉 〈예민한 몽상의 몽롱한 분위기〉를 부여한다.

닫힌 상황에서의 두 죽음은 모두 요엘에게 죄 의식으로 작용한다. 아내 곁에 있지 않음으로써 아내가 죽었다는 죄 의식과 국가에 봉사하지 않음으로써 동료가 대신 죽었다는 이중성이 그를 괴롭힌다. 요엘은 간질병이 있는 자신의 딸 곁에 남아 있음으로써 죽은 아내에 대한 죄 의식을 씻으려 하며, 동시에 죽은 동료의 늙은 아버지와의 그로테스크한 만남을 통해 〈반역자〉, 〈카인!〉이라는 욕설을 들음으로써 역사의 짐을 벗으려 한다. 어느 의식의 흐름에서 다른 의식의 흐름으로 건너가는 데서 생겨나는 단절의 효과를 보상하는 공명 효과를 발휘한다. 사회적 희생을 거부하는 개인과 사회의 희생자로서의 개인은 모두 갈등과 죄 의식을 낳게 마련인가? 개인과 사회의 화해가 설 자리는 과연 없는가? 유일한 역설적인 외침은 〈살아 있다는 것은 곧 그가 옳았다는 것을 의미한다〉는 사실.

그래서 뭐? 난 그들을 제거해 버렸어. 그들은 내가 죽기를 원했지만 이제 그들 자신들이 죽은 상태다. 그가 죽었나? 그것은 그가 실패했다는 것을 보여 준다. 그녀가 죽었나? 그렇다면 그녀도 졌다. 너무나 안됐지만. 난 살아 있다. 그것은 내가 옳았다는 것을 증명하는 것이다. (본문 265면)

이야기의 배경 음악

주요 사건의 우울하고 빠른 흐름에 비해 이야기의 외적 요소는 매우 밝고 천천히 진행된다. 손질이 말끔하게 된 울타리와 계절마다 바꿔 심는 꽃이며 나무들, 이러한 전원적인 거처에 대한 사소한 묘사들은 딸과 어머니, 장모에 대한 세심한 심리적 묘사와 멜로드라마적인 사건보다 오히려 더 로맨틱할 정도다. 오즈는 단순히 실재의 묘사와만 싸우지 않는다. 소설의 시적 구성 요소는 마치 아름다운 배경 음악처럼 이야기의 주 무대를 감싸 흐르고 있다.

이런 가을밤에 가끔은, 닫힌 창문으로 스며들어 오는 차가운 바다 냄새와 집 뒤의 정원에 있는 창고의 지붕을 때리는 빗소리와, 칠흑 속에서 부는 바람의 속삭임들은 그의 내부 속에, 여전히 느낄 수 있다고 생각지도 않았던 일종의 고요하면서도 강력한 기쁨을 갑자기 들끓게 했다. (본문 180면)

또한, 순환적으로 등장하는 다양한 상징적인 주제들 ─ 기묘하게 균형 잡힌 육식 동물 조각상, 수시로 등장하는 고양이, 헬싱키의 다리 없는 불구자, 이웃의 필리핀 가정부, 간질병, 새, 철기병이라는 이름의 개, 예수 수난 성화, 방콕의 여자, 연합 사령관의 자서전, 체커 게임, 신문 배달원 등 ─ 은 사변(思辨)만으로는 매개할 수 없는 감추어진 비밀들의 정체를 드러낼 듯 말 듯함으로써, 이야기의 흐름 속에서 일일이 설명하는 것보다 더 분명하게 사실적 효과를 가져다주며, 주악상 *leitmotif*의 음악적 구조를 사용함으로써 사건의 진행과 이야기의 구성을 날줄과 씨줄로 짜맞춰 독자들을 결코 속이지 않으면서도 그들의 관심을 집요하게 끌고 간다.

이러한 요소들은 소설의 주제나 구성을 끌고 가는 하나의 덫이자 힌트이다. 이 요소들은 사실상 그 의미가 불분명하게 드러나며, 사건의 결말의 느린 진행 과정에서 기능적으로는 거의 작용하지 않는다. 그것들은 수수께끼 같은 과거사의 진행 과정에서 많은 질문들 ─ 요엘과 그의 아내와의 관계, 아내의 죽음, 딸의 간질병의 원인, 딸이 진짜 병을 앓고 있는 것인지 아니면 단순히 심리적인 징후인지, 요엘의 비밀 첩보 활동 내용 등 — 에 대한 의문에 호기심을 제공한다. 이 모두는 결국 요엘 자신의 초상(肖像)을 구체화한다. 모티프와 숨어 있는 의미 사이의 어떤 연관 관계가 기묘하게 서로 작용한다. 오즈의 이야기는 하나의 거대한 문장이다. 그런 점에서 오즈의 이 작품은 하나의 코드code이며, 그의 소설을 읽는 작업은 하나의 해독decode이다.

최근 매년 노벨 문학상 후보로 거론되고 있는 아모스 오즈는 이미 1997년에 프랑스로부터 레지옹 도뇌르 훈장을, 1998년에 이스라엘 문학상을 수상한 바 있으며, 최근 독일 베텔스만사가 지정한 20세기 최고의 현대 고전 시리즈에 프란츠 카프카와 버지니아 울프, 제임스 조이스 등과 나란히 이스라엘 작가로서는 유일하게 그의 소설 『나의 미카엘』이 선정될 정도로 탁월한 작가로 손꼽히고 있다. 원본으로는 예루살렘 케테르 출판사의 히브리어본 *Lada'at Ishah*(1989)를 사용하였으며, 영역본 *To Know A Woman*(Vintage, 1992)을 참고하였다. 출판을 허락해 준 열린책들의 홍지웅 사장님과 수고하신 편집부에 감사를 드린다.

최창모

아모스 오즈 연보

1939년 출생 예루살렘에서 태어남. 아버지는 러시아 출신의 우파 시온주의자 예후다 아리에 클라우스너.

1954년 15세 15세의 나이로 아버지의 세계에 반항하여 예루살렘을 떠나 키부츠 훌다로 들어감.

1957년 18세 키부츠 훌다의 회원이 됨. 1986년 키부츠를 떠날 때까지 대부분의 시간을 이곳에서 보냄.

1961년 22세 군 복무(기갑 부대에서 근무) 제대 후 키부츠 훌다 목화 농장으로 귀향. 문학적 재능을 인정한 키부츠 총회가 예루살렘 히브리 대학교로 유학을 보내기로 결정.

1963~1986년 24~47세 기바트 브레너에 있는 훌다 고등학교에서 문학과 철학을 가르침.

1965년 26세 예루살렘 히브리 대학교에서 히브리 문학과 철학을 전공, 우등으로 졸업. 단편소설 「자칼의 울음소리Artzot Ha-Tan」 발표, 4개 언어로 번역. 이스라엘 홀론상 수상.

1966년 27세 『딴 곳*Makom Aher*』 발표, 8개 언어로 번역.

1967년 28세 제3차 중동 전쟁인 6일 전쟁에 참전, 시나이 전투 참가.

전쟁 이후 여러 이스라엘 평화 운동 단체에서 활동.

1968년 29세 『나의 미카엘*Michael Sheli*』 발표, 25개 언어로 번역.

1969년 30세 영국 옥스퍼드 대학교 세인트크로스 칼리지에서 교환학생으로 1년간 공부.

1971년 32세 「죽음에 이르기까지Ad Mavet」 발표, 12개 언어로 번역.

1973년 34세 『물결을 스치며, 바람을 스치며*Laga'at Ba-Mayim Laga'at Ba-Ruah*』 발표, 6개 언어로 번역. 제4차 중동 전쟁인 욤키푸르 전쟁에 참전, 골란 고원 전투 참가.

1974년 35세 선집『어떤 사람들*Anashim Aherim*』 발표.

1975년 36세 닐리와 결혼, 2녀 1남의 아버지가 됨.『나의 미카엘』이 단 울만에 의해 영화로 제작되어 세계 여러 곳에서 상영됨.

1975~1976년 36~37세 예루살렘 히브리 대학교 거주 작가.

1976년 37세 「악한 음모의 언덕Har Ha-Etzah Ha-Ra'ah」 발표, 9개 언어로 번역. 이스라엘 브레너상 수상.

1977년 38세 이스라엘 평화 단체 〈Peace Now〉 결성의 창립 멤버 및 대표 대변인으로서 평화 운동에 적극 활동. 『숌히*Soumchi*』 발표, 19개 언어로 번역.

1978년 39세 『숌히』로 제브상 수상. 덴마크 한스 크리스찬 안데르센 메달 수상. 에세이『타오르는 불꽃 아래*Ba-Or Ha-Tchelet Ha-Azah*』 발표, 2개 언어로 번역.

1980년 41세 미국 캘리포니아 버클리 대학교 거주 작가.

1982년 43세 『완전한 평화*Menuhah Nechonah*』 발표, 9개 언어로 번역.

1983년 44세 에세이『이스라엘 땅에서*Po Ve-Sham Be-Eretz Israel*』 발표, 14개 언어로 번역.『완전한 평화』로 이스라엘 번스타인상 수상.

1984년 45세 프랑스 정부가 주는 예술과 작가 부문 훈장 수여.

1984~1985년 45~46세 미국 콜로라도 대학교 거주 작가 및 교환 교수.

1985년 46세 뉴욕 로터스 클럽이 주는 올해의 작가상 수상.

1986년 47세 어렵게 키부츠 훌다를 떠나기로 결정을 내리고, 자신의 아들의 천식 치료에 유리한, 건조한 유다 광야 한복판의 아라드 시로 이주. 이스라엘 비알릭상 수상.

1987년 48세 미국 보스턴 대학교 거주 작가 및 교환 교수. 에세이『레바논의 언덕*Mi-Mordot Lebanon*』발표, 4개 언어로 번역.『블랙박스*Kufsah Shorah*』발표, 25개 언어로 번역. 이스라엘 브엘세바 벤구리온 대학교 히브리 문학 교수로 임명.

1988년 49세 『블랙박스』로 프랑스 페미나상, 런던 윙게이트상 수상. 미국 신시내티와 예루살렘 히브리 유니온 칼리지에서 명예박사 학위 받음. 미국 매사추세츠 웨스턴 뉴잉글랜드 대학교에서 명예박사 학위 받음.

1989년 50세 『여자를 안다는 것*Lada'at ishah*』발표, 20개 언어로 번역. 스페인 바르셀로나 지중해 카탈란 학술원 회원으로 선임.

1990년 51세 예루살렘 히브리 대학교 거주 작가.

1991년 52세 히브리어 학술원 평생 회원으로 선임됨.『제3의 조건/피마*Ha-Matzav Ha-Shlishi*』발표, 17개 언어로 번역.

1992년 53세 에세이『이스라엘 국가의 상황 보고서*Bericht zur Lage des Staates Israel*』출간. 프랑크푸르트 도서전에서 독일 서적상 협회가 수여하는 평화상을 독일 대통령 바이체커로부터 받음. 텔아비브 대학교에서 명예박사 학위 받음.

1993년 54세 『숌히』로 독일에서 어린이 문학을 위한 루크상, 프랑스에서 어린이 문학을 위한 아모르상 수상. 아그논에 관한 에세이『하늘의 침묵*Shtikat Ha-Shamayim*』발표, 3개 언어로 번역됨. 이스라엘 브엘

세바 벤구리온 대학교 현대 히브리 문학 아그논 석좌 교수.

1994년 55세 『밤이라 부르지 마오 *Al Tagidi Layla*』 발표, 13개 언어로 번역. 모리스 스틸러 문학상 수상.

1995년 56세 『지하실의 표범 *Panter Ba-Martef*』 발표, 18개 언어로 번역.

1996년 57세 텔아비브 대학교 거주 작가. 문학 에세이집 『이야기는 시작된다 *Mathilim sipur*』 발표, 7개 언어로 번역.

1997년 58세 미국 프린스턴 대학교 거주 작가 및 교환 교수. 자크 시라크 프랑스 대통령으로부터 레지옹 도뇌르 기사의 십자가 훈장 받음. 『지하실의 표범』으로 스위스 블루 코브라상 수상.

1998년 59세 미국 브랜다이스 대학교에서 명예박사 학위 받음. 이스라엘 독립 50주년 기념 에세이집 『우리의 모든 희망 *Kol Ha-Tikvot*』 발표. 이스라엘 최고의 영예인 이스라엘 문학상 수상. 옥스퍼드 대학교 유럽 및 비교문학 교수. 『같은 바다 *Oto Ha-Yam*』 발표, 14개 언어로 번역됨.

1999년 60세 옥스퍼드 세인트안나 칼리지의 명예 회원으로 선출. 『나의 미카엘』이 베텔스만 국제 출판인 심사위원과 독자 클럽이 선정한 20세기 100대 소설에 선정. 또 중국 5대 외국 소설로 선정됨.

2001년 62세 미국 인디애나 대학교 교환 작가.

2002년 63세 『사랑과 어둠의 이야기 *Sipur Al Ahava Ve-Hosheh*』 발표, 8개 언어로 번역. 에세이집 『그러나 거기에는 두 개의 다른 전쟁이 있다 *Beetzem Esh Kan Shtei Milchamot*』 발표. 노르웨이 작가 연맹이 주는 표현의 자유상 수상. 폴란드 에큐메니칼 협의회가 주는 국제 관용(톨레랑스) 메달 수상. 독일 튀빙겐 대학교 교환 작가.

2003년 64세 『같은 바다』로 이스라엘 비조-프랑스상 수상. 독일 게슈베이스터 코른과 게르슈텐만상 수상. 이스라엘-팔레스타인 평화 운동 기구인 제네바 입회의 지도자로 활동.

2004년 65세 『사랑과 어둠의 이야기』로 프랑스 문화상 수상. 에세이

집 『그의 부족의 요술』 발표(폴란드어 판). 루마니아 작가 협회가 주는 오비디우스 문학과 평화상 수상. 『사랑과 어둠의 이야기』로 카탈로니아 국제상(사리 누세이베와 공동), 「디 벨트」 국제 문학상 수상. 밀라노 롬바르디아 평화상 수상.

2005년 66세 　우화 『숲의 가족 Suddenly in the depth of the forest』 발표. 『사랑과 어둠의 이야기』로 샌프란시스코 코렛 유대 책, 런던 윙게이트상 수상. 괴테 문화상 수상. 그리스 헬라 작가 회의 명예 회원으로 선출. 프랑스 예술과 문학 회의 지도자로 지명. 이스라엘의 일간지 「하아레츠」가 선정한 〈이스라엘 발전에 가장 영향을 끼친 10인〉에 이츠하크 라빈 등 정치인들과 더불어 작가로서는 유일하게 뽑힘.

2006년 67세 　예루살렘 아그논상 수상.

2007년 68세 　『삶과 죽음의 시 Rhyming Life and Death』 발표. 스페인 아스투리아스 왕자상 수상. 『사랑과 어둠의 이야기』가 이스라엘국 탄생 이후 가장 중요한 책 10권 중 하나로 선정됨.

2008년 69세 　독일 대통령 명예상, 하인리히 하이네상, 프리모 레비상, 단 다비드상 등을 수상.

2015년 76세 　제5회 박경리 문학상 수상.

열린책들 세계문학 083 여자를 안다는 것

옮긴이 최창모 연세대학교와 동 대학원에서 신학을 전공한 후, 예루살렘 히브리 대학교에서 신·구약 중간사(제2차 성전시대사)와 유대 묵시 문학, 유대-기독교 비교 연구를 하였다. 현재 건국대학교 히브리·중동학과 교수이며, 한국 중동학회 회장이다. 저서로는 『이스라엘사』, 『아그논 — 기적을 꿈꾸는 언어의 마술사』, 『돌멩이를 먹고 사는 사람들 — 작지만 큰 나라 이스라엘』, 『알고 싶은 성, 알아야 할 성』 등이 있으며, 역서로는 아모스 오즈의 『나의 미카엘』, 노먼 솔로몬의 『유대교란 무엇인가』, 『유월절 기도문』, 논문집 『고대 히브리어 연구』 등이 있다.

지은이 아모스 오즈 **옮긴이** 최창모 **발행인** 홍예빈·홍유진
발행처 주식회사 열린책들 **주소** 경기도 파주시 문발로 253 파주출판도시
전화 031-955-4000 **팩스** 031-955-4004 **홈페이지** www.openbooks.co.kr
Copyright (C) 최창모, 2001, *Printed in Korea*.
ISBN 978-89-329-1000-0 04890 **ISBN** 978-89-329-1499-2 (세트)
발행일 2001년 4월 25일 초판 1쇄 2006년 2월 25일 보급판 1쇄 2007년 3월 5일 보급판 2쇄 2009년 11월 30일 세계문학판 1쇄 2022년 2월 20일 세계문학판 2쇄

이 도서의 국립중앙도서관 출판예정도서목록(CIP)은 서지정보유통지원시스템 홈페이지(http://seoji.nl.go.kr)와 국가자료공동목록시스템(http://www.nl.go.kr/kolisnet)에서 이용하실 수 있습니다.(CIP제어번호:CIP2009003464)

열린책들 세계문학
Open Books World Literature

001 죄와 벌 전2권
표도르 도스또예프스끼 장편소설 | 홍대화 옮김 | 각 408, 512면
죄와 벌의 심리 과정을 따라가며 혁명 사상의 실제적 문제를 제시하는 명작
- 고려대학교 선정 〈교양 명저 60선〉
- 미국 대학 위원회 선정 SAT 추천 도서

003 최초의 인간
알베르 카뮈 장편소설 | 김화영 옮김 | 392면
20세기 문학의 정점을 이룬 알베르 카뮈 최후의 육성
- 1957년 노벨 문학상 수상 작가

004 소설 전2권
제임스 미치너 장편소설 | 윤희기 옮김 | 각 280, 368면
〈소설이란 무엇인가〉라는 주제를 작가, 편집자, 비평가, 독자의 입장에서 풀어 나간 작품
- 〈이달의 청소년도서〉 선정
- 한국 간행물 윤리 위원회 선정 〈청소년 권장 도서〉

006 개를 데리고 다니는 부인
안똔 체호프 소설선집 | 오종우 옮김 | 368면
삶의 진실과 인간의 참모습을 웃음과 울음으로 드러내는 위대한 작품
- 1993년 서울대학교 선정 〈동서 고전 200선〉
- 2002년 노벨 연구소가 선정한 〈세계문학 100선〉

007 우주 만화
이탈로 칼비노 단편집 | 김운찬 옮김 | 416면
25편 단편 속 신비로운 존재 〈크프우프크〉를 통해 환상적으로 창조되는 우스꽝스러운 우주

008 댈러웨이 부인
버지니아 울프 장편소설 | 최애리 옮김 | 296면
난해한 〈의식의 흐름〉 기법과 〈내적 독백〉을 시도한 영국 모더니즘 소설의 고전
- 2005년 『타임』지 선정 〈100대 영문 소설〉, 〈20세기 100선〉
- 2009년 『뉴스위크』 선정 〈세계 100대 명작〉

009 어머니
막심 고리끼 장편소설 | 최윤락 옮김 | 544면
혁명의 교과서이자 인간다운 삶의 권리를 일깨우는 영원한 고전
- 1912년 그리보예도프상
- 2006년 이고르 수히흐 교수 〈러시아 문학 20세기의 책 20권〉
- 서울대학교 권장 도서 100선

010 변신
프란츠 카프카 중단편집 | 홍성광 옮김 | 464면
어디에도 안주하지 못하는 인간의 모습을 초현실적으로 그려 낸 카프카의 주옥같은 단편들
- 서울대학교 권장 도서 100선

011 전도서에 바치는 장미
로저 젤라즈니 중단편집 | 김상훈 옮김 | 432면
신화와 SF의 융합, 흥미롭고 지적인 중단편 소설집

012 대위의 딸
알렉산드르 뿌쉬낀 장편소설 | 석영중 옮김 | 240면
역사적 대사건을 가정 소설과 연애 소설의 형식에 녹여 내어 조망한 산문 예술의 정점
- 2000년 한국 백상 출판 문화상 번역상

013 바다의 침묵
베르코르 소설선집 | 이상해 옮김 | 256면
전쟁과 이데올로기에 가려진 인간성에 대하여 고찰한 레지스탕스 문학의 백미

014 원수들, 사랑 이야기
아이작 싱어 장편소설 | 김진준 옮김 | 320면
유대인 학살에서 살아남은 네 남녀의 사랑과 상처를 그린 소설
- 1978년 노벨 문학상 수상 작가

015 백치 전2권
표도르 도스또예프스끼 장편소설 | 김근식 옮김 | 각 504, 528면
백치 미쉬낀을 통해 구현하는 완전한 아름다움과 순수한 인간의 형상
- 피터 박스올 〈죽기 전에 읽어야 할 1001권의 책〉

017 1984년
조지 오웰 장편소설 | 박경서 옮김 | 392면
감시하고 통제하는 전체주의의 권력 앞에 무력해지는 인간의 삶
- 2009년 『뉴스위크』 선정 〈세계 100대 명작〉
- 『타임』지가 뽑은 〈20세기 100선〉

019 이상한 나라의 앨리스
루이스 캐럴 환상동화 | 머빈 피크 그림 | 최용준 옮김 | 336면
시공을 초월하며 상상력과 호기심의 한계를 허무는 루이스 캐럴의 환상 동화
- 2003년 BBC 〈영국인들이 가장 사랑하는 소설 100편〉
- 2004년 〈한국 문인이 선호하는 세계 명작 소설 100선〉

020 베네치아에서의 죽음
토마스 만 중단편집 | 홍성광 옮김 | 432면
삶과 죽음, 예술과 일상이라는 양극의 주제를 다룬 걸작
- 1929년 노벨 문학상 수상 작가
- 피터 박스올 《죽기 전에 읽어야 할 1001권의 책》

021 그리스인 조르바
니코스 카잔차키스 장편소설 | 이윤기 옮김 | 488면
카잔차키스가 그려 낸 자유인 조르바의 영혼의 투쟁
- 2002년 노벨 연구소가 선정한 《세계문학 100선》
- 2004년 《한국 문인이 선호하는 세계 명작 소설 100선》
- 2005년 동아일보 선정 《21세기 신고전 50선》
- 피터 박스올 《죽기 전에 읽어야 할 1001권의 책》

022 벚꽃 동산
안똔 체호프 희곡선집 | 오종우 옮김 | 336면
거창한 사상보다는 삶의 사소함을 객관적인 문체로 그린, 가장 완숙한 체호프의 작품
- 2006년 이고르 수히흐 교수 《러시아 문학 20세기의 책 20권》
- 미국 대학 위원회 선정 SAT 추천 도서
- 서울대학교 권장 도서 100선

023 연애 소설 읽는 노인
루이스 세풀베다 장편소설 | 정창 옮김 | 192면
담백하고 섬세한 문체와 간결한 내용에 인간의 탐욕과 자연의 거대함을 담은 환경 소설
- 1989년 티그레 후안상
- 1998년 전 세계 베스트셀러 8위

024 젊은 사자들 전2권
어윈 쇼 장편소설 | 정영문 옮김 | 각 416, 408면
인간의 어리석음, 광기, 우스꽝스러움을 탁월하게 포착한 전쟁 소설이자 심리 소설
- 1945년 오 헨리 문학상
- 1970년 플레이보이상

026 젊은 베르테르의 슬픔
요한 볼프강 폰 괴테 장편소설 | 김인순 옮김 | 240면
사랑의 열병을 앓는 전 세계 젊은이들의 영혼을 울린 감성 문학의 고전
- 2003년 크리스티아네 취른트 《사람이 읽어야 할 모든 것 책》
- 피터 박스올 《죽기 전에 읽어야 할 1001권의 책》

027 시라노
에드몽 로스탕 희곡 | 이상해 옮김 | 256면
명랑한 영웅주의, 감미로운 연애 감정, 기발하고 화려한 시구들이 돋보이는 명작
- 미국 대학 위원회 선정 SAT 추천 도서

028 전망 좋은 방
E. M. 포스터 장편소설 | 고정아 옮김 | 352면
영국 사회의 계층 간 갈등과 가치관의 충돌을 날카롭게 포착한 걸작
- 1998년 랜덤하우스 모던 라이브러리 선정 《최고의 영문 소설 100》
- 피터 박스올 《죽기 전에 읽어야 할 1001권의 책》

029 까라마조프 씨네 형제들 전3권
표도르 도스또예프스끼 장편소설 | 이대우 옮김 | 각 496, 496, 460면
많은 인물군과 에피소드를 통해 심오한 사상과 예술적 깊이를 보여 주는 도스또예프스끼 40년 창작의 결산
- 국립중앙도서관 선정 청소년 권장 도서 50선
- 서울대학교 권장 도서 100선
- 서머싯 몸 선정 세계 10대 소설

032 프랑스 중위의 여자 전2권
존 파울즈 장편소설 | 김석희 옮김 | 각 344면
자유에 대한 정열이 고갈된 20세기에 대한 탁월한 우화
- 1969년 실버펜상
- 2005년 『타임』지 선정 《100대 영문 소설》

034 소립자
미셸 우엘벡 장편소설 | 이세욱 옮김 | 448면
성(性) 풍속의 변천 과정을 중심으로 전개되는 두 형제의 쓸쓸한 삶을 다룬 작품
- 1998년 『타임스 리터러리 서플러먼트』 선정 《올해의 책》
- 2002년 국제 IMPAC 더블린 문학상
- 1998년 『리르』 선정 《올해 최고의 책》

035 영혼의 자서전 전2권
니코스 카잔차키스 자서전 | 안정효 옮김 | 각 352, 408면
카잔차키스 자신의 삶의 여정을 아름답게 묘사한 자전적 소설

037 우리들
예브게니 자먀찐 장편소설 | 석영중 옮김 | 320면
인간이 인간일 수 있음을 방해하는 모든 제도를 거부하는, 디스토피아 소설의 효시
- 2006년 이고르 수히흐 교수 《러시아 문학 20세기의 책 20권》
- 피터 박스올 《죽기 전에 읽어야 할 1001권의 책》

038 뉴욕 3부작
폴 오스터 장편소설 | 황보석 옮김 | 480면
추리 소설의 형식을 빌려 장르의 관습을 뒤엎어 버린, 가장 미국적인 소설
- 피터 박스올 《죽기 전에 읽어야 할 1001권의 책》

039 닥터 지바고 전2권
보리스 빠스쩨르나끄 장편소설 | 박형규 옮김 | 각 400, 512면

장엄한 시대의 증언으로 러시아 문학의 지평을 넓힌 해빙기 문학의 정수
- 1958년 노벨 문학상
- 미국 대학 위원회 선정 SAT 추천 도서
- 『타임』지가 뽑은 〈20세기 100선〉

041 고리오 영감
오노레 드 발자크 장편소설 | 임희근 옮김 | 456면

〈인간 희극〉 시리즈의 으뜸으로, 이후 방대한 소설 세계를 열어 주는 발자크의 대표작
- 2002년 노벨 연구소가 선정한 〈세계문학 100선〉
- 연세대학교 권장 도서 200권

042 뿌리 전2권
알렉스 헤일리 장편소설 | 안정효 옮김 | 각 400, 448면

10여 년간의 철저한 자료 조사로 재구성된 르포르타주 문학의 걸작
- 1977년 퓰리처상
- 1977년 전미 도서상
- 2004년 〈한국 문인이 선호하는 세계 명작 소설 100선〉
- 2005년 헨리 포드사 선정 〈75년간 미국을 뒤바꾼 75가지〉

044 백년보다 긴 하루
친기즈 아이뜨마또프 장편소설 | 황보석 옮김 | 560면

꿈꾸는 듯한 현실과 현실 같은 상상이 절묘하게 어우러진 소비에트 문화권 최고의 스테디셀러
- 1983년 소비에트 문학상
- 1994년 오스트리아 유럽 문학상

045 최후의 세계
크리스토프 란스마이어 장편소설 | 장희권 옮김 | 264면

신화적 인물과 모티프를 현대적 관심사들과 결합시킨 지적 신화 소설
- 1988년 프랑크푸르트 도서전 선정 〈올해의 책〉
- 1988년 안톤 빌트간스상
- 1992년 독일 바이에른 주 학술원 대문학상
- 피터 박스올 〈죽기 전에 읽어야 할 1001권의 책〉

046 추운 나라에서 돌아온 스파이
존 르카레 장편소설 | 김석희 옮김 | 368면

20세기 냉전이 낳은 존 르카레 최고의 스릴러
- 1963년 서머싯 몸상
- 1963년 영국 추리작가 협회상
- 1963년 미국 추리작가 협회상
- 2005년 『타임』지 선정 〈100대 영문 소설〉

047 산도칸 – 몸프라쳄의 호랑이
에밀리오 살가리 장편소설 | 유향란 옮김 | 428면

말레이시아 해를 배경으로 펼쳐지는 해적 산도칸과 그의 친구 야녜스의 활약상
- 피터 박스올 〈죽기 전에 읽어야 할 1001권의 책〉

048 기적의 시대
보리슬라프 페키치 장편소설 | 이윤기 옮김 | 560면

예수가 행한 기적의 이면을 인간의 입장에서 조명한 기막힌 패러디
- 1965년 유고슬라비아 문학상

049 그리고 죽음
짐 크레이스 장편소설 | 김석희 옮김 | 224면

성장과 소멸, 삶과 죽음이 자연과 인간에게 주는 의미를 성찰하게 하는 걸작
- 1999년 전미 비평가 협회상
- 1999년 『가디언』 선정 〈올해의 책〉

050 세설 전2권
다니자키 준이치로 장편소설 | 송태욱 옮김 | 각 480면

몰락한 오사카 상류층의 네 자매의 결혼 이야기를 통해 당시의 풍속을 잔잔하게 그린 작품

052 세상이 끝날 때까지 아직 10억 년
스뜨루가츠끼 형제 장편소설 | 석영중 옮김 | 224면

반유토피아 문학의 전통을 계승한 정치 풍자로 판금 조치를 당하기도 한 문제작
- 1988년 〈이달의 청소년 도서〉 선정

053 동물 농장
조지 오웰 장편소설 | 박경서 옮김 | 208면

스딸린 통치의 역사를 동물 우화에 빗댄 정치 알레고리 소설의 고전
- 2008년 영국 플레이닷컴 선정 〈역사상 가장 위대한 소설 10〉
- 2009년 『뉴스위크』 선정 〈세계 100대 명저〉

054 캉디드 혹은 낙관주의
볼테르 장편소설 | 이봉지 옮김 | 232면

해학과 풍자를 통해 작가 자신의 철학을 고스란히 담아 낸 철학적 콩트의 정수
- 1993년 서울대학교 선정 〈동서 고전 200선〉
- 미국 대학 위원회 선정 SAT 추천 도서

055 도적 떼
프리드리히 폰 실러 희곡 | 김인순 옮김 | 264면

〈형제의 반목〉이라는 모티프를 이용하여 자유와 반항을 설득력 있게 묘사한 비극
- 1993년 서울대학교 선정 〈동서 고전 200선〉
- 고려대학교 선정 〈교양 명저 60선〉

056 플로베르의 앵무새
줄리언 반스 장편소설 | 신재실 옮김 | 320면

예술 작품을 둘러싸고 벌어지는 인간 사회의 다양한 양상을 날카롭게 통찰한 작품
- 1986년 메디치상
- 1986년 E. M. 포스터상
- 1987년 구텐베르크상

057 악령 전3권
표도르 도스또예프스끼 장편소설 | 박혜경 옮김 | 각 328, 408, 528면

실제 사건에 심리적, 형이상학적 색채를 가미한 위대한 비극
- 1966년 동아일보 선정 〈한국 명사들의 추천 도서〉
- 피터 박스올 〈죽기 전에 읽어야 할 1001권의 책〉

060 의심스러운 싸움
존 스타인벡 장편소설 | 윤희기 옮김 | 340면

1930년대 대공황기 캘리포니아 농장 지대의 파업을 극적으로 그린 소설
- 1937년 캘리포니아 커먼웰스 클럽 금상
- 1962년 노벨 문학상 수상 작가

061 몽유병자들 전2권
헤르만 브로흐 장편소설 | 김경연 옮김 | 각 568, 544면

현대 문명의 병폐와 가치의 붕괴를 상징적, 비판적으로 해석한 박물 소설이자 모든 문학적 표현 수단의 총체

063 몰타의 매
대실 해밋 장편소설 | 고정아 옮김 | 304면

하드보일드 소설의 창시자 대실 해밋의 세계 최초 탐정 소설
- 2009년 〈뉴스위크〉 선정 〈세계 100대 명자〉
- 뉴욕 추리 전문 서점 블랙 오키드 선정 〈최고의 추리 소설 10〉

064 마야꼬프스끼 선집
블라지미르 마야꼬프스끼 선집 | 석영중 옮김 | 384면

20세기 러시아의 위대한 혁명 시인 마야꼬프스끼의 대표적인 시와 산문 모음집

065 드라큘라 전2권
브램 스토커 장편소설 | 이세욱 옮김 | 각 340, 344면

공포와 성(性)을 결합시킨 환상 문학의 고전
- 2003년 크리스티아네 취른트 〈사람이 읽어야 할 모든 것 책〉
- 피터 박스올 〈죽기 전에 읽어야 할 1001권의 책〉

067 서부 전선 이상 없다
에리히 마리아 레마르크 장편소설 | 홍성광 옮김 | 336면

지극히 평범한 한 인간을 통해 전쟁의 본질을 보여 주는, 가장 위대한 전쟁 소설
- 미국 대학 위원회 선정 SAT 추천 도서
- 『타임』지가 뽑은 〈20세기 100선〉
- 피터 박스올 〈죽기 전에 읽어야 할 1001권의 책〉

068 적과 흑 전2권
스탕달 장편소설 | 임미경 옮김 | 각 432, 368면

〈출세〉를 향한 젊은이의 성공과 좌절을 통해 부조리한 사회 구조를 고발한 작품
- 2002년 노벨 연구가 선정한 〈세계문학 100선〉
- 국립중앙도서관 선정 청소년 권장 도서 50선
- 서울대학교 권장 도서 100선

070 지상에서 영원으로 전3권
제임스 존스 장편소설 | 이종인 옮김 | 각 396, 380, 496면

제2차 세계 대전을 배경으로 두 쌍의 연인을 통해 하와이 주둔 미군 부대의 실상을 폭로한 자연주의 소설
- 1952년 전미 도서상
- 1998년 랜덤하우스 모던 라이브러리 선정 〈최고의 영문 소설 100〉

073 파우스트
요한 볼프강 폰 괴테 희곡 | 김인순 옮김 | 568면

진리를 찾는 파우스트를 통해 인간사의 모든 문제를 상징적으로 표현한 고전 중의 고전
- 2002년 노벨 연구가 선정한 〈세계문학 100선〉
- 2003년 국립중앙도서관 선정 〈고전 100선〉
- 미국 대학 위원회 선정 SAT 추천 도서
- 서울대학교 권장 도서 100선
- 『뉴스위크』 선정 〈세상을 움직인 100권의 책〉

074 쾌걸 조로
존스턴 매컬리 장편소설 | 김훈 옮김 | 316면

마스크 뒤에 정체를 감추고 폭압에 맞서 싸우는 쾌걸 조로의 가슴 시원한 활약

075 거장과 마르가리따 전2권
미하일 불가꼬프 장편소설 | 홍대화 옮김 | 각 364, 328면

스딸린 치하의 소비에트 사회를 풍자하는 서늘한 공포와 유쾌한 웃음의 묘미
- 2006년 이고르 수히흐 교수 〈러시아 문학 20세기의 책 20권〉
- 피터 박스올 〈죽기 전에 읽어야 할 1001권의 책〉

077 순수의 시대
이디스 워튼 장편소설 | 고정아 옮김 | 448면

사랑과 결혼의 의미를 찾는 세 남녀의 이야기를 세밀하게 그려 낸 연애 소설의 고전
- 1998년 랜덤하우스 모던 라이브러리 선정 〈최고의 영문 소설 100〉
- 2009년 〈뉴스위크〉 선정 〈세계 100대 명자〉

078 검의 대가
아르투로 페레스 레베르테 장편소설 | 김수진 옮김 | 384면

1868년 마드리드, 역사적인 음모와 계략 그리고 화려한 검술이 엮어 내는 지적 미스터리
- 1993년 『리르』지 선정 〈10대 외국 소설가〉
- 1997년 코레마 그룹상
- 2000년 〈뉴욕 타임스〉 선정 〈올해의 포켓북〉

079 예브게니 오네긴
알렉산드르 뿌쉬낀 운문소설 | 석영중 옮김 | 328면

패러디의 소설이자 소설의 패러디, 러시아가 낳은 위대한 시인 뿌쉬낀의 장편 운문 소설
- 고려대학교 선정 〈교양 명저 60선〉
- 연세대학교 권장 도서 200권

080 장미의 이름 전2권
움베르토 에코 장편소설 | 이윤기 옮김 | 각 440, 448면
에코의 해박한 인류학적 지식과 기호학 이론이 녹아 있는 중세 추리 소설
- 1981년 스트레가상
- 1982년 메디치상
- 『타임』지가 뽑은 〈20세기 100선〉

082 향수
파트리크 쥐스킨트 장편소설 | 강명순 옮김 | 384면
지상 최고의 향수를 만들려는 한 악마적 천재의 기상천외한 이야기
- 2003년 BBC 「빅리드」 조사 〈영국인들이 가장 사랑하는 소설 100편〉
- 2008년 서울대학교 대출 도서 순위 20

083 여자를 안다는 것
아모스 오즈 장편소설 | 최창모 옮김 | 280면
현대 히브리 문학의 대표적 작가이자 평화 운동가인 아모스 오즈의 대표작

084 나는 고양이로소이다
나쓰메 소세키 장편소설 | 김난주 옮김 | 544면
고양이의 눈에 비친 인간들의 우스꽝스럽고도 서글픈 초상

085 웃는 남자 전2권
빅토르 위고 장편소설 | 이형식 옮김 | 각 472, 496면
17세기 영국 사회에 대한 묘사와 역사에 대한 통찰력이 돋보이는 위고의 최고 걸작

087 아웃 오브 아프리카
카렌 블릭센 장편소설 | 민승남 옮김 | 480면
아프리카에 바치는, 아프리카인과 나눈 사랑과 교감 그리고 우정과 깨달음의 기록
- 피터 박스올 〈죽기 전에 읽어야 할 1001권의 책〉

088 무엇을 할 것인가 전2권
니꼴라이 체르니셰프스끼 장편소설 | 서정록 옮김 | 각 360, 404면
젊은 지식인들에게 〈혁명의 교과서〉로 추앙받은 사회주의 이상 소설

090 도나 플로르와 그녀의 두 남편 전2권
조르지 아마두 장편소설 | 오숙은 옮김 | 각 408, 308면
브라질의 국민 작가 아마두의 관능적이고도 익살이 넘치는 대표작

092 미사고의 숲
로버트 홀드스톡 장편소설 | 김상훈 옮김 | 424면
신화의 원형과 〈숲〉으로 상징되는 집단 무의식의 본질을 유려한 문체로 형상화한 걸작
- 1985년 세계 환상 문학상 대상
- 2003년 프랑스 환상 문학상 특별상

093 신곡 전3권
단테 알리기에리 장편서사시 | 김운찬 옮김 | 각 292, 296, 328면
총 1만 4233행으로 기록된, 단테의 일주일 동안의 저승 여행 이야기
- 2009년 『뉴스위크』 선정 〈세계 100대 명작〉
- 서울대학교 권장 도서 100선

096 교수
샬럿 브론테 장편소설 | 배미영 옮김 | 368면
권위와 위선을 거부하고 자립해 가는 인간들의 모순된 내면 심리에 대한 탁월한 묘사

097 노름꾼
표도르 도스또예프스끼 장편소설 | 이재필 옮김 | 320면
잡지의 실패, 형과 아내의 죽음, 빚……. 파국으로 치닫는 악몽 같은 이야기로 승화한 작가의 회상

098 하워즈 엔드
E. M. 포스터 장편소설 | 고정아 옮김 | 512면
정교한 플롯과 다채로운 인물 묘사가 돋보이는 E. M. 포스터의 역작
- 1998년 랜덤하우스 모던 라이브러리 선정 〈최고의 영문 소설 100〉
- 2004년 〈한국 문인이 선호하는 세계 명작 소설 100선〉

099 최후의 유혹 전2권
니코스 카잔차키스 장편소설 | 안정효 옮김 | 각 408면
예수뿐 아니라 그의 주변 인물들에게까지 생생한 살과 영혼을 부여한 소설
- 피터 박스올 〈죽기 전에 읽어야 할 1001권의 책〉

101 키리냐가
마이크 레스닉 장편소설 | 최용준 옮김 | 464면
모든 문제에 대한 해답이 존재했던, 잃어버린 유토피아에 관한 우화
- 1989년 휴고상

102 바스커빌가의 개
아서 코넌 도일 장편소설 | 조영학 옮김 | 264면
가장 매력적인 탐정 〈셜록 홈스〉를 창조해 낸 코넌 도일 최고의 장편소설
- 『히치콕 매거진』 선정 〈세계 10대 추리 소설〉
- 피터 박스올 〈죽기 전에 읽어야 할 1001권의 책〉

103 버마 시절
조지 오웰 장편소설 | 박경서 옮김 | 408면
〈인도 제국주의 경찰〉이라는 실제 경험을 바탕으로 완성한 조지 오웰의 첫 장편, 그 식민지의 기록

104 10 1/2장으로 쓴 세계 역사
줄리언 반스 장편소설 | 신재실 옮김 | 464면
패러디, 다큐멘터리, 에세이 등 다양한 형식을 통한 세계 역사의 포스트모더니즘적 전복

105 죽음의 집의 기록
표도르 도스또예프스끼 장편소설 | 이덕형 옮김 | 528면

도스또예프스끼의 실제 경험이 가장 많이 반영된 다큐멘터리적 소설
- 1955년 시카고 대학 그레이트 북스
- 피터 박스올 《죽기 전에 읽어야 할 1001권의 책》

106 소유 전2권
수전 바이어트 장편소설 | 윤희기 옮김 | 각 440, 488면

우연히 발견된 편지의 비밀을 좇으며 알아 가는 빅토리아 시대의 사랑, 그리고 현실의 사랑
- 1990년 부커상
- 1990년 영국 최고 영예 지도자상인 커맨더(CBE) 훈장
- 2005년 『타임』지 선정 《100대 영문 소설》

108 미성년 전2권
표도르 도스또예프스끼 장편소설 | 이상룡 옮김 | 각 512, 544면

불행한 운명을 타고난 한 청년이 이상과 현실 사이에서 방황하는 모습을 그린 성장 소설

110 성 앙투안느의 유혹
귀스타브 플로베르 희곡소설 | 김용은 옮김 | 584면

《낭만주의적 구도자》 귀스타브 플로베르가 스스로 밝힌 《평생의 작품》

111 밤으로의 긴 여로
유진 오닐 희곡 | 강유나 옮김 | 240면

치솟는 애증과 한없는 연민의 다른 이름, 《가족》에 대한 유진 오닐의 자전적 고백
- 1936년 노벨 문학상 수상 작가
- 1957년 퓰리처상
- 미국 대학 위원회 선정 SAT 추천 도서
- 『타임』지가 뽑은 《20세기 100선》

112 마법사 전2권
존 파울즈 장편소설 | 정영문 옮김 | 각 512, 552면

중층적 책략과 거미줄처럼 깔린 복선, 다양한 상징이 어우러진 거대한 환상의 숲
- 2003년 BBC 「빅리드」 조사 《영국인들이 가장 사랑하는 소설 100편》
- 『타임』지 선정 《100대 영문 소설》

114 스쩨빤치꼬보 마을 사람들
표도르 도스또예프스끼 장편소설 | 변현태 옮김 | 416면

작가의 시베리아 유형 직후에 발표된 작품. 유쾌한 희극적 기법과 언어의 기막힌 패러디

115 플랑드르 거장의 그림
아르투로 페레스 레베르테 장편소설 | 정창 옮김 | 512면

그림에 감추어진 문장으로 과거를 추적해 가는 미스터리이자 역사 추리 소설
- 1993년 프랑스 추리 소설 대상
- 1993년 『리르』지 선정 《10대 외국인 소설가》

116 분신
표도르 도스또예프스끼 장편소설 | 석영중 옮김 | 288면

《의식의 분열》이라는 도스또예프스끼 창작의 가장 중요한 테마를 예고한 작품

117 가난한 사람들
표도르 도스또예프스끼 장편소설 | 석영중 옮김 | 256면

보잘것없는 하급 관리와 욕심 많은 지주의 아내가 되는 가엾은 처녀가 주고받은 편지

118 인형의 집
헨리크 입센 희곡 | 김창화 옮김 | 272면

누군가의 아내 혹은 어머니가 아닌, 한 《인간》으로서의 여성의 깨달음을 그린 화제작
- 미국 대학 위원회 선정 SAT 추천 도서
- 『뉴스위크』 선정 《세상을 움직인 100권의 책》

119 영원한 남편
표도르 도스또예프스끼 장편소설 | 정명자 외 옮김 | 448면

도스또예프스끼의 심화된 예술 세계를 보여 주는 단편 모음집

120 알코올
기욤 아폴리네르 시집 | 황현산 옮김 | 352면

파격적인 시풍과 유려한 내재율을 자랑하는 기욤 아폴리네르의 첫 시집

121 지하로부터의 수기
표도르 도스또예프스끼 장편소설 | 계동준 옮김 | 256면

선악의 충돌, 환경과 윤리의 갈등, 인간의 번민과 그리스도를 통한 구원에 관한 이야기들

122 어느 작가의 오후
페터 한트케 중편소설 | 홍성광 옮김 | 160면

세계적 작가 페터 한트케가 소설의 형식으로 써 내려간 독특한 《작가론》, 한트케식 글쓰기의 표본

123 아저씨의 꿈
표도르 도스또예프스끼 장편소설 | 박종소 옮김 | 312면

과장의 기법과 희화적 색채를 드러낸 도스또예프스끼의 풍자 드라마 혹은 사회 비판적 소설

124 네또츠까 네즈바노바
표도르 도스또예프스끼 장편소설 | 박재만 옮김 | 316면

네또츠까 네즈바노바라는 한 여성의 일대기를 다룬 도스또예프스끼 최초의 장편이자 미완성작

125 곤두박질
마이클 프레인 장편소설 | 최용준 옮김 | 528면

해박한 미술사적 지식을 토대로 한 예술 소설이자 역사적 배경 속에서 벌어지는 사회심리 코미디
- 1999년 『타임스 리터러리 서플러먼트』 선정 《올해의 책》
- 1999년 휫브레드상

126 백야 외
표도르 도스또예프스끼 소설선집 | 석영중 외 옮김 | 408면
도스또예프스끼의 유토피아적 사회주의 사상이 나타난 단편 모음으로, 뻬뜨로빠블로프스끄 감옥에 수감된 동안의 삶의 환희 등이 엿보이는 작품

127 살라미나의 병사들
하비에르 세르카스 장편소설 | 김창민 옮김 | 304면
1939년 프랑스 국경 숲 집단 총살에서 살아남은 작가이자 팔랑헤당의 핵심 멤버였던 산체스 마사스를 추적하는, 탐정 소설 형식을 띤 이야기
- 2001년 스페인 살람보상, 『케 레에르』지 독자상, 바르셀로나 시의 상
- 2004년 영국 「인디펜던트」 외국 소설상

128 뻬쩨르부르그 연대기 외
표도르 도스또예프스끼 소설선집 | 이항재 옮김 | 296면
새로운 테마와 방법으로 고심한 흔적이 나타나는, 당대 사회에 대한 날카로운 관찰자적 시각을 가지고 간결하고 세련된 문체를 사용한 작품

129 상처받은 사람들 전2권
표도르 도스또예프스끼 장편소설 | 윤우섭 옮김 | 각 296, 392면
19세기 중엽 뻬쩨르부르그 상류 사회의 이중적 삶과 하층민의 고통, 그로 인한 비극적 갈등과 모순을 그린 작품

131 악어 외
표도르 도스또예프스끼 소설선집 | 박혜경 외 옮김 | 312면
도스또예프스끼의 중기 단편, 점차 완숙해져 가는 작가의 예술적 · 사상적 세계관이 돋보이는 작품

132 허클베리 핀의 모험
마크 트웨인 장편소설 | 윤교찬 옮김 | 416면
모험 소설의 대가, 미국의 셰익스피어라 불리는 마크 트웨인의 대표작
- 미국 대학 위원회 선정 SAT 추천 도서
- 서울대학교 권장 도서 100선

133 부활 전2권
레프 톨스토이 장편소설 | 이대우 옮김 | 각 308, 416면
톨스토이의 세계관이 담긴 거대한 사상서, 끝없는 용서와 사랑으로 부활하는 인간성에 대한 이야기
- 2003년 국립중앙도서관 선정 〈고전 100선〉
- 2004년 〈한국 문인이 선호하는 세계 명작 소설 100선〉

135 보물섬
로버트 루이스 스티븐슨 장편소설 | 최용준 옮김 | 360면
백 년이 넘게 전 세계 독자들의 사랑을 받아 온 해양 모험 소설의 고전
- 2003년 BBC 「빅리드」 조사 〈영국인들이 가장 사랑하는 소설 100편〉
- 미국 대학 위원회 선정 SAT 추천 도서

136 천일야화 전6권
앙투안 갈랑 | 임호경 옮김 | 각 336, 328, 372, 392, 344, 320면
마법과 흥미진진한 모험 속에서 아랍의 문화와 관습은 물론 아랍인들의 세계관과 기질을 재미있게 전하는 앙투안 갈랑의 〈천일야화〉 완역판
- 2003년 국립중앙도서관 선정 〈고전 100선〉

142 아버지와 아들
이반 뚜르게네프 장편소설 | 이상원 옮김 | 328면
격변기 러시아의 세대 갈등, 〈보수〉와 〈진보〉가 대립하는 시대상을 묘사하여 논쟁을 불러일으킨 작품
- 1993년 서울대학교 선정 〈동서 고전 200선〉
- 미국 대학 위원회 선정 SAT 추천 도서

143 오만과 편견
제인 오스틴 장편소설 | 원유경 옮김 | 480면
오만과 편견에서 비롯된 모든 갈등과 모순은 결혼으로 해결된다. 셰익스피어에 버금가는 작가 제인 오스틴의 대표작
- 1954년 서머싯 몸이 추천한 세계 10대 소설
- 2002년 노벨 연구소가 선정한 〈세계 문학 100선〉
- 미국 대학 위원회 선정 SAT 추천 도서

144 천로 역정
존 버니언 우화소설 | 이동일 옮김 | 432면
좁은 문을 지나 천국에 이르는 순례자의 여정. 침례교 설교자 존 버니언의 대표작인 종교적 우화소설
- 1945년 호레이스 십 선정 〈세계를 움직인 책 10권〉
- 2003년 국립중앙도서관 선정 〈고전 100선〉
- 2004년 〈한국 문인이 선호하는 세계 명작 소설 100선〉

145 대주교에게 죽음이 오다
윌라 캐더 장편소설 | 윤명옥 옮김 | 352면
웅대한 자연환경과 함께 뉴멕시코 선교사들의 삶을 그린, 퓰리처상 수상 작가 윌라 캐더의 아름다운 신화적 소설
- 2005년 「타임」지 선정 〈100대 영문 소설〉
- 2009년 「뉴스위크」 선정 〈세계 100대 명저〉
- 미국 대학 위원회 선정 SAT 추천 도서

146 권력과 영광
그레이엄 그린 장편소설 | 김연수 옮김 | 384면
군사 혁명 시절의 멕시코, 범법자이자 도망자를 자처한 어느 사제의 이야기. 불구가 된 세상이 신의 대리인에게 내리는 가혹한 형벌, 혹은 놀라운 축복!
- 2005년 「타임」지 선정 〈100대 영문 소설〉

147 80일간의 세계 일주
쥘 베른 장편소설 | 고정아 옮김 | 352면
공상 과학 소설의 고전. 지금까지 전 세계에 가장 많은 번역 작품을 남긴 쥘 베른. 그가 그려 낸 80일 동안의 세계 일주
- 미국 대학 위원회 선정 SAT 추천 도서

148 바람과 함께 사라지다 전3권
마거릿 미첼 장편소설 | 안정효 옮김 | 각 616, 640, 640면

미국 문학사상 최고의 이야기꾼 마거릿 미첼의 대표작. 전쟁의 폐허 속에서 살아가는 여성의 이야기
- 1937년 퓰리처상
- 2009년 『뉴스위크』 선정 〈세계 100대 명저〉

151 기탄잘리
라빈드라나트 타고르 시집 | 장경렬 옮김 | 224면

먼 곳을 가깝게 하고 낯선 이를 형제로 만드는 타고르 시의 힘. 나그네, 연인…… 〈님〉을 그리는 가난한 마음이 바치는 노래의 화환
- 1913년 노벨 문학상
- 2003년 국립중앙도서관 선정 〈고전 100선〉

152 도리언 그레이의 초상
오스카 와일드 장편소설 | 윤희기 옮김 | 384면

예술과 삶의 관계를 해명한 오스카 와일드의 유일한 장편소설
- 1996년 동아일보 선정 〈한국 명사들의 추천 도서〉
- 미국 대학 위원회 선정 SAT 추천 도서

153 레우코와의 대화
체사레 파베세 희곡소설 | 김운찬 옮김 | 280면

이탈리아 신사실주의 문학을 대표하는 파베세의 급진적인 신화 해석

154 햄릿
윌리엄 셰익스피어 희곡 | 박우수 옮김 | 256면

삶과 죽음, 도덕과 양심, 의지와 운명 등 다양한 문제를 동반한 존재 탐구의 여정
- 2002년 노벨 연구소가 선정한 〈세계문학 100선〉
- 미국 대학 위원회 선정 SAT 추천 도서

155 맥베스
윌리엄 셰익스피어 희곡 | 권오숙 옮김 | 176면

모순과 역설을 통해 인간 내면의 온갖 가치 충돌을 그려 낸, 셰익스피어 4대 비극의 마지막 작품
- 2002년 노벨 연구소가 선정한 〈세계문학 100선〉
- 미국 대학 위원회 선정 SAT 추천 도서

156 아들과 연인 전2권
D. H. 로런스 장편소설 | 최희섭 옮김 | 각 464, 432면

19세기 말에서 20세기 초 영국 사회 하층 계급의 삶을 생생하게 묘사한 로런스의 자전적 소설
- 2002년 노벨 연구소가 선정한 〈세계문학 100선〉
- 2009년 『뉴스위크』 선정 〈세계 100대 명저〉

158 그리고 아무 말도 하지 않았다
하인리히 뵐 장편소설 | 홍성광 옮김 | 272면

〈전후 독일에서 쓰인 최고의 책〉이라고 극찬받은 작품. 섬세하게 묘사된 전후의 내면 풍경
- 1972년 노벨 문학상 수상 작가

159 미덕의 불운
싸드 장편소설 | 이형식 옮김 | 248면

신앙 깊고 정숙한 미덕의 화신 쥐스띤느에게 가해지는 잔혹한 운명. 〈싸디즘〉의 유래가 된 문제작

160 프랑켄슈타인
메리 W. 셸리 장편소설 | 오숙은 옮김 | 320면

공포 소설, 공상 과학 소설의 고전. 과학의 발전과 실험이 불러올지도 모를 끔찍한 재앙에 대한 경고
- 2009년 『뉴스위크』 선정 〈세계 100대 명저〉
- 미국 대학 위원회 선정 SAT 추천 도서

161 위대한 개츠비
프랜시스 스콧 피츠제럴드 장편소설 | 한애경 옮김 | 280면

개츠비, 닉, 톰이라는 세 캐릭터를 통해 시대적 불안을 뛰어나게 묘사한 고전
- 2005년 『타임』지 선정 〈100대 영문 소설〉
- 미국 대학 위원회 선정 SAT 추천 도서

162 아Q정전
루쉰 중단편집 | 김태성 옮김 | 320면

현대 중국의 문학과 인문 정신의 출발을 상징하는 루쉰의 소설집
- 1996년 『뉴욕 타임스』 선정 〈20세기에 가장 큰 영향을 끼친 그레이트 북스〉

163 로빈슨 크루소
대니얼 디포 장편소설 | 류경희 옮김 | 456면

최초의 본격 소설이자 근대 소설의 효시. 국적과 시대와 세대를 불문한 여행기 문학의 대표작
- 2003년 국립중앙도서관 선정 〈고전 100선〉
- 미국 대학 위원회 선정 SAT 추천 도서

164 타임머신
허버트 조지 웰스 소설선집 | 김석희 옮김 | 304면

SF의 거인 허버트 조지 웰스가 그려 낸 인류의 미래 그 잔혹한 기적
- 2003년 크리스티아네 취르트 〈사람이 읽어야 할 모든 것 책〉
- 피터 박스올 〈죽기 전에 읽어야 할 1001권의 책〉

165 제인 에어 전2권
샬럿 브론테 장편소설 | 이미선 옮김 | 각 392, 384면

가난한 고아 가정 교사 제인 에어와 부유하지만 불행한 로체스터의 사랑을 주제로 한 연애 소설
- 미국 대학 위원회 선정 SAT 추천 도서
- 피터 박스올 〈죽기 전에 읽어야 할 1001권의 책〉

167 풀잎
월트 휘트먼 시집 | 허현숙 옮김 | 280면

자유시의 선구자 월트 휘트먼. 40년간 수정과 증보를 거듭한 시집 『풀잎』의 초판 완역본
- 2002년 노벨 연구소가 선정한 〈세계문학 100선〉
- 2009년 『뉴스위크』 선정 〈세계 100대 명저〉

168 표류자들의 집
기예르모 로살레스 장편소설 | 최유정 옮김 | 216면
쿠바와 미국, 그 어느 땅에도 뿌리박기를 거부한 작가 기예르모 로살레스. 그가 생전에 남긴 단 한 권의 책
- 1987년 황금 문학상

169 배빗
싱클레어 루이스 장편소설 | 이종인 옮김 | 520면
일반 명사가 된 한 남자의 이야기. 미국의 중산 계급에 대한 풍자와 뛰어난 환경 묘사에 성공한 루이스의 최고 걸작!
- 1930년 노벨 문학상

170 이토록 긴 편지
마리아마 바 장편소설 | 백선희 옮김 | 192면
50대 여성 라마툴라이가 친구 아이사투에게 쓴 편지. 일부다처제를 둘러싼 두 여인의 고통과 선택, 새로운 삶에서의 번민을 담아낸 작품
- 1980년 노마상

171 느릅나무 아래 욕망
유진 오닐 희곡 | 손동호 옮김 | 168면
욕정과 물욕, 근친상간과 유아 살해. 욕망에서 비롯된 인간사 갈등의 극단점. 그러나 그 속에서도 아직 꺾이지 않는 사랑에 대한 이야기
- 1936년 노벨 문학상 수상 작가

172 이방인
알베르 카뮈 장편소설 | 김예령 옮김 | 208면
인간의 부조리를 성찰한 작가 알베르 카뮈의 처녀작. 죽음, 자유, 반항, 진실의 심연을 들여다본다
- 1957년 노벨 문학상 수상 작가
- 2002년 노벨 연구소가 선정한 〈세계 문학 100대 작품〉

173 미라마르
나기브 마푸즈 장편소설 | 허진 옮김 | 288면
아랍 문학계의 큰 별, 나기브 마푸즈가 파고든 두 차례의 혁명, 그 이후
- 1988년 노벨 문학상 수상 작가
- 피터 박스올 《죽기 전에 읽어야 할 1001권의 책》

174 지킬 박사와 하이드 씨
로버트 루이스 스티븐슨 소설선집 | 조영학 옮김 | 320면
인간 내면의 근원을 탐구한 탁월한 심리 묘사가 스티븐슨. 그가 선사하는 다섯 가지 기이한 이야기
- 2004년 〈한국 문인이 선호하는 세계 명작 소설 100선〉

175 루진
이반 뚜르게네프 장편소설 | 이항재 옮김 | 264면
한 〈잉여 인간〉의 삶과 죽음을 러시아 문단의 거인 뚜르게네프의 사실적 시선을 통해 엿본다

176 피그말리온
조지 버나드 쇼 희곡 | 김소임 옮김 | 256면
20세기 영국 사회의 허위와 모순에 대한 신랄한 풍자. 셰익스피어 이후 가장 위대한 극작가 조지 버나드 쇼의 대표작
- 1925년 노벨 문학상 수상 작가

177 목로주점 전2권
에밀 졸라 장편소설 | 유기환 옮김 | 각 336면
노동자의 언어로 쓰인 최초의 노동 소설. 19세기를 살아간 노동자의 고달픈 삶, 그 몰락의 연대기
- 피터 박스올 《죽기 전에 읽어야 할 1001권의 책》

179 엠마 전2권
제인 오스틴 장편소설 | 이미애 옮김 | 각 336, 360면
호기심과 오해가 빚어낸 사건들 속에서 완성되는 철부지 엠마의 좌충우돌 성장기
- 2007년 데보라 G. 펠터 《여성의 삶을 바꾼 책 50권》

181 비숍 살인 사건
S. S. 밴 다인 장편소설 | 최인자 옮김 | 464면
추리 소설의 황금시대를 장식한 S. S. 밴 다인의, 시와 문학을 접목시킨 연쇄 살인 사건

182 우신예찬
에라스무스 풍자문 | 김남우 옮김 | 296면
자유로운 세계주의자 에라스무스, 그의 눈에 비친 〈웃지 않을 수 없는〉 시대의 모습

183 하자르 사전
밀로라드 파비치 장편소설 | 신현철 옮김 | 488면
지중해에 실제로 존재했던 하자르 제국에 대한, 역사와 환상이 교묘하게 뒤섞인 역사 미스터리 사전 소설

184 테스 전2권
토머스 하디 장편소설 | 김문숙 옮김 | 각 392, 336면
옹졸한 인습 속에서도 강인한 생명력과 자연의 회복력을 지닌 순수한 대지의 딸 테스의 삶과 죽음
- 미국 대학 위원회 선정 SAT 추천 도서

186 투명 인간
허버트 조지 웰스 장편소설 | 김석희 옮김 | 288면
SF의 거장 허버트 조지 웰스의 빛나는 상상력. 보이지 않는 인간이 보여 주는, 소외된 인간의 고독
- 미국 대학 위원회 선정 SAT 추천 도서

187 93년 전2권
빅토르 위고 장편소설 | 이형식 옮김 | 각 288, 360면
프랑스 대혁명 당시 가장 치열했던 방데 전투의 종말. 그리고 그곳에서, 사상과 인간성 간의 전쟁이 다시 시작된다

189 젊은 예술가의 초상
제임스 조이스 장편소설 | 성은애 옮김 | 384면

20세기 가장 혁명적인 문학가 제임스 조이스의 자전적 소설. 감수성을 억압하는 사회를 거부하고 예술의 길을 택한 한 소년의 성장기

190 소네트집
윌리엄 셰익스피어 연작시집 | 박우수 옮김 | 200면

아름다운 언어로 사랑과 고통을 그려 낸 소네트 문학의 최고 걸작

- 2009년 『뉴스위크』 선정 〈세계 100대 명저〉

191 메뚜기의 날
너새니얼 웨스트 장편소설 | 김진준 옮김 | 280면

할리우드 뒷골목의 하류 인생들! 그들의 적나라한 모습에서 헛된 꿈에 부푼 인간들의 모습을 본다

- 2009년 『뉴스위크』 선정 〈세계 100대 명저〉

192 나사의 회전
헨리 제임스 중편소설 | 이승은 옮김 | 256면

모호한 암시와 뒤에 숨겨진 반전. 현대 심리 소설의 아버지 헨리 제임스의 대표작

- 미국 대학 위원회 선정 SAT 추천 도서
- 1955년 시카고 대학 〈그레이트 북스〉

193 오셀로
윌리엄 셰익스피어 희곡 | 권오숙 옮김 | 216면

인간의 사랑과 질투, 그리고 의심이라는 감정이 빚어내는 비극

194 소송
프란츠 카프카 장편소설 | 김재혁 옮김 | 376면

난데없는 소송과 운명적 소용돌이에 희생당하는 한 인간을 통해 카프카의 문학적 천재성을 본다

- 2002년 노벨 연구소가 선정한 〈세계 문학 100선〉
- 2005년 『타임』지 선정 〈100대 영문 소설〉

195 나의 안토니아
윌라 캐더 장편소설 | 전경자 옮김 | 368면

유토피아를 꿈꾸며 고향을 떠나온 이민자들의 삶. 황량한 초원에서 펼쳐진 그들의 아름다운 순간들

- 2007년 데보라 G. 펠터 〈여성의 삶을 바꾼 책 50권〉

196 자성록
마르쿠스 아우렐리우스 명상록 | 박민수 옮김 | 240면

로마 황제라는 화려함 뒤에 권력보다는 철학과 인간을 사랑했던 고독한 영웅이 있었다. 그의 성찰의 시간들을 엿본다

197 오레스테이아
아이스킬로스 비극 | 두행숙 옮김 | 336면

오레스테스를 중심으로 벌어지는 잔혹한 복수극을 통해 정의란 무엇인지에 대한 질문을 던진다

198 노인과 바다
어니스트 헤밍웨이 소설선집 | 이종인 옮김 | 320면

한 노인과 거대한 물고기의 사투를 통해 삶과 죽음에 대한 고민과 패배하지 않는 인간의 굳건한 의지를 그려 낸다

- 1952년 퓰리처상 수상작
- 1952년 노벨 문학상 수상 작가

199 무기여 잘 있거라
어니스트 헤밍웨이 장편소설 | 이종인 옮김 | 464면

체험에 뿌리를 내린 크나큰 비극. 미국 문학의 거장 헤밍웨이가 〈잃어버린 세대〉의 모습을 담는다

- 『타임』지가 뽑은 〈20세기 100선〉
- 미국 대학 위원회 선정 SAT 추천 도서

200 서푼짜리 오페라
베르톨트 브레히트 희곡선집 | 이은희 옮김 | 320면

이데올로기 속에 갇힌 인간의 모습을 그려 낸 「서푼짜리 오페라」와 「억척어멈과 자식들」을 만난다

- 『뉴욕 타임스』 선정 〈20세기 최고의 책 100선〉

201 리어 왕
윌리엄 셰익스피어 희곡 | 박우수 옮김 | 224면

자신의 정체성을 아는 자 누구인가? 오이디푸스의 후예 리어, 눈 있으되 보지 못하는 자의 고통

- 미국 대학 위원회 선정 SAT 추천 도서
- 2002년 노벨 연구소가 선정한 〈세계문학 100선〉

202 주홍 글자
너대니얼 호손 장편소설 | 곽영미 옮김 | 360면

미국 문학의 시대를 연 호손의 대표작, 가장 통속적인 곳에서 피어난 가장 숭고한 이야기

- 미국 대학 위원회 선정 SAT 추천 도서
- 서울대학교 선정 〈동서 고전 200선〉

203 모히칸족의 최후
제임스 페니모어 쿠퍼 장편소설 | 이나경 옮김 | 512면

자연과 문명, 인디언과 백인, 신화와 역사의 경계를 넘나드는 모히칸 전사의 최후 전투 기록

- 미국 대학 위원회 선정 SAT 추천 도서

204 곤충 극장
카렐 차페크 희곡선집 | 김선형 옮김 | 360면

양차 대전 사이 유럽을 살아간 휴머니스트 카렐 차페크의 치열한 고민, 그러나 위트 넘치는 기록들

205 누구를 위하여 종은 울리나 전2권
어니스트 헤밍웨이 장편소설 | 이종인 옮김 | 각 416, 400면

허무주의에서 평화를 위한 필사의 투쟁으로, 연대를 통한 실천 의식을 역설한 헤밍웨이의 역작

- 1953년 노벨 문학상 수상 작가
- 뉴스위크 선정 세계 100대 명저
- 르몽드 선정 〈20세기 최고의 책〉

207 타르튀프
몰리에르 희곡선집 | 신은영 옮김 | 416면

최고의 극작 배우이자 가장 위대한 극작가 몰리에르, 조롱과 웃음기로 무장한 투쟁의 궤적
- 1955년 시카고 대학 〈그레이트 북스〉
- 서울대학교 선정 〈동서 고전 200선〉

208 유토피아
토머스 모어 소설 | 전경자 옮김 | 288면

르네상스 시대의 휴머니즘과 종교적 관용, 성 평등을 주장한 근대 소설의 효시이자 사회사상사적 명저
- 『뉴스위크』 선정 세상을 움직인 100권의 책
- 스탠포드 대학 선정 〈세계의 결정적 책 15권〉

209 인간과 초인
조지 버나드 쇼 희곡 | 이후지 옮김 | 320면

니체의 초인 사상에 큰 영향을 받은 버나드 쇼의 인생관과 예술론이 흥미로운 설정과 희극적인 요소와 함께 펼쳐진다
- 1925년 노벨 문학상 수상
- 시카고 대학 그레이트 북스

210 페드르와 이폴리트
장 라신 희곡 | 신정아 옮김 | 200면

프랑스 신고전주의 희곡의 대가 라신의 대표작이자 정념을 다룬 비극의 정수
- 서울대학교 선정 〈동서 고전 200선〉
- 시카고 대학 그레이트 북스

211 말테의 수기
라이너 마리아 릴케 장편소설 | 안문영 옮김 | 320면

고독과 고난에 대한 기록, 20세기 초 독일어로 발표된 최초의 현대 소설이자 릴케의 유일한 장편소설
- 국립중앙도서관 선정 청소년 권장도서 50선
- 서울대학교 선정 〈동서 고전 200선〉

212 등대로
버지니아 울프 장편소설 | 최애리 옮김 | 328면

삶과 죽음, 세월을 바라보는 깊은 눈. 무수한 인상의 단면들을 아름답게 이어 간 울프의 자전적 소설
- 2002년 노벨 연구소가 선정한 〈세계문학 100선〉
- 2005년 『타임』지 선정 〈100대 영문 소설〉

213 개의 심장
미하일 불가코프 중편소설집 | 정연호 옮김 | 352면

혁명의 모순과 과학의 맹점을 파고든 〈불가꼬프적〉 상상력의 정수

214 모비 딕 전2권
허먼 멜빌 장편소설 | 강수정 옮김 | 각 464, 488면

고래에 관한 모든 것, 전율적인 모험, 자연과 인간에 대한 심오한 통찰을 담은 멜빌의 독보적 걸작
- 1954년 서머싯 몸이 추천한 〈세계 10대 소설〉
- 2002년 노벨 연구소가 선정한 〈세계문학 100선〉

216 더블린 사람들
제임스 조이스 단편소설집 | 이강훈 옮김 | 336면

마비된 도시 더블린에 갇힌 욕망과 환멸, 20세기 문학사를 새롭게 쓴 선구적 작가 제임스 조이스 문학의 출발점
- 2008년 〈하버드 서점이 뽑은 잘 팔리는 책 20〉
- 2004년 〈한국 문인이 선호하는 세계 명작 소설 100선〉

217 마의 산 전3권
토마스 만 장편소설 | 윤순식 옮김 | 각 496, 488, 512면

20세기 독일 문학의 거장 토마스 만 작품의 정수! 죽음이 지배하는 알프스의 호화 요양원 〈베르크호프〉에서 생(生)의 아름다움과 환희를 되묻다

220 비극의 탄생
프리드리히 니체 | 김남우 옮김 | 320면

아폴론과 디오뉘소스라는 두 가지 원리로 희랍 비극의 근원을 분석하고 서양 문화의 심층 구조를 드러낸다. 20세기 문학, 철학, 예술에 심대한 영향을 끼친 책

221 위대한 유산 전2권
찰스 디킨스 장편소설 | 류경희 옮김 | 각 432, 448면

세상만사를 꿰뚫어보는 깊은 통찰과 풍부한 서사, 유쾌한 해학이 담긴 19세기 대문호 찰스 디킨스의 작품
- 2002년 노벨 연구소가 선정한 〈세계문학 100선〉
- 2007년 영국 독자들이 뽑은 가장 귀중한 책

223 사람은 무엇으로 사는가
레프 톨스토이 소설선집 | 윤새라 옮김 | 464면

1852년부터 1907년까지, 13편을 선정해 60년에 이르는 톨스토이 작품 세계의 궤적을 담아낸 단편선

224 자살 클럽
로버트 루이스 스티븐슨 소설선집 | 임종기 옮김 | 272면

인간 내면에 도사린 본질적 탐욕과 이중성, 죄의식과 두려움을 다룬 기묘하고 환상적인 단편선

225 채털리 부인의 연인 전2권
데이비드 허버트 로런스 장편소설 | 이미선 옮김 | 각 336,328면

20세기 문학계를 뒤흔든 D. H. 로런스의 문제작, 현대 산업 사회에 대한 비판과 인간성 회복에의 염원이 담긴 작품
- 르몽드 선정 〈20세기 최고의 책〉
- 피터 빅스올 〈죽기 전에 읽어야 할 1001권의 책〉
- 2004년 〈한국 문인이 선호하는 세계 명작 소설 100선〉

227 데미안
헤르만 헤세 장편소설 | 김인순 옮김 | 264면

혼돈과 자아 상실의 시대를 살아가는 젊은이들에게 시대의 지성 헤르만 헤세가 바치는 작품
- 1946년 노벨 문학상 수상 작가
- 2004년 〈한국 문인이 선호하는 세계 명작 소설 100선〉

228 두이노의 비가
라이너 마리아 릴케 시 선집 | 손재준 옮김 | 504면

삶 속에서 죽음을 노래한 시인 릴케의 대표 시집 중 엄선한 170여 편의 주요 작품을 소개한 시 선집
- 동아일보 선정 〈세계를 움직인 100권의 책〉
- 고려대학교 선정 〈교양 명저 60선〉

229 페스트
알베르 카뮈 장편소설 | 최윤주 옮김 | 432면

죽음 앞에 선 인간의 고뇌와 역할에 대한 진지한 성찰이 담긴 〈제2차 세계 대전 이후 최대의 걸작〉
- 1957년 노벨 문학상 수상 작가
- 서울대학교 선정 권장 도서 100선
- 국립중앙도서관 선정 청소년 권장 도서 50선

230 여인의 초상 전2권
헨리 제임스 장편소설 | 정상준 옮김 | 각 520, 544면

자유로운 이상을 가진 한 여인의 이야기. 헨리 제임스의 심리적 사실주의를 대표하는 걸작
- 2004년 〈한국 문인이 선호하는 세계 명작 소설 100선〉
- 미국 대학 위원회 선정 SAT 추천 도서
- 서울대학교 선정 〈동서 고전 200선〉

232 성
프란츠 카프카 장편소설 | 이재황 옮김 | 560면

독일인이 뽑은 20세기 최고의 작가 카프카의 3대 장편소설 중 하나
- 2002년 노벨 연구소가 선정한 〈세계 문학 100선〉
- 피터 박스올 〈죽기 전에 읽어야 할 1001권의 책〉

233 차라투스트라는 이렇게 말했다
프리드리히 니체 산문시 | 김인순 옮김 | 464면

니체 철학의 가장 중심적인 사상들을 생동하는 문학적 언어로 녹여 낸 작품
- 국립중앙도서관 선정 고전 100선
- 동아일보 선정 〈세계를 움직이는 100권의 책〉

234 노래의 책
하인리히 하이네 시집 | 이재영 옮김 | 384면

독일을 대표하는 서정 시인이자 혁명적 저널리스트인 하이네의 시집. 실패한 사랑의 슬픔과 인습의 굴레에서 벗어나고자 했던 고아한 시성(詩聖)의 노래

235 변신 이야기
오비디우스 서사시 | 이종인 옮김 | 632면

라틴 문학의 전성기를 대표하는 시인 오비디우스가 그리스 로마 신화를 응집한 역작
- 2002년 노벨 연구소가 선정한 〈세계문학 100선〉
- 서울대학교 권장 도서 100선
- 연세대학교 권장 도서 200선

236 안나 까레니나 전2권
레프 똘스또이 장편소설 | 이명현 옮김 | 각 800, 736면

사랑과 결혼, 가정 등 일상적인 소재를 통해 당대 러시아의 혼란한 사회상과 개인의 내면을 생생하게 묘사한, 똘스또이의 모든 고민을 집대성한 대표작
- 「가디언」 선정 역대 최고의 소설 100선
- 서울대학교 권장 도서 100선

238 이반 일리치의 죽음·광인의 수기
레프 똘스또이 장편소설 | 석영중·정지원 옮김 | 232면

죽음 앞에 선 인간 실존에 대한 똘스또이의 깊은 성찰이 담긴 걸작
- 시카고 대학 그레이트 북스
- 피터 박스올 〈죽기 전에 읽어야 할 1001권의 책〉

239 수레바퀴 아래서
헤르만 헤세 장편소설 | 강명순 옮김 | 232면

모순적인 교육 제도에 짓눌린 안타까운 청춘의 이야기. 헤세의 사춘기 시절 체험이 담긴 자전적 성장 소설
- 1946년 노벨 문학상 수상 작가
- 서울대학교 선정 동서 고전 200선

240 피터 팬
J. M. 배리 장편소설 | 최용준 옮김 | 272면

영원히 어른이 되고 싶지 않은 소년 피터팬, 신비의 섬 네버랜드에서 펼쳐지는 짜릿한 대모험
- 「가디언」 선정 〈모두가 읽어야 할 소설 1000선〉

241 정글 북
러디어드 키플링 중단편집 | 오숙은 옮김 | 272면

늑대 품에서 자란 소년 모글리, 대지가 살아 숨 쉬는 일곱 개의 빛나는 중단편들
- 1907년 노벨 문학상 수상 작가
- BBC 선정 아동 고전 소설

242 한여름 밤의 꿈
윌리엄 셰익스피어 희곡 | 박우수 옮김 | 160면

셰익스피어의 대표 낭만 희극. 꿈과 현실을 넘나드는 한바탕의 마법 같은 이야기
- 미국 대학 위원회 선정 SAT 추천 도서

243 좁은 문
앙드레 지드 | 김화영 옮김 | 264면

지상보다 천상의 행복을 사랑한 여인과, 그 여인을 사랑한 한 남자의 이야기. 현대 프랑스 문학의 거장 앙드레 지드의 대표작
- 1947년 노벨 문학상 수상 작가
- 2003년 국립중앙도서관 선정 〈고전 100선〉

244 모리스
E. M. 포스터 장편소설 | 고정아 옮김 | 408면

영국 중산층의 한 젊은이가 자신의 성적 정체성을 찾아가는 과정을 그린 소설

245 브라운 신부의 순진
길버트 키스 체스터턴 단편집 | 이상원 옮김 | 336면

추리 문학계의 전설로 손꼽히는 매력적인 성직자 탐정 브라운 신부의 놀라운 활약상. 추리 문학의 거장 체스터턴의 대표 단편집

246 각성
케이트 쇼팽 장편소설 | 한애경 옮김 | 272면

오롯이 〈자기 자신〉으로 살기 원했던 한 여성의 이야기. 선구적 페미니즘 작가 케이트 쇼팽의 대표작

247 뷔히너 전집
게오르크 뷔히너 지음 | 박종대 옮김 | 400면

독일 현대극의 선구자가 된 천재 작가 게오르크 뷔히너. 「당통의 죽음」, 「보이체크」 등 그가 남긴 모든 문학 작품을 한 권에 수록한 전집

248 디미트리오스의 가면
에릭 앰블러 장편소설 | 최용준 옮김 | 424면

〈스파이 소설의 최고 걸작〉으로 평가받는, 현대 스파이 소설의 아버지 에릭 앰블러의 대표작

249 베르가모의 페스트 외
옌스 페테르 야콥센 중단편 전집 | 박종대 옮김 | 208면

페스트가 이탈리아 북부를 휩쓸자 절망에 빠진 시민들은 타락하기 시작한다. 덴마크 작가 야콥센의 걸작 중단편집

250 폭풍우
윌리엄 셰익스피어 희곡 | 박우수 옮김 | 176면

폭풍우로 외딴 섬에 난파한 기묘한 인연의 사람들. 사랑과 복수, 용서가 뒤섞인 환상적인 이야기

251 어센든, 영국 정보부 요원
서머싯 몸 연작 소설집 | 이민아 옮김 | 416면

서머싯 몸이 자신의 실제 스파이 경험을 토대로 쓴 연작 소설집. 현대 스파이 소설의 원조이자 고전이 된 걸작

252 기나긴 이별
레이먼드 챈들러 장편소설 | 김진준 옮김 | 600면

하드보일드 소설의 대표 고전. 레이먼드 챈들러가 창조한 전설적인 탐정 필립 말로의 활약을 담은 대표작

- 1955년 에드거상 수상작

253 인도로 가는 길
E. M. 포스터 장편소설 | 민승남 옮김 | 552면

인도 의사 아지즈는 영국 여성을 추행한 혐의로 체포된다. 결백을 호소하지만 빠져나올 길이 보이지 않는데…… 영국 식민 통치의 모순을 파헤친 E. M. 포스터의 대표작

- 「타임」 선정 〈현대 100대 영문 소설〉
- 모던 라이브러리 선정 〈20세기 영문 소설 100선〉
- 1924년 제임스 테이트 블랙 기념상 수상
- 1925년 페미나상 수상

254 올랜도
버지니아 울프 장편소설 | 이미애 옮김 | 376면

남성에서 여성이 되어 수백 년을 살아온 한 시인의 놀라운 일대기. 버지니아 울프의 걸작 환상 소설

- 피터 박스올 《죽기 전에 읽어야 할 1001권의 책》
- BBC 선정 〈우리 세계를 형성한 100권의 소설〉

255 시지프 신화
알베르 카뮈 지음 | 박언주 옮김 | 264면

카뮈의 부조리 사상의 정수를 담은 대표 철학 에세이. 철학적인 명징함과 문학적 감수성을 두루 갖춘 걸작

- 1967년 노벨 문학상 수상 작가
- 고려대학교 선정 교양 명저 60선

256 조지 오웰 산문선
조지 오웰 지음 | 허진 옮김 | 424면

조지 오웰의 명징한 통찰과 사유를 보여 주는 빼어난 에세이들을 엄선한 선집

257 로미오와 줄리엣
윌리엄 셰익스피어 희곡 | 도해자 옮김 | 200면

증오 속에서 태어나 죽음을 넘어서는 불멸의 사랑. 셰익스피어가 창조한 가장 유명한 사랑의 비극

258 수용소군도 전6권
알렉산드르 솔제니친 기록문학 | 김학수 옮김 | 각 460면 내외

20세기 최고의 고발 문학이자 세계적인 휴먼 다큐멘터리

- 1970년 노벨 문학상
- 「타임」지가 뽑은 〈20세기 100선〉

264 스웨덴 기사
레오 페루츠 장편소설 | 강명순 옮김 | 336면

운명처럼 얽혀 신분이 뒤바뀐 도둑과 귀족의 파란만장한 이야기. 독일어권 문학의 거장 레오 페루츠의 걸작 환상 소설

265 유리 열쇠
대실 해밋 장편소설 | 홍성영 옮김 | 328면

대실 해밋이 자신의 최고 걸작으로 꼽은 작품. 인간의 욕망과 비정한 정치의 이면을 드러내는 하드보일드 범죄 소설

266 로드 짐
조지프 콘래드 장편소설 | 최용준 옮김 | 608면

침몰하는 배와 승객을 버리고 도망친 한 선원의 파멸과 방황, 모험을 그린 걸작. 영국 문학의 거장 조지프 콘래드의 대표 장편소설
- 모던 라이브러리 선정 〈20세기 영문 소설 100선〉
- 르몽드 선정 〈20세기 최고의 책〉

267 푸코의 진자 전3권
움베르토 에코 장편소설 | 이윤기 옮김 | 각 392, 384, 416면

성전 기사단의 수수께끼를 컴퓨터로 풀어 보려던 편집자들에게 이상한 일들이 일어난다. 광신과 음모론의 극한을 보여 주는 에코의 대표작

270 공포로의 여행
에릭 앰블러 장편소설 | 최용준 옮김 | 376면

전쟁 중 한 엔지니어의 생사를 둘러싸고 벌어지는 각국의 숨 막히는 첩보전. 현대 스파이 소설의 아버지 에릭 앰블러의 걸작

271 심판의 날의 거장
레오 페루츠 장편소설 | 신동화 옮김 | 264면

유명 배우의 의문의 죽음, 그리고 수수께끼의 연쇄 자살 사건의 비밀. 독일어권 문학의 거장 레오 페루츠의 대표작

272 에드거 앨런 포 단편선
에드거 앨런 포 지음 | 김석희 옮김 | 392면

환상 문학과 미스터리 문학의 선구자 에드거 앨런 포의 대표 작품 12편을 엄선한 단편집
- 미국 대학 위원회 선정 SAT 추천 도서
- 2002년 노벨 연구소가 선정한 〈세계문학 100선〉
- 2004년 〈한국 문인이 선호하는 세계 명작 소설 100선〉

273 수전노 외
몰리에르 희곡선집 | 신정아 옮김 | 424면

천재 극작가이자 희극 배우 몰리에르, 고전 희극을 완성한 그의 대표적 문제작들
- 고려대학교 선정 〈교양 명저 60선〉
- 클리프턴 패디먼 〈일생의 독서 계획〉

274 모파상 단편선
기 드 모파상 지음 | 임미경 옮김 | 400면

세계문학사상 가장 위대한 단편 작가 중 하나인 기 드 모파상. 속되고도 아름다운 삶의 면면을 날카롭게 포착하는 그의 걸작 단편들

275 평범한 인생
카렐 차페크 장편소설 | 송순섭 옮김 | 280면

죽음을 앞두고 진정한 자신들을 만난 한 남자의 이야기. 체코 문학의 길을 낸 20세기 최고의 이야기꾼 차페크의 걸작

276 마음
나쓰메 소세키 장편소설 | 양윤옥 옮김 | 344면

정교한 언어로 길어 올린 인간 내면의 연약한 심연. 일본의 국민 작가 나쓰메 소세키 문학의 정수
- 서울대학교 권장 도서 100선
- 피터 박스올 〈죽기 전에 읽어야 할 1001권의 책〉

각 권 8,800~15,800원